人民艺术家·王蒙
创作70年全稿

小说编

活动变人形

· 2 ·

人民文学出版社

王　蒙

第 一 章

江南初春,我独自漫步在林荫小路上,寂寞而且自由。

你说,这弦有多长?

树干细而高,淡灰色的树皮上出现了黑的与褐的斑点,柔嫩的树枝网一样地伸向天空,久雨后的、开始晴朗和温热起来的灰蓝色的天空。

这根弦已经沉睡了五十年,五十年了,一年又一年,直到今天。

看树叶像北方的槐树,但又比北方的槐叶肥大。最奇妙的是,尽管树叶密而多,它们只长在树冠的顶部,像一层薄薄的华盖,于是树叶下面的网状交错的枝条、线条与空隙与天光,完全分明。

所以说那弦是太长了,穿行了整整半个世纪,我不愿也不敢轻易地将它拨动。

我知道旁边就是柏油马路,不时有高级轿车从这路上驶过,路的两侧是丰满而又恢宏的法国梧桐。我知道另一边是迷人的美丽的湖。我知道这又是一个鬼使神差的、绵绵无尽而又转瞬即逝的春天。春天辽阔无边。但我暂时只愿在这小路上漫步,好像我只属于这条路,这条路也只属于我。

如果这样一根弦震颤起来了,它的声音,难道能够是和谐的、能够使喜欢鲜花和糖果的好人们觉得入耳吗?

一九八〇年六月十七日,语言学副教授倪藻作为中国学者代表团的一员,访问欧洲一个发达国家北方的著名港口城市 H 市。倪藻四十六岁,满头青丝,谈锋机敏,眼神活跃,动作麻利,走起路来两条并不健壮的腿捯得相当快。如果不是看到他脸上的特别是眼角和嘴角的细密的皱纹,如果不是看到他陷入沉思的时候目光中那种深含的悲悯,大概会认为他年轻有为,善于调摄,驻颜有术,风华正茂。

早晨八点十三分,倪藻他们在 B 市的机场登上不列颠航空公司的飞机。他的左侧,坐着一位穿着讲究的风雨衣、亭亭玉立的灰发女士,女士面孔庄严,像个男子。女士携着一个讲究的提包。待飞机飞行平稳以后,她打开皮包,竟从皮包里取出一只小小的金毛哈巴狗。她牵着银链,将玩物一样的驯良的小狗放在脚下。倪藻恍然她的表情多半是因为偷偷节省了一个动物所需的机票而庄严。倪藻的右侧,是一位专心致志地操作着计算器,填写着不知什么表格的男子。男子工作得那样专心,不但不去注意飞机的起飞与飞行,不去欣赏舷窗下的风光,而且用"不"字回答了端来饮料的空中小姐。他真忙。

九点刚过,飞机在 H 市机场降落。"这么说,我们来到了 H 市了?我也许可以找到史福岗教授了吧?"他问担任他们团的向导和翻译的贝蒂小姐。

"我一定尽力帮您找到您的老朋友史福岗。"殷勤的、一丝不苟的贝蒂小姐,用清楚而又标准的中文回答。

倪藻有点恼恨自己。为史福岗,他啰嗦什么呢?史福岗究竟和他有什么相干?归根结底,真正曾经是史福岗的老友的并不是倪藻,而是倪藻的父亲倪吾诚。倪藻这次出访,与父亲倪吾诚有什么相干?倪藻即使不出国,即使他与父亲共同生活在同一个城市,他们父子二人之间又有多少相干?

然而半年之前得到国外有关方面的邀请的时候他立刻想起了史福岗。一路上他没有忘记史福岗。去 H 市看望一下史福岗,这似乎是去还一个愿,似乎是一种寻根究底,似乎是去拨动一根久已沉睡的古弦。

到达H市以后先是参观东方书店,然后到一个国际学术交流机构与一位体态娇小、面孔庄严、戴着两片巨大的眼镜的女博士会见,然后到港口参观和用饭。用饭的时候由当地最大的报纸的主编陪同,倪藻与他随意地却是全神贯注地讨论了毛泽东在世界历史特别是思想史上的地位。报纸主编向倪藻介绍了一九六六年和六七年"毛主义"的红卫兵运动对于当时的欧洲青年的重大影响……他们谈得这样津津有味,以至午餐以后登上去H大学的汽车的时候,除去最后的浇白兰地酒的布丁以外,倪藻想不起来中午究竟吃了什么。对,有一小碗浓汤,有很重的洋葱味,又咸……日程排得太紧了。

下午两点钟开始与H大学的六位汉学家座谈。这六个人当中有四个人是欧洲血统的。一个长着漂亮的大蓝眼睛,棕色的头发向后背过去,说话细声细气,彬彬有礼,绅士派头十足。但他带着善良无邪的微笑提了许多乍一听是相当令人为难的问题。第二个人长胳臂长腿,说话的时候爱挤眼睛,一边说话一边自己先笑个不停。第三个人虽是男性,却留着披肩的长发,他的汉话说得最好,对中国的事知道得相当多,有点当今中国通的劲儿。第四个,第五个……第六个人目光非常阴沉,身体的每个部位都是浑圆多肉的,看着他的肥嫩欲滴、洗得清洁得像是半透明的蜡团的手指,倪藻觉得有点不太自在,就像看到餐桌上的香肠突然变活了,动作起来了一样。

另外两位先生本是倪藻的同胞。年长的那位是汉口的一位著名京剧武生的弟弟。那位武生演的武松风靡大江南北几十年,以至后来取材于《水浒传》的连环图画画武松的时候都以这位演员为模特儿,如果你画得不像这位名武生,老少读者就不认可,就认为你画得不像武松。名武生的弟弟从四十年代出洋留学,后来定居在H市,现在穿着合身的米黄色西服,打着一条双色领带,戴着一副宽边眼镜,气度与做派与那六位无异,完全看不出他的兄长及武二郎对他有什么影响。连他表示兴趣或者没听清楚时眼睛一张、下巴一歪的姿势都是充分地欧化的,绝无任何京剧或者汉剧或者任何其他中国剧种的做派的影响。只有他说话的腔调,包含着一种老式的多礼和亲热,使倪藻不时想起他接触过的为数不多的梨园子弟来。

另一位同胞一下子就引起了倪藻的兴趣,就像他们过去曾经熟识。那人宽肩膀,身材适中,两颊像刀砍过似的平直有力,大眼睛柔和当中充满畏缩和惶恐,与他那上挑的、眉心连在一起的长眉颇不协调。依倪藻的经验,这样的眉毛应该是争强好胜、显露浮躁的性格的征兆,这样的眉毛的主人的目光也应该是得意洋洋的。这样的人按理属于一触即发、随时准备露一手和压别人一头、什么情形下面都不甘寂寞的那种类型。

这位同胞的整个神态也是自从倪藻在 F 市航空港缴验护照入境以来所没有看到过的。这里与以谦虚为最大美德的东方不同,这里的每个男人与女人,包括小孩子都是那样的挺胸腆肚,神气活现,趾高气扬。用现在比较时髦的话来说,就是一个个都显得那样自我感觉良好。但是,现下的这位西装笔挺的同胞老弟,虽然具有一切令人自我感觉良好的外部征兆,却表现出一种莫名的卑怯,近乎凄凉。可又为什么要去关心一个萍水相逢的不相干者呢?天涯海角,到处都有形容枯槁的、心情忧郁的、处境艰难的与自己偏偏和自己过不去的令人感到亲切的人。那些直接与倪藻有关的人倪藻还关心不过来呢。

一进这一间清爽的、一尘不染的、虽然顶棚不高面积也不大却是非常明亮和舒适的会议室,倪藻第一眼便发现了这位同胞老弟。他身上的悲剧气氛,悲剧气氛下蜷缩着的暴躁、才情或者顽劣,一下子就打动了倪藻。倪藻选择了一个离他近的座位,向他微笑,并递过去自己的一张名片。

"老弟"立刻掏出了自己的淡蓝色的姓名卡。一面是英文,一面是中文。(中文!)

    H 大学副教授 文学博士、历史学硕士 赵微土他向他点头致意,并奇怪世上竟还有这样的名字。

座谈进行得比较表面,主要由健谈而又博学的代表团团长与德方的几位学者进行。倪藻,稍稍放松了一下自己。他一会儿欣赏房间四角呈大花瓶形的台灯,一会儿抬头望着窗外的绿树和树枝上跳跃着的两只小鸟。小鸟互相跳了、叫了一会儿,然后静下来,各自转过头颈用尖尖的黄嘴巴啄洗整理自己的羽毛。倪藻觉得不可思议。甚至连种类相同的鸟儿也生活在不同的国度。它们不是能够在天空自由地飞翔吗?是它们自己选择过了吗?是不是鸟儿也有自己的命运、自己的怨嗟和快乐呢?

倪藻他们的代表团长侃侃而谈:

"先生们对于中国历史上,近百年来、近三十年来以及近年来所发生的一些事情觉得困惑、意外、难以猜测甚至难以理解,这本身是完全可以理解的。不要说你们,就是我们这些从祖先就生在中国、长在中国、参与了许多事变、对于在中国发生的许多戏剧性事件都是身临其境的人,就是我们也常常觉得困惑和难以理解……"

团长的话引起了笑声,倪藻也笑了。笑是好兆头,倪藻想,共同的笑声,这也算是一种沟通吧?

"……一九四九年,中国人民掌握了自己的命运,用革命的手段把中国社会翻了一个个儿,用革命的手段对中国社会进行根本的改造,这是绝对必要的、伟大的与神圣的。没有这样一个天翻地覆的革命,古老的中国就无法继续生存,无法迈开一步。当然,革命的道路是不平坦的……"

团长继续谈。倪藻觉得他谈得很好。为了振作精神好好听一听团长的谈话,倪藻站起身来,走到透明的恒温咖啡壶边,为自己倒了一杯咖啡。赵微土示意他加糖和白色配料(用来代替奶粉以免催肥的"咖啡之友"),被他谢绝。喝黑咖啡,这是他小的时候便从父亲那里学到的习惯。

"……但是我对中国的文化大革命的失败感到遗憾,"长着多肉的半透明的手指的浑圆的学者结结巴巴地用中文说,他寻找翻译,扫了一圈,贝蒂小姐不在场。赵微土向他做了一个"您请"的手势,他改用母语说话,赵微土给他当翻译。"我对中国的红卫兵运动的失败感到遗憾。一九六六年我还在大学读书,我认为中国的红卫兵为全世界树立了榜样,反传统、反体制的青年人找到了一条快速地改造社会的方法……"

多肉的学者的话使倪藻吃了一惊。这次出国,对于来自右面、来自西方世界的反共偏见的种种误解、疑问乃至挑衅,他是有准备的。但他没想到这里还有这种超左的论调。只是这位先生的外形与他的观点似乎一下无法令人协调起来。按照公认的标准,这位先生显然应该算是属于"资产阶级"的。

"然而,改造社会的任务,从来不是能够快速地完成的。"团长简略地、却是针锋相对地回答。

再一次响起了共同的笑声。

赵微土用英语补充了几句话,然后自己翻译说:"我说,我对他所说的文化革命与红卫兵运动的'失败'感到快慰,感到欢欣若狂,要不然,咱们中国就完蛋了……"

倪藻立即听出来了,赵副教授的中国话不像久居海外的人的那种口音和腔调,倒更像"自己人"。同时,赵的这几句相当口语化的话,反而一下子给一直温文尔雅的座谈增加了一点沉重的气氛。

天色突然黑了,主人打开了会议室屋顶上的隐灯。倪藻看了看表,还不到五点钟。他又看了看窗户,是天阴了上来。停在树枝上的两只小鸟不见了。从窗前飞过的鸟儿显得惊惶,雨快要来了。不知道H市的小鸟能不能找到避雨的地方……这里的房子好像缺少屋檐。

贝蒂小姐匆匆走进了屋子。她走路的时候决不摆弄腰肢与卖弄风情,而是带着一种职业妇女的目不斜视的庄重与讲求效率的紧张。其实,贝蒂小姐还很年轻,正是谈情说爱的年纪。但她的穿着、举止、言谈乃至于笑容都带有一种中国式的朴素。倪藻坚信这种朴素是中国式的。学习某一种语言就会不自觉地受到某种文化的熏陶,倪藻自己就有这样的经验。而且,他相信,把一种语言当做一种文化的轨迹而不是仅仅当做一种表意的、随时可与自己的母语互换的符号,乃是学好那种语言的首要条件。

贝蒂小姐径直来到倪藻身边,拉过一个椅子坐下来,悄声告诉倪藻说:"我去掌握有关史福岗的信息。史福岗从中国回来以后,一直在这所大学任教。去年十一月,他已经退休。他经常不在这里,或者到亚洲一些地方旅行,或者到乡下去。据说前不久他和他的太太还在中国,现在呢,人们说他们夫妻二人可能是在马尼拉。史教授在这里退休了,却接受了菲律宾大学的聘书……"

"您是说,现在在这里,是找不着他或者他——太太了。""太太"这个词,已经搁置得很久了,倪藻用起来略觉异样。

窗外似乎已经淅淅沥沥地下起了雨,树叶和细枝颤动着,道路上驶过的汽车溅起了些许水花。窗子的隔音性能绝好,人们在室内听不到雨声,因而看起来一切像是一幅画。

远看山有色,近听水无声,
春去花还在,人来鸟不惊。

这是童年时姨母教给他的谜语。这里鸟不躲人,因为人不伤害鸟。为什么我们那么不注意保护鸟呢?甚至公布了法案也不行。有些人硬是要去伤害从不伤害人的鸟。他们一有机会就要去伤害别的生灵。而他们自己,又常常被……

"是的,这里只有他们的空房子。您大概很悲哀,您看不到老朋友了。"贝蒂同情而又无可奈何地说。

"看来,不该见他们……"倪藻轻轻地舒了一口气,若有所动,不知道是解脱还是惆怅。赵微土向他淡淡地一笑。

座谈结束了,人们准备离去。赵博士走了过来,略略前倾着身子,对倪藻说:"您想见史福岗或者他的太太吗?"

"是啊,您认识他?"倪藻的眉毛一挑。

"熟得不得了,"这"不得了"三个字的发音有点夸张,有点像解放前话剧的舞台腔,有点——不,显然不像当今中国大陆的人们说话的语气。"据我的最新消息,史太太已经回来了,她是昨天晚间到的,乘的是西班牙航空公司的飞机,机票要便宜一些。据我所知,情况就是这样。"说着,他向贝蒂小姐点了点头,似乎为自己提供的情况与贝蒂不同而感到歉意。

"那就太好了,请您帮助倪先生与史太太联络一下,可以吗?"贝蒂小姐高兴地、凑趣地说。

按原来的计划,代表团现在应该回旅馆,六点半钟,与一位老太太共进晚餐。这位老太太年轻时与一位思想激进的中国留学生结婚,后来与他一同回中国参加革命活动,又一起去了延安,一起迎接了四九年的解放。她有中国国籍,是一位著名的老革命,现在年老体衰,回到故乡治病、度其余年,但仍然充满着对中国的感情。晚饭以后,八点半钟,他们将去剧院欣赏一台古典歌剧的演出。而次日,活动排得就更紧。

赵博士建议说:"您只好放弃与这位老太太共用晚餐的机会,我们一起吃一点便饭,然后我们去看史太太,八点半以前,我送您去剧院……这样,我也可以有机会与您再谈谈心。"

"这是个好办法。"不等倪藻开口,代表团的其他同志都认为这是可行的,纷纷表示赞成。倪藻虽然对见不到那位老太太颇觉遗憾,但想到有这么三个多小时可以放松一点,似乎也恰恰是他所需要的。而且,他预感到赵微土似乎还有一点话要与他说。他点点头,事情就这样定了。

赵微土似乎由于自己的建议被采纳而颇受鼓舞,他显得活泼了,从口袋里掏出一个小小的电子计算机,按了几个字母,显示盘上出现了施特劳斯·沃尔夫岗(史福岗)家的电话号码。抄起电话听筒,按

照这个七位数字的顺序,轻按着电话机上的小小的键盘,键盘发出高低不一的短促的乐声,过了一会儿,赵微土兴高采烈地说:

"史太太吗?辛苦辛苦……我是谁,哟,您没听出来,准是让飞机的发动机的噪音给吵的,我是小赵……"

赵微土的整个语调、语气、神气似乎都与他们脚下的这块欧洲国家的土地、与H市、与他跟"史太太"的所在国籍及"史先生"的纯正欧洲血统无关。电话耳机里清晰地传出了北京味儿很足,而且是老北京味儿(解放前的北京味儿)的史太太的说话声:"小赵呀,你这个机灵鬼从哪儿打听到我回来啦……"霎时间,倪藻完全忘记了此身何地,他只当是在隆福寺东四人民市场旁边的一个公用电话间里呢。

"……北京来的一位朋友,他的父亲是史先生的老朋友……您猜猜……什么?您猜不着,他姓倪,倪藻同志,怎么样?"短促的沉默,对方大概仍然没有反应。这使倪藻有点伤心,他甚至怀疑自己不远万里而来打问他们并且今晚离团独自行动是否明智、是否必要、是否荒谬和愚蠢了。

赵微土捂住了送话器,他用与他打电话的腔调全然不同的礼貌的态度问:"史太太问令尊大人是不是叫倪无尘……"

"是的,他叫倪吾诚。吾人的吾,诚实的诚。"

"是的是的,"赵微土对电话讲得很兴奋,"就是倪吾诚老先生的儿子,人家大老远的要去看您……不,不吃饭,我们这儿有安排……是的,他八点钟以前要离开您那里,八点半他还有事……好的,我们七点二十分到您那里,在您那里呆四十分钟……招待?您刚回家用什么东西招待我?噢,不是我,是招待倪先生……有没有菲律宾带回来的芒果……那就给碗清茶吧。"

赵微土笑呵呵地放下了电话。几乎是拉着倪藻的手走出会议室,走进电梯间。"是的,我们的时间有限,近处有一个意大利餐馆……您喜欢吗……好的,您喜欢各种新鲜的经验,这真是一个长处……到了,请。"他们走出电梯间。大门口摆着一张写字台,写字台上的台灯放射出柔和的光,一位看不到面貌的女士低着头两手像弹钢琴一样地按动面前的一排排键钮。赵微土行经她身旁的时候向她扬起手,道了一声晚安。她含糊不清地应了一下,略一抬头。倪藻只来得及看到她额头的皱纹。赵微土推开玻璃大门请倪藻先走,随后他跟出来用一种潇洒的姿势欢快地迈动步子走向路旁的一排汽车。倪藻立刻闻到一股清凉、湿润的气息,树叶似乎正在雨中融化,放出一种嫩生生的芳香。细雨若有若无地触着面孔,好像是一种爽人的抚摩。一阵风吹过来,倪藻还觉得有点冷呢。虽说是夏天,但这里——倪藻出国以前不止一次地看过地图——的纬度与中国最北部的城市黑龙江的漠河差不多,又加上阴雨,倪藻只觉得像是春天。也许更像乍暖还寒的早春天气呢。

赵微土来到一辆在雨中闪着光的猩红色的汽车旁边。车顶上覆盖着几片雨中飘落的枫叶。枫叶水淋淋的。他先打开右面靠前的门,请倪藻坐好,然后他麻利地转到左面,打开车门,坐到驾驶的座位上。他发动着车子,喟叹着说:"我有许多话,许多话想与你们说啊……见了面,又不知道从哪里说起。"

车子开到了路上,转过了方向,沙沙地跑起来了。从挡风玻璃上方悬挂着的反光镜上,倪藻看到了赵微土的阴沉的、拉长了的脸。

"您是……"倪藻试探着问,语调里流露着关切的兴趣。

"我也许该枪毙,"赵微土突兀地说了这么一句,把右手从方向盘上拿起来拂了一下,低声说:"我是一九六七年从中国大陆跑出来的……本来也是干部……请原谅,也许您对这些并不感兴趣。"

"没有什么。我们随便谈。如果您愿意的话,请随便谈。"

道路右侧出现了一幢孤零零的烟色木房子,标有意大利餐馆和意大利薄饼字样的霓虹灯在薄暮中闪着微光。他们停好了车,走下来,推开门,首先闻到了一股浓热的奶酪干气味,赵微土走向迎面的光亮的柜台,在那里点了饭并且交了钱,这是倪藻出国以后碰到的第一家先交钱后吃饭的饭馆。然后,他们踩响一个吱吱扭扭作响的木阶,绕过一个小小的喷水池,进入低矮幽暗温热的大厅。虽说是室内,却生长着不少树叶巨大、形状奇特的高贵植物,还有攀附在墙壁上的藤蔓。一间大厅,修得高高低低,既有高台,也有低地,任凭顾客选择自己的座位与"地势"。只是顾客很少。他们走到一张小桌旁边坐了下来,依稀听到了摇滚乐曲的立体音响,那本来应该是声嘶力竭地大喊大叫的歌曲,由于音量被调到了最低程度,变成了一种有气无力、想使劲也使不上的虚弱的哀鸣,好像是一群哑了嗓子的病人在吃力地唱歌,振动不起空气与耳膜,倒使倪藻觉得怪可爱怜。

"请坐下休息,我去买酒。"赵微土说。倪藻才注意到大厅的一角是一个小小的酒吧,"我去吧。"他站了起来。

"当然是我了……我们要啤酒,吃意大利饼是讲究要喝啤酒的。您要不要一点有劲儿一点的?"

"那……就要一点威士忌吧。"

"好!"赵微土的眼睛亮了一下,"放不放冰块?……不放,您真了不起……"他走了,一会儿,熟练而且麻利地拿来了一升啤酒,一杯威士忌,他还给自己要了一杯伏特加。

"为了您的健康!"

"为了您!"

他们举起杯。

"哦,我该向您做一点自我介绍了。其实,我早就知道您了……我的哥哥是您的同学。"

"谁?"

"赵伟达。"

"什么?你是赵伟达的弟弟,你是……"倪藻不自主地把"您"换成了"你"。

"是的,我是伟士。"

"伟士?您的名片……"

"……我不是什么伟大的志士,"赵微土苦笑了一下,又调皮地眨了眨眼睛，"跑出来了，变成了丧家之犬，我把伟大的伟说成了微小的微，士呢，我把上一横捏短，把下一横抻长，就成了土。我不过是一粒渺小的尘土，微小的灰尘，OK？"

"欧洲人也说OK？"倪藻莞尔一笑。

"是的。美国人认为是他们在领导世界。我们接受了领导，便OK长，OK短起来了。这您就知道了，我们全家都是共产党员、革命者，唯独出了我这么一个不肖之子。"他停了停，看了倪藻一眼。倪藻的反应是平静的，他的脸上的含笑的表情并没有什么变化。

"……我原来在一个外事部门工作，在大学，我学的法文，第二外国语是俄文。六四年'四清'以后就把我调出来了，下放到祁连山脚下。我心情不好，不满意，对各种事情都想不通。六六年文化大革命一开始，我的父亲、母亲、姐姐、姐夫、两个哥哥和两个嫂嫂，前后都被揪了出来，说我们全家是特务，是特务窝子……我……跑了。"

"跑了？"

"我伪造了护照……噢，您不知道，我跑出来以后，受的那些个苦……多少次，我想自杀……但我的罪孽不是一死能够结束的……但是，我请您去了解，虽然我是跑出来的，也许我是有罪的，伪造证件和叛逃……但是我没有再做损坏祖国的事……我毕竟是被毛泽东培育起来的一代人当中的一个……反共分子包括一些有台湾背景的家伙，以为我一定是对共产党怀着深仇大恨，他们请我去参加他们的集会，我与他们吵了起来，还动了手，我因为这个受到了警方的拘留……"

倪藻点了点头，又微笑了，他似乎应该说点什么："那毕竟是过去的事了，文化大革命，全乱了套了……您还年轻，身体又那么棒，您又得到了博士学位……"

"那是狗屎一样的臭博士。"赵微土突然涨红了脸。

浇满了红红的番茄汁并撒满了干酪碎粒的意大利煎饼端上来了，赵微土顾不得吃，他眼睛里涌出了泪水，期待地看着倪藻。

一瞬间,倪藻忽然觉得自己变得十分强大。他知道,赵微土期待着他的言语就好像他代表着最权威的方面。他说:"来日方长,人心自见。现在中国已经不一样了……我只希望你能有机会回去再看看,看看究竟发生了什么变化……不论在什么地方,有爱国的心,就一定能为祖国做一些有益的事情。"

赵微土含着泪再次向他举杯,他整理了一下自己,转了一个话题:"史福岗先生和您的父亲是……"

"嗯。在我很小的时候……"倪藻向赵微土叙述了自己家与史福岗的一段瓜葛。赵微土迷茫地点着头。当谈起久远的往事的时候,听者和叙述者的脸上都会显出这种迷茫的神色来。

待到他们吃饱喝足的时候,陆陆续续又来了四五对客人。客人的年纪都已不轻,穿着整洁,一尘不染,说话悄声慢语,走在只上了一层清漆的木质地板上也几乎不发声息。

"这儿的人吃晚饭都比较晚,一般在晚上九点才是吃饭的高潮。现在,刚刚开始上人。"赵微土解释道。

倪藻点点头。随着顾客的增多,音响系统播放的摇滚乐曲似乎也略略增加了一点音量,唱歌的人好像突然向他们走近了一点,带着忧伤的笑容。沙哑的、专心致志的、喊叫一样的歌声,狂热地、快乐地抒发着歌者的铅一样的忧郁和痛苦。就在这一瞬间,一根联结着中国和外国,生活和灵魂的迷离的弦突然震颤起来了。倪藻完全没有想到,这精致而做作的空旷的餐厅里,响着的粗野的、应该说是绝望的却又充满着青春的可怜爱的激情的歌声,这刺耳的、夹带着混乱的噪音的击节声里,竟包含着这么多动人的真诚。泪水突然涌上了他的眼睛,他甚至觉得一阵窒息,整个餐厅的幽暗的灯火摇摆旋转了起来。他回想起了儿时荡秋千。

"我喜欢这个餐馆。这是一个可爱的地方,"倪藻说。他说这话是为了间接地表示对于赵微土请他到这里吃饭的感谢,也是为了平静一下自己。

赵微土文雅而忧郁地一笑,"但是,越到这种地方来我越觉得陌生,这音乐,这摆设,这食品,还有语言……但是今天例外,因为有您,倪藻同志!"说到最后,赵微土笑起来了,不知道他是玩笑,还是用表面的玩笑掩盖更深层的激动。

"也许,我们该走了?"倪藻挪动了一下身子。

赵微土看了看表,既有些尴尬,又相当老练、潇洒、带几分玩世不恭地一笑,"我还有几句话,请您原谅,"他撩了撩额上的散落下来的头发,扬起头,眼睛看着天花板,他的样子几乎是傲慢的了,"如果我表白我的爱国心,也许有点滑稽,哈哈……我要对您讲,不要随便相信他们,"他突然低下头、弯下腰、欠起身,抬起了座椅后腿,说到"他们"的时候伸出左手用食指和中指在空中画了一个大圈,好像是在抨击到这里用餐的顾客,他凑近倪藻,用紧握的两拳支撑着下巴,双眼含着泪说:"他们瞧不起中国人。您不知道,有人用什么样的语言说过中国,您听了会和他们拼命的……当然,史福岗教授不是这样,他爱中国爱得要命……什么时候,我们中国能长点出息?什么时候,我们能成为我们应该成为的那种样子?什么时候,我们能不再干那些打肿脸充胖子的蠢事呀!啊,对不起,对不起……"

倪藻脸红了,心跳了。在国内,他不是没有听到过各种忧国忧民的、慷慨激昂的、有时候又是相当偏颇的话。人们毕竟敢发牢骚了,这也还算是好事。然而,这是在异国的土地上,这里听到的每一句对中国的带有批评意味的话,都使他有一种惊心动魄的感觉。

他理解地点了点头,心里像火烧一样。

"我们走吧。"赵微土轻轻站起身来。

这就是"出国"。它突然使你离开了你的世界,像一条鱼离开了它从没有离开过的水。然而,它没有干枯,因为有别样的湿润,隔断而又相连。它似乎给你一个机会超脱地飘然地反顾,鸟瞰你自己、你的历史和你的国家。却又不能超脱,更加挂牵相连,忧思和热望都像火焰。

倪藻和赵微士步履轻轻地走出了意大利餐馆,像是怕踏破各自心底泛起的温柔。涂满口红的金发出纳员向他们说谢谢、再见,赵微士回答了,倪藻却因为浸沉在自己的心绪里,一时没有反应过来,及至他想到他至少应该用鼻子"嗯哼"一声的时候,他已经走到门口了。

就差那么一瞬间。他苦笑了一下。

赵微士的猩红色的式样老旧的汽车在雨中行驶了十七分钟。虽说是市郊,路两旁仍然时而有商业霓虹灯闪过。五颜六色的光穿过雨丝投入坐在飞驶着的汽车里的倪藻的眼睑,使倪藻想起在这里看到过的几张抽象派绘画,原来什么也不像的、错综而且极不稳定地晃动着的色彩的点、线和条条也并非没有它的生活依据。他点起了一支烟。

他谛听着车轮滚动的沙沙声、细雨忽紧忽松的飒飒声、水花溅起的溅溅声和汽车内燃机工作的突突声。他想起了这种飞速行进的紧迫、乐趣与自豪,又似乎感到了这种紧张运行后面蕴藏着的一种淡淡的自嘲和悲哀。他忽然来到了这个陌生的国家,见到这样一位微士先生,而且一见面就倾吐了那么多,然后急急忙忙地去看一位天知道的史太太……为什么人生中有这么多盲目和类似盲目呢?

他想起了他在自己的祖国,在辽阔高原、荒凉戈壁、长河落日、大漠孤烟的环境里的旅行。那是乘着大卡车,他站在敞篷车槽里,迎面吹来的风强劲而又自由。他的嘴不停地咀嚼着沙子。

他想起了初到F市航空港时入境的情景。航空港到处站着全副武装、如临大敌的警察小伙子,金发碧眼,左手捧着报话机,右手抚着手枪枪柄,如果发生什么事件,半秒钟之内警察们就会像猛虎一样地扑上来。但是一越过边境检查和海关便是一派明光耀眼的花花世界景象。还在机场,两旁商店的橱窗、广告、招牌和大白天也决不熄灭的灯光,特别是一切商业广告中几乎都不可少的西方美女的令人目迷神摇的色彩、线条、明暗、姿势……足以使人眼花缭乱了……

他想起了连续几天的超紧张的访问和旅行,起飞和降落,上车和下车,领到和缴回旅馆的房间钥匙,名片和自我介绍,空话、套话、礼貌性的话和涉及实质但浅尝辄止的话,少有的紧张的充实,却又是少有的若有所失。走到世界,走到外国来以后,他感到了一种少有的寂寞。中国,我们的堂堂的中国究竟什么时候才能跻身于发达国家的行列?这个问题有一种严肃的苦味儿。想得多了,他也许会悄悄地、不让人知地落下泪来。

他想起自己耽误了太多的工作。在家里,每个工作小时都有这个小时的收获。关于温州方言的专著他还要从头至尾细细校对一遍。研究所里的两位老专家、老权威的颇带门户之见的争论使他难以置身事外,但他觉得参加争论他还没准备好。和日本京都大学的坂田教授的讨论使他困扰。还有七天的日程。然后包括在中东的停顿他还要飞行十六个小时才能回到北京。

当然,他更想到的是史福岗。小时候,史福岗举着他进北海公园后门。然而,这是早已经逝去的、早已经深埋起来的往事,一段似乎与现在的他毫无相干的往事。跑到异国的 H 城来续补这样一段于他已经毫无意义可言的往事,他觉得有点好笑,甚至有点没有意思。他到底要寻找谁?什么?

刹车发出了一点声响,倪藻的身体向前一倾。手扶着方向盘的赵微土恢复了那种文质彬彬、嘴角上微带自嘲之意的表情,他摊开了右手手掌,说:"到了。"

倪藻下得车来,一阵带雨的凉风使他一哆嗦。他没有想到经过两个小时的雨以后来到郊外会感到气温降低那么多。在汽车里,他身上还保留着意大利餐馆的橙黄色的温煦。

他跟随赵微土快步走到一座四层楼房门前的防雨棚顶下面避雨,躲在密密的树叶后面的细腰屈颈的灯盏把花花点点的灯光抛落在他身上。逆光的树黑油油的,在雨中滴着细小的水珠,轻轻摇着身躯,显得优雅、愁闷而又无可奈何。漂亮的铁栅栏门紧紧关闭着,铁栅栏里面的门似乎是木质的,外面包了一层革质的保护层,有虎斑似的图案。楼上有几个窗户亮着,让人看见美丽的窗帘,还可以依稀看到窗边的攀缘植物。楼边停着五辆汽车,汽车接受着雨水的淋浴,车身上落了一些被风雨弄落下来的叶子。不远处公路上来往的车辆的前灯不时把这里照亮,又不时把这里弄得更黑。这确实是一个安谧的住所,倪藻想,他又打了一个冷战。

铁栅栏门左侧有一盏灯光微弱的小灯,灯下面有一排铁牌子,上面写着一些字母,还有一些按钮。赵微土查看了一下,按响了第四个按钮,倪藻吓了一跳,因为传来了一个年老妇女的近在耳边的问话声:

"是小赵吗?"

是地道的北京话,有一点鼻音,而且听得见说话者的呼吸。

"是的是的,我们来了,我和倪先生。"赵微土赶忙回答。

随后门吱吱地响着,"自动"打开了。

倪藻这才弄清楚,铁栅栏门侧有受话器和送话器(喇叭),铁牌上的字母是各家"户主"的姓名的缩写,客人按对了按钮便与他要拜访的人家接通了电话,通话"核对"以后,主人便可以通过某种"遥控"设施发出"指令"打开两道门,把客人放进去。这样,就杜绝了例如小偷或者乞丐或者疯人或者一切不速之客进楼的可能。

而主人如果不愿见客,只消不理会铃声就是了。

他们刚刚进去,两道门又吱的一声严丝合缝地关闭了。

对于技术落后的中国人来说,有一种拒人于铁门之外的冷峻。倪藻想。

赵微土客气地用手势请倪藻走在前面。"要爬到四层……"他说明道。

他们在狭窄的、每一阶都很高的楼梯上走着。除了他们两人的脚步声和喘气声,听不到任何声音。除了昏暗的壁灯以外,看不见任何光亮。这些房屋的隔音和遮光性能可真好！倪藻赞叹着,觉得小腿有些酸。每天都不得闲,心总是张着,静不下来。

爬到了四层,一扇门虚掩着,拉开了一条缝,透露出一点灯光,当然是史太太打开了门等着他们。

"史太太!"赵微土欢快地叫了一声,推开了门。门厅没有人,两位客人稍稍等了一下,倪藻来得及看到门厅正面墙上挂着的一个小匾,匾的底色赭石,字是古雅的绿色:"致远斋"。匾下面是镶着镜框的一张大字,字是草体,只有一个,辨认了一下才判断出那个字是"愚"字。两侧是对联,裱过的:"守身如执玉"和"积德胜遗金"。

倪藻眨了眨眼,他是在哪里？什么年月呢？

这时蹒跚地走来一个胖胖的老妇人,百分之百的中国血统。妇人穿着紫红色的中式便服,绣花缎面鞋,满脸笑容,两腮肌肉松弛地耷拉下来,显得和蔼可亲。只是两眉正中有三道深浅不一的纵纹,又使人觉得她未必有很好的脾气。

史太太适度地欢迎了他们,打量倪藻的眼光似乎包含着几分疑惑。"我父亲要我来看看您。我带来了他的信,还有他捎给您和史福岗伯伯的一点小东西。"面对史太太的疑惑的目光,倪藻觉得需要解释一下。

"请进吧,请!"史太太点了点头,"真没想到能见到您。我是昨天才回到家的,史先生还留在马尼拉。"

倪藻走进一个宽敞的、同样昏暗的客厅,他被让坐在一个不新的暗红色沙发上。应答了几句以后,史太太蹒跚地去给客人端茶,倪藻得以安静一下,打量着这间屋子。

无论如何,他不能想象这是一个欧洲人的房间。"忍为高",三个大字正对着他,是孔子的第多少多少代玄孙孔令怡写的。齐白石的画似曾相识。小蝌蚪在山溪里畅游。另一幅水墨山水他看不清作者是谁。山水画旁是一个黑色木几,木几上摆着一盆兰花。倪藻的目光移向右面,移向门在的那一面墙。他目瞪口呆,他一惊,他看见了一幅横幅,是拓下来的古字:"难得糊涂"。

不知道为什么他心跳起来。他站了起来,稍稍走近那横幅。不错,正是这样。难字写作"難",这是郑板桥的手笔。字峭拔有力,下面的几个字"聪明难,糊涂难,由聪明转入糊涂更难。放一著,退一步,当下心安,非图后来福报也。板桥识。"也是他早已烂熟于胸,背诵得下来的。当时他不知其意,事后也早已忘得一干二净的了。

然而,就在这一瞬间,他明白了,忘却是不可能的,是太难了。忘却并不能给人以真正的慰藉。而早已忘却了的记忆的突然复活,竟给人一种喘不上气来的感觉。

那初冬的阳光,那满院子的落叶,那窗玻璃的闪耀,那一溜就上了房的老花猫,那叫卖藕粉的吆喝,那水车的吱吱扭扭声,那残了角的石阶,那穿着西装的父亲,那门上的铁锁,那把难写成"難"的郑板桥书法的拓片,那满地的碎玻璃,那他至今无法解释的怨毒仇恨,还有金嗓子周璇唱的愈纯真甘甜就愈凄凉无助的歌!

茶水似乎不那么新鲜,也不那么热。史太太端来一盘糕点,他吃了一块蛋糕,很好吃。

史太太说:"我去年回过北京。我妹妹就住在北新桥。为什么把东四和西四的牌楼都拆掉呢?我真心疼。妨碍交通?巴黎的凯旋门也妨碍交通,他们展宽了路面,车辆可以从两边走。你还在H市呆几天?你能吃得惯这里的饭?你比我还强。你爸爸也老了,当然。你妈妈呢?哦,我听说了。你还有个姐姐吧。当然全记得。我有心脏病。这不是,坐飞机坐得两条腿都肿了,到今天也没消肿……"

史太太又说:"你有四十多了?噢,你也这么大了。几个孩子?太好了,我为你鼓掌。还是要有儿子,在中国没有儿子不行。住几间房子?那怎么够?最好还是四合院,养花,养鱼,养鸟。夏天招蚊子。这又有什么可笑的?这是咱们老祖宗教给咱们的,这是咱们中国人的诀窍。要忍一忍,让一让,退一步,把你放过去,把自己保存住,事情就会慢慢地变化,最后你恶贯满盈了,你完蛋了,但是我还存在着,我的力量积蓄起来了。史先生整天跟我研究这个,他佩服中国,他佩服中国文化,他说这是全世界头一份的、谁也比不了的文化,它有它的道理。在新加坡、马来西亚、菲律宾,在这些个地方,搞了一段,最后大家都明白了,还是需要中国文化的精神。不用着急,不用怕这怕那、骂这骂那的,反正中国会有自己的办法。"

史太太又说:"欧洲,欧洲有什么好的?有电冰箱有洗衣机有汽车有彩电有立体音响,这又有什么,又跟我们有什么关系?你们国内的人发牢骚,你们还不知道我们的苦处呢。可是我们说话自由,说话不自由就只能够把嘴封住……哎哟,我的腿又麻了,哎哟哟……"

倪藻童年时候常有遐思。比如清晨起来上学,他买上一股截烤白薯,一边就着冷风吃一边走一边用接长了的棉袄袖子擦稀鼻涕一边想,我是走在路上呢吗?可刚才那么困,捂在被窝里不想起炕。谁起得快,老员外,谁起得慢,小尿罐。这么说也白说。那怎么我现在是走在去上学的道上呢?也许这儿有两个倪藻吧?一个倪藻吃着烤白薯上学去,另一个倪藻还在被窝里睡觉吧?我好像知道那个倪藻困得那个样儿,叫也叫不醒,一眼睛的眵目糊……

这么想着走着,快到学校了,一顺白墙,一堆人。干什么的?原来是倒毙的一个乞丐……他不愿意看。他怕看。再看就迟到了。不知道是谁给盖上了一片破席,死人的两只脚还露在外边呢,两只鞋都张着大嘴,脚趾弯着,像鸡爪子……忽然,倪藻一阵骇然,他觉得那死去的说不定就是他。他怎么那么有把握自己还活着而死的是别人呢?他怎么知道那个死了的人没有另一个活着的化身呢?也许可以假定死者是又一个倪藻,又一个倪藻死了。又一个倪藻的两只脚趾弯着,身上盖着席片。与又一个倪藻相共存的将是又一个妈妈、又一个爸爸……又一个世界。当又一个倪藻死了以后,又一个妈妈、爸爸、姐姐、姨、姥娘当然跑来了,哭了:"我那儿(弟、甥、孙)呀,你这是怎么啦呀?"她们哭得那么伤心,声音那么大,都快叫这一个他听见了。就是这样吧?当每天一个活着的倪藻活动的同时,另一个倪藻正在死去的吧……就这样想着,这一个倪藻走进了校门,工友室门口贴着一个帖子:"酸枣面、杏干糖、果丹皮",都是女生爱吃的玩意儿。他才好过了一点。

现在呢,在欧洲,在外国,在 H 市,在史福岗太太身边,在"鶒得糊涂"的横幅下面,在赵微土的身旁,他忽然发现,旧事并没有消失。旧事不过是存贮在了 H 市的史太太家里。旧事也存贮在每个经历过旧事的人的心里。原来,除了现在的他以外,还有又一个他生活在旧事里。原来人们在五十年代告别四十年代,又在六十年代告别五十年代,就像人们离开了上海去了青岛,离开了青岛又去了烟台一样。人们一般以为,空间的旅行是可逆的,而时间的旅行是不可逆的。但是今晚,他获得了一次激动人心的体验,在八十年代,在异域,他发现了一些久已埋葬的过去。

考古?

连接。又续上了吗?

第 二 章

闹了一夜的猫。头天晚上,好像天黑还不久,就传来了那种此起彼伏的、凄厉的、痛苦的、贪婪而又凶恶的猫叫。那叫声与其说是像求偶,不如说是像决斗、像凶杀、像吃人。这叫声使得静珍的手一抖,把一个小瓷酒盅落到地上,跌了个粉碎。

静珍(现在户口本上的名字是周姜氏)拿着笤帚疙瘩冲了出去,她向着墙,向着星光中朦胧显现的灰瓦楞子吆喝。她一跳老高,她"呸呸呸呸呸呸呸"啐了一顿,她想象着她已经抓住了那么一只肚皮滚圆、眼放绿光的虎皮猫。那是邪恶和无耻的化身。她的笤帚疙瘩每一下都打在这魔鬼的猫的下腹部,打得猫遍体淋血。她觉得喘出了一口气,缓缓地回到屋里。她的八岁的外甥倪藻和九岁的外甥女倪萍目瞪口呆地看着姨母归来。周姜氏爱怜地看了孩子们一眼,噗地一笑,解释说:"这些天咱们家有些个晦气。都是那死猫带来的。我要把那个晦气打破。有晦气也是我一个人搏着……"倪萍和倪藻似懂非懂地眨着眼。周姜氏说:"罢,罢,不说这些。让我教你们唱歌。"说完,她就清喉咙,又是咳嗽,又是吐痰,又是长出气,又是吭吭。终于,嗓子弄利索了,她一句一句地唱道:

风儿起,云儿飘飘,
海"料料吗行子料"……

第二句词,她记不清了,便唱成了"料料"和"吗行子"(犹言什么东西)了。

  会说话的树,会唱歌的鸟,
  都一起睡着了,
  杨柳儿飘摇……

  唱着唱着,只觉得鼻孔奇痒钻心,她打了一个大喷嚏,她打嚏喷就像要挣命一样,全身全脸抖成一团,抖个不住,逗得两个孩子笑了起来。
  两个孩子被妈妈叫走睡觉去了,静珍——周姜氏一面给自己铺被一面突然又背诵起白居易的《长恨歌》:

  ……杨家有女初长成,
  养在深闺人未识,
  天生丽质难自弃,
  一朝选在君王侧,
  "吗行子吗行子"……
  侍儿扶起娇无力,
  始是新承恩泽时……

  刚刚躺下便又听到一声从低到高、又从高到低的波浪形猫叫,紧跟着是噗——噗的吹气和掐架的声音。静珍本想再冲出去,无奈一上床便只觉得四肢如铅头如斗,似乎被钉在了三块铺板上,身不由己,一动也动不得窝。汉皇重色思倾国,明明是唐明皇偏说是汉皇,呦——喵——呸!
  也不知道到底是睡了多长时间,一个钟头还是一分钟,都可能。反正在一片猫叫声中又悚然睁开了眼睛。哪里来的这么多猫?难道是猫儿大会?猫儿成精?长一声、短一声、高一声、低一声、悲一声、闹一声,直如千猫万猫向她扑来,千猫万猫的爪子同时抓向她的脸她的心。恰恰在这个时候,顶棚上又一阵千军万马倒海翻江的轰隆声,却是一群耗子肆虐。这耗子声竟比那猫声还要扰人。你听着,只觉得近在咫尺,只觉得铺天盖地,只觉得一群老鼠踢蹬在你的脑门子——太阳穴上。耗子搬家,耗子娶亲,都是盛大的喜事。却怎么周姜氏只觉得心儿一阵阵紧缩抽搐,脊椎骨好像被什么冰冷的魔爪抓成一团,解也解不开,展也展不直,变成一疙瘩死筋?猫鼠合鸣之中她苦苦地挣扎,却总也挣不脱,最后不知是谁,不知是谁在她枕边嘿嘿地冷笑了三声,又像是对着她的耳朵吹气,她大叫一声,睁开眼睛,泪流满面,冷汗布满了全身。莫非方才我已经死过一次——下过一次地狱了吗?

大概是魇住了,翻个身就会好的。她安慰着自己。

她翻过身去,眼前恍如一个白色的身影闪过。那身影是那样轻盈、孤独、居心莫测。她聚了聚神,又背诵自己的"鼓儿词"。

打起黄莺儿,莫叫枝上啼,
啼时惊妾梦,不得到辽西。

她会背诵许多诗词歌赋和戏文。但在家里,亲属们都管她背的这些韵文叫做"鼓儿词"。

"鼓儿词"中的这首五言绝句,不知从什么时候变成了静珍的符咒,她念过一遍又一遍,有时候默念不出声,有时候喁喁低语,有时候拉长声音用家乡方言吟诵,有时候她会用一种无师自通的、半似民歌小调《小白菜》、半似老调梆子戏里《杜十娘》的唱腔的自由曲调唱上一番。"打起黄莺儿",只这五个字就让她神魂颠倒、痛不欲生,像发疟子、生肺炎一样,只觉得周身是无限的热、无限的冷、无限的慵懒、无限的空凉。而在痛哭着、苦笑着、微笑着又沉思着念、吟、唱上"打起黄莺儿"十几遍、几十遍以后,在流了许多泪、出了许多汗之后,她似乎感到了一种解脱,一种寄托。"啼时惊妾梦",说了归齐,剪断截说,古往今来,女人的命运不过是常常被惊破的残梦而已!又如何到得了"辽西"呢?

这一夜她又执着如诵经地把"黄莺儿"打起了不知几多次。终于把猫声鼠声驱散了,然后她听到了风吹树枝和树叶离枝落地的声响,她听到了一声突兀的火车汽笛声,然后是由强渐弱一点一点消失的机轮撞击钢轨的声音。奇怪的是已经过了五分钟、六分钟了,周姜氏还听得见那咣唧咣、咣唧咣的渐行渐弱以至近于消失的声音。近于消失,但总是不消失。怎么火车有这么长?怎么火车总是开不完呀……这没完没了的火车,究竟又有什么东西值得装运呢?为什么要没完没了地走一节又一节的空车呢?她这样想着,渐渐失去了咣唧咣以外的其他感觉。

周姜氏醒来的时候天已大亮。她一丝不苟地叠起了自己的被褥,神态严肃,好像即将出发去履行一件重大的使命。她用自己的补了一块锡铁的脸盆打了一大盆温水,把搪瓷洗脸盆放在一个破旧的橙色木盆架上。然后,她一遍又一遍地洗脸。她洗脸的方法是先把一条白里透灰,略有破洞的毛巾浸湿,再把猪胰子使劲打到毛巾上,然后用手蘸着水一次又一次地在毛巾上摩擦,沾了水的毛巾上的肥皂呈现出一片薄薄的泡沫,脸盆里的水却不待洗脸已变得混浊了。这时,她开始兴奋地、几乎可以说是冲动地用沾满了胰子和水,又光滑又黏稠的毛巾在脸上抹过来蹭过去。同时她鼻孔里发出一声声闷响,好像是有什么人企图堵住她的嘴、她的鼻孔,要她窒息,而她的呼吸器官正在出声地挣扎和反抗。这样洗完一次再把毛巾浸在水里搓洗,水显得越发污浊了,但不算完,又开始用湿手拿起猪胰子球往毛巾上抹,抹了擦,擦了洗,洗了再抹,循环反复几次以后,脸盆里的水几乎已经成为黑色的了,而静珍的脸却愈来愈白。看到脸盆里的水越变越脏,静珍有一种满意和欣赏的心情,因为水的变化标志着她洗脸的去污成效。但她仍然不肯罢休,还要再洗一次。

倪藻早知道,姨母洗脸和梳妆的时候,他决不能去打搅。不管平时姨姨对他怎样溺爱,但她洗脸和梳妆的时候有一种可怕的不惜一切代价,随时准备摧毁一切障碍的神态,使倪藻望而却步。但他随着年龄的增长也越来越纳闷,姨母洗脸的目的究竟是什么呢?

终于，静珍把脸洗完了。这时，她掣出一个方杌子，放在一条白漆已经斑驳脱落的条桌前。方杌子摆得非常端正，与条案的距离也是像经过尺量一样的精确。她坐在杌子上，拉过来一个长方体的梳头匣子。梳头匣子漆成紫红色，由于年代久远颜色显得发乌，有的地方变成了褐黑色，有的地方还显露出了麻点。她打开盖子，一块矩形镜子角度适宜地斜靠在匣盖上。她拉动左上角的两个小抽屉上的手柄，手柄是铜制的心形小叶。从抽出来的小抽屉里她拿出了梳子、篦子、分簪、扑粉盒、质量低劣的胭脂、唇膏与香粉蜜和一些大小不同的发卡和一个破了洞的发网，小抽屉一拉开便发出一种燠不登的香气。然后，周姜氏打开右面的一扇小门，从显得黑黝黝的匣中之匣里端出来一碟水泡木刨花。然后周姜氏把小抽屉和小门一一关好。她照了一下虽已显出麻点，但由于镜面平滑，仍能准确地映出影像的镜子。她看到了一个黄黄的、长中带方的类似男人的脸。只有眼睛和头发是美好的。眼珠黑亮有神，眼角里流露出那么多幽怨、聪慧、疯狂和早来的憔悴。头发密、黑、亮，而且细。她坚信她的头发比别人的要细一些。她的过高的颧骨和过方的下巴以及过分有力的鼻梁，都是她所不喜欢的。她相信这是"克夫"的面相，她相信这是她终生痛苦不幸的征兆——也许是根源。她端详着自己的面孔，只觉得又厌恶又爱怜，更多的是疲倦。她看到这个熟面孔看得太多，而看到她所希望看的面孔又是太少了啊。

　　她开始梳妆。一天之中，只有在这个时候她感到一种神秘的力量在酝酿，在积累，在催促她，她感到一阵紧迫的心跳，她身上开始发热，有一种强烈的要哭、要发昏、要上吊、要闹个天翻地覆的冲动在催着她，于是用一连串冷笑掩盖住了自己。她首先用手心蘸着水把香粉蜜调匀抹到脸上，然后两手轻轻在脸上拍打。她自己觉得并没怎么用力，但脸上发出了细碎的"叭、叭"声，声音越来越大。这声音常常使倪藻感到心痛，他痛苦地觉得姨姨分明是在自打嘴巴。拍打了一顿以后，她拿起了扑粉盒。扑粉盒是硬纸做的圆盒，盒盖外贴着一张"时代女郎"的头像。她费力地打开严丝合缝、扣得紧紧的盒,她拿起毛茸茸的粉红色的粉扑。从门缝挤进室内来的光束里面开始有香粉的微粒浮沉,这样渺小而又无定的存在。静珍带着一种沉醉、虔敬而又无限哀伤的表情用粉扑蘸上粉轻轻在脸上扑打,她感到了粉扑的一种异样的温柔,那样暖又那样柔软,这似乎是命运留给她的唯一温暖而又柔软的东西了。这使她感觉到自己的脸蛋的柔软。虽然她的心早已硬成了石头,竟还有一个软乎乎的脸蛋,她几乎大哭出来。她的眼睛由于含泪而更加美丽、更加憔悴了。她不停地扑着、抚着、打着。劣质的含铅的香粉使她的脸变得煞白。"大白脸!"这是倪藻和姐姐和妈妈和姥姥用以形容和表达非议的一个传神的词。姨姨在干什么?在"大白脸"。于是连倪藻这样的孩子也要做出哭笑不得而又无可奈何的表情。

大白脸扑完了。开始上胭脂和唇膏。这只是走形式,人们完全有理由怀疑胭脂盒里和唇膏筒里是否还有胭脂和唇膏的残留物,因为即使在用完胭脂和唇膏、收起胭脂和唇膏以后静珍的脸上仍然没有任何红的因子。

就在收起唇膏的一刹那静珍的颧骨上的肌肉和皮肤似乎微微地抽搐了那么一下,静珍哼地冷笑了一声。

周姜氏从镜子里看到了自己的影像的无助、悲惨、绝望和残酷。她又哼地冷笑了一声。想算计我吗,想让我进你的圈套连环计吗,想剥我的皮抽我的筋喝我的血吃我的肉吗,你算瞎了你的眼睛!

她两眼发直,激动起来,"呸"的一声,一口唾沫啐到了镜子上。积蓄已久的仇怨和恶毒,悲哀和愤怒,突然喷涌而出。

你真是心狠手毒。好哇,你?量小非君子,无毒不丈夫!杀人不过头点地。苦苦哀求,就是不留!风急天高猿啸哀!无边落木萧萧下!最是生离死别时!我把你剁成肉泥!杀他个良莠不分,鸡犬不留!一不做,二不休,宁让我负天下人,不让天下人负我!君子报仇,十年不晚!我不下地狱,谁下地狱?死去元知万事空!我容易吗?

也可谓书香门第,知书识礼。忠厚传家久,诗书继世长。又是一年芳草绿。爆竹声中一岁除。恩爱夫妻万事空。饿死事小,失节事大。女子一生无非是贞节二字。好一个沉鱼落雁之容,闭月羞花之貌。罢、罢、罢。芍药开,牡丹放,花红一片。艳阳天,春光好,万鸟争喧。春心莫与花争发,一寸相思一寸灰。结草衔环,我来世把你报。良辰美景奈何天,赏心乐事谁家院?冤有头、债有主。只怕你凄风苦雨了却残生,孤独独赤条条来去无牵挂!

静珍嘟嘟嗫嗫地念着这些不连贯的句子,脸上做出各种强烈的表情,忽而痛苦,忽而悲伤,忽而怜惜,忽而迷醉,忽而冷酷。她的情绪愈来愈激昂,她与镜子里的自己谈得愈来愈火热。她挤眉弄眼、咬牙切齿、浑身发抖、直如鬼神附体一般。她挣扎着,边说边浑身用力,边拼命地往上下左右四面啐唾沫——倪藻知道,如果这时候走到姨姨的身边,必被周姜氏啐一脸唾沫无疑。而他们家的任何人,都知道这个时候避姨姨三分。

周姜氏咚地拍响了条案,往地上吐出一口黏痰,变成了破口大骂:你丧尽天良、衣冠禽兽,欺负我寡妇失业的!你心如蛇蝎、煎炒烹炸、五毒俱全,杀人不眨眼,杀人不见血!你来,你过来!我叫你动手!我叫你占个相应!我叫你白刀子进,红刀子出!我叫你使出你祖宗八辈的狗杂碎!你不动手你是婊子养的!你个死养汉老婆,你个骑木驴游四街的娼妇,你个没有人味儿的臭货!你个不忠不孝不仁不义寡廉鲜耻没安好心的下三滥、臭流氓、匪类!我叫你乱箭钻身、大卸八块、出门汽车轧死,天打五雷轰、脖子上长疔、肚脐眼里流脓、吸干你的脑髓,叫你死无葬身之地!

周姜氏的声音并不太大,她似乎还在清醒地掌握着自己的音量,使其不超出"自言自语"性音响的通常量。但她的表情却是疯狂的、沉醉的、忘我的和完全非理性的。任何人如果走过她的身边,看到她这样子,都会感到一种彻骨的恐怖。

她终于渐渐安静下来了。混乱的悲戚的与狂躁的声音在空气中振动过后已经消失得杳无痕迹,只在条案上、梳妆匣上、她身旁的地上以至她自己的衣襟上,留下了她呸呸呸地啐出的口水的湿迹。这时候她把灰里透白的毛巾最后一次浸到已经变冷的污水中。她要再洗一次脸,她要把脸上的已经敷上的一切化妆品全都洗掉。她清醒地知道她的使用化妆品的理由、权利和历史已经终结,化妆品已经与她无缘,方才的施用更像是一种怀旧和送葬的仪式。再洗一次之后,"大白脸"终于恢复了全部蜡黄的本色。

她开始静静地梳理自己的头发。先用一把黑毛猪鬃刷子蘸上刨花水,再用溶解了树脂树胶的刨花水把头发抹得又湿又亮又黏,然后用梳子(宽齿的那种)先梳一遍,湿头发变成一绺一绺的了。再用红色赛璐珞分簪把头发从正中分开。接着用细齿篦子把头发篦一遍。这时头发看来已顺顺帖帖地贴到了头皮之上。她用一个破网子把头顶网住,向镜子左顾右盼,开始把头发梢卷成一个香蕉形的大纂。卷完,又摸摸索索地找出一个镜子和若干发卡,嘴叼着发卡,一只手拿着镜子从后面找自己的香蕉形发纂,同时侧过来歪过去从眼前的镜子里找脑后的镜子里的自己的香蕉发纂的影像,另一只手从嘴角取下一支再取下一支发卡,别在适当的处所,以求发型的固定。在梳头的过程中她不再自言自语拿腔拿势,但她仍时不时地不自觉地突然一笑,鼻孔里嗯哼一声,或突然的一声长叹。这突发的笑声和长叹与方才的自言自骂与乱啐唾沫一样地令人汗毛倒竖。

这是周姜氏——静珍每天早晨必修的功课。她这样严肃认真身不由己地进行这一切,除了她生重病、发高烧的时候,没有一天例外。简直像某种宗教的信徒的虔诚的祈祷、像巫婆的附体跳神。一般用一至一个半小时,才能完成她的固定程序的仪式。

她今年虚岁三十四岁。(以下年龄均为虚岁)她十八岁结婚,十九岁守寡。她的语言不叫"守寡"而叫"守志"。从她下定决心守志以来,一种不可理解的力量攫住了她,她必须在每天清晨的梳洗过程中完成这独一无二的程序。她坚持这一套仪式十余年如一日。

第 三 章

虽然对姐姐周姜氏的这一套"早课"十分熟悉、十分尊重（想不尊重也不行），静宜今天早晨对静珍的梳妆仪式迟迟不结束还是颇感急躁。静宜比静珍小三岁,个头儿稍显矮胖一些,眼睛也小一些,面型与静珍完全不同,她前额凸起,面如鹅卵。如果说静珍的外观使人感到刚毅乃至残酷,使人感到一种时刻进行的阴冷的计算,那么静宜的椭圆形脸盘与一闪一闪的小眼睛则似乎是天真的、无知的,却又是轻举妄动与不可理喻的。她也刚刚经过了一个失眠的夜。因为她的丈夫倪吾诚又是一夜未归。

这是第三夜了。这一夜使她像经历了炼狱一样。两个月前,她这是一年来第四次搬到西房,与母亲姜赵氏、姐姐周姜氏住到一起,并把两个孩子倪萍与倪藻带到西屋里来,把倪吾诚一个人"孤立"在三间正房里。只是每天三顿饭让孩子端过一些东西给丈夫。而且,根据母亲和姐姐的意见,端过去的食物低于她们其余人吃的水平。说是"要不然,他就更不顾家了！"与此同时,静宜、静珍和她们的母亲姜赵氏竖起耳朵、睁大眼睛、磨尖每一根神经,时刻从西房注视着北房里的动静,注视着倪吾诚在房里的一声一息、一举一动。注意他怎样看报纸、怎样读书、怎样吸烟、怎样踱步、怎样皱着眉走出廊子、怎样出门和归来、特别是来了一些什么客人他又是怎样接待的。为了观察方便她们在窗户纸上捅了一个小洞,完全够放得下一只眼睛。她们轮流通过这个小洞监测倪吾诚,像专家监测一个不可接近的猛兽,像侦缉人员监视一个要犯,像儿童注视一个心爱的奥妙无穷的玩偶的出色表演。她们还做了一个白纱布帘,当她们停止监测时就将白纱布帘放下来,这样,从里从外都不会发现这里有一个人工观察洞眼。需要开始监测的时候,只需将白纱帘轻轻掀起。

学着妈妈、姨姨和姥姥的样儿,倪萍和倪藻也从这白纱帘下的小破洞向正房、向父亲所在的房间进行过窥测。姐姐倪萍从动作到表情都尽力学着大人,虽然她不一定完全了解事情原委。她观测前、观测时和观测后都是一脸的愁云,神态严肃,连大气也不敢出。她似乎意识到了这观测是一件伟大的事情,是一场伟大的斗争、伟大的危险,要不就是一种伟大的邪恶。倪藻则觉得蛮有趣,掀开纱帘,趴近窗户纸,目不转睛地盯着正屋,盯着父亲的身影,确实像是做游戏。虽然眼睛累得酸疼,这里边却似乎有某种不寻常的神秘乃至于惊险的气氛,这里边似乎有一种儿童所不理解的新奇和捉摸不定。当然,他分明感觉到一种重压,当他兴致勃勃地窥视了一阵正房里的父亲的身影,面带调皮的表情笑嘻嘻回转身的时候,往往看到姐姐的忧郁的与谴责的目光,这使他感到是自己做错了一些事。

静宜一夜无眠,回想着这一次被欺骗、被耍弄、被欺侮的经过。她与丈夫倪吾诚的纠纷已经闹了差不多一年。两个月前她第三次"躲了"丈夫。"躲了"已经成为她与倪吾诚"斗争"的一个特殊手段,一个专用名词。就是说带着孩子进西屋,与母亲、姐姐生活在一起。两个星期以后,丈夫托孩子传话,一定要和她谈一谈。她板着脸、噘着嘴、低着头进了正屋。倪吾诚说了一句"请你多多原谅",可能还说了一些,或者是说了许多别的,但她都没听清也没记住。因为这当儿发生了一件比一切语言都强烈、都震撼人心、可以说是奇迹般的事情。丈夫边致歉边探手于自己的衣袋,摸索了一会儿,从中拿出他的象骨雕椭圆篆体图章——静宜虽然低着头,却看见了这一切动作——并亲切慷慨决然地把图章奉送到了静宜手里。

许多岁月以后倪藻成了语言学家。他知道国外的一种叫做"身体的语言"的说法,指的是用无声的人的表情、手势、姿态、形体动作乃至穿戴打扮表达一定的意思。当年倪吾诚的拿出图章,便是这种"身体的语言"的威力的体现。

一股暖流立刻温暖了静宜的身心。真是铁石人儿也会感化。一切斗争归根结底都是经济利益的斗争,静宜虽然不懂任何理论,却身体力行着这样一种"唯物"的原理。一年来进行的感情斗争、秉性斗争、生活方式斗争直到如临大敌、如临大难的"反外遇"斗争,归根结底仍然标志在经济——钱上。就拿"反外遇"来说,如果倪吾诚月月拿回足够的联合准备银行的货币,如果倪吾诚拿回金条至少是银元,那么,即使传来倪吾诚与哪个女人胡搞、倪吾诚去了舞厅乃至去了妓院的消息,她内心里可能为之痛心疾首,但她毕竟还能约束自己遵守妇道,她没有道理闹,更没有道理"躲了"他。她的那些至爱亲朋们劝过她,男人的外遇是男人自己的事情。何况倪吾诚是那样时髦维新、风度翩翩。男人有本事搞"外遇"甚至是妻子的光荣、是妻子抓男人辫子以保持优势的重要的机会提供。"可他两个月没往家里拿钱了!"静宜立刻提出了有力的论据,证明那"外遇有理""外遇有利""外遇光荣"的逻辑不适用于丈夫倪吾诚与她。(当然,她这个论据是夸大了的。所谓"两个月没给钱",实际上是一个月给得少了而第二个月变本加厉地更少了一些。)这么一说,不论是她还是她的亲朋好友,便都认识到倪吾诚的可恶、倪吾诚的有违天理、倪吾诚的不配("外遇")、与不配犹搞("外遇")之可耻,便都有些"是可忍,孰不可忍"的愤慨了。

倪吾诚在两个大学担任讲师,两个大学的月薪都靠一枚象骨椭圆篆体图章领取,这枚图章交给静宜就意味着把两处的月薪的领取支配权交给静宜,这是静宜做梦也没有想到过的。她曾经幻想过自己有一个百里挑一的好丈夫,那丈夫一发薪就把全部钞票交给她,再由她给丈夫分配一定的花销费用。她不会克扣这样的好丈夫的,她宁可自己忍饥挨饿也要把这样的丈夫打扮漂亮,并且让他有足够的钱花——甚至她可以贴补他,她有自己的来自娘家的收入。每逢想到这里她常常眼含热泪。问题在于一个权字。她渴望获得和行使这样的财权、即钱的权。钱的问题马上变成了权的问题。

但是没有,她找不到这样的丈夫。她用尽了心机、使出了一切力气和招数,也无法把倪吾诚改变成这样的丈夫。倪吾诚的为人与这样的丈夫相去何止十万八千里。

但是今天忽然太阳从西边出来了,她不能相信自己的眼睛,自己的手。手心里托着那个小图章。象骨是冷的却热得烫手。这意味着倪吾诚的革面洗心、脱胎换骨、乾坤再造。一个荒唐的、荒谬绝伦的、云山雾罩而又花天酒地的不顾家的丈夫,突然在一分钟之内变成了超级良夫,她快乐得晕眩。

有一分钟静宜的脸是青黄的、紧张的,她确实在认真地判断着这是梦还是事实。一分钟之后她变了一个人。笑容使她面如桃花。她兴奋地喘着气,连忙问丈夫要不要卧两个荷包蛋吃。她打开了话匣子,竟然回忆起在家乡 C 县第一中学两个人第一次见面"相亲"的情景。然后说到胡适,说到鲁迅。然后说到王揖唐和王克敏。然后说到该买水牌子,洋铁壶也该焊了。然后说到河北梆子《大蝴蝶杯》,名伶金刚钻的声音硬是像金刚钻一样地可以刺破天空。然后叫来了倪萍和倪藻。她没有注意到倪吾诚听她谈话时紧皱着眉头,虽然她一贯对倪吾诚的装模作样的皱眉极端敏感又极端痛恨。她没有也可能是顾不得发现倪吾诚对她的话是多么的不感兴趣。直到叫来了孩子,倪吾诚的脸上才显出了笑容。

她顾不上计较这些,因为图章比笑容更重要。她跑到西屋立刻把这一特大喜讯报告给了姐姐和母亲。一老一少两个寡妇不信,她拿出了图章,她们检验了图章,证明这是确实的。于是发出了一致的称赞,全部忘记了五分钟以前她们三个人还在一起用人类能用的最恶毒的语言诅咒这图章的主人。然后静宜搬回了北屋,孩子也带到了北屋的另一间房。一切都发生了自然而然的变化,一切都是由衷的。既然丈夫又成了丈夫,妻子便又成了妻子,孩子也就又成了孩子。伟大的"复归"就这样实现了。其实静宜就是这样老实而且天真,她的要求就是这样可怜。

兴奋起来了,欢乐起来了,也就欢乐了那么一小会儿,她也就不知道该怎么欢乐了。而且,她的欢乐没有得到倪吾诚的反应——说不定他给出了图章又心疼了呢,说不定他后悔了,舍不得了呢,她这样想。但她仍然感到满足,给钱、顾家、不打吵子、过日子、抚养孩子,这就是生活,这就是她要求倪吾诚的一切。然后,她的兴趣是哼哼着唱河北梆子。主要是板眼,主要是腔调,唱起来一定要像哭、像撒泼,不论什么戏都唱出一股勾魂夺魄的激动劲儿来。

　　有老身,在二堂,用目观看,
　　二堂里,跪的是,女婵——娟!

她长年累月地唱着这几句词,唱来唱去,常常变了调,又把调变回来——复归回来,还是这几句词。其实压根儿她就没想过这几句词是什么意思。

倪吾诚从来不唱戏,不听戏。他唯一会唱的歌是上半阕岳飞的《满江红》,从"怒发冲冠"唱到"莫等闲白了少年头,空悲切",底下就不会唱了。他喜欢做的事情是用最蹩脚的发音讲英文、法文和拉丁文。每当他讲外文的时候,静宜总觉得比听野猫子叫还可厌和晦气。他的外文使她觉得反胃。而每当静宜唱戏的时候,倪吾诚的嘴也撇得吓人。

得到图章以后,静宜高兴得从早到晚哼哼戏,这使倪吾诚觉得自己被推入了一个泥潭。终于倪吾诚发了一次怒,严正请求静宜再不要唱跪着的美貌婵娟了。往日,静宜是绝对不会忍受这种管束、绝对要反击的。但也由于"图章"的威力,这次静宜居然只是翻了翻眼,却没有做声。

终于等到了发薪的日子,头一天晚上倪吾诚没有回家,说是到燕京大学赴什么应酬去了。对于丈夫的夜不归宿,静宜本来是最怀疑、最烦厌、最痛恨的,这次也竟因为第二天是发薪的好日子而她掌握了领薪权而忍耐了下来。第二天静宜一大早起来,梳妆打扮以后就换衣裳,换了几次衣裳,总觉得不理想。她希望到得大学里,她能给人一个不愧为倪吾诚讲师的夫人的印象。她给人的印象越好,人们就越会同情她而谴责倪吾诚的荒唐。而如果她的样子如同一块乡下大缸里的腌了三年的盐腌萝卜,人们就会暗暗支持倪吾诚去搞"外遇"。换了几次衣服,终于勉强穿上了一件并不合身的旗袍。之后,她为鞋子问题大伤脑筋。每当穿鞋就触动了她的痛处——她的脚是裹过的,裹了四个月又放开了。她完全不记得这裹脚的经过。真奇怪,小时候一些发生在裹脚以前和以后的事她都记得,唯独不记得她的脚是怎样被裹起来的。她面对的只是一双拱起的脚背,损伤了骨骼的左右各四个脚趾。那脚趾虽然没像已经完成的小脚那样弯折到脚心下面,却也瑟缩着如四粒小纽扣,似乎只有脚指盖而没有脚趾本身。这样的脚穿鞋是困难的。但她还是买了一双小巧玲珑的缎子面鞋。即使穿这样的鞋她也还要在脚趾前大量塞上棉花。穿好鞋,她又戴上一副无框镀金腿平光眼镜。对着镜子左照照,右照照,越照越觉得四不像,但也只好如此,硬着头皮出去闯了。

她叫了一辆洋车,来到了师范大学。在一种既畏缩又兴奋,在一种渴望实现领钱的权的动力的驱使下,她并且摆出一副不达目的决不休止的义无反顾的劲儿。她走进学校事务处会计股。门口有一位娇小姐模样的人正对着镜子往唇上抹口红。这是一只"花瓶"。静宜想。她从《369》画报上看到过这个词。她知道一些大的公司、官府、大学、银行都养着少数这样的人,像花瓶一样做摆设。同时她本能地感到一种危险,一种反感,原来在丈夫任教的学校就有这样的花瓶!难怪男人要往邪路、坏路上走。就像《西游记》上的蜘蛛精一样,到处都有她们吐出的丝和她们织成的绊脚的毒网。她看了"花瓶"一眼,那脂粉和姿色使她眼花心跳,慌乱中似乎又有几分羡慕。

静宜端详了一下这间房子,径直向一个正俯案打算盘的中年男人走去,她直觉地判断这才是一个辛苦办事的人员。她走过去,那男人抬起头来,她才看到那人正在长针眼,右眼的下眼皮肿了一个大包,红里透青,挤得眼睛睁不开,样子十分可怜。

"我是中文系讲师倪吾诚的太太,我来领月薪……他说了,以后由我来领取……他把图章交给我了……"说完,她才觉得自己的话完全多余。但她还是愿意说,这个面如死灰的男人的大针眼使她觉得亲切并且可以信赖。

针眼拥有者懒洋洋地用手一指。

她顺手指的方向望去,竟是门口那只"花瓶"。

"针眼"低下头继续打算盘,打了几下,抬起头来,见静宜仍然站在他的桌前犹犹疑疑。他用手向"花瓶"指了一下,并低声说:"请到刘小姐那边去办。"说完,他面部的肌肉痛苦地抽搐起来。针眼是很疼很胀的。

静宜也常常长针眼。记事以来似乎每年春天都要长一次。十三岁那年长得特别厉害。她的右眼睑上有一块小小的疤痕,不仔细打量是看不出来的,便是那次针眼的遗迹。

她的两个孩子也常长针眼。现在的家中,只有倪吾诚从来不长针眼。"肮脏,不讲卫生!"倪吾诚向来都是用这种又傲慢又痛心的语气评论她和孩子们的针眼,这也是令静宜最痛恨的诸事之一。她无法接受倪吾诚那种贵族议论贱民的神气。

静宜走到"花瓶"身边,慌乱地、结结巴巴地述说了自己的身份和目的。没等她说完,"花瓶"打断了她:"倪先生的月薪早领走了。"

"花瓶"说话有一种从齿缝里向外挤的酸味儿,使一些绝非齿音的字儿也变成了齿音。

"你说吗?"一阵火涌上了头脸,静宜说起了家乡方言,一早晨精心打扮所力图塑造的大城市现代女性的形象被破坏了。

"花瓶"不耐烦地拉开一个抽屉,吱的一声又关上。再拉开一个抽屉,咯吱一声又关上。第三次拉开一个抽屉,拿出了一本册子。

静宜如坐针毡。拉关抽屉的声音刺激着她的神经。她想和这位"花瓶"战斗,一些怒气冲冲的话正从心底涌到她的喉咙。她的胸腔发闷,喉咙发紧。

"花瓶"找出了一页,矜持地解释说:"我们发薪的日子已经改过了,比原先提前了一个星期。请看,倪先生已经领过薪了。"

静宜模模糊糊看了一个大方图章,篆字,阴文,弯弯曲曲,不知道写的是什么。

"可他的图章给了我了,我是他太太,我十八岁的时候和他结的婚,他只有我一个太太啊……"说着,她把视若珍宝地保管了十几天的椭圆图章递了过去。

"倪先生早就不用这个图章了。他给我们留的钱银往来的用章是这个……""花瓶"的声调似乎温柔了些,少了些酸气,多了点同情。她顺手打开另一个抽屉,发出了更加刺耳的吱咯声,找出一个盖满各人的名章的簿子,找出来倪吾诚留的底印。果然,方形,篆刻,阴文,与领薪底账上的章相符。

"这么说……他这个狠心的骗了我!"静宜立刻声泪俱下了。

"花瓶"嫣然一笑,眨眨眼。"针眼"转过了头,忧郁地望了她们一眼。那样子就像他常常看到这一类不幸的场面似的。一位花白头发,戴着圆圆的老花镜的老者干咳了两声。

"你们不知道,倪吾诚他不顾家,不顾孩子,我们结婚十年了……连他出国留学也是花的我娘家的钱啊……"静宜哭了起来。向外人、向社会控诉倪吾诚的无德,这并不是第一次,静宜毫不含糊地做出了自己的反应。

"倪太太,您息怒……我们这里……"干咳的老头同情地、爱莫能助地示意,这里不是说他们的家务事的地方。

结婚以来,特别是近一年多以来,静宜和倪吾诚从动口吵架到动手打架已经不知多少次了。每次静宜都有一种气炸了的感觉。她愤怒,她冤屈,她耻辱,她浑身上下都有一种即将爆炸的预感。她怎么嫁了这样一个丈夫?一件人事也不做,一点人味儿也没有!而倪吾诚永远用轻蔑的、怜悯的、傲慢至极的眼光看着她。一看到这眼光,她真盼望他出门就撞上汽车啊!倪吾诚走在路上,迎面来了一辆疾驶的汽车,"砰"的一声,倪吾诚倒在地上,倒在汽车轮下,汽车的四轮辗轧过倪吾诚的头、胸、腹、四肢。又一声"砰",是倪吾诚的脑浆崩裂了,吱吱,车轮轧进了胸膛,轧断了肚肠,轧折了胳臂、腿,红血白骨,全暴露在外边……那将是一种多么壮丽、多么痛快淋漓的场面啊,苍天有眼!

苍天无眼!她又让倪吾诚这个流氓、这个恶棍骗了。骗得好苦!她怎么会那么轻信,拿这种不是人的东西的话当人话相信!自己马上就献上了笑脸,献上了一切,真该打自己的嘴巴!啪!啪啪!啪啪啪!受骗、上当、丢人、现眼,跑到师范大学的"花瓶"和"针眼"面前出丑,真是缺了八辈子的德,丢了八家的人……她多么想痛打自己一通,躺在地上打滚,一头撞死在师范大学的事务处呀!

回家一说,母女三个人立刻炸了锅。静宜是边诉边哭,静珍用瘦骨嶙峋的手不住地拍桌子,拍得右手无名指和中指指甲处沁血。静珍破口大骂,而且表示今天晚上只要"那个死小子"回来,"我跟他白刀子进红刀子出""谁欺负我妹子我一口咬断他的脖颈""一条命换一条命我拼了",她的慷慨激越如火如荼的语言甚至使正在诉苦的静宜为之一哆嗦。静珍可是说到做到,什么都做得出的。矮小、威严而又仍然不失活泼活跃的老太太姜赵氏声音不太大,但拿出来了她的成龙配套的恶毒诅咒。让姓倪的小子不得好死,五马分尸,大卸八块,打血扑拉……"打血扑拉"是一句方言,意似形容一个人临死时的抽搐,骂人而至如此形象生动,鲜血淋漓,可见其怨毒仇恨之深。然后她从头骂到脚,从心术骂到姿势,从皮肤骂到骨髓。皮肤是"长疥、长疗、长牛皮癣、长烂疮",然后是"一层层的疙瘩,一层层地烂;一层层的血水,一层层的脓,一层层地脱皮",骂得细致入微,入木三分,而且不无根据。因为倪吾诚脖子后面长牛皮癣,这是姜赵氏知道的,所以她的骂着重在皮肤方面。这种骂在姜赵氏的家乡叫做"骂誓",不是一般的斥骂或侮骂。骂的当中她不断插入"他个死姓倪的着誓的"。"着誓"也是原籍的一句方言,意即一个人被别人骂他的"誓"所击中,别人骂的"誓"即诅咒化成了现实。任何人听到这母女三人骂的说的哭的声音,听到这些话的内容都会吓晕过去的。但因为她们三个人这样一起骂倪吾诚并不是第一次,所以她们的锐利无比的语言相互听起来大大减少了刺激力。以至当倪藻和倪萍放学以后,听到这一片撕肝裂胆的合骂的尾声,他们是既紧张又习以为常、见怪不怪了的。

"我早就说过这个小子不是个人,不能信他的,一句话也不能信!"姜赵氏最后用一种降低了的调门做总结般地说,"就是要败祸他,损(读顺,阳平;使之晦气、恶心之之意)着他!别以为咱们娘儿们好欺负!你坑咱们,咱们也坑你!你不给咱们好,咱们也不给你好!你不让咱们舒心,咱们也不让你舒心!"

"败祸"也是一句方言,做及物动词用,即舆论谴责、舆论攻势、败坏一个人的声誉。"败祸他"的主张,姜赵氏并不是第一次提出来,静珍和静宜也不止一次地响应过。但每逢行动当中,静宜总半途便退了回来。她毕竟是倪吾诚的结发妻子,她只有他一个,他也只有她一个,无可更易,无可改变。像命运、像性别和出身、像生和死一样,她只有接受的份儿。正像她的唯一的亲姐姐,静珍——周姜氏,结婚八个月就死了丈夫,正像她的母亲姜赵氏没有儿子,"绝户"头,只剩下她们三个人相依为命。她嫁了一个倪吾诚这样的说好不好、说坏不坏、非驴非马、非人非兽的丈夫,也是她的命。她恨他,她怨他,她想起丈夫来就痛哭流涕、咬牙切齿。她盼着的仍然不是他的毁灭而是他回心转意。她没有忘记第一次相亲时高大、英俊的倪吾诚的身影对她的冲击。她没有忘记在倪萍出生以前,倪吾诚带她到北平来上学的时候,他们一起度过的一些快乐的日子。即使在当时,这快乐的日子也是那样令人觉得生疏,她甚至于觉得那时候进图书馆、上课堂、听鲁迅和胡适的演说的姜静宜并不是静宜自己。而现在,当时就觉得生疏的当时的倪吾诚和姜静宜已经云消雾散、不见踪迹了。这一切都是宿命,似乎早就料到会如此。这一切又如此可恶,使她一想起来只觉得牙根又酸又痒。她真想咬住倪吾诚,咬出血来,咬下肉来!然而不,她与周姜氏不一样,她并不想咬断他的脖颈。咬断他的脖颈,她怎么办?她曾经由衷地诅咒过汽车轧死她的丈夫。但当她独自一人夜间醒来的时候,她又为丈夫可能着她的誓、着她姐姐的、妈妈的誓而吓得战栗。她和妈妈姐姐曾经那样真诚地诅咒过倪吾诚,曾经那样怨毒地骂过誓,她深信这些会变成物质的力量,会真格地影响倪吾诚的命运。诚则灵,她相信诅咒有一种极可怕的神秘的力量。特别是她的母亲和姐姐这样一老一少两个寡妇的"骂誓",这样两个女人的祝愿、祈祷、咒语和她们的阴森森的感情和动作,这是绝对不能等闲视之的。确实,倪吾诚随时都可能撞汽车,随时可能长疔疮,随时可能烂一身皮。而那样,她立即就会变成她们家的第三个寡妇。她现在千难万难,千坏万坏,她仍然是她们母女三人中处境最好的一个。她有一个人高马大的丈夫。她有儿子倪藻。当然,还有一个女儿。问题是儿子还太小。如果再过十年,如果倪藻长大成人,她会更加真心和前后一贯地、坚持到底地祝愿——诅咒倪吾诚早日一命呜呼。但是现在不能。她甚至暗暗地有时对她的两大支柱妈妈和姐姐有些反感,她们当真要倪吾诚死吗?怎么不想想倪吾诚死了静宜怎么办呢?

但倪吾诚没有死。他满面红光,身体健康。也许正是因为静宜骂誓的时候和骂誓以后不那么坚决,心里的仇恨攒得还是不够足也不够决绝,因而使她们的"誓"失去了效力,因而保住了倪吾诚的一条命吧?谁知道?

倪吾诚又怎么能不满面红光呢?他天天吃馆子,吃喝嫖赌,花天酒地,这个该死的家伙哟!

第 四 章

倪吾诚出生在河北省一个叫做孟官屯的穷乡僻壤里。那里已经靠近渤海,全是盐碱薄地,又常闹蝗灾,民不聊生。一提到家乡,倪吾诚就想起小时候学会的一段民谣:

羊屄屄蛋,上脚搓,
你是我(读鹅)兄弟,我是你哥。
打壶酒,咱俩喝。
喝醉了,打老婆。
打死老婆,怎么过?
有钱的,再说个。
没钱的,背起鼓子,唱秧歌。

这首歌谣似乎有一种神秘的、彻骨的力量。倪吾诚有很好的记忆力,却记不起他是跟谁学会了说这首歌谣。他觉得这首歌谣似乎是与生俱来的,似乎是预先镌刻到了他的骨头上的。这首歌谣的先验性使他感到不寒而栗。

许多许多年以后,这首歌谣传到了倪藻那里。经过了一九四九年的中国的翻天覆地的变化,倪藻把这首歌谣忘却了。那首歌谣和它所代表标志的生活,似乎从此在中国消失了。但是在经过了许多坎坷以后,在倪藻利用出国访问的闲暇访问了史福岗家以后,他忽然想起了这首内容与他对西欧国家的访问毫不相干的歌谣。他的眼前似乎出现了一幅中国的穷乡僻壤的图画。他不寒而栗,难分难舍。

是的,这是先验的。因为不论是倪吾诚还是倪藻,他们出生在一块"羊屁屁蛋上脚搓""打死老婆""再说个"的土地上,这是他们事先不知道的。

如果倪吾诚知道,他还有勇气生下来吗?

现在让我们再回到旧事。倪吾诚家是这个穷乡僻壤的首户,是一家大地主。他听说过,他的祖父是一个有名的举人,主张变法维新,参加过光绪二十一年(公元一八九五年)"公车上书"。他自费刻印过提倡天足的传单,这在当时,大概是十分过激和冒险的革命行动。到光绪二十四年、戊戌变法失败后,他的祖父是自缢身亡的。家里大人从来没有正面告诉过他祖父的事情,这一切是他从管家、从亲戚那里似懂非懂地听来的。

倪吾诚还有一个伯父,是一个疯子。他把自己的衣服撕成条条缕缕,又唱又哭又笑,有几次被绑起来。倪吾诚依稀记得,他直到死,腿上还绑着铁链子。

倪吾诚的祖母为家庭遭到的不幸深感恐慌。她认定家里是受了邪祟。她与倪吾诚的父亲与叔叔商量该怎么办,她的这两个儿子提不出任何方案。倒是她的儿媳——倪吾诚的母亲敢想敢说,颇有些气魄。这位儿媳建议说,必须举家迁移,以避邪除祟。

她的大胆的建议被接受了。但是周围的大屯子里没有他们落脚的地方。于是她们选择了离孟官屯六十里地的更加穷困、交通更加不便的陶村。她们花费了许多钱,用三年时间在陶村盖起了一座宅院,包括一个有两亩地的梨园。还有一个粮场、一个磨坊,二十几间规格不等的房。就在光绪皇帝驾崩的那一年(一九〇八年),他们迁徙到了陶村。

与激进的父亲、精神特异的哥哥迥然不同,倪吾诚的父亲倪维德是一个老实巴交、反应迟钝、相当窝囊的人。他左肩高、右肩低,口齿不清,难得说几个完整的句子,而且终生习惯性腹泻而又多尿,一年四季没完没结的鼻涕、哈欠、喷嚏。倪维德从青年时代就染上了抽鸦片的恶习,这使倪维德的母亲大为愤怒、懊悔、痛心。但倪维德的妻子即倪吾诚的母亲独具眼光,对丈夫吸鸦片抱相当理解和支持的态度。尽管倪维德的妻子身高力大,仪态端庄,精明强悍,自尊要强,是倪家最有威望的一个人物。倪吾诚从小对母亲抱着一种特殊的敬畏。她来到倪家以后,隐隐感到了倪家特有的"邪",那是一种灵气,一种热情,一种躁动,一种痛苦。那是一种诱惑、一种折磨、一种毁灭一切也毁灭自身的毒火。所以有了公公的变法维新和自缢身死。所以有了大伯子的癫狂。她害怕这种邪祟会毁掉倪姓全家。在孟官屯的大宅院里,夜间起风的时候她常常听见一种呜呜的声音,像动物的鸣叫,像冤鬼的哭泣,她认为这就是邪祟,她毛骨悚然。大伯子死后她有好几次做梦梦见了他。作为弟媳,她本来从来没有正眼看过他。梦中的大伯子神态安详,没有病。他用一种奇怪的、令人胆战心惊的声音颤抖着说:"我抽大烟把病抽好了。"然后他的影像渐渐消失。但这句话,这苍茫颤抖的声音仍然在倪维德的精明强悍的妻子的耳边回响。醒过来以后,她仍然听到那神秘的声音:"我抽大烟把病抽好了!"

于是发生了顿悟。祖宗有灵,苍天有眼,倪家命不该绝。鸦片原来是救命的烟!请想想,如果倪维德的父亲吸鸦片,他还可能去主张什么变法维新,参加什么公车上书,提倡什么天足大脚吗?他还可能自缢身亡、死于非命吗?吸鸦片的人即使活得不如猪狗,也不会自己结果自己的性命。不愿苟活的人只能是疯子。如果疯大伯早年吸上鸦片,他还会那么痛苦、那么暴跳如雷、那么与世界与家庭与一切人势不两立吗?吸鸦片的人是多么安宁、多么安分、多么安然啊!

而倪维德吸鸦片,这不正是倪维德的可爱与可靠之处吗?

倪吾诚的母亲从此殷勤地侍候丈夫吸大烟。她有时还陪丈夫吸两口。但她非常清醒地掌握自己,她绝对不让自己沾上鸦片的"瘾"。她是自从迁居陶村以后家道日衰的倪家的中流砥柱,她既无过激更无发作精神病的危险。她用不着也绝对不允许自己像丈夫一样的喷云吐雾。

果然,鸦片拴住了倪维德的心,保护了倪维德不受邪祟的侵袭。他唯唯诺诺,随遇而安,胆小怕事,有大烟抽就行。据说有一次他偶来豪兴,要亲自宰杀一只鸡吃肉。他在众仆役的保护与助威之下抓住鸡,扭动鸡的翅膀和脖子,把磨得飞快的利刃放到了热乎乎的鸡脖子之上。只需将刀柄轻轻一拉就可完成他有生以来第一次屠宰大业的时候,不知道是由于心慈手软还是由于犯了鸦片瘾,他功亏一篑,把刀子向地上一抛,把鸡放了,回屋躺到炕上捻烟膏去了。

与此同时,倪维德的身体也愈来愈虚弱了。宣统二年(一九一〇年)他的妻子怀了孕。全家认为是一件大喜事,并且归功于陶村的风水好,他们的迁居胜利了。但到了冬天,倪维德变得气喘吁吁,咳嗽哮喘,痰中带血,从早到晚靠在热炕头上,披着皮袄,却还冻得簌簌发抖。宣统三年正月,倪维德的老母病故。倪维德带病举丧、哭灵、守灵、服孝、出殡、打幡、摔盆、入殓……等到太夫人入土为安以后,倪维德也就卧床吐血不起。这年三月,倪维德耗尽了最后的气血,一命归阴,死的时候皮包着骨,只剩一个架子。

倪维德的妻子怀胎五个月的时候死了婆母,怀胎七个月时死了丈夫,她痛不欲生,哭了好几个死去活来。丧事办完,这一胎使她觉得异样,觉得恐怖、有点厌恶却又分外珍贵。倪维德体虚性弱,结婚以来很少与妻子同房。身高力大的妻子一心经营家务,力挽倪家的颓势,而夫妻恩爱、男女私情这根弦压根儿在她的灵魂和肉体里就没有震响过。相反,她无师自通地对这根弦不仅冷淡、虚无主义,而且完全可以称得上是蔑视、烦恶、避之唯恐不及。在这种心情下怀了孕,然后姑死夫亡,使她充满不幸的预感。另一方面,为倪家传宗接代——要生个儿子——的前景,又给她以神圣悲壮的使命意识。丈夫的死,也使"遗腹子"的意义更加不同寻常。

宣统三年,辛亥革命爆发前三个月,倪维德的遗腹子倪吾诚来到人间。这个胎里便蒙受了接连失去亲人的巨大悲痛的孩子成长得十分茁壮。在他身上有他母亲的高大健壮,却没有母亲的精明。他好像既有过人的聪明又比正常人少一个心眼。他七个月长牙,不到一生日就学步走路,一岁半的时候进县城洋楼(这是当地百姓对于该地区唯一的天主教会医院的俗称)种过牛痘。他四岁时学会了写自己的名字,五岁上私塾,九岁又上了洋学堂。一进洋学堂他就迷上了梁启超、章太炎、王国维的文章。十岁时一次他被母亲带上走姥姥家,正碰见舅舅的小女儿裹小脚,他立即无师自通地慷慨陈词,发表反对缠足的意见,声泪俱下地控诉缠足的愚昧和野蛮。这得罪了舅舅,也吓坏了母亲。母亲在他身上又看到倪家的邪祟的应验。她又想起了孟官屯旧宅院深夜传来的呜呜声……究竟倪家造了什么孽呢?究竟她的祖上又造了什么孽,以致使她变成了倪家的人呢?

从此倪吾诚的母亲胆战心惊。她的亲信仆役不断报来倪吾诚的可虑的消息。倪吾诚与佃户们谈天,他说土地应该分给农民,耕者有其田是"国父"孙中山的教导,地主吃地租是寄生虫的行为。"哥子说胡话哩!"小汇报打到了母亲那里。

母亲还发现儿子常常失眠。小小年纪,竟有时在床上半夜半夜地辗转反侧。问他为什么不睡,说是想不清人生的目的、人生的意义、人生的价值。到倪吾诚十四岁的时候,大年三十,全体倪家人正在祭祖,给祖宗牌位磕头,中途找不到倪吾诚了。寻找了半天,倪吾诚原来跑到梨园观测星星。母亲叫他回去,他抨击说那些迷信活动纯粹是自欺欺人,他早晚要把这些祖宗牌位砸烂。

母亲觉得大难临头,但又无人可以一起商议。对于倪家的人,有关邪祟入侵倪吾诚的情况是不能泄露出去的。因为倪维德死后,颇有一些倪家的无赖头面人物,处心积虑地觊觎着他们的家产。只是因为有"哥子"吾诚,他们才不敢轻举妄动。与娘家的人商议吧,第一,谈这个话题有与娘家人共谋夫家的嫌疑,这对于一个女人来说,是仅次于"养汉"的不道德行为。第二,即使没有那次抗议裹脚事件,她的娘家人对倪吾诚的印象也是不好的。说不上为什么,反正她娘家觉得倪吾诚是陌路人,非我族类,异己分子。第三,她的娘家哥哥本身就很不正派,不是个好东西。

但她终于还是与哥哥谈了。哥哥胸有成竹地指示了两条,第一要教外甥抽大烟,第二要给外甥娶媳妇。"无论什么英雄好汉还是妖魔鬼怪,一杆烟枪再加一个媳妇,准保能拢住他的心,收住他的神,要他服服帖帖过日子!"他自信地说。"我还不是一样?年轻的时候也是个匪类脾气,还不是制过来了?一个媳妇制不住,再讨上两个'小'嘛……"他补充说。

倪吾诚的母亲听了这话只想大哭一场。她想起了终于变成了大烟鬼的丈夫倪维德晚年的可怜相。两分像人,八分像鬼。但公公和大伯子的结局更加可怕。同时她这位一辈子没离开过乡下的文盲女性已经直觉到辛亥革命以来、民国以来革命风潮的可怕。而且她也直觉到倪吾诚身上的似乎没头没尾地有些个要"革命"的种子。这种"革命",比起鸦片烟来,当然要凶险一千倍。吸食鸦片而死,不过是个人身亡,是个人的身家性命的丧失。而"革命",是祖宗家业庙堂宗室的覆亡,是天塌地陷,是万劫不复的弥天罪愆。

于是,不满十五岁的倪吾诚,一天下学回来,只见母亲躺在床上喷云吐雾,满室醉人异香,只闻了一下便觉精神百倍,并且引起了那样一种贪欲,一种饥饿感。他连吸几口气,越吸越觉得如醉如痴、遍体酥麻,他激动、快活、满足地流出了眼泪。

从此,在亲生母亲的教导之下,倪吾诚抽上了大烟。然后是他的一位表哥亲自示范手把手地教给他手淫。此事一直是倪吾诚心中的一个疑团、一个沉重的死疙瘩。等他长大成人之后,他觉得有十足的理由判定这位表哥的教授与母亲的教授(吸鸦片)具有同样的性质,出自同一个设计与谋划,是精心安排好了的笼罩在他身上的网的两个环结。但他不能相信后者也是通过了他母亲的首肯。这太可怕,太残酷,太无耻,使他一想起来就想呕吐……上帝呀,除了他自己,又有谁能想象他是怎样活过来的呢？

　　染上了自戕的恶习的少年倪吾诚在他满十六岁的时候病倒了。看来是一个很简单的症候——腹泻，但硬是泻到了无止无休，吃什么都泻，什么都吃不下的奄奄一息的程度。如果他吃一碗配有黄瓜丝的面条汤，不到两个小时就可以走完腹内全部路程排泄出来，排泄物中甚至可以看出绿色的黄瓜皮。实在可怕。躺了一个月之后，他起了炕，忽然发现身材高大的自己变成了罗圈腿。此后一生，他的高大的身躯，俊美的面容始终与他的细而弯的麻秆似的腿不协调地长在一起。特别是他的踝骨，是那样的细脆，使他常常觉得不安全，觉得说不一定下一分钟他绊一跤就会跌断小腿。

　　半个多世纪以后，他果然跌断了踝骨。然后他失去了行走的能力。然后他的下肢萎缩。然后他的躯体萎缩。然后在争取了一辈子幸福、得到了一辈子痛苦以后，他无可奈何地死去了，就像当年无可奈何地生下来一样……

　　在两腿变得罗圈的同时在倪吾诚身上也产生和生长了一种决绝的意志的力量。当时他认为那就是最为激烈和伟大的"革命"的意志和力量了。他意识到自己的危险。他痛恨自己的家庭，自己的阶级。他痛恨表哥、痛恨大舅，也为自己的母亲痛心疾首。他知道自己已经落入了深渊，已经没顶……他如今又罗圈着腿站起来了，这实在是一个奇迹。他把这个奇迹归功于他隐约感到了的中国大地上的革命浪潮的萌动。也许更应该归功于死神。少年的倪吾诚已经在病榻上接受了死神的庄重的亲吻。然后死神放开了他。死的威胁使他醒了过来。还有他的母亲。

　　哭得死去活来的母亲向儿子忏悔。是她狠毒地用鸦片毒害了他们父子两代。使他们一代又一代地腹泻不止。我对不起倪家祖先，对不起你爹，对不起孩儿你呀，我有罪呀，我真该抹了脖子呀……母亲流着泪说。天地良心，灯灭我灭，说瞎话舌头上长疔，我为的是倪家，是你家，是你家，是倪家呀……她又说。

倪吾诚病好以后砸了烟枪烟签烟灯,轰走了又来他家鬼混的表哥。他没有原谅鸦片,没有原谅表哥,却原谅了自己的母亲。他的一场病使母亲老了十年,只有自己一根独苗、一个遗腹子的中道丧夫的母亲呀!她的衰老和她的眼泪使倪吾诚肝肠寸断……就算他是为母亲而死了,那不也只能说明他是该死吗?

倪吾诚十七岁那年终于说服母亲同意了他到县城里的洋学堂——一所寄宿中学寄宿读书。一辆马拉胶轮大车拉着倪吾诚离开了陶村,离开了孟官屯,离开了那一片片白花花的盐碱地,离开了迷茫麻木的一个又一个面孔。倪吾诚下死了决心,他的生活道路从此与陶村、与一个土地主的家业分离了。

然而他付出了代价。同意他住县城上学的先决条件是先把媳妇"说好"。这里方言不说娶媳妇而说"说"媳妇,不说嫁人而说"寻"(读信,阳平)了人,倒也传神。娶媳妇靠的是媒人的说,嫁男人的要义在于寻找一个好人家,所以叫"说"叫"寻",正确无疑。倪吾诚的本意是拒绝母亲的"说"媳妇的安排,当时他已经朦胧地知道了类似"自由恋爱"的观念。当然,他不敢把这伤风败俗、大逆不道、能把人活活吓死的观念用语言表达出来。他也下不了狠心与母亲决裂。这里不但有爱的枷锁规范着他,也有一种近似先验的边沿和界限的不可逾越性。吸鸦片是可以的,手淫当然更是可以的,干别的坏事——例如强奸一个佃户的幼女——似乎也没有什么大不了。甚至即使他失手打死了个人,好像也还有救,只要官家不砍他的人头。然而不服从母亲和长辈给他安排的婚事,就连十分向往革命、并且富有激进改革传统的他,也是想也甭想。

他想用刁难和推托的招数与母亲打迂回战。他先提出了对媒人的要求。媒人要男的不要女的。媒人不要太老的。媒人要有学问,不但要有四书五经诸子百家汉赋唐诗的学问,而且要有声光化电格物致知的学问,还要能懂东洋或西洋的洋文。媳妇是"说"来的,因此要选择媳妇必先选择前去"说"的媒人。母亲答应了。母亲也觉出了大病之后的儿子已不是原来的儿子,儿子脱离她跟她所敬奉的生活轨道已经不可避免。但是她不能对不起心爱的儿子宝宝,她不能让即将走上新的生活轨道的儿子失去她的爱的恩宠。而父母对于子女的爱的最高形式,一是给子女留下财产,一是为子女说上媳妇,寻上女婿。倪吾诚对财产毫无兴趣,这是从小就可以看出来的,而且是无可救药的——一恸!但媳妇呢?他总不能不要媳妇。给儿子说个媳妇!这是她的最伟大的母爱。而且,这里有延续血脉、延续香烟、面向永恒的无与伦比的崇高与神圣。

所以,只要儿子接受说媳妇,别的都依儿子。母亲之所以是母亲,不就是为了儿子吗?如今为了儿子不也就是为了给儿子说媳妇吗?哪怕你要天上的月老下来亲自做媒,哪怕你要诸葛孔明亲自给你合阴阳、批八字,娘给你跑去,娘给你奔去。有娘的那心,便没有娘为你小子做不成的事。于是,符合条件的媒人找出来了,是吾诚出了五服的叔叔,在孟官屯方圆百里之内颇有点才子名气,至少过年写对子写得颇有名气的倪笑之。

倪吾诚且退且战,他驳不倒倪笑之做他的媒人的合格性。那么,他就提出来他对婚事的具体要求:一、对方必须是天足(不愧是他爷爷的孙子)。二、对方必须在上学——洋学堂。三、两年之内他不能完婚。四、他要亲自相亲。

年轻人越抵挡、越挣扎就越进套,越好摆布。不幸的顽强的母亲觉得差不多大功告成。脚的问题,反正吾诚不能婚前脱下对方姑娘的鞋袜用尺去量。上学的问题也并不存在,有钱谁也可以进学堂,临时进学堂也来得及。两年不完婚,你说八年也可以,先定下来,先订下来。定下来订下来你就跑不了了。

差不多仍然是差一点。相亲?这似乎太离奇,太离谱。倪笑之却大包大揽认为相亲也不成问题。社会潮流日新月异,人心不古,人心不古一至于斯,母亲也只能慨叹自己的落伍,慨叹世风的日下了!

笑之叔只用了半月工夫便为吾诚说成了媳妇。应该说很理想,一切符合吾诚的要求。更符合母亲的要求。女方的父亲是乡下的地主,更是知名度与笑之相仿佛的中医。女方的母亲,娘家更是清代名儒赵翰林的后裔。女方是大脚,在县城上学。在县城上洋学堂比吾诚还早一年,因为她的父亲应聘到县城行医,并把家眷带到县里去了。女方没有兄弟,只有一个姐姐,至少不用防大舅子小舅子难缠。相亲,相亲,他被笑之叔带到县城学堂"相"去了。倪吾诚这才知道原来被相亲吓退了的不是母亲,不是媒人,不是女方,而恰恰是自己!一进学堂他就慌了神,站在操场上相距三十步看了一眼,一个娇小天真的女孩子的形象使他面红耳热眼花心跳,几乎晕了过去!他真想揉个烟膏抽个烟泡定定神……

　　佳偶择定了。四个月之后就完了婚。婚后才知道对方是"解放脚"。非"天"非人,亦天亦人。母亲从此完成了人生的使命,从此失去了存在的意义和依据。吾诚如命完婚、如愿去县城住宿上学——与妻子静宜同学——之后半年,母亲无疾而终。她死的时候十分清醒。她问儿子:"我要走了。我怎么还不咽气?咽口气还这么不容易吗?"最后她又说了一句:"我走了。"倪吾诚在兹后的岁月之中常常琢磨这个"走"字。彼岸世界啊,你有?还是无呢?

第 五 章

　　结庐在人境,而无车马喧。仰天大笑出门去,吾辈岂是蓬蒿人?独坐幽篁里,弹琴复长啸。文学是火热的。文学是寂寞的。念天地之悠悠,独怆然而涕下。

　　又是初春!多么艰涩的书稿,多么扰人的喧闹的车马,多么遥远的向往、疑惑和沉醉……终于又短暂地与你聚首,与你幽处。在四面环山的荒寺,在寒风仍然盘旋的地方,在树枝依然干枯却又鼓胀起它的苞蕾的时刻。你幽幽鸟鸣,你风和日丽,你无言的炉火,你仍然成形的灰烬,你早已热透却总是沸腾不起来的壶水,你千回百转、低吟浅唱,你嘶嘶的耳鸣,你静夜的星光,你如死水微澜的旧事,你久已逝去的那么众多的岁月!

　　人算得了什么?人的快乐和痛苦算得了什么?人的因为爱,因为恨,因为悲,因为喜,因为卑劣和因为崇高而互相施加的碾轧,互相赠与的苦难算得了什么?想起来,记下来,写出来的这些苍白的文字和灰暗的纸张又算得了什么?真实的和做作的闹嚷又算得了什么?

　　荒山。废弃了的梯田。合格的与不合格的鱼鳞坑。成活了的与半死不活的桧柏树苗。成千上万的铁镐铁锹。红的、黄的、绿的草。仍然不肯从枝头抖落的枯叶。缓缓地升腾着水汽的茶杯里的新茶。遍地春风又一年。

　　于是在难得邂逅的孤独的温柔体贴的鼓舞下,我继续写倪家的家庭故事。

倪吾诚要了一个砂锅白肉,一个爆两样,一个炸鹿尾。酒？好吧,就要酒。四两？您喝酒吗？医生不让喝,那就二两。温一温,行。还要什么？您还要什么？不要什么了,好吧,不要什么了。

砂锅居的伙计弓腰站在那里似乎不想离去。您还要点什么？他的这话里包含着潜台词,他是在责备这二位穿着体面的老少爷儿们叫的菜太寒酸。

本来想请杜公去吃谭家菜,本来想请杜公去北京饭店吃酒,本来想请杜公至少去东安市场的国强西餐馆吃法式大菜,那是全城唯一的一年四季都卖冰激凌的地方。他把他的这些美好的意图,慷慨好客的意图早早地告诉了杜公。一开始,听到他的即将邀请的通知杜公不好意思地笑一笑,怎么好意思叨扰您呢？他的笑容说的是这个。后来这种邀请的未来时表述听得多了,杜公笑得更不好意思了。你何必老是说请客请客却又始终不见请客呢？杜公替倪吾诚觉察出不好意思来了。

杜公名杜慎行,是一位学贯中西的教授。他因为老母病笃未能与友朋撤向大后方,留在被日军占领的北京了。一九三七年卢沟桥事变以来,他深居简出,闭门谢客,四十多岁就留起了长长的胡须,人们都不再叫他的名号,而称"杜公"。他的高深的学术造诣使日本人也敬他三分。又由于他曾在日本留学,操一口流利的日语,日本人更是对他有好感,千方百计地争取他。常常传出流言,说是杜公即将出任某某大学的校长、国立图书馆的馆长和其他学界要职。杜公听了,垂下眼帘,微微的一个冷笑,此外并不说什么。

倪吾诚对杜公的崇拜是真诚的。当然,为了自己的地位、职业、前途,结交杜公这样的名流也是必不可少的。至于请吃谭家菜或法式大菜,可以说与这种崇敬与庸俗的利己打算有关,也可以说与任何崇敬或庸俗无关。倪吾诚喜欢请熟悉的或陌生的人吃饭,甚至不管对方是什么人。倪吾诚也同样喜欢、也许有时是不自觉地更加喜欢被熟悉的或陌生的人请吃饭,同样不管请他的是什么人。他的性格是慷慨好客。他的信条似乎是有吃无类。

倪吾诚越长越潇洒了。一身瓦灰色西装。裤缝笔挺的裤子遮掩了过细的和弯曲的腿。放光的领带似乎也冲淡了衬衫领子不洁带给人们的寒碜印象。高大挺拔的身躯,特别是那挺直的胸脯,略显方形的脸庞,圆圆的小眼镜,明亮的和表情丰富的眼睛,突起的喉结,还有满脸的亲切的笑容,这一切构成了一种四十年代初期日伪占据下的北京难得见到的风姿。所以静宜常常骂他"根本不是中国人"。这也正是他自己感到骄傲的地方,他没有中国的特别是孟官屯与陶村的成年男人的那种几乎无一例外的拱肩缩颈麻木不仁的呆相。

他实际也还是相当务实、相当"顾家"的。正是由于这种务实顾家的考虑使他在请杜公吃饭的夙愿终得实现的这个中午,在夙愿实现的一刹那间,突然不由自主地把请饭的规格降低了八度。不是海鲜,也不是西菜,他把杜公拉到了便宜实惠的砂锅居,点了几个同样便宜实惠的菜。这位于北京西城缸瓦市的砂锅居,起初压根儿就是专为穷秀才们、为进京赶考的极少数候补官员和极多数候补孔乙己们开设的。它做来做去,无非是猪身上的肥肉瘦肉、头蹄下水,一贯以物美价廉著称。倪吾诚硬着头皮顶住了跑堂伙计的不依不饶的压力。一时间,杜公只觉得无比尴尬,他觉得被一个热情好客而又无力慷慨的人请吃饭,实在是人为制造的一大痛苦。他害羞,他抱歉,他觉得正是他杜慎行欠比自己年轻许多的倪吾诚一顿谭家菜海味筵席。他下决心一定在十天之内还情,还请倪吾诚到恩成居去吃一顿。

倪吾诚的尴尬则不超过一瞬间。他喜欢交际,健谈,有说有笑,开怀畅笑。名为"鹿尾"实为猪大肠的炒菜端上来了,盛酒的锡壶端上来了,锡壶的下半身泡在一碗热水里。杜公说了,不喝酒。倪吾诚给自己斟了温热的一小盅。他呷了两口,又吃了两筷子猪肠。他的两眼大放光芒,他的面孔喜形于色,他的声音也洪亮了许多。"请吃,请用一点,杜公,不要客气!"他优雅地摊开手掌,让着菜,倒像桌面上已经布满了仨盘俩碗,山珍海味。

哈哈，我很高兴。杜公赏光，小子何德！这是我的 honor（英语，光荣）！荣幸之至。按照法国人的说法，这叫做，叫这个（底下是一串含糊不清的发音）……我在学法语，是的，我在学法语……你没有见到那位年轻的欧洲汉学家施特劳斯·沃尔夫岗吗？中文名字叫什么——史福岗，很可爱的。他本来学符号逻辑，后来又学心理分析，最后被中华文化之乎者也给征服了。外国人吃了咱们的迷魂药，喝了咱们的迷魂汤就更醒不过来了。政治，他说过他不管政治。中国有政治却没有社交。更没有爱情。几千年的文明史却从来不允许有爱情。当然康德也没有爱情，他生活在一个小城里，连每天散步的路线都是固定的与不可改变的，这就是铁一样的德国学人。我本来要请史福岗先生一起来吃午饭的。他到天津去了，他和一位天津——女学生在谈恋爱。这就是洋人，走到哪里哪里就有爱情。而中国人，走到哪里哪里就有勾心斗角，哪里都有人勇于抓奸，为抓奸可以几夜不睡。我的老师胡适之先生就说过……他说是大胆地假设，小心地求证。这就是哲学。哲学就是李尔王。当科学的各门各类发达起来以后，哲学就破产了。这正像李尔王把他的财产分给了自己的孩子，最后，自己什么也没剩下。不知道是不是罗素说的，他说哲学就是一只瞎了眼的猫在一间黑屋子里捉老鼠——可不是我们中国人的俗话"瞎猫碰死耗子"，因为大概是罗素说了，那只老鼠并没有在那间黑屋子里。这样，不论是瞎猫还是二目如电的猫，不论多么能干也抓不到想抓的耗子。当然，天道有常，也就是天道无常。至少，应该热情，应该大方，女孩子就应该打扮自己。在国外，如果你称赞一个女子长得漂亮，她会十分感谢你。在中国，如果你称赞一个女子美丽，她会打你一个嘴巴，骂你一声"流氓地痞"！骓不逝兮可奈何？虞兮虞兮奈若何？① 我们这一代是不行了。希望在下一代。然而我的大男孩子的右脚的二拇指压迫着中指。当然，我还年轻，我要做学问，我要

---

① 此二句出自项羽《垓下歌》。

做一番事业。少壮不努力,莫等闲白了少年头,一寸光阴一寸金!用法语说,就是……杜公,该你赐教一二了,我说得太多了,你说是不是,尊意何如呢?

一开始,杜慎行听着挺不错。倪吾诚讲得热情爽快,潇洒开阔,自由奔放,既有上下五千年、纵横九万里的气概,又有明察纤毫、实话实说的精细。说起什么都兴致勃勃,颇天真,还真有点赤子之心。你看他两口酒三口菜下肚以后,是何等的精神焕发,神采奕奕,那样子简直像是突然做了皇帝!小伙子精神头、个头都不错。只是进砂锅居时样儿有点寒酸。也赖自己俗气。看他吃起来是多么快乐,待起客来是多么真诚慷慨,谈起话来是多么豪爽,北方男儿,确实呢!但听下去,他就变得困惑了。杜慎行是一个一板一眼、读书、做学问、做人都十分认真的人,他与别人谈话,听别人说话都是认真的,是真正的洗耳恭听。但倪吾诚究竟是要说什么呢?中心何在呢?目的何在呢?从半年前就邀他,热情得要命,就为了滔滔不绝而又不知所云地给他讲上一通东拉西扯的闲话吗?你说他没有学问吧,他旁征博引,不无根据,懂几种外文,有些思想见解虽属皮毛,倒也犀利。你说他有学问吧,上不着天,下不着地,东一榔头,西一棒槌,难道这是做学问的人的谈话法吗?他现在问"杜公"的见解了,又是问的对哪个问题哪个话题的见解呢?杜慎行困惑了。

其实倪吾诚的询问只是出于社交的礼貌。他的思想正像他的说话,机敏,犀利,开阔,散漫,飘忽不定,如风如雨,如雾如烟,自己也觉得难于把握。从他上了高中,老师们对他就有两种截然不同的评价。一种人认为他是一个天才,例如国文老师曾经给他的一篇作文打了一百五十分。一种人认为他是一个废物,例如历史老师与生理卫生老师就在一起讨论过,需要不需要找倪吾诚的家长谈一谈,严肃地建议其家长带倪吾诚去洋楼(教会医院)的神经科(当时还不懂神经科与精神科的区别)看病。

倪吾诚见杜公未能回答他的提问,他非常礼貌与友好地一笑,接过话头,继续海阔天空地扯了下去。他讲了几句佛学,讲了游几个寺庙的情况,忽然感慨地说:"中国人的毛病在于不会用概念,也不讲逻辑。比如我上次去卧佛寺,在西直门我问一位卖大麦仁粥的小贩去卧佛寺怎么走,他东南西北地乱说了一通,越说我越糊涂。其实,把概念用好了,很容易讲清楚。首先要有西山的概念,其次要有香山的概念,第三有了卧佛寺的概念……"

"然而,现在最大的概念是什么呢?"杜公总算插了一句嘴。他有点悲哀。

倪吾诚翻翻眼睛,颓然垂下了头。他知道杜公在这里指的是战争,是战火中的欧洲与太平洋,是北京被日本人占领的现实。他哑口无言,思绪如乱麻。他的脸上忽然出现了那种如果母亲在世,一定会从而感到安心的孟官屯——陶村人的标准的茫然麻木的神情。

"你还年轻,正是有为之人,有为之时,却非有为之世。然而世界总是要变化的,国家总是要变化的,天行健,君子以自强不息。人生如泛舟海上,要把定舵呀……"

倪吾诚面红耳赤,也许是因为酒力。二两酒他已喝完,他本来并不是善饮之人。从杜公的几句话里,他隐隐感到也许杜公知道了他和几个汉奸来来往往?也许杜公知道他到华北政务委员会主任王揖唐的府上投过一次名片?然而那只是为求职,而他求的只是学府教书之职,绝无卖身投靠、出卖民族利益之意。而且他也帮助过献身抗日事业的乡亲啊。也许杜公知道了他偶一为之的花天酒地?不,与某些人比较,他确是小巫见大巫,然而,古板如杜公者……

"刚才吾诚兄说到中西学术交流,这个,你们计划出版的学术杂志我很有兴趣……"杜公想换一个能恢复倪吾诚的活跃劲儿的话题。

就在这个时候砂锅白肉端上来了。倪吾诚有经验地用调羹舀了一匙汤,放在嘴边吹了吹,徐徐地将汤倒到了口里。幸亏还吹了吹,就这样汤入了口仍然烫得舌面与口腔发疼发木。过了一秒钟以后,他尝到了那砂锅里的白肉片汤的令人销魂的鲜美,也感到舌面已经木然。一股令人神清气爽焕然一新的汤汁开始缓缓地咽进了他的喉咙,美妙的感觉从口而喉而食道而胃而肚子,传遍整个消化系统,开始向周身放射。他甚至意识到了许多天以来缺乏营养更缺乏美食的他,自幼缺乏科学营养和健身食品的他,具有一种至饥至渴的消化力。就在这一羹匙肉汤咽下去后三秒钟,在他用吹的方法正在为第二匙肉汤降温的同时,一种真正的保持、兴奋和愉悦生命的营养素,伴随着罕有的满足感、舒适感和更新感正从腹部向周身放射。快哉,他心花怒放地笑了。

于是他对世界的未来、国家的未来、朋友的未来与自己的未来充满了信心。"我是一个不可救药的乐观主义者,"他说,"想想我小时候过的是什么样的生活,我从来不知道什么叫刷牙,什么叫牙刷,当然也不知道牙粉牙膏。可我们家还是乡里的首户呢!一直十岁了,对不起,杜公,现在本来不该说这个,但我们不能不正视那真实的过去,我们都是那样来的,唉,没法说。对不起,请原谅,sorry,我直到十岁了没有用过手纸,大便以后在土墙上蹭蹭……而今天的中国,正在孕育,正在苦斗,正在变化,正在置之死地而后生。中国文明已经有四五千年。史福岗博士对我说,这是至今仍然活着的,完整地保存下来的,从来没有中断过的文明。当然,正因为是这样,它藏污纳垢,有许多肮脏的东西……"

倪吾诚说得相当动情。激动之后,他的口音又变成了孟官屯——陶村的土腔土调,不再像初进砂锅居时的腔调那样文雅,洋气。他的话显然也集中一些,言之有物一些了。杜慎行不知道这是他的话里有话的忠告发挥了一点影响,还是出自砂锅白肉汤的威力。

吃完砂锅居,送走了杜公,倪吾诚站在缸瓦市大街只觉得头脑一片空白。就像脑髓脑血筋脉骨骼都被抽空了一般。他是谁?他在哪里?他做了什么,正在做什么,将要做什么,需要做什么和喜欢做什么?所有这些问题他都无一言以对。为什么刚刚离开砂锅居,人生便如此虚空了呢?

然后一个可怕的"家"字出现在他的空洞无物的脑壳里,然后出现了静宜的可悲的、可怜的、可恼的脸孔。家,家,家,他已经三天没有回家了,他不是有意的,他绝无事先的谋划。就连给了静宜一个已经失效的作废了的"戳子"也不是有意的。他不喜欢说谎,也不善于说谎,更没有卑劣到用那样丑恶龌龊的手段去骗自己的妻,去骗倪藻和倪萍的妈妈。他是多么爱自己的两个孩子哟! 一想到这两个名字他眼泪就流出来了。

什么,要车不要? 嗯? 不要不要,不要洋车。这个洋车夫有多么衰老了啊,人拉人,年老的衰弱的人拉着车,坐车的是年轻的满面红光的人。人拉车就像牛马拉车,人就像牛马。这是一个什么样的时代、什么样的国家、什么样的城市啊!

他回掉了衣衫褴褛的洋车夫,拐进了丰盛胡同。墙上贴着各式各样的大广告和小广告,印刷的和手写的到处张贴的只此一份的广告。有留着八字胡的东洋人的人丹广告,有寿星牌"生乳灵"广告,有前门外柏林医院专治花柳病的广告,也有关于善知吉凶祸福的刘铁口的算卦和相面的广告。所有的广告纸和广告画都显得信心不足,可怜巴巴。广告下面靠墙坐着一个女乞丐,她的脸上的黑泥使他心惊。女乞丐敞着怀,露出来龟甲一样的黑皱,使他无法相信那是人的皮肤。更令他心惊的是年长的女乞丐带着四个孩子,男男女女。越穷越生,越苦越生。生来受穷,生来受苦。更多的人受穷,更多的人受苦! "我的四个孩子没有饭吃呀,行好的老爷太太! 有剩的给一口吃吧!"

女乞丐领着她的四个孩子一起呻吟,像哭又像唱。她们的面前摆着歪歪斜斜的大小五个破残瓦罐,有一个罐里装着一点菜,他闻到了刺鼻的酸味。

他给了乞丐一点点钱。乞丐的脸上显出了笑容。一瞬间倪吾诚忽然羡慕起乞丐来了。当个乞丐绝对不会像他遇到那么多麻烦。如果一个人每天为吃饭而操心,却从而不需要为别的操心,那毋宁说是幸福。我就不回家了吧,我干脆也当乞丐,跪在这里行乞吧。在历史上和理论上,乞丐都是一种高雅、古朴的职业。

那倪萍和倪藻呢?难道他们也要过这种小叫花子的日子吗?他不能。孩子出生以后,孩子的每一声哭都牵动着他的心,孩子的眼泪竟能勾起他这个高大的男子的眼泪。一声婴儿的啼哭使他回忆起一生中一切温柔动情的事物。他小时候养的一只白毛鼠。他的母亲抚摩他的头的时刻。枝头跳跃的小鸟。他爱喝的红薯黏粥。刚把静宜接到北京来的短暂的充满希望的日子。他的病和他的弯曲的细腿。倪萍和倪藻相差不过一岁,他们并排睡下以后,倪吾诚运用自己新学到的极其有限的关于神经反射的知识,对自己的孩子做了一个实验。他轻轻划了一个孩子的脚心,孩子的脚趾与全脚立刻出现一个拳拢的反应,与他在书上看到的一样。他想再划一次,静宜像一只疯了的野兽一样冲过来推开了他。静宜口出恶言、眼放凶光,好像他是在企图谋杀孩子。别动孩子!静宜说。你安的什么心?我安什么心了?我能安什么心,我是孩子的爹!没见过这样的爹,孩子睡着了,不让孩子睡觉,鼓捣孩子。我不是鼓捣,不是不让睡觉。什么?试验?静宜要和他拼了——你竟敢拿我的孩子做试验?你这个没有人性的畜类……

多么粗野的辱骂,然后来了静珍和岳母,三位一体地向他扑来,要把他撕碎……爱孩子的力量,保护孩子的力量,母兽的力量确实是伟大的、可畏的力量。人本来就是野兽。我们就像野兽一样地生活,我不怨你,静宜。可你怎么连我爱孩子也不相信了啊?我一辈子连鸡都没杀过,难道会对自己的孩子……而你那样子,你那语言,就像我是谋杀者!虎毒还不食子嘛!又何至于把姐姐、母亲一少一老两个寡妇都叫来和我厮杀哟!如果没有她们两个,我们何至于斯!

然而他与静宜的矛盾是不可调和的,常常是连一句话也说不到一块去。他讲欧洲,讲日本,讲英美,讲笛卡儿和康德,讲人不应该驼背,讲晒太阳对人有好处,讲不是妓女的女人也可以跳舞,讲不但应该刷牙而且可以并应该早晚各刷一次牙……他讲这些话的时候静宜是何等地痛恨他哟,恨得可称得上咬牙切齿。全是狗屁!终于她红着眼宣告了。钱呢钱呢钱呢!没有钱不全是狗屁吗?早晚各刷一次牙,费牙粉,费牙刷,费水,也费漱口盂子,还费牙呢!钱呢钱呢钱呢?别驼背,扯你的邪,扯你的臊!正经人有挺着胸脯走道的吗?挺着胸的女人不是暗娼就是明娼,挺着胸的男人不是土匪就是神经病!你们一家子都是神经病!你爷爷是神经病!你爸爸是神经病!你大爷是神经病!你别糊弄我了,你当我不知道吗?你妈也是活活的神经病……

住嘴!他拍响了桌子,桌上的茶壶和茶碗全一跳老高,跌到地上,跌个粉碎,他的手出了血,手指头硬把桌面砸出了坑坑道道。住嘴,你不要提母亲,你混账透顶!

你混账!你一千个混账一万个混账一万年混账!你这一辈子混账下一辈子混账!你们倪家祖祖辈辈混账!你是混账窝里的混账球下的混账蛋儿的混账疙瘩,混账嘎巴!你妈就是头一个混混账账的老乞婆!嫁给你们倪家我受她的气还小吗,还少吗?欺负我们娘家没有人啊!她挑鼻子挑眼挑头发挑眉毛挑说话挑咳嗽挑拉屎挑放屁挑笑挑哭!我当时才是个孩子,她横看着不顺眼竖看着不顺心呀!她管得我大气不敢出小步不敢迈饭也不敢吃啊!就是,就是没吃饭……现在给我讲康德来了!我先问问你,康德他活着的时候吃饭不吃饭?吃饭,那钱呢钱呢钱呢?

啊,静宜,我的两个孩子的母亲,我最不喜欢的,我最不高兴的,你让我最不愉快的就是这个"钱"字啊!难道生活里就没有别的字了?难道你我夫妻一场、订婚、换帖、彩礼、嫁妆、吹吹打打、拜天地、洞房花烛……就再没有别的话说了吗?我到北京以后给你写信,那时我是从茅盾、巴金的小说里学到了爱字的。结婚好几年了,我第一回怯生生地在信上表达我对你的思念、挂牵,也许那总应该算是爱的萌芽吧,可你回答我的"爱"的,仍然是"钱呢钱呢钱呢"!

少废话！你"不喜欢"，你"不高兴"，你"不愉快"，你说得还真酸真甜呀，你说得可真匀和！你充的哪一门子的人灯？你把钱全弄走了，我的陪送（即嫁妆），我娘家的产业，全用到你身上了！你去欧洲留学，花的是谁的钱？你说你说你说！如今，你撂下我们娘儿仨喝西北风你不管，你是灯红酒绿，花天酒地，文明高雅，享尽了人间的荣华富贵。我呢，拉扯着孩子，还有寡母寡姐，吃上顿没有下顿，拆东墙补西墙，临做饭了揭不开锅，你知道吗？你想过吗？你有良心吗？你有人味儿吗？你还教训我们要刷两遍牙呢，你还教训我们挺着胸走道呢！告诉你，吃不饱，直不起腰来！自己大把大把地花着钱，可是不许吃不上饭的我们娘儿仨说钱，这是什么道理？

……怎么那么恶，那么凶，那么能言善辩啊。真是深仇大恨，恨不得扒了皮吃我的肉啊。每一句话都像刀，十句话就足以杀死一个大活人啊！再加上她的姐姐和母亲呢，一下子三个人冲过来，又敢动口又敢动手呢。尤其是那个静珍，从十九岁守志的周姜氏，我实在是怕她。我相信她是真敢杀人的……怎么办呢怎么办呢，不可开交，令人发疯。最后倪吾诚灵机一动，无师自通地想起了孟官屯——陶村一带男人对付女人的杀手锏来了，他大喝一声：我要脱裤子了！边说边做状。这一招还真灵，三个女人立刻落荒而逃，追也追不回来了。他笑了，他感到一种报复的快意。这是一种什么样的野蛮丑陋的快意哟……中国不亡，是无天理！

然后是一夜的咒骂，三个人的女声合唱。高高低低，紧紧慢慢，硬是能够骂到天明，自己不睡，也不让孩子睡，更不要说不让倪吾诚睡了。他在国外留学的时候常常想起家乡女人的骂人的情景。那种骂的亢奋，骂的躁狂，骂的恶毒与骂的淋漓尽致，那种骂人的智慧骂人的激情骂人的专注与骂人的快感，是外国人无法想象的。中国的女人尽管经历了种种不幸、摧残和压抑，居然还能一代一代地活下来，嫁夫生养，传宗接代，也许就是靠这一骂才调节了身心？"咒骂心理学"，这实是一个博士论文的绝妙选题啊。

这就是他的家,这就是他的积淀着几千年的野蛮、残酷、愚蠢和污垢的家……而他,翩翩浊世之佳公子,偏偏充满活力、热爱生活、向往文明、渴望爱情、追求幸福……为什么他没有出生在巴黎、维也纳、柏林、纽约、日内瓦、威尼斯、伦敦、莫斯科,却出生在用脚搓"羊屁屁蛋"的孟官屯——陶村的碱地上呢?为什么他要到县城读中学、到北京读大学、又要到欧洲留学、除了英文还学习了日文和德文呢?如果他就做一个像他的舅父、像他的表哥一样的土财主,抽大烟、娶小老婆、斗纸牌、提笼养鸟、随地吐痰,他不是比现在更幸福吗?为什么他要生活在这样一个年月,这样一个地方,既不敢也不能抗日,又不敢也不愿附日,既不敢也不能离婚,又不甘心如静宜所愿地塌下心来与静宜过日子,既不能离开中国、不能摆脱一切中国乡下人的劣习,又不能心甘情愿地做一个地地道道的中国人呢?

而现在又有了图章的事,一场怎样的风暴在等待着他哟!他不是故意的,他不是玩弄手段,他不是一个狡猾的诡计多端的人。如果他狡猾而且诡计多端,那敢自好了,那他在一切方面都会混得比现在强许多。那天他完全是无意识的,他只不过是无聊中摸索自己的衣袋,他碰到了那颗椭圆象骨名章,他把它拿了出来。这也是可怜,这也是无聊。他只不过是想玩弄一下那个名章罢了,他只不过是因为手里没抓没挠,他的整个的聪敏而火热的生命没抓没挠罢了。他把那象骨图章拿了出来,搁置在掌心上,静宜的眼睛立刻燃烧起来了。她低头闷闷不乐坐在那里,但瞬间就发生了奇迹。他说了什么?他是不是顺水推舟就把图章送了过去并做出了甜蜜的许诺呢?啊,我的上帝,只有上帝能够惩罚我,而他惩罚我已经够多。我的生命,我的一生,我的原来的老家与现在的家便是惩罚的产物,惩罚的体现。我当时是真的想和静宜和解,和周姜氏与姜赵氏和解,与我的国家我的故乡我自己和解啊。不和解又怎么样呢?钱花完了,舞跳完了,咖啡厅和舞场都进不去了。欧洲朋友也到天津去了。他追求了一阵子的密斯刘终于理所当然地拒绝了他,密斯刘砰地关上了门,他被关在门外了。新的薪水更高的大学教授的职衔并没有弄到手。那位鼓吹抗日、鼓吹共产、鼓吹民族独立与阶级斗争的左翼亲共友人,也离开北京城寻找他的八路军游击队去了。只有他倪吾诚一无所有一无所依一无所往。他只有回家。只有叫孩子把孩子的母亲叫过来表示他的歉意。他相信一切都能够解决。他早就对别人也对自己说过,他是一个不可救药的乐观主义者。他又怎么能立即摧毁静宜被他的象骨图章引发出来的巨大的兴奋和欢乐呢?结婚十年了,有几次静宜有过这样的兴奋和欢乐,他要说,有过这样的爱情之火呢?他怎么能忍心、怎么敢立即把这欢乐的火焰扑灭呢?如果说他将错就错地就象骨图章做出了虚假的承诺,那虚假也不是来自他自身,不是来自他的心计,而是来自他也无可奈何的命运啊!

这一切都像板上钉钉,无可更易也无可避免。这一切都已经成为过去,成为历史。做过的事,泼过的水,无法收拾。他又怎么能真正履行当时的承诺呢?那就意味着他的全部独立人格、全部学术生活、全部社交生活包括超越本国界限的社交生活的全部覆灭。难道他能让自己的现在和自己的未来的一切攥在如此愚昧无知的静宜手里?要是那样还不如回陶村抽大烟去!

倪吾诚在大街小胡同里踽踽独行,不知所止,像一个白昼的梦游者。街里胡同里的一切都引不起他的一点兴趣。治安强化、和平反共救国、中日满亲善合作的标语和膏药旗、青天白日满地红加黄条旗①他视而不见。李香兰、李丽华、白云的歌曲他听而不闻。卖水萝卜的悠长的吆喝使他茫然。他默默地走过吹吹打打卖茶叶的"铜管乐队"像走过几块石头。公共厕所里贴满专治花柳病的广告,路旁的阴沟散发出浓于厕所的恶臭。这一切他都司空见惯,这一切永远使他觉得陌生。好像这并不是他的生存环境。好像他是生活在另一个世界里。

---

① 是为汪精卫伪政府"国旗",黄条上有"和平反共救国"的字样。

又走过了几个街口。倪吾诚这才发现自己越走离家越近了,这使他的心猛跳起来。是的,他必须回家,但他实在怕回家。就像他因龋齿前去牙科医院拔牙,他必须拔牙,但他实在怕拔牙。他去牙科医院的时候甚至心怀侥幸,祝祷也许医师不在,也许医药不全,因而不能拔牙。能拖延一下也好。把拔牙的痛苦永远留在下一次吧。

他不由得走进了他熟悉的一个浴池。直到相熟的伙计笑着来取挂他脱下的衣服的时候他才猛然想起原来今天清晨已经来这家浴池洗过澡了。昨天晚上他在一个不洁的地方,所以他一早就来洗了澡。我还……要再洗一洗……休息一下。他嗫嗫嚅嚅地向澡堂子的伙计解释。都像您老这样照顾我们,我们敢情发财了,伙计笑呵呵地说。您来壶香片还是龙井?要不要来两串糖葫芦?好啦您哪。

倪吾诚爱好洗澡几乎可以说是带着一种病态的狂热。他直到二十岁或更晚一点以后,直到上了大学、懂了西学、留了欧洲之后,在他接触到一些洋人以后,他才知道中国人是多么的不讲卫生。在乡下,有人一辈子不洗澡。有人一辈子只洗两次澡。有人一个月洗一次澡这就算是卫生自爱的先锋了。更晚一点,他模模糊糊地感到了中国人对于人的身体、人的肉身的无比贬抑的心理重压。所谓肉体凡胎。所谓臭皮囊。所谓一身臭肉。所谓人欲横流的罪恶与存天理、灭人欲的征伐。简直想不出有这样的愚蠢来作践自身。而这种作践、这种对人身、对人的肉体的蔑视、敌视、压制和自惭形秽的心态,这种心态的所以发生,很大程度上是由于缺乏洗澡的设备和习惯,使身体常常处于一种令自我羞愧的状态。所以他要洗澡。至少一星期他要洗一次澡,也够可怜的了!有条件他一天一次。他要脱个赤条条一丝不挂!他要爱惜自己的可怜的、受尽委屈的却仍然是洋溢着生的渴望的身体。他要一遍又一遍地在热水里泡,一遍又一遍地往身上遍打胰子,一遍又一遍地冲,一遍又一遍地搓,一遍又一遍地洗。直冲得、搓得、洗得全身的皮肤通红,包括胳肢窝、胳臂肘、膝盖和耳后,再搓不下一点泥来,他还要再洗。他总是怕自己没有洗干净。他希望他获得确证,可以确认自己是清洁无瑕的。只有到这时候他才感到自己是和史福岗等一样的人,只有这个时候他才感到自己的身体是文明的。一腔崭新的学问见识,一股热烈的追求向往,一肚子的愤懑、不合时宜、不同政见,如今能付诸实施的,唯有此常常洗澡而已。

而且澡堂子是一个避风的地方。不论是大学还是家庭,不论是大街还是舞场,不论是什么样的高雅的或低下的"社交"场合,都常常有着种种缠绕人折磨人可怕可厌可恶的纠葛矛盾,他常常有无处可容身之感。然而这个老字号浴池对他是永远打开大门、永远报以笑脸、永远报以热情的侍候的。他在别处得不到的笑脸、侍候和尊敬永远可以在这里得到。何况他有钱的时候从不吝惜小费。何况这里虽然尊敬他侍候他却从来不过问他的任何事,更不要说打搅他了。原来中国文明的精华,中国未来文明的、民主的与现代的人际关系的曙光,尊重个性和个人自由的曙光,就升起在人声嘈杂、人体晃动、人气弥漫的澡堂子里。哦,他宁愿大好青春年华在洗澡中度过。

虽说是早晨已经洗过一次,这当天的第二次澡倪吾诚仍然洗得认真仔细,一丝不苟。一种肉体的快慰、宽松和自由使他暂时忘记了人生的烦恼。特别是当搓澡的堂倌最后用一个柳条编的斗子从池子里舀出了热水,砰的一下子从他的颈背上浇下来时,热的刺激和一斗子水的重力刺激,使他全身一抖,更觉得无限的得意。从池子边走出来,熟识的伙计递来了漱口水、手巾把、新换了水的壶茶,他一一享用。又要来了梳子、剪刀。梳理过头发,便进一步修整早晨刚刚剪过的手指甲与脚指甲。倪吾诚的剪指甲也带有一种矫枉过正的热情。他与外国人打交道后,痛感到中国人指甲之长之脏,所以他自己每次剪指甲都全神贯注,剪得指甲短到了狠、苦的程度。这次他一面修剪着自己的指甲一面与相熟的伙计说话,说留指甲的坏处,说多洗澡的好处,说不洗澡而又留长指甲是多么野蛮,多么可怕。伙计唯唯诺诺,心里想您老爷当然愿意把指甲剪多短就剪多短,就是把全部指甲连根拔光也不会碍事。可我行吗,我要是一点指甲没有,遇到绳线死扣怎么解呢？我要是自己老去洗澡，又有谁侍候您老爷去洗澡呢？

倪吾诚继续与相熟的伙计攀谈。老家哪里的？水田还是旱田？这个事由做了多少年啦？进项怎么样？成家了没有？有信来吧？乡下日子好过吗？自己做饭还是打伙吃呢？如此等等。这些问题都是倪吾诚最外行最不善谈的。但是今天他谈了很多，而且听着伙计的回答显出了一副饶有兴趣的样子。以至伙计认为这位爷今天的精神分外的足。而倪吾诚呢，用这种闲谈岔开了迫在眉睫的危险，也用这种闲谈表达了他对待下层劳动人的同情与平等精神。早在家乡，他就愿意与佃户仆人亲切交谈。回想他自己，从完成学业到社会上做事以来，没有一个上司对他满意，也没有一个他手下的人对他不满意。甚至在他已经开不出工钱来以后，他用过的人也不愿意走。他倪吾诚是一个天生的民主主义者，也许是个天生的社会主义者呢。

然后是小小的一觉。赤裸裸的他只盖着两条柔软的浴巾。直接接触到哪怕并不清新的空气的皮肤感到润滑的快慰。这似乎满足了他的天真的习性。小憩中他竟然梦到了自己的家乡，梦到了后园子的梨树。他爬树，爬得那么高，却原来他是一个爬树的能手，赛过灵巧的猴子。他看到了场院，麦垛，大牲口，门楼，瓦楞和村口的圈门。那是谁呢？似乎在树端坐着一个人。是树端吗？也许是云端？也许是天上的一个坐席？闭目垂帘，状如观音，好大的个子。娘娘娘！那是亲爱的母亲。娘，你吃梨，我给你够梨去，这是酥梨，掉到地下就摔成稀巴烂。娘说，我不吃。可你为吗不吃呢？这是什么，好疼！我说不让你上树你非上树，你怎么那么不着调（听话之意）。瞧，扎了刺，这是毛毛虫，娘给你吹吹。

  羊屄屄蛋，上脚搓，
  我是你兄弟你是我哥，
  说个媳妇乐不乐？

醒来时他眼角上挂满了泪水。

第 六 章

无论情况怎样,倪藻总是感觉到一种难以表述的美好与温柔。

早晨醒来睁开眼,他觉得有一点冷。啊嚏,打了一个喷嚏。快穿衣服,别冻着,妈妈边说边递过来了夹袄。夹袄袖子接过一次,仍然嫌短了。秋分都过了,怎么能不冷?妈妈说。那就是说,秋天了。为什么要有秋天呢?树叶都掉在地上。然后就没了。冬天,呜呜地刮着大风。去年冬天,他上学以后的第一个冬天,有一天他摸着黑顶着西北风上学,浑身都吹透了。到了学校,他冻哭了,眼泪淌过了脸孔。而在擦眼泪的时候,他冻得尿了裤。忽然一股热流顺着大腿根传了下来,这似乎是他身上唯一暖热的东西……就这样老师也没有说他,同学们也没有笑他。老师说:"今天太冷了,今天都回家,不上课。"老师说没有钱买煤。他回家一说这事,妈妈姨姨姥姥都把他搂到怀里,倒像他做了什么光彩的事一样。

为什么会有带来冬天的秋天呢?老是夏天多好。夏天又太热了,刚躺下枕头就湿透了汗水,夏天如果不热有多好。人如果不生病、不发烧、不吵架也不死有多好。刚上学半年他就懂得了死这个字,一想到总有一天妈妈、姨姨、姥姥都要死去,他自己也要死去的时候,他是多么悲伤!他知道,这些话是不能说出来的,因为他是一个好学生,一个好孩子。

他是一个好孩子。老师是这样说的,同学是这样说的。爸爸是这样说的,妈妈是这样说的,姨姨姥姥是这样说,邻居和客人们也是这样说的。他起床的时候妈妈给他递衣服,一面给他衣服一面口口声声地叫着"好孩子!"一个孩子如果听到全世界都叫你好孩子,他怎么可能不好呢?

好孩子,吃什么呢?吃什么,有什么可吃的呢?小小的煤球炉已经生起来了,他已经闻到了带着刺鼻的恶臭味的烟。是猫屎味。姥姥说,那个(谁知道是哪个)"死猫"老是在煤堆上拉屎,而且把煤球踩碎蹬碎踢碎了。倪藻喜欢猫,养了几只猫都死了,他相信是因为他们家没有钱买肝给猫吃。猫最爱吃的是肝,人最爱吃的是肉。在人吃不上肉的时候,猫就吃不上肝了。人吃不上肉,还能忍受。猫吃不上肝呢,却受不了。他喂窝头,猫不爱吃,猫过来闻一闻,悲惨地叫一声,不吃,走了,愈来愈瘦,瘦成了皮包骨,瘦成了骨架,就死了。他真替这猫伤心。如果我有了钱我一定给猫买肝吃。不是都说我是好孩子、好学生吗?将来一定能够有足够的钱买猫吃的肝的。但他也不喜欢猫屎。

后来妈妈用白面做了稀糊糊——也可以叫做糨子(糊),还给他撒了一撮红糖。姐姐那碗就没有红糖,这是对他的特殊优待。做"糨子"也是为了他倪藻。有一次他饿了,饿极了。家里没有吃的,只剩下一点点白面了。于是妈给他做了面糊糊,带几分玩笑地说,好孩子,什么也没有了,只能给你打一碗糨子了。他喝了,喝得非常香,喝完了一碗还要喝第二碗,最后连挂在锅边上的"糨子"也用右手的食指抹着蹭着吃了。于是妈妈发现了:倪藻这孩子爱吃糨子。她这样告诉倪藻本人,这样告诉姨姨和姥姥,又告诉了邻人和客人。于是大家都知道了,倪藻本人也知道了,他爱吃糨子。

只有爸爸不以为然,当他听说倪藻爱吃糨子的时候,他把眉头皱起了一个疙瘩,他说:"瞎说,糨子有什么好吃。"他不能承认倪藻爱吃糨子的事实,更不能承认这种说法。

爸爸就是那样讨厌,那样傲慢,只相信他自己,专门破坏旁人的兴致和信条。

他喝完了搁红糖的糍子就和喝完了不搁红糖的糍子的姐姐一起上学去了。

虽然学校是那样的破烂，但倪藻有生命以来还没有见过更辉煌完整的东西，他只知道这是一个好学校，是他所住的胡同里的许多更穷更脏的孩子想上而考不上的一个学校。才二年级，一进学校便有一种如鱼得水的感觉。似乎他生下来就是为了来上学的。他听过不少穷孩子不能读书的故事，他深深地为这些穷孩子而悲伤。于是他觉得自己上学实在是无比的福气。

上国语课，老师让孩子们用"因为……所以"造句。别的同学都造得非常简单，而且听起来千篇一律。然而他造得很长，表达的意思很多。老师惊喜地说，你简直是做了一篇文。他知道老师喜欢他。有一次在老师宿舍门口，他碰到了老师，他给老师鞠了躬，老师竟给了他一块小点心吃。他还没吃过那样的点心呢，又酥又脆又甜。老师示范地一遍又一遍地读他的造句，全班都承认他造得好。他知道他身后坐着的一位极其用功的大个子女生会嫉妒得噘起嘴来。那个女生总想赶过他，又几乎从没有一次不正好落在他的后面，这使他有点难过，又有点得意。

上午还有一节说话课，他在说话课上讲了一个故事。故事是姨姨教给他的，是说萤火虫的故事。说从前有一个小孩，亲妈死了爸爸娶了后妈，后妈对他很不好。有一天他拿着一毛钱去买醋，把钱丢了，醋也没买回来。后妈逼他去找钱。他找了一夜，掉到山沟里摔死了。于是他变成了萤火虫，提着小灯笼到处找他的一毛钱。

这个故事可真惨，亲妈和钱，这都是最重要的。讲故事讲得那个嫉妒他的女生都哭了，老师都红了眼圈。他更感到了妈的珍贵。

然而姨姨也是珍贵的。她是他的家庭教师。是她教给了他讲出那催人泪下的萤火虫的故事。是她还给他讲过孔融让梨，司马光打破水缸，还有一个买栗子的故事。说是一个小孩去买栗子，掌柜的说你抓一把吧，他不抓，最后掌柜的给他抓了一把。后来他妈问他，你怎么不抓呀？小孩回答说，掌柜的手大，我的手小。瞧他有多机灵！这可真是亲爱的好故事。如果真能像故事那样多得到几个栗子吃就好了。可又上哪里找这宽厚的掌柜的呢？倪藻和妈妈要过钱去买花生米，钱送出去了，也确实是掌柜的给抓的而不是他倪藻的小手抓的。掌柜的手大又怎么样呢？花生米给得那么少，可以数得出个儿来。他的心都揪到一堆了。他机灵地、逗人怜爱地说，掌柜的您多给点吧，简直像是乞讨。那天真无邪而又可怜无助的声音感动得连自己都要哭了。然而掌柜的连一点反应都没有，连一点表情都没有，更不要说会多给他一粒花生豆了。

然而姨姨毕竟给他讲了一个亲切的故事，告诉他聪明永远是有益的。而他就聪明。聪明也还得有人教，那就是姨。每天早晨上学的时候姨都检查他的书包。毛笔呢？墨盒呢？铅笔刀呢？蜡笔呢？尺子、尺子怎么没有放进去？而他做作业的时候姨就坐在他的身边，与他一起做。他的每一篇作业，都是姨先看过，再拿到学校去的。他的学习成绩怎么能不名列第一呢？

姥姥，甚至连不认字的姥姥也帮助过他做过作业。那是他第一次做大字作业。姨帮助他置办了砚台、墨、墨盒。墨盒的丝蒙子是姐姐养的蚕爬出来的。蚕要作茧了，但是不能让它作茧，他们要茧做什么呢？就拿一个小碗，碗口上蒙上一张纸，用线把纸系牢在碗上，再把浑身已经透亮的蚕放到纸上。这样，在一张平平的纸上，它找不到任何角角可以依傍作茧。这样它就只能平着爬，平着吐丝，平着做出薄薄的一片丝蒙子。噢，可怜的蚕！噢，叫人心疼的蚕蛹！还有更叫人难过的不声不响不吃不喝的径直等待着死去的蚕蛾！到了蚕蛾这一步，为什么给什么桑叶也不吃了呢？

有了蒙子，有了墨盒，也有了墨。但他不会用毛笔，怎么也抓不住毛笔。偏偏妈和姨不在。他一个红模子还没描出来，已经满手满脸都是墨了。不知怎么的，连舌头都黑了。他急哭了。爱哭的孩子。

后来是姥姥帮他捏住了笔。姥姥把住他的手，描了第一个红模子。头一画描得还不错,他真佩服姥姥。他真感谢姥姥。但第二画不知笔怎么自己滑了一下,于是出来了一根岔,好像扎了一根刺或者自己长出了一根刺一样。他和姥姥都慌了神,越描越成了个黑疙瘩了。

姥姥不会写字。姥姥不认得什么字。但是姥姥会背千家诗和唐诗。还有:

尺素鲛绡劳惠赠,为君哪得不伤悲?

倪藻长大了之后才知道这是《红楼梦》里林黛玉的"赠帕题诗"。前两句是:

眼空蓄泪泪空垂,暗洒闲抛知向谁?

他早就模模糊糊地把这四句诗背下来了,不知其意,但知其音其调,就像上私塾的孩子背"子曰学而时习之……"姥姥念这几句诗的时候是感情深沉的。

姨姨会背更多的诗。姨姨还会背新诗,胡适,俞平伯,刘大白,徐志摩……姨给倪萍和倪藻读过冰心的《寄小读者》,虽然用的是孟官屯——陶村口音。姨还教倪萍和倪藻唱各种儿童歌曲:

母牛母牛谢谢你,新鲜奶子天天挤,
奶子又白又芬芳,我们喝了身体强。

还有:

你是谁,把门敲了又敲,
你找谁,请叫我知道……

老师也教这些歌。终于,倪藻也弄不清了,是老师教了他们,他们唱从而姨也学会了唱——也就是说他们教了姨姨呢,还是姨姨教了他们。所以等到老师教他们唱这些歌的时候,他和姐姐学得特别快、特别好。

反正姨是个儿童教育家。

姨特别喜欢孩子,姨精心关注着有关孩子的一切。全家只有姨会说家乡的童谣:

> 鼓鼓头子鸡,瞎嘎嘎,
> 老娘要吃(个)鲜黄瓜。
> 鲜黄瓜有毛儿,要吃鲜桃儿。
> 鲜桃有嘴儿,要吃油饼儿。
> 油饼喷香,要吃面汤。
> 面汤稀烂,要吃鸡蛋。
> 鸡蛋腥气,要吃公鸡……

真是妙不可言。倪藻总觉得全家都是一些温柔的、慈爱的、妙不可言的人。有什么可怀疑的呢?他从小就生活在绝无争议的无限的温柔和慈爱里。

而且他知道他是全家的希望。当妈妈哭天抹泪的时候,总有人劝她,可你有这么好的孩子! 当姨姨长吁短叹的时候,也有人劝,就指着你的外甥吧……

然而姐姐对一切的看法没有那么乐观。当倪藻说等我长大了我要挣钱养活姥姥、妈妈和姨……的时候,姐姐总是说,上哪儿挣钱去?当倪藻说等我长大了我要发明一样东西能让所有的穷人都从里面找到好吃的时候,姐姐说,瞎说,没有的事。当倪藻说咱们家多好呀的时候,姐姐说,听说,爸爸要不要咱们了,爸爸要给咱们娶一个后妈。后妈,这可是一个严重的问题,后妈比魔鬼还可怕,倪藻早就知道了。他们班有一个姓孔的同学,他老是那么可怜,手上耳上脚上都长疮,眼睛经常是哭肿了的,作业也完不成……他没有亲妈,有后妈。

这个秋天的下午,倪藻告诉了姐姐课堂上发生的一件有趣的事。今儿上午最后一节课是"修身"。白老师教的,啊?她没教过你们?就是那个个儿特别矮,穿一双皮鞋,后跟儿特别高的那个。她可横了,从来都是板着脸,瞪着眼,胆小的能让她吓哭了的。姐姐插嘴说,你知道那是为什么吗?就因为她个儿矮。个儿矮的人横?不是,是说她怕学生不听她的。她越个儿矮越怕学生不听她的,就越横。然后倪藻继续说,不是最后一节课是修身吗,这课的课文是《中日满亲善合作》。你猜怎么了,白老师刚念这个题目底下就乱成了一团,连平常最老实的学生也闹上了。闹什么?闹就是闹呗。有的敲桌子。有的出怪声。有的做鬼脸。有的突然吆喝了一句"臭豆腐——酱豆腐"。有的弄得铅笔盒劈里啪啦乱响。还有的就骂起来了"×××好孙子啦!""你孙子!""我们家电话一四五二(你是吾儿)!""我们家电话五四一八八(我是你爸爸)!"可真热闹啊,比白塔寺还热闹。我也闹了,我为什么闹,我也不爱上这个课。我们这么闹,白老师一管也不管,她站在讲台桌后边,笑嘻嘻地瞅着我们,好像还挺高兴的呢。我们学生一看老师不管,还挺高兴,我们就来劲了。"着镖!"一个纸镖从空中穿过,射到一位同学后脑勺儿上了。又一镖。然后是一拳,干脆打吧。后来就上了椅子。后来就上了桌子。你说有这样上课的吗?可白老师不管,光笑。也不能说不管,同学上桌子和厮打起来的时候,她喊了几句"下来下来下来!""别打了别打了别打了!"就这样,下课铃响了,她笑嘻嘻地说:"下课!"同学们就"噢"地哄叫一声,都笑了。

　　倪藻说得很得意,但姐姐担忧地说,再别说了,别让日本教官知道了。你知道吗?现在是第四次治安强化运动,不管在哪里,要是有人说日本人不好,日本人就会知道,就会把你们抓起来。我觉得白老师现在很危险。姐姐严肃地说。

　　姐姐怎么会知道这些,想到这些呢?姐姐常常那么忧郁。为大人的事而忧郁。像大人一样的忧郁。

　　当然。姐姐比他大一岁,这就注定了什么事情都比他懂得多,想得也多。夜晚,有时是倪藻已经睡了一觉了,通过小小的后窗会传来胡同里的单调而凄婉的笛声。笛声哆嗦着,像哭,又哭不出来。倪藻知道,这是算命的盲老人,在他的小孙女的牵引之下,吹笛招揽生意。他同情这个盲老人,他便说,咱们也算个命吧。不等妈妈说话,姐姐便说,你知道个什么。那瞎子,说不定是卖大烟、卖白面儿的,假装算命。要不,算命就算命吧,干吗这么夜深人静,大家伙儿都钻了被窝睡下以后,他才出来做事呢?人家睡了以后,还怎么算命呢?其实那笛子是暗号,是告诉买主,他带了什么私货,带了多少,多少钱一两。愿意买的,就会吱扭吱扭打开大门,把瞎子让进去……说得倪藻毛骨悚然。特别是听到瞎子凄婉的笛声以后,再听到深夜显得特别清晰锐利的吱吱的开门声,倪藻吓得后脊背沟里冒凉气。

还有拍花子的呢,倪萍对弟弟说。大白天,你走到一个小胡同里,僻僻静静,四周没有一个人,这时候前面出现了一个男人或者女人,向你那么一笑——还笑呢。再向你把手轻轻一招,不好!左面是海,右面是峡谷,后面是火。要不,左右后三面都是直直的高墙。只剩下直直地向前的一条窄道,只剩下那一个男人或者女人向你招手,你就只能跟着他走,想不跟着他走也办不到。然后他就把你带走了,你再也回不了家、见不到妈妈了。他把你卖到远方做奴隶去了。这还是最幸运的,要不他就把你宰了,用小孩的心、肝或者脑子做药,做好了药,装到小葫芦里。你不信吗?西四北大街小学二年级有一个叫六儿的孩子,就是这么着让拍花子的给拍走了。

有的是老师讲的。有的是姥姥姨姨妈妈讲的。倪萍爱听这些,也记得住这些。她和妈妈姨姨姥姥有自己的女性的语言。然后再由她讲给弟弟。

倪萍的脸模子显得丰满。其实她一点也不比弟弟胖。她说话的时候有点笑嘻嘻,但两只眼睛不依不饶地盯着别人,过分热情地非让别人信她的话不可。

姐姐说,咱们要有一个好一点的爸爸多好啊!倪藻翻翻眼,不知道姐姐说的是什么意思。他不知道爸爸是坏还是好,他没有评论。他有爱、有怨、有希望和失望、有疑问,但他并不认为就是爸爸不好。

他常常看到胡同里的小孩子和班上的同学的爸爸们。未老先衰的,红烂着一只眼的,打躬作揖的,见人傻笑的,大多是一副倒霉相。有这样的爸爸,又有什么好的呢?有一个坐小汽车的爸爸,是他们班穿戴最崭新的张钟晨的家长。他捐给学校一车煤。学校的校长和老师提起他来就像提起神仙。连见着小小的张钟晨,也都一个个和颜悦色,摸摸脑袋、捋捋头发、拍拍肩膀、动动脸蛋,爱不释手。倪藻最敬爱的、给过倪藻一块萨其马吃的级任老师①每晚给张钟晨补习功课两小时。他们的级任老师多好啊,全市的小学教师来旁听他的课。然而在那堂公开课上,张钟晨念下一段课文、回答出一个问题来了吗?爸爸捐煤也不行。爸爸坐小汽车也不行。级任老师补习也不行。在这堂课上对答如流、使旁听者惊叹,为老师增光,为学校和班级增光的是谁呢?是张钟晨吗?去吧,边儿也沾不上。那是他,全班最小最矮的倪藻啊!

只有一个同学的爸爸他是有特殊的好感的。那个同学是混血儿,叫朱希礼。小黄毛,小洋毛,小杂种,他一来就受到全班同学的欺侮。然而,倪藻喜欢这个同学。他到朱希礼家去过一次。朱希礼的妈妈是俄国人,爸爸慈祥而且庄严,跟朱希礼的母亲说话的时候是那样亲切和蔼。真叫倪藻羡慕啊!

姐姐谈到静珍姨姨的时候还说,如果姨父不死,姨姨的生活就会好些。真的吗?姨父不死,又有什么好的呢?谁见过这么个姨父?哪儿来的这么个姨父?谁需要这个姨父?如果这个姨父还活着,那他们又该怎样生活呢?

倪藻带着这个问题去问姨姨。姨姨正在牙疼,一只手捂着腮帮子,流口水。姨姨常常牙疼,有时疼得整夜呻吟,有时半边脸肿老高。但她决不肯进医院。她怕医生尤其怕西医,怕吃药,提到打针就魂飞天外,叫做"晕针"。更不必说拔牙了。听到倪藻的问话,姨姨放声

---

① 级任老师,犹今之班主任。

大笑起来。姨姨说,我的傻外甥,那个短命鬼若是不死,我怎么会到北京来,怎么会跟你们家住在一起、怎么会见天守着你做作业呢?

倪萍后来知道了。她埋怨弟弟不该问姨这样的问题。那你为什么这样说呢?为什么许你说,不许我问呢?倪藻反诘道。姐弟二人吵起来了。妈妈说算了算了,问就问吧,她早就不怕问了,哪有那么娇嫩,她根本不在乎,她无所谓,她不会伤心也不会掉泪的。只要是他和姐姐争论,妈妈一定向着他。所以,早晨喝的糯子里,他那一碗里有红糖,姐姐那碗就没有。

倪藻的脑子里没有这么多忧郁的东西。上学——优等的成绩,回家——充盈的钟爱,玩——这就是童年。

于是,在不可摧毁的童年的快乐里,在秋分以后这一个明朗的日子,在下课以后,在明媚的秋天的太阳的照耀之下,倪藻在自己的家门口和住家近的几个男孩子一起玩"逮人"。为了确定先由谁来"逮",手心手背,单奔儿倒霉,他们叽叽喳喳叫着出手。有什么办法呢,是家住在煤铺里的一个孩子叫小黑的"单奔儿"。人家都出手背,就他出的手心。活该他倒霉,他当逮人的。哇哇哇,他用手掌打着嘴出声说:"没有家!"就是说,被逮的人没有可供喘息的树或墙或电线杆。如果以某树某墙某电线杆为"家",被追逐的某个孩子,只要一扶该树该杆该墙,便算是到了"家",小黑就无权逮他了。但小黑的话音未落,倪藻也拼命用并拢起的手指一下一下地拍自己的双唇,发出哇哇哇的声音,他说:"没家没业,蹲下就睡。"小黑不干了,小黑说:"我打哇哇了,我说了,没家。""是啊,没家。"倪藻辩解说,"我也没说有家呀,我不说了嘛,我说的是'没家没业,蹲下就睡'。"他的意思是,玩逮人的时候,被逮的人如果跑累了,可以蹲下。蹲下就算睡了,就不能再去逮了。逮住蹲下的——睡着了的人,不算。他又补充说:"我也打哇哇了啊!"打哇哇以后的话是不能推翻的。

争了一会儿,终于接受了倪藻的"哇哇"。但是大家强调,不带老蹲着的。谁要老蹲着,就甭玩。这就是说,除了打哇哇立下的体例以外,还有一致的舆论,要大家自觉。小黑满意了,追、跑、笑、胜利、失败、闪开、得救、遇险、"被捕"……都玩得很高兴。笑声和喊声响彻了整个胡同。

倪藻,劲不大,跑得也不快,但他反应快,躲闪灵活。有几次快要抓住他了,他一扭身,一低头,从对方腋下钻过去了。虽然是他提的"蹲下就睡",但他一直精神抖擞,毫无"睡"意。不过就这样他也被人"粘黏糕"了两次(即被逮人的人手触着,算输了),两次时间都不长,他又抓住了别人,做了替身。

正在他玩得痛快淋漓之时,他听到了母亲的招呼。母亲把他叫到门口,俯下身来,对着他的耳朵说:"你就在这儿玩,先不进来。你留着点神,你看着点两头,往远处看。要是你爸爸来了,你别理他,赶紧回家告诉我。"母亲的嘴里的热气喷到了他的耳朵上,这增加了秘密和严重的气氛。

倪藻怔了一下神。又要出什么事呢?反正不是好事。一只孤零零的乌鸦,正在头上飞。

倪藻回到正在玩逮人游戏的集团里,却失去了方才的机敏与灵活。他立即被人不费吹灰之力地逮着了。他费了半天劲逮不着一个人。儿童游戏的有机整体马上受到了损害。笑声停了,速度也放慢下来,大家不满地看着倪藻。

"不跟倪藻玩了,他不好好玩!"要求严格的小黑首先提出来了。"不好好玩",这是孩子对孩子的相当严重的指控。

"那我也不玩了。"一个跟倪藻有点搞"小宗派"的孩子说。

"我该上街打醋去了。"

"不玩啦不玩啦不玩啦……"一个活跃亲密的集体迅速土崩瓦解,还没来得及让大家反应过来。

剩下倪藻茫然站在门口。姐姐呢?姐姐不在家。他听见一声声脚步从远而近,从近而远,从这一端到那一端,又从那一端到这一端。他看到的是一些陌生的面孔,不是爸爸。但脚步都是那样沉重、拖沓、疲惫,就像他们都已经走了几天几夜。一个卖冰糖葫芦的中年人嘻嘻笑着向他走来,他该不是拍花子的吧?如果真是拍花子的,他又到哪里躲去呢?不是一瞬间便可以给你竖起三面高墙吗?

　　果然,在夕阳开始变得柔和起来,门楼和槐树的影子变得大起来以后,他看到了已经三天没有回家的父亲的高大的身影。他想跑,两腿却像受了魔法,怎么也抬不起来。

第 七 章

图章事件给姜静宜的打击是致命的。如果说过去的争吵——不论外表上激烈到多么可怕的程度——还带有恨铁不成钢、争取倪吾诚回心转意、战胜倪吾诚的心猿意马、来他个浪子回头金不换的渺茫的期待的性质,那么图章事件之后,便是绝望,便是愤怒,便是咬牙的痛恨,切齿的报复心。

十几年了,谁想到嫁了这么一个丈夫!回首往事,一团漆黑,一切由人摆布,就像自己不是个人一样。上着中学,说是要嫁人。那相亲的一瞥有多么慌乱,多么甜蜜,又多么羞愧!那高大的身影一下子就征服了她,她费了老大的劲才把一个糊涂的穿着竹布褂、黑裙子的女学生的不正经的心,邪恶有罪见不得人的心压下去。那颗心受到男人的吸引了,那个男人将要是自己的丈夫,将要主宰自己的一生。可怕、神秘、无可奈何、一团漆黑。

然而如果嫁了人,我一定是一个好妻子。嫁鸡随鸡,嫁狗随狗。哪怕嫁块木头,也要守着这块木头过一辈子。丈夫,这就是天,这就是命。王宝钏在寒窑里等待丈夫的归来等待了十八年,这一点我也做得到,我也可以把一个刚出生的婴儿等到长得和我一边大。还可以等更长一些。如果丈夫死了呢?那就一辈子不再嫁人,眼睛眨也不眨。姐姐不已经这样做了吗?看我们老姜家,祖上不是达官贵人,却也代代读书识礼,我们的门风就是这样,我们的家风就是这样,我们的乡风就是这样!

而且我简朴,虽然依稀听见爹和娘说给我五十亩地做陪送……我怕的,怕的只是出嫁以后在婆家受气罢了。除了这一条,我姜静宜出嫁时对未来的信心十足。

轰轰烈烈,吹吹打打地嫁给了倪家。由于倪吾诚的坚持,结婚的时候静宜身上没有披红挂绿,头上没有插首饰插花,手腕上也没有金银玉石的镯子。她穿的仍然是竹布褂和黑裙子,一身学生服。她对穿这种素色衣服结婚觉得遗憾和压抑。但为了倪吾诚,她愿意委屈自己。

结了婚不久就退了学,这是理所当然,静宜甚至觉得这是自己的福气。哪有有夫之妇还挤在女生宿舍之理?再说,已经念了几年书,能写信、算账、读小说了,早就够用了。三角、几何云云,压根儿也就学不进去,婚后退学,解除了她的这方面的负担。不好吗?

然而婆婆不好伺候。高高大大,腰板挺直,静宜还没有见过这样的女人。说话时上气不接下气,垂着病态的青黄色的眼皮,不苟言笑,使静宜觉得永远是那么陌生。哪像在娘家那么活泼和随便呢?酸溜溜的,说话不要那么大声,这是婆婆对静宜的第一个训诫。奇怪呀,说话不是为了给人听到吗?声音大了别人才听得清楚嘛。走道的时候脚步要轻一点,训诫又来了。难道在自己家里也要像小偷一样地踮起脚来走路吗?你们这是什么规矩呢?哦,怎么吃饭的时候筷子、调羹、碗碟碰得那么响?老太太又垂下眼睑发话了。

这位老太太的姿势、语言和拿捏得匀匀称称的作派叫静宜气得发昏。哪儿来的臭架子?明明家道已经没落、已经朝不保夕,却还自以为是皇宫里的老太后呢!倪家原来是这样的人。而他们姜家靠的是本事。静宜的父亲是中医,医术精良,赚了钱,从原来的小康变成了家乡的首富。静宜的母亲赵氏来头则比倪家还要大。只是因为她没有弟兄,父母没有儿子,家业的发展才受到了挫折。否则,姜家比倪家阔多了。姜家哪有这么多臭毛病?

她心里这样想,但当面一声不敢吭,只能忍气吞声。婆母有一种莫名的威慑力量,使她不敢造次。连家里养的虎斑大狸猫——这全家的宠物,谁也不怕,独独怕这位老太太。老太太不在时,狸猫大模大样地伏在太师椅上、炕头上、柜顶上呼噜呼噜地睡。只要听到老太太的脚步声或者咳嗽声,大狸猫就一溜烟跑下地来,连眼神都是惊恐、自觉有罪的。没办法,她只能谨言慎行,从早到晚约束着自己,真是受气的小媳妇呀!

婚后倪吾诚照样在县城上学,有时回来歇几天,几天和静宜一同住,几天被母亲叫去,伺候母亲一起度夜。这是乡间的规矩,静宜没的可说,但想起来总觉得令人发指。静宜见到吾诚,脸红红的,一句囫囵话说不出。同床共枕,说点家长里短,吾诚根本不予置理。而吾诚说的话,静宜费了老大力气也听不懂,哪儿来的那么多书上的新名词呢?还有英文呢,静宜听到吾诚的英文就发慌,就觉得气短心跳,头晕胃痉挛。我嫁的是个什么人呢,他怎么和常人不一样?打老早静宜心中便出现了这疑团。

然后是婆母的去世,阿弥陀佛!倪吾诚坚决不要产业,而要去欧洲留学。他们低价折卖了房地产,钱不够,又加上静宜娘家的资助。倪吾诚出洋了,静宜回娘家住去了。

静宜回娘家不久,父亲就去世了。于是静宜和寡母寡姐一起,经历了一番保家卫产的急风暴雨。先是父亲的一个族侄,名叫姜元寿的,拿着静宜父亲生前的亲笔信件,前来争家产的继承权。原来静宜父亲生前,确有过将姜元寿过继为子的打算,此事也做了些酝酿。但新寡归来的静珍马上看到了此事蕴含着的危险,极力反对。她通过自己的至亲好友和心腹用人,很快搜集到了姜元寿吸毒嫖妓、聚赌滋事的材料,再动员起母亲,向已患慢性病的父亲进攻。父亲只好罢了过继一子的打算。此时姜元寿带着狐朋狗友找上门来,形势对这三个女人十分险恶,已经有一些亲戚族人仆役向姜元寿表示靠拢效忠了。这时候显示了静珍周姜氏的女强人气度。她是带着一把菜刀出家门迎战姜元寿的,一见姜元寿就把菜刀放到大门前的石狮子上,说

81

是你要进门先用这把菜刀把我砍了！反正我是无家无业，无夫无子，你要砍了我，就算成全了我，让死鬼周家早一点给我立贞节牌坊。元寿大哥，我算谢谢你了，来生结草衔环，我报你的大恩大德！可你若是不砍，你这个胆敢欺侮我们寡母寡女的狼心狗肺的丧尽天良的衣冠禽兽，你就不是人生父母养的！

面对面吓退了姜元寿以后是经官过堂。在周姜氏策划下，由老太太（其实当时不过四十多岁）姜赵氏向法院控告姜元寿讹诈威胁、图谋霸占。过堂期间姜赵氏换上一身又一身值钱的衣裳，戴上首饰耳环，威风凛凛，仪态堂堂，首先从气度上就把姜元寿压了下去。相形之下，姜元寿獐头鼠目，驴耳猴腮，猥琐低贱，一看就是市井泼皮无赖。公堂上，周姜氏身着素服，全面系统地揭露了姜元寿的过去与现在，用心与手段，严重性与危险性。义正词严，字字如铅弹，有血有泪。人们感到，姜元寿争产的事事关重大，如果姜元寿得手，就会是家破人亡，社会瓦解，山河变色，人头落地，实在非同小可。不用说，母女三人大胜，法院正式判决，姜元寿不但不是此家继承人，不是儿子，而且同意姜赵氏老太太的要求，与姜元寿脱离一切亲戚关系。

紧接着又是与邻居争房基事件。家里要在门口盖一间小门房，邻居却说侵犯了他们的一线地。双方争吵起来，邻居一个泼皮躺到姜家挖开的地基沟内，工匠师傅无法施工下去。又是静珍一马当先，拿起铁锹铲起一铲沙石就往那位耍赖的邻居身上扔，高呼砸死他我偿命……静珍又胜了。

战斗中三位女性同仇敌忾，结为一体。静珍能拼善战，视死如归。姜赵氏信心百倍，稳如泰山。静宜目瞪口呆，对姐姐佩服得五体投地。她甚至与母亲说，姐夫的早死实是姜家的大幸。如若姐夫健在，静珍再生上一男两女，真正成了周家的人，她们可怎么应付得了这种艰苦征战的局面呢？

而静珍在这些"战斗"中，发挥了潜能，发泄了恶气，排遣了丈夫的早死带来的欲绝的哀伤。她完全能够守志活下去了。

几个回合过去,三位女性的江山坐定。动摇的亲友仆役佃户,连忙再次归顺效忠,对老太太、大姐、二姐比原来还要拥戴几分。就这样不知不觉过了两年。静宜长出一口气,再不在倪家受"老乞婆"的气了。她把她受的气全与妈妈姐姐说了,说完,娘儿仨同仇敌忾地骂了一气,并为静宜的婆母、倪吾诚的母亲起了一个"老乞婆"的代号以示轻蔑。就这样,静宜告别了自己的童稚时期,她感觉这才刚刚上了人生的启蒙课。

旅欧两年,倪吾诚回来了,却不肯回家乡。大概是出洋镀金的增值效果吧,倪吾诚一到北平便同时被三个大学争聘,并获得了讲师学衔。民国二十二年初,他回乡镇把静宜接到了北平。度过了一段差强人意、不受干扰的日子。在倪吾诚和姜静宜的共同生活史中,这段日子就够得上说是空前绝后的美好的了。

倪吾诚竭力把静宜带到城市知识界——而且是留过洋、镀过金的摩登知识界的生活中去。他带着静宜去听蔡元培、胡适之、鲁迅、刘半农等人的讲演。他带着静宜出席有教授名流外国人参加的宴会。他带着静宜逛北海,划小船,吃饭馆,看电影。一方面是久别两年之后,一方面是静宜初到大城市,一个新的世界在她眼前打开,而她童心未泯,兴奋喜悦异常,最后一方面是倪吾诚少年得志,意气与月薪同步风发。天时地利人和,八字走对了这么一会儿会儿。

不久,世界又显出了它那阴差阳错、矛盾重重的缺陷本色。城市生活的新鲜,不过是一时而已。在城市知识界的生活中,静宜只觉得失魂落魄,无处安生。听学者名流的讲演,左耳朵进去,右耳朵出来,再加上南方口音和文词,还不如听和尚念经顺耳。来京一个月,静宜就怀上了孕,一有反应她就吓得要死,越吓反应就越强烈。怀孕三个月后,大的反应没有了,只是困得要命。有一次丈夫请一位名人吃饭,吃酒说话,洋文洋词,又无人理她,她竟在饭桌上冲了一下盹,头一低,几乎撞到菜盘子,嘴角上流出了口水。本来她就不爱在外边吃饭,一听一个菜的价钱够她吃一个月的,她的心都疼得哆嗦。她在饭桌上的失态引起了窃笑,回家后一顿好吵。无知愚昧麻木白痴,倪吾诚说的每一句话都缺八辈的德。横行霸道拍马溜须装洋蒜放狗屁,这就是静宜的回敬。两年来与母、姐共同战斗,现在的静宜已不是以前的静宜了。

这年年底,生下了倪萍。倪吾诚请医生请护士新法科学接生,忙活了一阵,对孩子还真疼,对静宜却忽冷忽热,忽然殷勤照顾,忽然连正眼都不看一眼,好像姜静宜并不存在。一天倪吾诚情绪很好,又逗孩子又讲杜威和实验主义,他说他一生尊敬两个人,一个是胡适,一个是他母亲——"老乞婆"?静宜心里想。现在,他还要加一句话,他还爱一个人,就是自己的小女儿。

我呢?我是你什么人?静宜问。真是石破天惊,风云变色。静宜结婚四年,头一次为自己争地位了。倪吾诚又惊又喜又愧,慷慨激昂,痛切陈词。他说他需要爱情,需要过文明的幸福的现代生活。他说中国已经落后了二百年,他们的过去的生活,包括他们的婚姻都是非人性的、野蛮的、愚蠢的,甚至是龌龊的。倪吾诚常常使用陶官屯——孟村一带从来无人使用过的"龌龊"一词,使姜静宜十分反感。你才龌龊呢!她插话说。但倪吾诚正在激动中,根本没听见这话或是听见了也没听懂。他继续说,再也不能这样生活下去了,这样生活下去不如变猪变狗变一条虫。他一边说一边在室内踱来踱去,挥动手势,拿腔作调,好像演戏或者布道。倪吾诚说,她为他生了孩子,他永远感谢她。他相信他们的下一代将会生活在现代文明之中,因为他是一个对未来充满信心的乐观主义者。至于他和她,我的妻子,他用带着哭腔的声音说,到现在为止我们中间没有任何的爱情也没有任何的文明。但是过去的事就让它全都过去吧。苦海无边,回头是岸。过去种种比如昨日死,今后种种比如今日生。我们才二十几岁,我们的人生才刚刚开步走。我是一个去过欧洲的人,我是一个大学讲师。没有几年就会当教授,当校长。我在欧洲学会了游泳跳舞骑马喝咖啡。我所爱的我所希望爱的我所幻想我所做梦的是现代女性。而你差得太远。但是没关系,我亲爱的萍儿的母亲,事在人为,命运由自己规定,西谚说:天助自助者。又说,生活就是钢琴,你怎么弹,就奏出怎样的调子。虽然你不完全是天足,连这我也能容忍。我是一个好人,我是一个人道主义者,我决不伤害任何人,何况是我的亲爱的孩子的母亲。长这么大了我没宰过一只鸡,连踩死一个蚂蚁我都要为它脱帽,因为蚂蚁并没有妨碍过我。最要紧的是你要学习。你当不了讲师不要紧,至少要会说密斯和密斯脱。你一定要挺着胸走路,女人只有挺着胸才好看。女人而不挺胸不如死了好。羞羞答答,半推半就,这就是虚伪,这就是蒙昧状态,这就是自甘落后、不求进取。中国如此落后衰弱,和国民不肯挺胸绝对有关。见到生人要礼貌,要微微一笑,把头轻轻一点,就像我这样一点。要跳舞喝咖啡吃冰激凌。首先要喝牛奶。月子里我给你订了牛奶你不喝,说腥气,说上火,说喝了打饱食嗝。这就是彻头彻尾的野蛮……

你这是扯的哪一家的邪哟!着三不着两,信口开河,就像说梦话。你怎么不醒醒,睁睁眼睛?我是明媒正娶,八抬大轿进了你们家的。我们就应该相敬如宾,白头到老!俗话说一夜夫妻百日恩,我们该有多少恩呢?如今又有了孩子,照你的话说,是第二代。你却说什么做梦也要个现代女性。呸!你勾画的那个影,只有去窑子里找去!我是正经人家、知书知礼的人家的闺女!我怎么能做那种卖弄风情的狐狸精?你也太狂了,太云山雾罩了,你总该睁开眼睛四下里瞭一瞭。人家都野蛮,人家都龌龊,人家都白痴。连我们的爹妈祖宗全都白痴,就你一个人文明!就你一个人文明!我看就你一个人做梦!张口欧洲,闭口外国,少放你的洋屁!密斯密斯脱我早就会说,我还会说古德拜、三块油喂你妈吃,我就是不说!我是中国人,又不到他英国去,说他那英文做什么?树高千丈,叶落归根,你去欧洲去了两年,不过才两年而已,这不是回来了吗?哪至于忘了自家姓甚名谁,忘了祖宗牌位供在哪里?姓倪的我告诉你,我听出你话里的话来了,你没安好心,你少发坏!你是我夫我是你妻,这孩子是你亲骨肉,你愿意也是这样,你不愿意也是这样。你没有一点爱情了。没有一点爱情孩子哪里来的?你想想你去欧洲留学用了谁的钱?你刚才的一番话简直像禽兽!

静宜越说越气。结果——还能够有什么结果呢?

这样的争论一直贯穿静宜与倪吾诚的全部生活,贯穿每年三百六十五天的每一个黑夜和白天。尽管此后他们的生活里发生了许多事情,发生了许多分分合合、起起落落。其中包括倪吾诚事业、社会和收入上的受挫,卢沟桥事变与北平沦陷、更名北京,第二个孩子倪藻的出世,静宜不辞而别一手将着一个孩子回家乡,三个女性一同杀回北京,倪吾诚的家庭生活矛盾更加复杂化和紧张化……不管有多少变化,也不管他们是不是在一起,甚至哪怕是整整一年她和倪吾诚谁也不见谁,甚至哪怕是在睡下之后的梦里,这样的争论,使姜静宜无法理解而又气得发疯的争论,从来不能停止。有时候姜静宜睡得很好,一觉到天明,孩子没有闹,她一夜中间没有醒过。但她醒来时仍然累得喘不过气,她觉得她是哭着喊着闹着发着抖跳着脚与倪吾诚争论——争吵——相骂了一夜才醒过来的。

这是缺了几辈的德,这是什么样的罪孽,这是寻了一个吗行子哟!她知道的、她听说过的、她见过的好男人多得很,坏男人也多得很。但没有一个和倪吾诚相近,没有一个像倪吾诚这样难于理解。

不断地有朋友,有同事来找倪吾诚,商量一点弄钱的法子。有一笔款子可以用个什么正经八百的名义领下来,用出去,每个人可以落不小的实惠。有个什么东西可以转转手,倪吾诚只要点一下头就行,点一下头就有他的大洋二百块。连静宜听了也跃跃欲试,要是静宜,这样的钱早弄到手上千块了。可是倪吾诚连听都不听,他与来客讲笛卡儿的我思故我在。讲罗素的瞎猫。讲休谟。讲柏格森。直讲得人家退避三舍。

他是迂腐吗?他是清高吗?他是不义之财,一文莫取吗?他却花天酒地,爱好享受。自己的一次茶围,可以够他们娘儿几个吃一个月!他还跟别人借钱呢!还到处赊欠呢!甚至于还需要茹苦含辛、节衣缩食地拉扯着两个孩子的静宜为他还账呢!

花天酒地就花天酒地吧,就当孩子没有爸爸好了,就当我也是守寡好了,现在的滋味还不如守寡。但他又那样的恋着孩子,恋着家。他甚至于不止一次向静宜说过一些抱歉和忏悔的话。这样的话说多了也就不值钱。然而他和孩子在一起的时候连静宜也不能不感动。他给孩子洗澡。他给孩子剪手指甲脚指甲。他剪指甲比静宜还耐心细心,静宜给婴儿的倪藻剪指甲的时候剪破过倪藻的娇嫩的手指,流出了一丝丝血。静宜是多么着急又多么后悔呀。而吾诚剪指甲从来没出过事故。他给孩子喂洋营养品。有好吃的他常常先让孩子吃,自己在一边看着。他对静宜说,老母鸡都是这样的。老母鸡带着一群雏鸡来到了田野上,老母鸡发现了一条虫,但是它不吃,它咕咕地叫来了小鸡,把虫给小鸡吃了,它感到最大的满足。

静宜听年长的女人们说过,男人有外遇并不稀奇。除非是穷得叮当响的光棍,一个中上社会地位的男人,娶个小老婆也是常事。叫做一妻一妾,齐人之美。主要看他疼不疼孩子。疼孩子就是好人,善人,正经人。疼孩子就恋家,恋家就顾家,顾家就是好人。这个逻辑颠扑不破,无可怀疑。疼孩子的男人就是一时有了外遇,用不了多长时间也会回心转意,老老实实地与你过一辈子。

然而倪吾诚不能与你老老实实地过一辈子。不老不实地也不会和你过一辈子。过一个月、一个星期都难。他像个猴子,像孙悟空,一天七十二变。你看他回家好好的,对孩子疼疼的,什么都答应得顺顺的。一出家门可能就多少天不回来,大人死活,孩子死活,他问也不问。有多少次静宜气极了,曾经想过把这两个孩子弄死啊!让倪吾诚回来看看吧,两个孩子都死了!这样一定能够打击他。

只这样一想静宜就哭得几乎昏倒过去。对于她,这两个孩子不是比对于倪吾诚还重要得没法比吗?这两个孩子是倪吾诚的生活不能缺少的一个部分。是的,她也承认。然而,这两个孩子便是她姜静宜生活的全部。是她过去一切苦处的代价，是她今天活着辛苦着挣扎着的唯一的推动力，也是她明天的全部希望。

正因为姜静宜从来没有真正认为倪吾诚是一个坏人，所以不论她与他吵得多么凶，打得多么狠，双方曾经怎样的咬牙切齿，恨不得与对方同归于尽，实际上她并没有泯灭过对倪吾诚的希望。也许，这就是爱情？可怜的姜静宜啊，除了这样的"爱情"，你又到哪里去寻找、去体味、去知晓别样的爱情呢？

然而图章事件使她目瞪口呆。她知道倪吾诚没有正形，不着调，说话办事动不动就走板，不负责任，大话连篇，不着边际，东一榔头西一棒槌，既是装疯卖傻也是真疯真傻。她知道倪吾诚目空一切，目中无人，把她姜静宜视如蝼蚁，视如光会咕容（蠕动）的无感觉无感情无思想的蚯蚓。她知道他不顾家，对她毫无情义，但是他摆脱不了这个家，也得不到另外的一个家。他要是只求随便搞几个女人，也许他早就可以飘飘然优哉游哉了。缺德的是他还要什么真正的爱情！这样他就只能是自找罪受、自找苦吃、永世没有顺心的时辰！完全是受了邪祟洋祟，却不想想自己：要钱没钱，要势没势，要在社会上混的本事和生活的本事没本事，连掉了的扣子都不会钉。那你真有学问也好，又是一肚子说有有点说没全没的学问。高不成，低不就，非驴非马的四不像。想起这些，姜静宜固然也愤怒，也伤心，但她从来没有想到倪吾诚会用那么卑劣的手段处心积虑地赚她，算计她，耍弄她，欺骗他自己的两个孩子的母亲。

只剩下了愤怒，只剩下了报复的欲望，我就是要你这个倪吾诚栽在我手里，我就是要你这个去过欧洲的"外国六儿"（此词出处不详）栽在我这个半大脚手里。天塌下来地接着，脑袋掉了碗大的疤，我姐姐那么苦，那么孤单，她照样天不怕地不怕地活着。每天下午还有二两酒就五香花生豆呢！没有你狼心狗肺的倪吾诚，我一个人不也把两个孩子——好孩子拉扯起来了吗！

于是她立即按照与母亲、姐姐商定的方针，开始了对倪吾诚的

"败祸"。她原来就认识几个倪吾诚的同事和朋友,她搜寻了倪吾诚的全部用品,又找出了几张名片,她也还有自己的乡亲,这些都是她败祸倪吾诚的对象。她擦洗了全身(她从来不进澡堂,舍不得花那个钱,也觉得不好意思不方便),换了小褂和衬裙,穿起唯一的一件七成新的旗袍,戴上假金丝平光眼镜,换上一双小号坤鞋并在鞋顶部塞上一大团棉花,带着完成一件庄严使命的兴奋和复仇的急迫,开始了她的逐一访问。看来愤怒是能够帮助人发挥潜能和创造奇迹的。她拜访了老态龙钟而又德高望重的大学校长,完全洋化的系主任,一位蓄长须的教授,一位剃光头的讲师,两位难兄难弟式的新闻记者,一位在家里也不离手杖的一跛一拐的教育局的督办,一位眼科医生,一位酱油厂厂长,还有一位是汪伪军防空司令的小舅子,本人的身份职业不详。她闯入这么多身份、年龄、地位、教养都不同的人物的公事房与家宅寓所,叙述自己的冤屈,控诉倪吾诚的荒唐卑劣,请求同情,请求仲裁,请求一切与倪吾诚有银钱往来的人士,今后再不要借与赠与倪吾诚一文钱,如有需要偿还、发放、馈赠给倪吾诚什么钱的,请交给我。她谈得合情合理,被逼无奈,令人同情,令人慨叹。她的态度温柔大方,谈吐文雅,进退合度。当然,她用一些文词的时候有用词不当之处。她恭维那位督办家庭幸福,她本来要说您真幸运,却说成您真侥幸。后来自己也觉察出词没用对。她控诉倪吾诚的时候有些话也太夸张,说什么他这个爸爸没给孩子花过一文钱,听着不甚可信。她当初也没想说得这么过分,但愈说愈气便控制不住了。但整个说来她不但合乎礼仪而且神采奕奕,双目有神,连眼球也变得乌黑、灵活、富有光泽。她看得出她拜访的对象大多对她印象良好,他们脸上已经显出了这样的表情:有这样好的太太还胡闹,太不应该了!

这也是命,也是倪家无德,老乞婆无德,倪吾诚缺德。姜静宜自知自己虽然说不上有多大学问多深教养,但她不乏机敏和活力,甚至也不是不知道交际和礼节。但那只是在和不相干的人交往之中。在生人面前,她努力奋斗,努力给人家以聪明、大方、讲礼讲理、文明可亲的印象。但是她不能容忍倪吾诚的一厢情愿的揉捏。倪吾诚没有权利也没有资格教导她、管理她。他不配把自己的意志加于她身,令她按吾诚的意愿重生再造。她一看到倪吾诚那副视人如草芥的目光,那个狂妄地噘起来的下唇和下巴,那一双皱起来的眉头,还有那一副腔调,她就怒火中烧。在她的身上,立刻就是粗野代替了未尝不能的温柔,仇恨代替了未尝没有的情意,麻木代替了素日不乏的灵活,疙里疙瘩代替了心清气爽的流畅。一见倪吾诚,连眼神都变得呆滞如死鱼。古语说得好,女为悦己者容。如果此说成立,那么女就一定要为蔑己者而毁容,女为冷淡自己者而丑。既然我得不到你的悦,容也是白容,干脆我损(读顺,阳平)着你,堵着你,恶心你,然而这一切又都不是故意的。她也曾经希望自己在吾诚面前聪明些、文明些、温柔些、可爱些。然而一切都适得其反。所以说是命。

第 八 章

败祸了整整两天,两个晚上倪吾诚都没有回家。静宜把倪吾诚住的正房的两扇门关起,用一条锁链锁了个严实。再不让倪吾诚进家门,她下决心对自己说。

两天的败祸再加一条严实的锁链,姜静宜的内心似乎变得平静了一些。第三天早晨起得很早,起来就去生煤球炉子。接连两天都是娘和姐姐做家务,今天她该多做一些了。

她生火老舍不得搁劈柴。没有斧子,用一把掉了木把也缺了钢刃的旧菜刀把劈柴劈得很细,快成了筷子了,她以为这样就可以省一点劈柴。先把头一天的废煤球倒出来,掏出来,把灰撇干净。再把几粒比较囫囵的废煤球放回到炉膛里,架高一点,省煤。然后揉进去一张旧报纸,然后架起几根劈柴,然后先架上少量煤球,然后点火。待到这几粒煤球冒了浓烟,再加煤球。这一套程序她很熟悉,困难只在于到底搁多少劈柴?

凡是顺利生着的火她都心疼劈柴放多了。再少放一根或者两根绝对没有问题。证据是煤球的蓝色火苗已经带着一股硫的臭味虚虚冉冉烧起,但你还可以在这蓝火中看到金色的最大的也是最后的一根劈柴的火焰。这不明显地说明,那根最大的劈柴是白白地燃烧掉了吗?难道煤球的蓝火已经烧起了,还需要劈柴的火苗助燃吗?

她心疼得要命。下次生火一定少放劈柴。却生不着,费了时间又费了劈柴。如何在"不着"与"浪费"之间找到一个最合适的量呢?

今天便又是这样。生而不着。用手扇。拿来扇子扇。用嘴吹。从火炉的腹部的肚脐眼（捅进通条撅灰用的）里临时加插进一根劈柴，都没有管用。带着猫屎味的黄烟熏红了眼睛。她流泪了。

有家有业娶妻生子的倪吾诚，硬是没生过一次火，不知煤球炉为何物。老天有眼，这样的人怎么不饿死？

于是，把已经烧红了一点点的烫得要死的几粒煤球掏出来，再把纸与劈柴的残骸清理一下。再生一次，重新放柴与纸。

然后生着了，天已大亮。给孩子打糨子，给倪藻那碗糨子里放红糖。然后看着姐弟二人上学。多好的两个孩子。现在用不着接送他们上学了。直到小学二年级，倪藻下学的时候她都去接。去早了，就一个人傻乎乎地站在操场，眼看着教室，她似乎听到了集体朗读课文当中的倪藻的声音。

孩子走了，姐姐梳妆完了，然后与母亲一起进行三个人的例行磋商。那小子又没回来。甭理他，今天一定会回来的。回来也不让他进屋。回来以后啐他，当面啐他……

更重要的问题，晌午吃什么呢？玉米面还有一口，白面还有二斤来的，舍不得吃。绿豆还有一把。而最重要的是，没有钱了。

倪吾诚没管。姜家的钱收不上来。三个女人一道进京前卖了一批房子、地，怕物价涨，买了些金银首饰放在家里，这几年坐吃山空所剩有限了。剩下的地产委托给最忠厚的庄户头张知恩和李连甲。每年入冬他们进京来给主母报账，带点冬菜、杂豆、腐乳、粉肠子，也交一点钱，可以说是象征性的了。闹日本又闹八路，乡里生活不得安宁，收不上租来。

现在，距离得到那象征性的钱，也还有个把月。倪吾诚又不给。怎么办呢？

卖打鼓的。把那双鞋卖了，我早就说那双鞋穿不着，不如卖了。干脆把那个夏布褂子也卖了算了。哎呀，真是瞎说瞎闹，秋分都过了，天一天比一天凉，谁还穿夏布，我看把咱娘那个用不着的皮袄卖了算了。

两个女儿又算计娘的貂皮皮袄。娘不乐意了。虽然姜赵氏老太太随着家道的衰微已无当年大战姜元寿时的威风,但她仍然不能容忍女儿的无礼。卖皮袄的事只能由娘自己说,岂有由小辈嘴里吐出之理?不孝。

姜赵氏绷起了面孔。静宜自知失言,赶紧往回找补。便说倪藻这孩子如何懂事,倪藻夜儿个还说将来挣了钱给姥姥花,给姨花。果然老太太的面孔稍微活泛了一点。刚刚洗掉了大白脸的黄脸的静珍也凄然一笑。

老太太叹了口气,有这个心就行呀。老太太又补充了一句牢骚,眼珠子都指望不上,还指望什么眼眶子!

静宜与静珍面面相觑。眼珠子是说她们俩吗?娘不满意她们俩吗?静珍可是为了家两肋插刀,立下了汗马功劳。那就是说静宜?静宜不是一切都听她们俩的吗?

我是说的那个死小子。老太太好像觉察到了什么,她也不愿意影响三个人的团结,便解释了一句。

静宜便释然。她提出个建议,以后既不要提名道姓,也不必再说是死小子。让倪吾诚听见了或者邻居客人听见了不好。

这个建议受到一致赞成。而且迅速起了代号,就叫"老孙"。因为他七十二变,安生不下来,像孙猴子。以后议论倪吾诚的事,就说"老孙"如何如何,听起来好像是在说一个不相干的外人,多好!

静宜笑了,一起骂起"老孙"来,她感到了一点轻松。

然而午饭吃什么呢?钱呢?

有人拉门铃。谁呀?门是虚掩着的。

开门,请问贵姓,您找谁?来人白白净净,穿着讲究,绸子裤褂,眼睛秀美,说话清晰而又柔和。好像是从另一个世界来的。

终于弄明白了,原来是有名的昆曲小生,他的照片静宜在《实报》上看到过的。

请进。糟糕：正房门是锁着的。进西房去拿钥匙。姐姐问,哪儿来的客(读且)？没顾上回答。

对不住。开门。请坐。说是要给客人沏茶去,客人连忙摆手说不必。他坐不住,还要跑好几个地方。静宜拿起了吾诚的一位日本朋友送的东洋漆木茶盒。茶盒光可照人,形状奇特,像两个僧帽合扣在一起。茶盒上有富士山的图案,还有一行日文草字。静宜拿起茶盒,一副就要把茶盒打开的样子。但是她知道,茶盒里早就没有茶叶了。她与客人商议,我给你沏茶去吧？

客人说,我是来送票的。后天晚上公演《游园惊梦》,请倪先生和倪太太赏光。上次在一次应酬上,我见到了倪先生,倪先生说,他一定要看鄙人演的戏,见笑了。我答应了给先生亲自送票来。说着拿出了票,是红票——坐包厢的。

静宜不知如何是好。昆曲？她知道这里没有什么人喜欢昆曲。说倪吾诚喜欢昆曲,更是无稽之谈。这票多少钱一张呢？她眉头一皱,说了一句,我们生活很困难。

客人告辞,好像根本没有听见她的话。

客人走了以后静宜与母亲、姐姐热烈地讨论开了。怎么办？怎么让进来一个戏子？什么人家才和戏子交往？戏子里哪有正经人？卖艺也卖色,卖色必卖身。不但坤角如此,男角也是一样。男角怎么卖身？真是傻话,怎么什么都不懂的？昆曲有什么看头,瘟头瘟脑,像是喘不过气儿来,哪如(读玉)咱们家乡的梆子？哪如小香水和金刚钻？一张红票得要你十块大洋！天下哪有戏子白给票、送票上门的好事？倪——坏——老孙(一笑)办事就是这么荒唐可笑,想起来一出(戏)就是一出。妹子,你怎么说的？

于是静宜一遍又一遍地叙述她接待客人的经过。在整个谈话气氛的影响下,她不由得添油加醋强调了自己态度如何严肃,如何已经把话撂给昆曲小生了。她们家没钱,老孙说话不算话,留下这张红票也是白留。

姜赵氏和周姜氏听得严肃认真,好像此事事关大局,好像此事并未过去,正等待着她们的共同决策。各种主意一条又一条。你不该收票。你不该让他进屋。我问你拿钥匙干吗,你不说。唉!你应该说,这票我不能收。你应该说,老孙他搬家了,他不住在这里。这叫吗话,这不是人话了。把我急的。你就说,我们是穷苦人,也不对。就说老孙他很不可靠,他说的话谁也别信。干脆就说你给老孙送票,那是太公钓鱼,愿者上钩,偷鸡不成蚀把米,什么什么来着,叫做周郎妙计安天下,赔了夫人又折兵!

哪那么多废话?再来客人,只一句话,老孙不在家。说完这句话就关上门,完了。

两位女儿都服了气。这才又转入正题,午饭吃什么?老孙回来怎么办?

接待昆曲戏子受到了启发,把那个东洋茶盒当出去。不值钱?怎么也够几斤大饼。静珍说,这事由她去办。老孙回来,也是由静珍陪着去质问,非闹他个水落石出不可。

照此办理了。静珍拿着东洋美术茶盒出去,拿着二斤杂面,一两烧酒,一包花生豆回来了。

静宜嘟嘟囔囔。平常喝酒可以,今天连饭都吃不上了,怎么还灌黄汤子?

静珍立刻拉下了脸。我可以不吃饭。这杂面条我一根儿也不吃。酒不能不喝。我要喝酒。实话说吧,妹子,别说你管不了我喝酒,娘也管不了。就算爹从土里走出来不让我喝酒,我也不听他的。刀架在脖子上,可以。酒,还得喝。你不是说没有饭吃吗?妹子,实话说吧,没有饭吃我也得喝这一两臭酒。

哟,不就是随口说一句嘛,怎么说话像吃了枪药,准是头天黑下没做好梦。

哼哼,静珍冷笑起来,面目无比狰狞。不瞒你说,妹子,枪药我吃过,小刀子我也能咽下去。好梦孬梦咱们该做哪一个就做哪一个。

剪断截说吧,别人不明白你还不明白吗?你也太无情无义了。我上哪里做好梦去?我要有妹子的八字妹子的运妹子的福星高照,我也不喝酒!

扯那些个干什么?我是为你好!

少管我!少为我好!甭管他亲的疏的湿的干的……说为我好的全是黄鼠狼给鸡拜年……

怎么一句话也不让说了?怎么说上一句话就像土匪?

土匪?你算说对了。土匪算什么?白刀子进红刀子出,姐姐要是眨一眨眼,姐姐我不是人生父母养的!

别打了,别打了,亲手足,亲骨肉,你们要再打,我这个老绝户头更没有活头了……老娘无奈,出来劝解,伤感地落下了泪。姐妹二人也受到这伤感情绪的感染,红了眼圈。

中午,五口三代正踢里秃噜吃着热汤杂面,院门一推,进来一位中年妇人。格格格一阵笑声,随着妇人一同进入院内。妇人脑后盘着一个小纂,手里托着一大碗饺子,还在院子里就满脸堆笑地吆喝起来:"我说婶子!我说大妹子二妹子!你们尝尝我做的茴香饺子好不好!过去都是立夏前后吃茴香,这回倒好,秋分以后也吃上茴香了。韭菜黄瓜两头鲜呀。茴香不也一样吗?也是刚下来的时候鲜,快断的时候鲜呀!我心里说,快给婶子她们端过去!又是老街坊,又是新街坊。俗话说,远亲不如近邻,近邻不如对门。又说是,亲不亲,家乡的人哩!"她声音洪亮憨厚,边说边笑,是比姜赵氏一家更浓烈也更地道的乡音。

她是她们的乡亲,在乡下,住在一个村。近来,她和丈夫一家也举家迁到了北京,说也巧,就住在她们的隔壁。搬来以后,她一直很主动地与乡亲联络感情。静珍给她起的代号叫"热乎"。

饺子似乎来得正是时候。倪藻更是喜出望外,喜形于色。于是静宜也喜形于色了。于是洋溢着喜气,老少三辈都说了道谢的话。

只是"热乎"腾碗放饺子的时候东张西望,盯着他们的杂面汤和屋里的陈设只管看个不住。这使娘儿仨不由得交换了一个眼色。端着空碗,由静珍陪着走到院里以后,"热乎"又用眼神迅速地巡视了一周。她看到了正房的链和锁,目光停留了两秒钟。她问:"哟,他大兄弟不在家呀?"静珍没有理她。

"不是好东西!"静珍一回屋就指出了这一点。"官不打送礼的。"静宜引用了家乡的名言。孩子们吃得真香。大人们也都尝了几个,在吃着"热乎"的饺子的时候,没有进行对"热乎"送饺子此举的进一步分析。

饭吃完,忙完家务,孩子上学,姐姐温酒,静宜和母亲各自躺下打盹。迷糊瞌睡之中,只听得静珍一会儿出去,一会儿进来,一会儿喝酒,一会儿叹气,一会儿自言自语。自言自语的声音越来越大,终于把打盹的母女吵了起来。

"这又是闹腾吗呀?"静宜问。

"今天'热乎'进咱们家,所为何来?"静珍的脸上透出严重和神秘的神色。

"管她为吗,官不打送礼的。反正茴香饺子里没下毒药!"

"哼哼,"静珍一声冷笑,"害人之心不可有,防人之心不可无。古话叫做战战兢兢,如临深渊,如履薄坑。也许是薄冰。深渊就是有水的深坑。你站在深坑之旁,最要紧的是什么?就是防着谁背后推你一把!"

静宜对姐姐的论述表示叹服。但她仍然不无困惑地说:"可'热乎'跟咱们远无冤,近无仇,乡里乡亲,邻里邻舍,早请安,晚问好,她跟咱们是真热乎呀!"

"哼哼,她话里有诈,眼里有鬼,肚子里有文章。她来送饺子?她是探子!你不看她那对贼眼?看了东,看了西,还跟我打听'老孙'回家了没有。你管呢?我没搭理她。"

"这种人真讨厌。你不理她吧,她上赶着跟你热乎。你搭理她吧,她没完没了,得寸进尺,还查核人!"

"是我老糊涂了,"姜赵氏拍了一下大腿,想起了一些什么,"那天我去'短鼻子'那里买肉,只看见'热乎'也在那里,她正和'短鼻子'嘁嘁喳喳地说话,见了我就不言语了。'短鼻子'还看了我一眼。"

"她准是败祸我们去了,我们不能受这个气。"静珍喝下了最后一口酒,脸涨得通红。"人这个东西是这样子,我一想就后怕。寡妇失业的,绝对不能让人欺侮。世界上没有什么东西像人一样厉害像人一样恶。人在人的面前,绝对不能示弱。他只要欺侮你一回,就有第二回第三回,从此就没了完了。她就会吃了你吞了你不吐皮也不吐核!"

说得是!说得是!母亲与妹妹完全赞成。

静珍缓缓地放下酒具,走到屋门口,掀开帘子,向母亲和妹妹微微一笑。

在这充满了亲子、姊妹深情的一笑以后,静珍稳稳当当、一步千钧地下了台阶,绕过了石榴树,走到了与"热乎"相邻的墙下。她又淡淡地一笑,长吸了一口气。

对于姐姐的这套动作神色步骤,静宜当然不陌生。但她仍然感到一种迅雷不及掩耳的速度和泰山压顶的力量。果然,没等她思忖明白,已见姐姐双脚凌空跳起:

"好你个狼心狗肺的探子,你个死养汉老婆!"

一声宣战的怒吼。紧接着便是潮水喷涌般的破口大骂。骂的生动活泼,花样翻新,形象具体,壮怀激烈。简直像一串炸弹起爆。

一边骂着一边向静宜招手。静宜一开始觉得姐姐有点冒失。但姐姐的激烈情绪迅速传染给了她。她也感到热血要沸腾了。她坐不住了,她按捺不住参战的斗志了。终于,她也跳了几下,骂了几句。

骂了两分钟,姊妹两人相视而笑。前一刹那还是同仇敌忾、气吞山河,立刻就能做鬼脸般地笑,静宜自己也觉得有趣,简直神奇。

就在姊妹俩要收兵的当儿,忽听到墙那边传来"热乎"的嘟囔声。好像是"热乎"说了一句:"这是吗行子哟!"

这就引起了新的轰炸,骂得更深更烈更狠。新的轰炸持续了三分钟,终于,隔墙那面鸦雀无声,敌方火力已被打哑了。

静珍出了一脑门子汗,嗓子也嘶哑了。她打了一盆温水洗了脸,又让妹妹拾她的剩水洗了洗。静珍的样子像一个得胜的将军,虽然有些疲劳,脸上仍然带着得意的笑容。她自言自语地分析解释说:"管他三七二十一,先骂一顿出出气!"停顿了一下,她又补充说:"我又没说是骂谁。咱们又没点出名儿来,谁心虚谁有鬼就是骂谁。世上有拾金的,有拾银的,有拾铜钱的,就没听说过有拾骂的。我骂的是你,谁说的?身正不怕影儿斜,无病不怕喝凉水。咱们这么骂,坏人跑不出去,好人也屈枉不了。"解释完了,停顿了又一会儿,自己小声笑起来。

这一个下午静珍变得相当愉快。她自己在屋里溜达了一小会儿。然后她拿起话本小说《孟丽君》。看样子她读得十分入神。一边读还一边哼哼小曲,包括母牛母牛谢谢你和鼓鼓头子鸡瞎嘎嘎。然后她悄声读起书来,有腔有调,有滋有味。

姜赵氏看着自己的大女儿沉浸在读书乐中,心疼而又满意。她向静宜伸了伸大拇指,悄声说:"看咱姜家娘儿们,真不赖呆,可说是坚贞节烈,一步一个脚印。看这世道,只怕今后这样的女子越来越难找了呢!"

静宜自觉如热锅上的蚂蚁,坐立不安。她可以凭自己的经验和直觉断定,说话倪吾诚就会回来。回来了到底怎么办呢?她又去问姐姐,姐姐忙于读书,只是轻轻一笑,"兵来将挡,水来土掩。有我和娘呢!"她转过头去继续念书去了。

幸好倪藻今天放学早,岔开了静宜的紧张的心。倪藻出门玩去了。过了一会儿,她叫过正在玩"逮着玩"的倪藻,嘱咐他注意他爸爸是否到来。安排了这么一个放哨的以后,她好像稍稍放心了些。

然后她去熬绿豆汤。

第 九 章

倪吾诚终于摇摇晃晃地从澡堂子里走出来了。然后,他轻车熟路地走进了名为"永存"的当铺,当掉了自己的瑞士手表。"永存当"是他的密友,是他生活里的不可或缺的一个依靠。没钱的时候去当,有了钱再取,真是再合理也没有、再方便也没有了。说什么一当一赎之间受到了盘剥?他没想过。那样想不是自寻烦恼吗?

这只瑞士表已经当过三次。除了当的钱每次比上一次都略少一点,一切顺顺当当。他甚至愉快起来了,嘴里轻轻吹着口哨,又有钱了!口袋里没钱的日子是何等恓恓惶惶!口袋里没钱的时候一米八的个儿好像突然变成了一米四!

他高高兴兴地离开当铺,到对面一个药店买了一瓶麦精鱼肝油。他要给两个孩子加加营养。他们显然发育不良,缺钙、缺蛋白、缺脂肪,缺维他命 A、B、C、D,他设想着倪萍和倪藻吃了鱼肝油以后变得结实起来、粗壮起来的情景,觉得可喜。

直到买完鱼肝油,离开了当铺的时候,倪吾诚忽然意识到在他从当铺里往外走的时候,当铺的物件架上似乎有什么东西使他蓦然心动、使他有所不安。是什么呢?他想不出来了。这也是他的悲哀,他常常想自己的事,影响了对外部世界的注意。对外部事物的反应,他往往要晚一拍。

拐过角去,是一家儿童玩具文具店。他进店选择了一回,不是太贵,就是太低劣、太俗。中国的儿童没有玩具,男孩子只能拨拉着自己的小鸡巴玩,真令人悲哀!他总算找到了一本色彩鲜艳的名古屋出产的"活动变人形"。像是一本书,全是画,头、上身、下身三部分,都可以独立翻动,这样,排列组合,可以组成无数个不同的人形图案,所以叫做"活动变人形"。倪吾诚看了一下日文说明,知道这种玩具可以培养儿童的想象力,还可以使学龄前的儿童得到一种"我也有书读"的满足,他由衷地佩服东洋人的先进和智慧。

也许这书买得太晚了?倪藻已经是一年级,不,不,瞧我这个记性,打秋后他就是二年级学生了。那他姐姐呢,不用说,就是三年级了。而这"活动变人形",照名古屋的日文说明,是给幼稚园(即今幼儿园)或者连幼稚园还没上过的孩子"读"的。又有什么办法呢?中国还没有幼稚教育啊……而且,他倪吾诚也还要认真读一读这本"活动变人形"呢。他已经三十多了,然而,他多么想补一补童年的课、幼稚教育的课,像西洋或者东洋的一些享受到文明生活和教育的孩子一样地生活一下啊!

手里拿着五彩绚丽的日本玩具"读物",衣袋里装着麦精鱼肝油的褐色瓶子,倪吾诚拐进了自己住的胡同。刚一进胡同他就看见了儿子,儿子孤零零地站在门口,站在古老的、似乎已经死了一半的大槐树下。

"倪藻!"他喊道。他不喊"藻儿",也不许给孩子起乳名,他要正正经经唤他的名字,要让他从小知道自己的人格的独立,姓名的独立。这一点倒被静宜和她的母、姊接受了。谁说他的文明一概被顶回来打回来了呢,至少在叫名字这一点上,他的文明方式不就胜利地付诸实施了吗?他苦笑了。

他叫着倪藻加快了脚步,然而,在离倪藻还有十几步的地方,他停住了。他看到的是一个多么瘦小瑟缩的身体,多么呆板、恐惧、茫然、麻木的面孔!噢,我的天啊,这是倪藻?这是我的最亲爱最聪明、寄托着我自己的无限期望和幻想的儿子?瞧那接了一次袖子的夹袄的又脏又破的可怜样儿!瞧那细瘦的、麻秆一样的胳臂和脏乎乎的小手！瞧那伸不太直的腿，难道这么小就罗圈了吗？维他命 D 缺乏造成的佝偻病太可怕了。尤其是那呆滞和惊恐的眼神……他为什么不叫"爸爸"？他为什么不像小兔子小麻雀小山羊一样跑过来、搂我、亲我、把我手里的花花绿绿的好看的玩具读物接过去？他为什么不对我喊、笑、闹、要，要吃的、要喝的、要穿的、要玩的，他难道不懂得如何行使一个受宠爱的孩子对于父母拥有的权利吗？我宁愿自己下地狱，我但求我的孩子们能生活在天堂！

孩子的神情使他也变得迟疑了，好像有一道屏幕隔在他们中间。灿烂的夕阳照着他们父子俩，父子俩在地上留下了拖得很长的影子。槐树的荫处就有点阴森了。倪吾诚觉得正有一股凉意从世界的各个隙缝处钻出来，又不知不觉地钻入到他们的身体里去了。

他走近了，他站在伸手便可以摸到儿子的地方。他的右手送出了"活动变人形"，左手掏出了装鱼肝油的式样讲究的褐色玻璃瓶。这样的玻璃瓶，在当时的北京，也算是时髦而又华贵了。

然而孩子的目光却益发不安而且呆木。这样的目光使倪吾诚骇然，他几乎大叫一声失手把瓶子摔到地上。从这目光里他看到孟官屯——陶村的白花花的碱地、衣不蔽体的生存、用脚搓羊屄屄的快乐、鸦片烟和被拉完屎的屁股蹭得发亮的土墙。从这目光里他好像看到祖祖辈辈的中国人，那些见到地主的佃户和见到官老爷的地主，那些被砍头示众的犯人和被摘除睾丸的老公，那些永远挺不直的腰和永远闭不上的嘴。最使他不寒而栗的，从倪藻的眼神里，他看到了静宜，看到了抽鸦片的少年的自己。他一直寄一切希望于下一代，莫非下一代早已经继承了他们这一代和上溯无数代的负担？他的"乐观主义"的希望究竟寄托在哪里？

倪藻突然转身就跑，不见了。

倪吾诚心怦怦地跳。不好。凶多吉少。他拾起摔在地上的鱼肝油瓶，两眼发黑。

他皱了皱眉。他的眉一直是皱着的，都无法再皱深一步了。唉。

他想起欧洲,欧洲的孩子,青年,女人……即使战争席卷了那里,法西斯主义正在吞噬一切,然而那里毕竟有热烈的活人。

他摇摇头。他走上有点歪侧的青石台阶。皮鞋踩在青石上,溅起的是尘土。漆皮剥落、露出了衰颓的裂缝的门,被夕阳染上了橙色。他这是第一次打量自家租的这个院子的门。这是哪里?这是哪个人的家,他为什么来到这里?一切都是糊涂。门上原来有菱形的紫红漆方块,每个方块上写着一个字,字迹已经模糊,是对联。"忠孝传家",末尾的"久"字完全剥蚀。"诗书""世长",中间的"继"字也已脱落无遗。

瞧,还没进门,就压过来了。倪吾诚看到的是荒漠的山。

他迈过门槛,走进院去。迎面是一个影壁墙,影壁墙上也写着字,两个大字:戬穀。戬穀是什么意思及其出处,不止一个人不止一次给倪吾诚讲过,然而他记不住。

这时不知从哪里传来一声胡琴的声音,单调、重复、迷茫。

他拐进了垂花门,院里一片寂静。难道她们三个人都不在家?不,他隔着窗纸,依稀看到了西屋的人影。

他穿过一对大荷花缸。除去一夏天接了一些雨水以外,荷花缸里空空如也,荷花缸内壁是泥,外壁是泥留下的涴痕。

廊上摆着两盆石榴,两盆夹竹桃,都不是开花季节。它们惊慌失措地看着倪吾诚的归来,簌簌地微微发抖。

他走上正房的台阶。他是近视眼,戴上眼镜视力仍不甚好。所以他是上了台阶以后才发现铁链和锁的。

他来了气,他知道风暴已不可避免。他不再诚惶诚恐,不再为孩子为自己为故乡也为许多别的而伤感。"倪藻,拿钥匙来!"他大喝一声,声音颤抖,显得既凶恶又底虚。

倪藻趴在窗纸的小洞那里看着父亲。父亲的大喝使他胆战心惊。

静宜叫着姐姐。倪吾诚现在有一副凶相,静宜认为那是"流氓"

相。她一个人不敢走近跟前,她需要姐姐的后盾。

而静珍的兴趣好像还在孟丽君与皇甫长华、皇甫少华①那里。静宜央告她,她心不在焉,不以为然地说:"理他呢? 甭理他。"

静宜忽然明白了,姐姐的勇蛮肃杀激烈,已经在不久前跳着脚骂隔壁的"热乎"的时候用完了。她现在挺舒服。她现在不想发火,没有多少火可发。她自在着呢。

苦也! 三个人研究的对策全用不上了! 倪藻的报信也毫无意义了。

开——门! 又是一声威吓的断喝。

静珍这才放下书本,一探头,一缩脖,轻松地一笑。

静宜如坐针毡。倪藻心突突地跳。姜赵氏涨红着脸。不知道倪萍怎么进的屋。她进入了院子和西屋,像老鼠一样的没有被人察觉。大概是刚刚做完值日回来吧? 正赶上看到这个场面,她悲伤地哭了。

开门! 开门! 开门!

不知道从哪里传来了一声尖利刺耳的胡琴。"设坛台,借东风……"嚎了一嗓子便没了声音。接下来的是胡同里的一声拖拖拉拉的吆喝——有洋瓶子我买! 这所有的声音似乎都带有一种挑战的意味。

这时倪吾诚紧紧抓住了铁链,他拉了几下,拉不开,只觉无名怒火万丈,就像那锁链锁住的是他,是他的灵魂和肉体。他像一个发了疯的野兽,紧抓住铁链,拉着,晃着,两扇门已经随着他的力气而震动,发出吱吱的声音了,这使他受到鼓舞。他一憋气,再一下——砰、啪啦啦,两扇门从与门框相联结的合叶处被扯断了,门离开门框,重重地倒在地上。接着发出了木板断裂的咔嚓声和玻璃的破碎声。

倪吾诚踉踉跄跄,几乎跌倒在门上。他怀着厌恶的心情迈过那两扇门,像迈过两具死尸。他走进屋里,深蹙着眉头坐到了小桌前的

---

① 均为小说《孟丽君》中的人物。

一把木椅上。

在西屋,静宜大惊失色。姜赵氏勃然大怒,她几乎要出面进行干预了。静珍止住了她,往正房倒了门的地方看了看,从鼻孔里笑出了声息。

在这一瞬间,倪藻的感觉是:我爸爸真棒!在倪藻的心目中,门与锁正像墙与火一样,是人们无法逾越的障碍。而我爸爸叮当乒一嘎悠,啪,门倒了,简直是神力移山倒海。并不是每一个二年级小学生的爸爸都具备这种勇气和神力的。班上的同学们在一起,常吹自己的爸爸。这回倪藻可有的吹了。下次遇到要好的同学,他要把父亲的勇武与神力告诉他们。也许他们听了都不相信呢!

倪吾诚进入自己的房室,像进入冰窖。

难道他进入的是一个死的世界?狂怒以后,院里一点声气都没有。她们到底要干什么呢?从此不让我回家了?阿弥陀佛!哪有那么便宜的事。桌上的茶杯里残留着许多天前的茶根。地也许多天没扫过了。床上有一层尘土。死寂的感觉使他发抖。他哆嗦着手指抽出一支"大婴孩"香烟,划了许多根火柴,弄得一屋子硫磺味才点着了烟。又传来京胡和清唱的声音。又突然没了。有一声鸟叫,一只小麻雀沿着斜线从推倒的门前与窗前飞上天空。后面紧跟着另一只与它相亲相爱的麻雀。它们是幸福的。它们没有理会不幸的人。它们向着晚霞飞去了,它们对独自坐在黑洞洞的大窝里的倪吾诚连瞥一下也不曾。

倪吾诚觉得浑身上下都板得慌。他脱下了西服上身,挂在衣裳架上。他披上了一个小棉袄,转移坐到室中唯一最"高级"的家具上。那是一把藤躺椅,还摆着一个小褥子做椅垫。当倪吾诚觉得疲劳或者分外孤独的时候,他喜欢坐在上面吸烟、喝茶、遐想,咀嚼品味自己的不幸的生活与乐观的信念。这可能是回家以后唯一的奢侈与享受了。

他想喝茶。刚坐下又站了起来。室内找了一圈,又半圈,没有找到他所心爱的那个东洋茶盒。那是朋友送的礼物。他猛然一惊,这才把一切联结起来。原来那在当铺的货架上垂头丧气地呆着、使他蓦然心动、但他一直到买完了鱼肝油才意识到这心动,而又想不清为什么心动的,正是他的东洋茶盒!她们把他的东洋茶盒当了!这样不可救药的愚蠢!这不是一件可以当得出价钱的东西,也许她们当的钱只够买二十个油饼……然而那是一位朋友的礼物。他也不是说一点也没想着家,这不是当了表,准备给她们一点钱吗?

何等荒唐!堂堂一个大学讲师,却要当手表养家!而她们赶在前面去了同一家当铺。当铺的伙计怎么没说什么呢?他应该认识他们一家的呀!

于是他取消了喝茶的欲望,他搬动了一下藤躺椅。坐下去,用脊背对着翻倒了的门,他继续吸着烟草粒装得极不均匀的"大婴孩"。纸烟有一种苦臭的霉味。他抬抬眼皮,看到了迎面墙上高悬的一条横幅:难得糊涂。小字是:聪明难,糊涂难,由聪明转入糊涂更难。放一著,退一步,当下心安,非图后来福报也。是拓的郑板桥的字,他买了不太久。他努力体会这种糊涂哲学的精髓。在心情好的时候,他觉得这种糊涂哲学有理,有用,妙,能安稳人。一次一次地诵读和体味,他确实有一种心平气和、万事无可无不可的平静感。他佩服这种精妙而又通俗的概括。既可以自慰超脱,却仍然流露着嘲讽。与郑板桥相比,他承认自己是太浅薄浮躁了啊。

然而当他心情不好的时候,在现在,这四个字他完全看不进去。抬起头,抬起眼皮,从躺椅上仰视"难得糊涂",他本来想借郑板桥来抚平自己的糟透了的心境。谁知他越看越格格不入。越看越生气。好一个难得糊涂!糊里糊涂地生,糊里糊涂地死,糊里糊涂地结婚,糊里糊涂地生子,糊里糊涂地爱,糊里糊涂地恨,糊里糊涂地害人,糊里糊涂地被害……这叫什么人生,什么哲学,什么文化,什么历史!为什么我要这样糊里糊涂地来,糊里糊涂地过,糊里糊涂地走?早知这样糊涂,又何必投生为人,糊里糊涂地走这一遭!

糊里糊涂地坐了一会儿,倪吾诚觉得肚子里有点疙疙瘩瘩。当时吃得那样舒服的砂锅白肉,现在好像有点不那么令人舒服了。而且砂锅居用的料每况愈下。老人们说,现在砂锅居的白肉,比前清时候卖进京赶考的秀才们的时候,差远了。他抬起左手,看看腕子,才知道已经没有表。于是他起身上厕所。

就在他刚刚离开这间倒了门的房间去如厕的同时,静宜一溜烟一样地溜进了屋。她巡视了一下四周,看看倪吾诚的回来带来了点什么变化。她看见了挂在衣裳架上的西服上衣。她立即走过去,取下来,敏捷地把衣服外面三个兜、内面一个兜搜抄了一遍。除去半盒"大婴孩"以外,她把几张纸头、一个信封、一沓子钱,全部彻底干净地揣将起来。再把衣服原地挂好,走了。

所有这一切都是在半分钟内闪电般完成的。倪藻不相信自己的眼睛,也许是他的幻觉?他转头看看,妈妈就在自己身边,神态专注、庄严。姨姨的样子兴致勃勃,胸有成竹。倪萍面色苍白,好像得了大病。

好像过了很长的时间。他希望爸爸晚一点回来又纳闷为什么还不回来。爸爸难道掉到厕所的茅坑里去了?淘茅房的又有好多天没有来了,因为家里上次没有给他们"酒钱",人家别的家都给了的。又过了好几分钟。爸爸从厕所里走了出来。高大的身影走进黑洞洞的屋子里,像是一个影子在晃动。

倪吾诚进了屋,为厕所的龌龊深感不快。他想起欧洲的厕所来了。说外国的月亮比中国的圆,怕是未必。说是欧洲的厕所比中国的有些住房还干净,很不幸也很悲哀,但这是事实。

他百无聊赖,想读一些书。便随手抄了一本过期许久的《369》画报。画报封面是"北京名媛黎芝凤小姐"的照片,印得模模糊糊,什么也看不出来。他在一个应酬上见过这位"名媛",身段眉眼还可以,就是不大方,一派小家子气。而且显得衰弱。说话的时候名副其实是"嚼舌头",你觉得她正在嚼自己的舌头,嗞嗞喳喳,呲呲地发出齿音,但是听不清在说什么。偶尔听清的话,前言不搭后语,说话不合逻辑,也不合语法。总而言之是没意思。

也是中国独有的观念,居然视病态为美,视压抑抑郁与被摧残为美。所以喜欢缠足。喜欢盆景中的"病梅"。喜欢肺痨三期的林黛玉与精神分裂的杜丽娘。什么时候中国的女孩子能有一副运动员的体魄与气派呢?

再翻下去,一篇文章欢呼日军在太平洋战场上的胜利。一篇文章讲放屁,把屁分成三大类十小类。一套漫画讲胖太太和瘦先生各有外遇,胖太太假装在友人家打牌过夜实际上是搂到了一个小白脸。瘦先生假装在报馆上夜班实际上去了妓院……

倪吾诚又抬手看没有表的腕子。他相信到了一个约会的时间。是什么约会呢?他在家里是想不起来的。一进家他的脑细胞就失去了活力。在白痴的环境中他也变成了白痴。只要一走出胡同口,自然会知道这一晚上该去什么地方。本想和解的。和解不了。

他把披着的小棉袄随手往床上一扔。穿好西服上身,还拍了拍衣袋,想不起还有什么可以在家里留恋的或者需要在家里办的了。于是他又看了"难得糊涂"一眼,迈过躺在地上的门板,走到院子里。

他低着头走近了西屋,他柔声叫了一声:"倪藻。"

倪藻刚要说什么,妈妈向他做了一个严厉的手势,压低声音说了一句:"别理他。"倪藻欲起又止了。

倪吾诚等了一会儿,他失望了。忽然这时门响了,跑出来一个孩子,不是倪藻,是倪萍。是他刚才连叫也没有想起叫的倪萍。

倪萍是自己跑出来的。她面色苍白,满脸泪痕,眼睛却是火热的。"爸爸,"她叫了一声,"你别走了!你为什么又要走呢?爸爸,你在咱们家吧,你这是上哪儿去呢?你怎么老不回家……你是想不要我们了吗?"

倪萍对家里人说话完全是乡下口音,虽然她和同学和外人都是说纯正的北京话。倪吾诚曾经要求她说北京话,她不听。大概是她觉得和家里人说北京话别扭。倪吾诚又有什么办法呢?倪吾诚自己也说不好国语——北京话,但又不甘心说孟官屯——陶村一带的土语方言,于是他独创了一种南腔北调的"外国六儿"(静宜语)的话。

倪萍的眼神和音调都有那么点傻气。她说话的措词和内容也使倪吾诚不寒而栗。为什么在她幼小纯洁的心灵里和语言里,要出现那样一些可悲的信号呢?说我不要他们了,显然这出自静宜的灌输。真是犯罪啊!下一代应该出生和生活在文明、科学、健康的环境里边。倪萍需要的是玩具、游戏。不,需要的是钢琴、跳舞、滑冰、游泳,营养丰富的食物,还有女孩子的服装、化妆品。让女孩子穿得这样破破烂烂,简直天理难容!

"爸爸,你为什么不在家?为什么不要我们?爸爸,你不要再娶一个坏女人呀……"倪萍说着说着,咧着嘴哇哇地大哭起来。

倪吾诚浑身一颤,噢,他最害怕的事发生了。那就是他们这一代的负担和痛苦会传递到下一代身上。倪萍才只有九岁,九岁的女孩儿应该只知道鲜花和洋娃娃……而他,甚至刚才叫孩子的时候也是只叫了倪藻而没有叫倪萍啊!

倪吾诚落了泪。他拉着倪萍的手,抚摩着倪萍的头发。他蹲下自己的高大的身躯,与倪萍脸对着脸说话。他的声音是温柔的,他的眼眶里饱含着泪水。他千方百计地安慰倪萍。不,我不走。倪萍,我怎么能不要你和你的弟弟呢。你是一个非常好的孩子。我绝对不能伤害你。我绝对不能让你失望,让你流泪!世界上有这样的父亲吗,他不能给女儿带来钢琴,他不能给女儿带来鲜花,他连一个像样的洋娃娃也没给女儿买过。他给他小小年纪的女儿,愚傻的女儿,说话带乡下味儿的女儿带来的是不应该掉的眼泪!即使是该死,让做父母的死吧!即使是千刀万剐,让我千刀万剐吧,不要伤害我的儿女,不要!一切罪孽都是我的,不是孩子们的!

他向女儿保证,十分钟,不,五分钟就回来。他只是出去买一点茶叶,再买一点饼干。"我今天晚上,还有明天晚上,还有以后,我一定不走。"倪吾诚以宣誓的激情向倪萍说。

倪吾诚走了,倪萍失魂落魄地缓缓回到了西屋。静宜眼圈也红了,她观察着这一切,她叹息说:"从小看大,萍儿这个孩子真仁义啊!"姜赵氏和静珍连连点头歃歔不已。

然后静宜与母亲、姐姐一起检视方才突击搜查中缴获的"战利品"。她不让孩子们参与,免得污染孩子们的心灵。让孩子们一边去做功课。静珍出门盛来一碗绿豆汤,太热,她不住地向碗里吹气。

钱,点了点,放起来。静宜喜形于色,什么人什么打扮,活该!至少一个月不必为吃饭发愁。等不上一个月李连甲、张知恩他们就该送钱来了。也可以把那个茶盒赎回来了,为几斤杂面条当一个茶盒,太不值了。一片纸头,看不清。另一片纸头,当票,表的,活该。把当票放到一边。然后是一封信。姜静宜立刻产生了警惕。倪吾诚的大少爷脾气是,看完信顺手一扔的。为什么这封信要装在西服口袋里?

打开信封。首先掉出来的是一个女人的照片,妖媚俗恶,静宜的每一个细胞都胀怒了。她打开信,连笔字,写得很潦草,前边说了些莫名其妙的事,念不成句。

静珍把热绿豆汤放到一边,把信接了过来。她的读写能力,都比妹妹强。她立刻找到了要害段落,像鹰一眼就看到了旷野上的猎物。

"……倪先生,你不是让我给你介绍女朋友吗?你看此人如何?她的外号叫小玲珑……她最爱笑,如果你能讨得她的欢喜,她一定会笑的。笑得直不起腰来,笑得倒在你的怀里……"

呸!静珍一嘴的唾沫,啐在屋里的地上。

三个女人的眼睛里都喷着火。

就在这个时候,倪吾诚气急败坏、两眼喷火地冲进院里来了,他的样子像火牛阵里的火牛,完全是不惜拼命的架势。"姜静宜,你给我滚出来!"他喝道。

迅雷不及掩耳。还没等姜静宜出屋——静宜也正处于爆炸的边缘,她期待着一场爆发而不满足于寂静的搏战,她已经起了身——静珍用左脚踢开门,用右手抄起一碗热绿豆汤照准倪吾诚的面部就砸了过去。就像那碗绿豆汤是她早已准备好的武器。就像能掐会算,她是为了投掷御敌、而不是为了饮用才把那碗绿豆汤端进屋里。

静宜跟着绿豆汤弹射了出去。

倪吾诚躲闪了一下,绿豆汤碗砸中他的左肩。刷!热汤溅在他的脸上脖子上,大部分流在身上。咣当,碗落到地上摔成两半。被热汤烫疼了的倪吾诚大叫起来。模糊中他看到了静宜的身影,伸手给了静宜一个嘴巴,而静宜一头也撞到他的胸上,把他撞了个趔趄。静珍手里抄着一个凳子向倪吾诚冲。一见她,倪吾诚不由得向后退,他知道他的这位大姨子是敢往死处下手的。老太太姜赵氏也冲了出来,一面破口大骂一面大呼:"快叫巡警去!快把这个匪类给我抓起来!"老太太一贯重视依靠官府的力量,不管政权本身的旗号与性质。而倪萍和倪藻,也已吓得又哭又叫起来。

第 十 章

　　一场恶战结束了。倪吾诚又从这个小院落里消失了。姜静宜一直在嘤嘤地哭泣,把眼睛都哭肿了。她怨恨命运。她怨恨丈夫。她怨恨竟有那样的坏种,给有妇之夫介绍"小玲珑"那样的"女朋友"。母亲和姐姐都视她的哭泣为正常,只稍稍劝了一下"不用跟那行子生气",没再管她。倪萍陪着母亲抹泪,她最怕见到自己的亲人哭,她不知为什么认为一个人如果老哭就会伤气伤身体,最后会哭死。她相信、她同情、她认定她妈妈确实是世间最不幸的女人,她自己是生活在一个最不幸的家庭里。"妈,你别哭啦,妈,你别……"不等她说完,她又看到了妈妈的无告的咧开的嘴,这嘴的姿势把她的心都撕碎了,于是她也以同样的姿势和动作把嘴咧开了。

　　倪藻也陪着母亲坐了一会儿。他也想哭,但是既然姐姐已经哭了,他觉得如果自己再哭就太不好意思了,他朦胧地觉得那就会太过分了。而且他隐隐地感到了一种厌烦。他觉得自己的妈妈可怜。她过的这是什么样的生活呢。不知道他是从哪里获得的信念,他坚信未来的生活是美好的和辉煌的,美好的和辉煌的生活在等待着今天的孩子们。但是今天的大人们呢,美好的和辉煌的生活他们是等不到了。哭啊闹啊吵啊打啊,也许这一切都是白白地了。爸爸和妈妈,姥姥和姨姨,他们将要白白地哭了又哭,闹了又闹,吵了又吵,打了又打了。噢,这真可怕。也真可怜。上一代人是多么不幸,而懂得上一代人的不幸的下一代人才真正幸运。瞧妈妈哭的这个样子,她有多可怜!

　　他多少有点不好意思地去安慰妈妈。他知道该怎么安慰妈妈,他从记事已经有了这方面的经验。他应该说:妈,你别哭了,等我长大了,我一定好好地孝顺你,让你过好日子。如果他这样说了,妈妈就会破涕为笑的。

　　他这样说是真诚的。妈妈为他做了一切。给他做饭,做好了端到他手里。他如果说不好吃,妈妈就一脸的苦相,就像在他面前做了什么错事。有一次吃葱花饼,那时候一定有钱,他嫌烙得煳了,非说不吃,妈妈就把两面烤焦了的皮剥下来,让他吃那个柔软洁白的饼瓤子。吃了一会儿饼瓤,他又嫌不好吃了,于是妈妈又把饼瓤拿过去留给自己,给他揭又焦又脆又有油又不煳的皮儿吃。这是他上小学以前的事,那时候他五岁?也许是四岁,反正不像是六岁。这事后来使他深深地羞愧了,他总觉得是自己折磨了他最不应该折磨的妈妈。

　　而且妈妈从来没有任何享受,她也不知道有什么享受。爸爸带倪藻去吃过西餐,那是半年以前的事。在西单商场附近,爸爸和他坐在高背椅的一端。高高椅背的座位像是火车上的座椅。椅背把桌与桌分开了,客人们各自有自己的空间。他们的对面坐着一个女人,他无论如何记不起这个女人长得是什么样子。他还太小,他不懂得怎样端详、怎样判断一个人的长相。但他仿佛看到了这个女人上唇上的黄色的绒毛,看到了那涂了口红的鲜明好看的唇。他还看到了那女人说话时唇与齿的运动,她的声音是轻柔的,与妈妈姨姨姥姥说话的腔调大不相同。那个女人说话时鼻孔一张一翕,这也很有趣,她的鼻翼好像很轻很薄,好像是青色的半透明的。爸爸管她叫做"密斯刘"。她和爸爸说话都非常快,你一句我一句接得很简短也很紧凑。女人常常笑出声来,笑的声音是清脆的,但是显得有点虚假,似乎人们不该是这样笑的。

　　他们吃了一些他从来没有吃过也不知其名的东西。有白的、黄的、红的、褐色的,也有绿的。有的黏黏糊糊,有的软软和和,有一点甜,又有一点咸,还有点辣味和香味。他都很喜欢,他都觉得奇妙,简直是神奇。只有最后是一种叫做"咖啡"的黑水,太像药水了,他喝不下。

后来他们三个人在西单大街上走。他个小腿短,他得跑起来才能追上他们,这使他觉得吃力。而且天也凉了,四月就是这样,爸爸带他出来的时候他一直觉得热,一走道就出汗。而天黑以后,风立刻凉起来。他的腿刚才在西餐馆是热的,一走到街上就变凉了。

这时候爸爸和那个女人说话。爸爸说,你看,咱们俩带着一个孩子,多像是……他没听明白爸爸说他们是像什么。他只记得那位密斯刘有滋有味地说:胡扯!胡与扯两个字都拉长了声音,声音都拐了弯,挺好听的。后来又过了一会儿,又说了些什么。他顾不得听了,因为街上的灯光使奔跑着的他觉得晕眩。只要一到开灯时分他就想家,想妈妈。如果现在在家里,在妈妈身边,与姐姐比说绕口令,听姨姨说歌谣,那有多好。他听不清他们说什么了,但似乎又听到几次那拉长了声的好听的"胡扯"的声音。胡扯真是一句好听的话。

回家以后两条腿冻得像冰。妈妈用自己的温暖的手掌给他焐腿。他说了这一切,妈妈骂着,骂什么他没听见,他困了。但他确信并且记得,他的爸爸吃过那么好的西餐,也许常吃,他也吃过了,而妈妈从来没吃过,也没想吃。这令人难过。

这使他觉得妈妈比爸爸好一千倍。

而且爸爸老说他。他说话,爸爸爱指出他哪个词用得不恰当。他和同学一起玩,爸爸会指出他的什么什么态度不对。甚至吃一次饭爸爸也老说什么不要吧唧嘴,不要把两只胳臂肘都放到桌上了什么什么的。而当别人夸他聪明的时候,爸爸总是要说些贬低他的话。小孩子,谈不到……什么什么的。爸爸不常和他在一起,而在一起的时候,就常常显出讨厌来。

而妈妈从来不说他。妈妈只是为他,供给他,哄他。除了说别忘了你妈多么多么不容易,长大了要孝顺妈妈呀的话之外,妈妈从来不纠正他。

他当然觉得妈妈亲。他弄不清爸爸。他不想接受姐姐的判断,姐姐的关于爸爸和妈妈的关系的说法,和她关于"拍花子"的说法差不多,不容否定,却又未必可靠。而且像"爸爸不要我们了,另娶一个后妈"之类的话,他根本拒绝接受。他本能地觉得不能用这种话去说爸爸。爸爸也许确实是一个讨厌的爸爸,但不是坏人。坏人在他心目中是另一副样子。

但是今天的事使他觉得心里有什么地方过不去。站在门口,注视着爸爸的到来,这已经使他心惊肉跳。他往这边看看,又往那边看看,他才明白,他是多么的盼望爸爸回来,他原来是期待着也需要着爸爸的归来。但是他站在那里不是为了见到爸爸的时候飞跑过去,不是为了接受爸爸的礼物和亲吻,而是为了站岗(?)和报信。他还用不好"站岗"这个词,他还不会用"站岗"这个词造一个长长的句子,像他用"因为……所以"那样。因为……因为他的爸爸和妈妈……所以他就不能像对待爸爸那样来对待爸爸了。这使他觉得悲哀,觉得别扭,觉得不自然,像是扎进了一根刺。

然后发生的一切使他目瞪口呆,使他害怕心跳。父亲上厕所去时的那闪电般的行动,他亲眼见证了这一切,真是可怕极了。甚至比一碗热绿豆汤抛掷过去还可怕。一碗绿豆汤叭地一扔,就像班上的同学喊"着镖!"倒还有点好玩呢。

这种不舒服的感觉影响了他。所以今夜妈妈哭泣姐姐陪哭的时候他未能按惯例和真诚用将来的孝顺和好日子来有力地安慰妈妈。他只说了一句:"别哭了!"他心里悲哀地自言自语,多么可怕的大人啊,多么可怕的大人的生活。大人的生活怎么是这样的呢?学校、老师、书上说的可不是这样呀!

不知道是不是妈妈听到了"别哭了"三个字当中的烦意。她倒是不哭了,开始诉说起来,诉说二十多年来自己所受的苦。诉说从嫁到倪家以后自己所受的苦。诉说孩子的爸是怎样地恼人、恨人、把娘儿几个丢在一边自己花天酒地。诉说她怎样生下了倪萍,一年以后又生下了倪藻。生产一周以后就和倪吾诚怄气,一个人带孩子,千辛万苦。诉说倪萍小时候闹耳朵底子(中耳炎),一哭就是几天几夜,抱着她走来走去、摇来摇去,也是几天几夜。诉说倪藻刚出生不久就发现了小肠疝气,一哭,小肚子就起一个包,把妈妈吓坏了,寻医找药,哪怕丢掉自己的命也要保住孩子的健康。后来五岁的时候又得了痢疾,就是因为吃凉粉得的。(说到这里时静珍插了几句嘴,说了几句不满意不高兴的话,因为那次是姨姨带着倪藻吃的凉粉。静珍最爱吃的佳肴之一便是凉粉。把得痢疾归咎于吃凉粉,第一,这是胡说。静珍那天吃的凉粉要多得多,但并没有发生红白痢疾,相反,是大便干燥。第二,这是挑衅。这不是等于说姨姨须对外甥的痢疾负责吗?这不是赖不着吗?)妈妈为了孩子,妈妈为了孩子……世界上能有什么比得上母爱呢?

姜赵氏说:"我带你们,也是大大的不易呀……所以说,万恶淫为首,百善孝为先!"

倪藻很感动。也很疲劳。后来他早早地睡了。睡下以后还听见妈妈在跟他讲述这些。妈妈是怕我长大了不孝顺吗?哪能呢,只有最坏最坏的人才不孝顺自己的母亲,何况是一位挣扎着呼号着拉巴着的母亲。然而,没完没了的诉说就像两柄锤子一样敲击着他的后脑。这没完没了的诉说不是加强了而是削弱了与贬低了母爱的感染力。我困了,我想睡觉,为什么不让我睡觉啊,啊,这一切都太……太不应该了啊……妈妈、姨、姥姥、爸爸,还有姐姐,他们都对他那么好,他们都那么好。但他们生活得又都那样不好。真烦闷,真烦闷,这一切都应该改变的啊。

是的,倪藻八岁的时候已经产生了这模糊而又坚决的思想:必须改变这一切了,是到了非改变不可的时候了。

等一等,停一停。在写到四十年代也许说不上多么遥远但显得十分古旧与过时了的往事,写到那白白的愚蠢和痛苦,写到那难以置信的宿命的沉重的时候我造访了你。

你神秘而宁静的充满阳光和阴影的小山沟！黑黑的皂荚树身上有两道纵刀痕,据说只有在刀伤剑刻以后皂荚树才努力结荚结种。从前,人们没有肥皂,就是用皂荚来洗衣服的哟！

你多枝的像灌木一样生长着的海棠,我已记不起你繁花满树、重重叠叠的美景,我已记不起你雨中的摇曳和雨后的姿容。我永远忘不了的是温庭筠的词:"海棠花谢也,雨霏霏",花谢也,这"也"字是何等的潇洒！你不正等待着我的造访吗？是你第一个唤醒了我那么多沉睡的回忆。

纷乱的杏、山楂、桑和挺拔的柿子、核桃。银白色的树干,满枝的枯叶,平静无风,草开始绿了,绿开始来自草丛中。春意刚刚在草丛中萌动。春山风暖草先知。

为什么这小小的山谷里出现了"宫殿"似的房子？一幢又一幢,沿着山坡,天然楼阁。宽敞的走廊,红漆柱子,巨石砌成的虎皮墙——其中的石头不也有我背过的吗——花砖地,大窗玻璃明光光。然后是辅助的建筑,食堂、锅炉房、厕所、猪圈、饲料棚、竹板房……

竹板房已经开始糟烂,其它一切与二十八年前一样,别来无恙。先生别来无恙乎？于是眷眷有故人意。还能看到堆积在从未启用过的厕所里的损坏、半损坏、未损坏的铁锹洋镐和大锄,还可以看到堆积在竹板房里的写着标志和号数的马食槽子,还可以看到在这里劳动改造的人们自己堆起的石桌石凳,可以环绕石桌,坐在石凳上下象棋与打扑克。倒像他们还颇有闲情。

  松下问童子,言师采药去,
  只在此山中,云深不知处。

喜欢这首诗的那位青年已经自杀身死。他就是在这里改造的,"运动"使他丢失了正在热恋的女友。说起来,地下斗争的时候,他还是我的上级呢。后来不久,我们一起来到了这里。春节他孤独地回到城里,又孤独地回到山里,谁也没有发现什么。又过了一个多月,他回城里休假去了,他自缢身亡在原单位的六楼图书馆里。从此原单位加强了门卫,所有的"右派",都不能随便进去了。后来连左派也很难进去了。

五十年代后期,在一种强大的政治潮流下面,这个城市的最有权力的人们选定了这个因为遥远、偏僻和大锅饭,被公社和大队和农民遗忘了的角落。于是这个常常被人遗忘的小山沟开始了它自盘古开天地以来最闹热的一段历史。像突然通了电。一辆小汽车又一辆小汽车的视察。一个通宵又一个通宵的决策。各式各样的应运而生的平面图、规划图、地形图、基建设计图。一辆大卡车又一辆大卡车的面粉、蔬菜、工具、帐篷、树苗、农药、马、驴、骡、犯了各种错误的人。于是这里开始了亘古未有的火热的生活,这里变成了这个大城市的领导机关的造林、副食生产和改造人的劳动基地。欢呼这崭新的环境崭新的方式而又赎罪心切的人们干活的热情使周围的农民也为之瞠目。大田、造林、园艺、蔬菜、饲养、烧窑、基建……热气腾腾,全面展开。汗水硬是一次又一次地浇湿了地面。然后到了晚上在尚未启用后来也终于没有启用的厕所开检讨会。深挖细找自己的"犯罪"根源。在食堂加班编篓,一面干活一面齐唱革命歌曲。社会主义好,社会主义好,右派分子想反也反不了。唱的时候互投以会意的目光,似乎从这句歌词里的刺心的狠揭猛批之中感到了疯狂的快意。然后就是互相帮助了,互相挖反党反社会主义的言行思想动机萌芽。互相怒斥的吼声有时超过了被左派批判的时候。然后是新年联欢,纵情高唱"为了六十一个阶级弟兄",纵情高唱"同甘苦、共呼吸,团结起来最亲密"。纵情高唱自编的表达改造的欢欣与劳动的喜悦,表达用汗水洗涤自己的龌龊的灵魂的令人战栗的伟大进程的歌曲。还有表现这种内容的舞蹈呢,歌声乐声锣鼓声脚踏声震动了屋宇,这同样也是火红的青春啊!

然后到了六〇年便没有吃的了。火红开始变成苍白,苍白变成浮肿。于是没有经过小汽车的视察和连夜的研究,没有画各种图表,没有一个对这里的今后命运的明确安排,也没有拉走费了那么大的劲拉来的生产资料与生活资料。人们开始后撤,先走了一半人,然后全走了。然后交给了一个新闻单位,说是做战备的纸库和印刷厂,也是劳动锻炼使干部坚守革命化的基地。然后按照政策把已经栽了大批名贵品种果树苗的山地退还给公社。然后所有的费尽千辛万苦发了疯一样拼死拼活才栽植成活的红香蕉、金元帅、艾尔巴特、大久保、红玉、国光……一株一株,不,不是一株一株而是一片一片、一山一山地干枯死光。然后农民们在草莓园上开挖煤矿,农家矿工紧挨着遗留下来的宫殿一样的房子盖起自己的简陋的土房子。然后是安电灯,修路。然后是煤矿破坏了水源,这里永无可能再来那么多人了。然后是文化大革命,又有几个当年在这里活跃异常的逆境中的风云人物黯然自裁……

然后日月推移,寒暑迭替,草木枯荣,人事代谢。到了公元一九八五年三月二十一日,一个当年欣逢其盛的人,一个躲避城市的嚣杂躲到山中旧庙的作者,在自思自叹如痴如醉地写着四十年代倪吾诚的无聊故事中途,心血来潮,重新出现在曾经那样喧闹过而如今静谧异常(小煤矿的工人也是有气无力地支应着)的山沟里来了。

他竟迷了路。按照一群小孩的指引,他走错了。直到到达山顶的页拉石(做石板和石笔)矿,才迷途知返折了回来。他找不到作为这条沟的标志的两块巨石。但他终于看到了这一批奇怪的房子。

树与山与石依旧吗?大概是依旧,除了煤矿与改了道的简易公路。阳光照得每一间空房子温暖明亮。用拆除古建筑物拆下来的城砖、巨石、圆柱盖在小山沟里的气派的房子本身便是一个误会。温暖而又明亮的空房令人依依。这批文人干部还真能干活,二十八年过去了,房屋如新。房顶的青灰刷过的瓦,这收尾的活不是我们都干过吗?

然后走遍了每个台阶每个地点,忆起了许多人和许多事。也还有不少的勾心斗角。为了证明自己改造好了,先去证明别人没有好好地改造。而我们奉为神明的领导人,这里的"主任",却在听取大家的政治思想汇报的时候睡着了,流出了亮晶晶的长长的口水。还有休假呢。休假就是幸福,但是嘴里不要这样说。有一位改造的先锋和标兵就曾经两次连续自动放弃休假,这可真叫人佩服得五体投地!主任为了不影响大家安心劳动,很注意在休假时间上玩弄花样,变化莫测,突然袭击。常常是在吃完晚饭以后才突然宣布:明日开始休假四天。于是,闪电般地打点和整理了一切。于是,翻山,翻过一道又一道的山,终于满身透汗地到了可以搭乘长途汽车的地方。还有那些女同志,一位明眸皓齿的女干部称颂着运动的深刻性,与倪吾诚后来对文化大革命的称颂用词相同。穿上一个大围裙,挑着两大铁桶热腾腾的流体饲料喂猪。猪吼如雷,这位女同志浑身散发着酸败的麸皮与白菜疙瘩的似香似臭的浓味。然后饲料不够,号召每人每天利用业余时间打猪草二十五斤。说是猪吃百草。说是吃草的猪的肉最鲜美。总而言之没有粮食也要照样养猪和吃回锅肉。这里还有当时尚不叫"最高指示"的最高指示。于是每天午饭后满山遍野的人。于是饿狂了的猪拱倒了猪圈爬山越岭。饥饿把猪改造成了山羊、麋鹿。现在的猪圈,还遗有倒塌的缺口。谁又能记得,哪些是当年的饿猪拱开的,哪些又是岁月和风雨拱倒了的呢?

不管怎么说,名贵果树的全部死亡令人悲痛!当时还都以为今后这里是真正的花果山,到处是蜜桃与苹果,白梨与黄杏,樱桃与草莓呢。高山变成花果山,平川便是米粮川。这样感人的口号当时叫得多么响亮。还有这样唱的歌儿呢!不但自己栽的果树没有留下来,连过去农民种的山楂红果核桃柿子也在其后的运动中被运动掉了。直到最近,才又想起果木。另来。

又有什么办法呢?一个缺水的地方,又怎么能成为新式的果园?即使当年这里的狂热的劳动者与自我改造者下山六七里挑水浇树,即使当年人们已经性急地装备上了修剪果树用的月牙形的剪枝剪子……

没有了,没有了。那个一度那样的活泼过、热烈过、发狂过、痛苦过、幻想过、希望过、追求过、拥抱过、爱过、恨过、死过、浪费过大量的生命、青春和金钱的地方如今是完全安静了。只有等待发芽的树。只有已经钻出了地皮的草。只有装满了空洞的阳光的空洞洞的房子。只有破烂了的竹板房和猪圈继续在那里破烂。还有那么不协调的黑色的煤矿,几个农家矿工的平静安详的脸孔。

还有附近山坡的油松呢,那就是我栽的,我们栽的! 二十七八年前,连阴雨的夏天,我们从西山八大处那边的苗圃把小小的松苗起出来,包在蒲包里运回,连蒲包一起栽到早已挖好的鱼鳞坑里。那令人雨天也不得歇息,令人累断腰、腿和臂膀的小小的油松苗啊,你已经一人多高了,你已经长出了挂满青翠针叶的新枝。这也就不错了,二十八年,对于一株松树,不过是童年的刚刚开始。鲜嫩的针叶似乎在轻轻地摇摆,似乎是欲言又止,你总该认识你当年的主人了吧? 你总算给予了安慰,和那理解一切、记住一切也宽厚地忘记一切的忧郁的摆拂了。

最后,找到了那两块大石头。在现在公路的下方。这里有许多许多大石头。也许是这两块?这两块是多么大啊! 不,不怎么像呢。要不不是这里? 这里的又太小了。从车上下来,慢慢地走着找,找着走。汽车缓缓地在后面跟随。这不是变"修"了吗? 也许只是变老了? 反正人生这样的经历只配、也只有时间享受一遭。

二郎神担来的一担石啊,原来你被遗忘在这里。汽车改道以后,石头不再引人注目地矗立在路边,而是落在路下了。过去是天然的路,其实就是一条沟,沟就是路,人们沿着沟跋涉。下大雨的时候就危险了,波涛汹涌,滚滚而下,浊流冲刷,如雷鸣,如千军万马。据说山洪冲走过人。等到听见水声的时候已经来不及躲避了。

而现在的正式修建的、虽然也已经变得坎坷不平的公路是依傍着山坡的。于是两块巨石似乎翩翩降落了。特别是右面那块大石，还真有造型，用当时劳动中的粗话叫做"做相"。第一个字包含着粗鲁的含义，那些劳动改造的倒霉鬼们经常用这两个字互相贬低，互相嘲笑，借以获得一种只有自轻自贱的人才能享受得到的轻松与喜悦。甚至也是解脱。不知道这是不是庄周的哲学加阿 Q 主义。

右边的巨石状如天然磨盘，中间还有一个方孔纹络，据说据信就是二郎神插扁担的地方。原来二郎神也是爱劳动的人，他担着两块巨石赶日头可真辛苦！左边一块石头的形状就太不规则了，像三角？像一牙西瓜？像一块烤熟了以后又被人捏了一下的白薯？是不是修路的时候它受了一些新的损害呢？是不是它就是文学中表现了过来又表现了过去的"伤痕"呢？还是压根儿这么个德性呢？这么个德性怎么还配叫二郎神看中呢？

这就是位置的重要了。左边的一块石头千好万好好就好在它与那巨大的磨盘状的石头并列在一起。

二郎神并没有赶上太阳。夸父追日也没有成功。石头落在这里，抛在这里。二郎神到哪里去了呢？他累出了毛病而终于去世了吗？他从此削发出家了吗？一个没有实现自己的追求的神，一个空有壮志和奋斗却没有结果的神，他的"做相"大概是一副晦气相吧？

所有的痛苦、热情、疯狂和傻气最终都凝聚成了石头，凝聚成了山。石无言，山也无言，于是它们守候着永恒。时间自己是不爱说话的。你好，我亲爱的读者。

第 十 一 章

　　经过了一下午的两次战斗,周姜氏在晚饭后产生了一种难言的温柔、惆怅和安宁的感觉。妹子的啰啰嗦嗦的念叨她是早已听惯了的,因此并不能扰乱她的安宁的心境。她一会儿躺在自己的铺板上,一会儿坐起,一会儿吸一支劣质香烟。烟的呛味引起了从老到小的一致谴责,她也舍不得一次把一支烟吸完,便中途把烟在她常坐的一个板凳上蹭灭。她的这个板凳,由于经常充当香烟的灭火器,被烧出了许多黑斑。为此母亲和妹妹都与她吵过,她置若罔闻,似乎对这样灭烟手段有某种癖好。

　　灭完烟,她找出自己的短短的小烟袋锅。小烟袋锅经常在板凳的另一条腿上磕,磕得那条腿上出现了许多圆与半圆的戳记,有时候她还挺爱看这种紧套连环式的神秘的图案。母亲与妹妹曾经对她抽烟袋锅的姿态与形象提出异议,认为一个年轻的寡妇又是在北京城里,抽这样的烟袋锅,实在是出洋相。静珍解释说,这样省呀！这是很有说服力的理由。其实呢,老是抽纸烟也烦得慌。再说抽纸烟太方便了,你只费划一根洋火的工夫。倒不如弄个烟袋,这就连带着得置备一个烟荷包,就是装烟、捻烟,抽两口灭了还得重划火柴。烟是省了,洋火可费了。还得擦烟嘴,拧下烟袋锅擦烟锅。静珍喜欢裁下一条纸来,把纸搓成一条捻子,用这条捻子通烟袋油子。捅出来的烟袋油子红黑锃亮。静珍喜欢把鼻子凑过去闻一闻。听说烟袋油子有剧毒,又说是大凉性的。那种刺鼻的味儿拿脑浆子静珍收起半根纸烟拿起烟袋,却发现烟荷包早已空了。这不要紧,她又找出一个空火柴盒。火柴盒里收着她吸剩的所有烟屁股。她在黑灯影里打开火柴盒,喜出望外。原来这次火柴盒里不仅有烟屁股,而且有半支被水浸湿了,涨破了卷纸又晾干了的烟。她把半支烟的烟草放入烟锅,捻了捻,按了按,吸了吸,吹了吹,划起一根洋火。她欣赏着可爱地跳跃着的光明而又脆弱的小小的光焰,点着了烟。她带着一种嗞嗞咂咂的响声,起劲地吸了几口烟,从鼻孔里把烟缓缓释放出来,从嘴里掏出烟袋嘴,用袖口擦了擦烟嘴上的口水,叫了一声:"娘!"

姜赵氏答应了一声,把身体转了过来。

周姜氏见娘过来了,却不知道说什么好。她只是想和娘没话搭拉话罢了。吃过晚饭,抽起烟,妹妹正在"教子",她不和娘说说话,闲着也是闲着。

"家里……没来信……好些日子了。"她说。

她指的是家乡。如今她已不在家乡了,家乡再无令她留恋的人和物,但提起家乡总觉得是实的,是她们的。而北京呢,总像是虚的,是人家的。

"可不是。打从春天来的那一次信,就再没有信儿了。"姜赵氏回答。她咕咕哝哝,抱怨庄户头子张知恩和李连甲不尽心。

"也不知道水月庵的那个老尼姑死了没有。"周姜氏似乎是自言自语。

姜赵氏吓了一跳。没想到静珍到如今还惦记着水月庵。在十九岁死了丈夫的那一阵子,静珍似乎考虑过去水月庵出家的事。她没怎么张扬,闹得不凶,但是她认真地去水月庵打听了关于出家的种种规矩。她最后终于没有出家。她非常爱自己的头发。她的头发浓、密、黑、细,好得稀罕,而当尼姑要把头发剃光,变成个秃子。带发修行行不行呢?她问过别人。娘说,十个尼姑九个花。带发修行更是邪行。娘不怎么识字,但是娘知道《红楼梦》。娘举出了妙玉的例子,那样的带发修行,还不如别出家。

也许比头发更重要的是保卫财产的争斗。一斗,就能把精神提起来。从打与姜元寿打起官司,静珍就再也没提起过水月庵的事。

今天她也只不过是无心顺口一提罢了。水月庵似乎对静珍具有某种吸引力。水月庵里有一口井,井有时候水波荡漾,有时候干枯,井壁上长着杂草。夏天俯身井口,会感到从井中冒出的一股阴凉之气。水波荡漾的时候有时候真能看到井中的水月,老尼姑这样说过。还有一株干干瘦瘦的树,像发育不良的人,黄黄的。说是叫柘树,这样的树挺稀罕。佛殿里的香火味道静珍也喜欢。那味道使人想到来世,想到神佛,想到人间种种苦难的结束。想到一种超乎日常生活的神秘。她也喜欢香灰,有时候新燃过的香灰还保留着一股截一股截的香的形状。想起水月庵似乎能点缀一下她在北京的单调无聊的生活。想起水月庵也能使她觉得平静,好像得到了一种安慰和休息。好像是在遥远的地方她还有一个亲人,有一个老家,她还另有一块领地,她总可以最后栖息在那里。

所以说完水月庵后,静珍笑了笑,咳嗽了一下,清清嗓子,用吟诗的声音吟诵道:"镜花水月俱为空,漂泊残梦何时醒?亦有亦无皆一念,须悲须喜尽相同。"这是她自己做的诗。小时候她跟一位先生学过做诗,读过《诗韵合璧》。然后紧接着诗兴的便是务实的讨论:"娘,我看指着地是越来越不行了,干脆咱们娘儿俩回一趟家,恁呀俩的把那点地卖了吧。"

姜赵氏没有言语,她内心很矛盾。如果把地卖了,她还算什么"财主"呢?她对得起姜家的祖先吗?那不是让姜元寿言中了吗?姜元寿说说,姜赵氏母女打算把姜家的财产倒给外姓人。姜元寿说,只有他才是姜家的血脉。当然,他这个"血脉"也是既不能闯荡,也不能守业的。如果他取得了继子的地位,也许早把财产折腾光了。但那样的话姜家族里族外的人骂的是姜元寿。如果她和女儿回去卖地去呢?她和女儿就会被千夫所指。尤其是姓倪的女婿这样不争气,这是四乡闻名的。嚼舌头的人甚至会说她姜赵氏卖了姜家的祖传产业贴补了姓倪的疯子,这可是太丢人了啊!

静珍知道娘的这些心思。她有同感。她和娘同病相怜,她们都有一个女人最大的缺陷、缺憾、短处——没有儿。这使她们娘儿俩抬不起头来。这使她们娘儿俩不能不生活得更警惕,不能不磨利自己的爪子和牙齿。

她也并不想和娘进行认真的讨论。娘沉着脸。这个矮小的开始有点驼背的老太婆只有在沉下脸时还保存着昔日的威严。静珍与娘常常进行关于老家、关于财产、关于各自的和共同的生活出路的讨论。卖地呀,不卖呀,回老家认真过继一个年幼一些管得了控制得住的儿子呀,继续和"二姑娘"(静宜)一起呆在北京呀,呆在北京但搬出去单独过日子呀,单独过日子但是不搬走,就是说仍然与静宜住在一个院落,但经济上完全分开、各自独立呀……所有这些方案都提出过,细致入微地研究讨论衡量过。比如说到单独过日子,连买什么样的煤球炉什么样的笊篱什么样的水氽儿都讨论和争论过了。这样的探讨进行了不知多少次。各种意见不知重复了多少次,又自相矛盾自我否定转移变化了多少次。讨论的时候也很热烈,激烈,激动。拍掌心,拍大腿,站起来又坐下,指着自己的和对方的鼻子,哈哈大笑或者谈着谈着鼻酸泪落互相劝慰,点头称是越谈越开心或者话不投机还没进入实质性讨论便先相互埋怨争吵起来。但所有的这些讨论以后,都和从来没讨论过一样。显然生活是按照自己的安排来行事的,她们的讨论根本不起作用。

不过这次静珍谈到水月庵以后又谈起卖地的事。她谈得比较轻松,比较恬静。她只不过是说说罢了。娘不乐意,就不说了。她倒是真心认为这样半死不活地拖着不如把与家乡的那点联系割断。也许因为她是一个心狠的人,遇到难以处理的事她就想干脆放一把火,把所有的有关的人和物烧个净光。晚饭以后她身上有一种轻飘飘的感觉,有一种感伤。她并不想认真地讨论生计。

"这几年,家乡的枣越来越不行了。拿到北京来的,净是着了虫子的。怎么所有的枣树都着了虫呢?"

"冬菜也黏黏糊糊的。有一股子面肥(面酵)的酸性味儿。这也是年头赶的吗?"

"肠子里没有肉,全是团粉(淀粉)。连绿豆的味儿也变了。什么味儿都变了……"

静珍似是在与娘说话,又似在自言自语。说着这些,她想起自己的童年来了。她和男孩子一样,敢上树够枣吃,不怕枣刺扎破自己的手。为了争吃枣,她还与男孩子交过手打过架呢。她的右前额上,隐隐有一个鼓包,大人说,就是因为她偷吃青枣造成的。家乡流传着一种说法,说是偷吃未熟的青枣,就会在头上脸上长出一个枣状的鼓包来。也可能这是为了吓唬孩子莫吃生枣吧?

姜赵氏与她搭讪,说起了她当年在娘家——赵家的事,未嫁前的事儿。静珍却不想听了,她站起来,一面低头自言自语,一边来回踱着步子。

谁也不知道她念念有词地自语了些什么。她自己也未必知道。

过了快一小时了,她开始低声唱起来:

　　……一阵歌声,多轻巧,
　　唱的都是幽雅的,
　　美丽的歌调。
　　鸟,小心一点飞,
　　不要把花飞毁。
　　现在,桃花正开,
　　李花也正开,
　　园里园外,
　　万紫千红一起开。
　　桃花红,红艳艳,
　　李花白,白淡淡。

谁也不能采,
蜂也来,蝶也来,
现在——桃花正开。

唱完"桃花正开",她突然"哞"地痛哭失声。

她的失声痛哭只进行了四秒半钟。因为她一哭立即受到了母亲和妹妹的大声呵斥:哭吗!犯什么病!少出洋相!少装神弄鬼的!母亲和妹妹已经习惯了她的这种自己掌握不住的突然痛哭,有时候是突然憋气,两眼发直,喘不过气来。这时她们就要给以棒喝,给以痛斥,按静珍自己的要求还可以给她一个嘴巴,她一个激灵就会从这种白日梦魇中醒将过来。姜静珍自己也为这突然的无法控制的情绪失常所苦,一再恳求母、妹相帮。(实际上她们没有胆量给她一个嘴巴,但痛斥从来都极为默契,而且足够粗暴有力。)

她被妈妈与妹妹的痛斥所惊醒。她不好意思地咧了咧嘴,向母、妹嘿嘿干笑了几声,算是表达对她们及时相救的感激,也表达了自己的羞愧。母亲与妹妹的声援正是时候,她的眼泪还没有来得及掉下来,就又抽回去了。

包括倪萍倪藻对于姨姨的这种"洋相"也早已见怪不怪。他们觉得哭笑不得。姨真是怪。真逗。

经过这么一出(戏)以后,静珍自觉惭然。便不再原地溜达,不再吟唱。她老老实实坐回铺板上,磨磨蹭蹭再次抽起烟来。脸上显出了安详谦逊的微笑。

"娘,你说这是吗事情呀,我现在想起少华来,总觉得他是我儿子。"安静了好一阵子,她忽然又冒出了一句。

"你这是胡诌个吗呀!"娘咕哝了一句。

少华是静珍的丈夫的"字",他的正名是周翰如。静珍常常不由自主地想起他。小脸蛋油红似白,个儿也不高,说话挺腼腆的。他好像还在依恋着她,依偎着她,不愿意到坟墓去。坟墓那边太荒凉,没个照应。春天风又大,吹得呼呼地响。夏天打雷打闪,把人吓杀。冬天落满了雪。姐,我闷得慌,我不去了,我不愿意住到那里……她仿佛听见少华的声音。她回过头,果然。少华还只是个孩子,依偎在她的膝头,用脸蹭着她的裤腿。她真想把他抱起……果真,他只是个小小的孩子,单薄,羸弱,天真,开裆裤,露出的小屁股蛋子。她吓了一跳,怎么她的丈夫变成了穿开裆裤的小儿了呢?她又觉得爱怜得不行。

但她无法把自己的这种幻念告诉别人,她无法把自己对死去的丈夫的怀恋告诉别人。我们在一起差不多一年,他从来没有让我生过气。他眉清目秀,油红似白,连满口的牙齿也那样洁白,像画上的人物。他好像羞羞答答,老是管静珍叫"姐",其实他与静珍同岁,比静珍还大两个多月。他说过他是五月单五的生日,端午节,爱吃粽子。然而看起来她确实像姐,而少华像弟弟。我的亲爱的弟弟哟,你如今在哪里?

你在棺材里?那半闭上了的眼睛,那发青的手臂,最可怕的还是半张着的收缩着的口,露出了下牙的齿龈,可真痛苦。静珍发疯一样地向棺材冲去,四个身强力壮的女人架住她的胳臂抱住她的腰。

然而静珍仍然不能相信。她只知道少华发了烧,少华嗓子疼,嗓子哑,叫了半天"姐"却叫不出声来。她只知道请来了先生,先生还是自己的娘家父亲的弟子。后来人们说先生的药方开错了,热病却又开了补药。但她不相信这仅仅是一剂药的结果,不相信一剂药能判处他们两个人死刑。

只能是先天的罪孽,只能是无数个前生积累下的恶果报应,她甚至恍惚意识到了她在前生杀过人,投过毒,放过火,活剥人皮……

但这一切又多么不可能!少华那么个好孩子俊小子怎么能死?不,他没有死。少华还好好地活着呢!倒是她姜静珍死了,是她娘姜赵氏死了,是她妹子姜静宜死了,是她妹夫倪吾诚死了,是她的邻居、乡亲、佃户……全都死了,统统死了。他们才是鬼,他们说着鬼话穿着鬼衣住着鬼房吃着鬼食做着鬼事,他们构成了鬼的生活鬼的世界鬼的家庭，过着鬼的日子。所以他们无法再见周少华了。恰恰是少华没有死，一定！他生活在光明温暖的阳间。是少华埋葬了她，少华哭了，她好像听到了少华哭着叫"姐"！是她自己裸露着下齿的齿龈。她躺在棺材里闭目无应。她埋在一抔黄土下面。她进入了鬼的世界。而少华呢？少华当然是续弦了，少华是男人，周姜氏死了，就会有周张氏周李氏周王氏。她们可能比她俊俏。她不俊俏，所以她更感激少华对她的恩爱。少华会娶一个更俊俏的新夫人。她不嫉妒，她为少华欣慰。只是再不会有人像她那样疼少华了，不论是多么俊俏，多么风流，多么令少华目摇神迷。而她，她只想替少华死一千次，替少华做一切下贱的事。她愿意为少华和别人拼命一千次。比如少华遇到了截道儿的（强盗），少华是不能还手的，但是她能，她愿意一次又一次为少华喷溅自己的一腔子血。比如少华有仇人，她愿意用自己的鲜血溅瞎那仇人的眼睛。她才三十四岁，她还可以每日每夜每晨每昏伺候少华，给他捶背，给他端汤，给他穿衣叠被，给他倒尿盆子。少华，你再让姐伺候你一次吧！

于是乎这里有了冰冷坚硬的墙，无法通过，却仍然隐约可见。像孩子，像我的儿，像当了官，像坐着轿。静珍在丈夫死后不久做过一个梦，梦见丈夫做了大官，八抬大轿来接她。醒后她叫醒了娘，娘没言语。她却总觉得梦里有点深意。这样的梦不会是无缘无故的。也许是少华在给她托梦。也许她只要像王宝钏一样地苦熬下去，苦等下去，终于能在自己的寒窑里等到丈夫的衣锦荣归？就是丈夫又娶上一个代战公主也不要紧。也许那只是唱本鼓儿词上诌的？她不相信有哪个女人有王宝钏那样的福气。苦等十八年要什么紧？等十八年就能等回自己的亲爱的丈夫，这真是幸福！她可以等二十年三十年四十年，即使等到咽气的那一天，毕竟她还在等。而她现在能等些什么呢？

贞节牌坊？那当然是最大的荣耀。但她并没有想过贞节牌坊，那太远，太高，太伟大辉煌，她还够不着。与虚荣比较，毋宁说她更爱实惠。丈夫的死注定了她的"守志"(守寡)的命运,这既不需要选择也不需要讨论。她娘她妹从来没问过她以后的日子怎么过,因为以后的日子已经分明。婆家的人更没有人问过她,公、婆去世以后她已经被婆家的人遗忘。少华去世以后她已经把自己遗忘。所有的乡亲都用同情和尊敬的目光鼓励着她守志,而她的守志根本不需要同情、尊重和鼓励。

只有一个人考虑过谈到过她的再嫁的可能性。姐姐应该改嫁,说这个话的是倪吾诚。当她和母亲刚刚到达北京的时候,倪吾诚当然是和静宜说而不是直接对她说的。妹子把话传给了她,吞吞吐吐。用不着吞吞吐吐,因为这话她听了就和没有听见一样。她没有接受,没有理睬,没有予以考虑,连私下的刹那的犹豫或波动也没有。她之守志正如她之是女人,她之生于姜家嫁于周家,她是姜赵氏的女儿与倪姜氏(现在很少这样用了)的姐姐,她的父亲与丈夫差不多同时一命归西。这一切都无法考虑、无须鼓励或劝阻,也说不上接受或者不接受,愿意还是不愿意。这都是命。她私下里很满意自己的这种态度和心情。

她听了妹妹的传话没脸红,没发火,没哭,连她素日不高兴时的鼻子一哼冷笑一声也没有。只是从此她更厌恶倪吾诚,轻视倪吾诚,视倪吾诚为异兽、为疯子——要不怎么能说出那种没用没趣没人性的话来?

就在前不久她又梦见过周少华。少华笑嘻嘻地盘腿坐在炕褥子上,那褥子还是锦缎做的呢。她怦然心动,又快乐又悲伤又害怕。少华,她叫了一声,声音是这样嘶哑,苍老,好像她的嗓子被撕裂了缝。少华,你不是死了吗?她清清楚楚地一个字一个字地发问,她清清楚楚地记得他是已死了的人,她的记忆和发问是何等的凄凉仓皇。姐,我没有死。少华嘴动了动,好像说了这么几个字,却没有声音,少华的面容是少有的温柔与庄严,简直像菩萨。你真的没有死?她还想再问,但她也发不出声音来了,她是那样的狂喜得战栗而又恐惧得战栗,这是梦,是梦,梦梦梦……这是梦啊!她呼天抢地、欲哭无泪,为什么这是梦啊?为什么人死后还有这样残忍的梦?然而就在这个时候少华笑了,少华摸着了她的脸,她的脸摸到了少华的手。这不是梦,少华分明说,我没有死。吐字清晰,但也有点嘶哑。原来少华没有死!原来他的死才是梦!原来他坐着、他笑,他摸她的脸不是梦!

醒来后泪水杀得脸生疼。她的泪比别人的更浓,更咸,更苦。直到泪水自己干了,她还弄不清究竟那是不是梦。因为这一切都比她的生活更真实也更确定。

抽了两烟袋烟,又拾起了因为抗议而中途捻灭了的劣质纸烟。臭烘烘的烟她终于吸完了。她开始默念唐诗:

梦为远别啼难唤,书被催成墨未浓。
吗行子吗行子……

又忘了,只剩下了"吗行子"。这时,不识字的母亲却拉长声音吟起了《千家诗》:

云淡风清近午天,傍花随柳过前川……

然后是:

爆竹声中一岁除,春风送暖入屠苏……

她和母亲一人一句,一会儿合吟,一会儿轮换。千家诗她们都是被口授背诵下来的,至今有些字她们不知道怎么讲,音也可能念不准。那诗的内容词句也与娘儿俩眼下的心情无涉。但在这种常常反复进行的多有错讹的吟诵活动中,她们似乎寄托了自己的许多情感,单是那种摇头晃脑的姿势,抑扬顿挫的声调,恰到好处的韵脚,一唱三叹的拖腔和古色古香的气氛,就使她们得到了某种满足。就连正在入睡的倪藻,也深深受到了她们的母女二重吟的感动。

我有一个多么好的姨姨和姥姥啊!倪藻想,而且,云淡风清是一派多么好的景象!

第 十 二 章

　　半夜,西北方向的天空响起了几声寂寞的轻雷,雷声没有得到任何应和,便尴尬地消失了。然后是二十分钟岑寂无声。然后缓缓地落下了淅沥淅沥的雨。有几滴雨被风吹得溻在了窗户纸上,发出沙沙声,古老而又苍凉。雨慢慢密了,全院子都在飒飒地响。风声如同呜咽,憋闷闷的。这样的雨最毁房。这样再下一个钟点,房顶就会漏。还不如倾盆大雨,大雨落在房檐上立即形成水流,顺着瓦楞哗啦啦流下。而现在的雨呢,丝丝入扣,一点不糟蹋,全渗到顶子里头去啦。

　　静珍半夜醒来,听着这细雨阴风,有一种不祥的感觉。她担心漏雨,担心房塌,担心着不知什么的坍陷覆灭,但她毕竟太累了,她翻过身,咳嗽了几下,往地上吐了一口不知是痰还是唾液的东西,便又生硬吃力地睡了。

　　姜赵氏、静宜、倪藻都睡得很实。淅淅沥沥的雨声正好催人入睡。对于她们,这一天算是够丰富也够疲累的了。

　　在这两间相通的西厢房里,真正辗转反侧的人只有一个,她就是倪萍。倪萍比倪藻只大一岁,但不知道是由于这一年之长,还是由于她是女性,或是由于她从小听过更多的劝善惩恶、报应循环的人生故事,而且这些故事她都牢牢地记下来了,她显得比倪藻大得多,懂事得多。她完全知道自己的父母不和的严重性和悲剧性。她完全理解自己赖以生存的这个家庭处境的岌岌可危。她扩而大之,多少体会到了整个社会和人生的矛盾重重，危机四伏，命运无常。一种灾变、报应、仇恨、惩罚的阴影可以说是从小就笼罩着她的心灵。"天打五雷轰"，这是她的姥姥姜赵氏最爱骂的一句话。这句话对于倪萍的幼小的心灵，有一种特别生动具体的威力和一种象征的概括性。她似乎亲眼看到了一个作恶的人，一个得意忘形的人，一个不知道敬畏与服从的人在东、南、西、北、上五个方向的雷霆的夹击下抽搐、挣扎、粉身碎骨，化为齑粉。她似乎听到了那轰隆作响的威严的雷声，她似乎看到了蓝色的电光闪耀中被轰者的极度痛苦恐怖终于被摧毁的脸孔。

如果说倪藻的家庭教师、他的童年的"朋友"是他的姨姨静珍，那么，倪萍的家庭教师、"朋友"便是姥姥姜赵氏。从小，姥姥这个词就唤起了倪萍的一种特殊的亲切感和踏实感。姥姥带她去白塔寺、护国寺逛庙会。每月的四号五号，十四、十五、二十四、二十五白塔寺有庙会，六号七号，十六、十七、二十六、二十七护国寺有庙会。只有她和姥姥才有这么大的共同兴趣去看庙会。卖耗子药的，卖布头的，卖老太太头上戴的黑绒帽和红丝绒花，卖刺绣花样子的，那种种花样翻新的吆喝简直像是声乐大赛。她们还一起听过庙会上艺名"大妖怪"的民间艺人唱戏，看过卖大力丸的耍把式的人张筋斗竖直溜。一看到这些人耍把式，姥姥就给外孙女讲自己幼时亲眼看到的义和团"大师兄"的故事。说是一杆扎枪扎到了大师兄的肚子上，大师兄肚皮一挺，大叫一声"开！"把扎枪的钢头都顶弯了，肚皮上却连个白印都没留下。"逞了本事啦"（真有本领），姥姥用家乡的土话称赞说。对于这样的故事，倪萍是基本的，有时候是唯一的听众。

姥姥还喜欢讲自己小时候怎样裹脚，怎样扎耳朵眼，怎样开脸上轿出嫁。倪萍，只有倪萍会静静地听，觉得有意思，觉得没办法，觉得生活就是这样，什么事儿都有，什么事儿都可能发生，什么事又都发生不了，新鲜不了，什么事儿都可能消失，赶上什么就是什么。

在庙会上姥姥给外孙女买过桂花茶汤，牛骨髓油茶，黑色的杏干糖和结成奇妙的块状物的棕黄色酸枣面。后两种是倪萍最爱吃的。她喜欢那种细蒙蒙的酸、甜、麻。姥姥还买过丝线缠的彩球与粽子,买过头饰。最令倪萍难忘的是姥姥带倪萍到白塔寺后身点痦子。卖点痦子的药的人那里挂着一张画在白布上的痦子图。一个人的脸上满是痦子,这种痦子不但影响美观而且会带来晦气。痦子会影响命运。痦子有滴泪痦(主命苦)、食痦(主口福)、财痦(主发财)等等之别。倪萍长着一副方里透圆的面孔,右眉上方有一粒痦子,姥姥坚持这粒痦子不祥,应该点掉。倪萍随姥姥去了,点痦子者打开一个小瓶,用一根牙签从瓶内弄出一点粉白色的药,把药点到了倪萍的痦子上。三秒钟后,右眉上方好像着了火,倪萍疼得龇牙咧嘴,尥蹶冒汗,只是为了忠孝于姥姥,才没有哭出声来。三天以后,那颗痦子下去了,原来痦子的位置上,出现了一个小坑,倒像麻子似的。一周以后,按按那个坑还觉得疼。一个月以后,倪萍的鼻下唇边出现了一个新痦子,此痦子越长越大,比原来右眉上的那枚痦子大得多。但她再也不肯到点痦子的人那边去了。于是姥姥承认,这枚痦子象征的意义是吉祥的,它表示长着这个痦子的人一生有口福。但是倪萍且信且疑,对自己的新痦子惧多于喜。她还认为是这乱点痦子的结果,使痦子搬了家,长了个儿。她认为痦子也好,鼻子也好,老天爷给你个什么样就是什么样,不要乱动。她的这个认识只告诉弟弟倪藻了,却没告诉大人。

　　姥姥常常给倪萍讲故事。她最爱听的一个是《鞭打芦花》,一个是《乌盆记》。而倪藻爱听的故事是另一类,《司马光打破水缸》《孔融让梨》与《曹冲称象》。姜赵氏也会有声有色地讲曹植七步为诗,"本是同根生,相煎何太急"的故事,这样的故事倒是姐儿俩都爱听。而且听完两个人都联系实际,说是等他们俩长大了,一定团结友爱相亲如幼年时,决不能做出那种兄弟相煎的黑心事。姜赵氏带倪萍去听过一出梆子戏,唱的是《鞭打芦花》。听着这出戏倪萍哭得呜呜的。她为那受到虐待的孝子痛哭,为无能为力的孝子的老父痛哭,也为受到"母在一儿单,母去众儿寒"的胸怀的感召而痛悔不已的继母而痛哭。其实他们都是好人啊,为什么却有这样的不仁不义的纠纷和痛苦呢?倪萍哭起来流的鼻涕比眼泪多得多。

倪萍就是这样,她同情每一个人,关心每一个人,为每一个人操心,为每一个人揪心。她曾经不止一次地问她亲爱的姥姥,姥姥,您还能活多久?您什么时候死?有时候姥姥犯困打盹,刚睡着就被倪萍推醒了。姥姥呀,您突然不说话了,我跟您说话您也听不见了,您的嘴也没闭上,流着几滴口水,可把我吓坏了,我以为您死了呢。

终于姥姥也耐不住了。死丫头你这是说吗呀!你这不是咒我吗?我哪点对不起你了,你咒我早死啊?你才好模好样地找寻死呢!

倪萍听了这话就会睁大了痛苦和恐慌的眼睛。她真心地祝祷姥姥长寿。由于这种真心,她脑海里便常常出现姥姥死去的场面。而当姥姥发怒以后,她果真觉得那死神也威胁起自己来了。

倪萍惦记姨姨。姨姨梳妆打扮时的样儿,喝酒翻眼时的样儿,抽烟吐痰时的样儿和自言自叹时的样儿都叫倪萍忧心。姨会疯的,疯了就得送疯人院,用铁链子锁在床上。姨老那么翻白眼,翻着翻着眼球就会爆裂出来。姨喝的那种酒,会把肠子肚子都烧烂,姨抽的烟已经把肺熏黑了。倪萍对弟弟说。倪萍也不知从哪儿知道的这些,想的这些。

半年以前有一次静珍刚打了酒,她先把一个酒盅倒置在桌子上,从酒壶里倒出一点点酒,倒到倒置的酒盅的碗足里。静珍划起一根火柴,点着了这一点酒,酒盅足上升起了蓝色的火苗。静珍的习惯是用这一点火温一温酒壶,她不喜欢喝冷酒。忽然外甥女倪萍抢去了酒壶,把酒泼洒到地上,哭着说,姨,你再不能喝酒了。静珍劈手去夺,再一扒拉,倪萍摔倒在地上,哇,哭了。静珍气急败坏地大骂起来,你个小娘妇怎么管到我的头上,青天白日地倒了血霉的你凭吗损(读 shún)我……静宜见女儿被骂被"打"没弄清情况先参战与静珍吵了几句,问明情况以后又把倪萍骂了一顿。倪萍也奇怪,她对别人的关心爱护好意,怎么总是好心得不到好报呢?

倪萍对弟弟的爱护关心也有意思。倪藻每拿回一次考试优秀的成绩单、家长通知书回来,倪萍就担惊受怕一回。你考好了,考得不好的人呢?他们多恨你!你这么个小个子,考了第一,谁能服气?你不怕下学以后他们憋在小胡同揍你!别看书,别看书了,从小功课太好了不好,累干了脑子!你怎么会回回考这么好呢?是不是老师特别向着你?那样的话,别的同学,别的家长会说些个什么?现在考得好又有什么用呢?宪兵队里关押着的,带到刑场枪毙了的,都是功课好的呢!

无穷的,无微不至的忧虑和关切。天真如倪藻者,听到"干了脑子""枪毙"这类的话也受不了了。特别是关于老师向着他的说法,等于怀疑他的学习成绩,更使他觉得受到了莫大污辱。他与姐姐吵了起来,讨厌!讨厌鬼!我考好了你难受怎么的?我就考得好,就好,就好,气死你!而只要是姐弟纠纷,静宜就会站在儿子一边说女儿,女儿真觉得伤心委屈极了。

倪萍还担心爸爸会打死妈妈。遗弃妈妈与打死妈妈,她不知道这两样哪一样更可怕。如果爸爸和妈妈总是这样互相为敌,总有一天爸爸会一拳打在妈妈胸口上,妈妈就会仰面朝天地倒在地上,后脑就会摔破,就会流脑浆子,就会打血扑拉,就会死去。这些死的形象,死的语言是她不知不觉地从家里人的"骂誓"当中学到的,学到了她就信以为真。

当然她也能娱乐自己,她越来越有自己的小小的趣味和世界。这一天下午她下学回家回来得很晚,并不是因为值日,而是因为她和五个最要好的女生一道去景山拜干姊妹去了。按照生辰年月,她是三个人的四妹和两个人的四姐。咱们永远同心,永不变心,小女孩子们说。不愿同年同月同日生,但愿同年同月同日死,倪萍还加上了这么一句,加得小姐妹们翻眼看她,因为那是男人们的话,是刘备关羽张飞结拜桃园时的话。她们在结拜之后互换了礼物。她把自己最心爱的一副抓子儿玩的桃核送给了干姊妹。她也从姊妹们那里得到了书签、烟盒里的京戏脸谱彩画、红姑娘果，还有一件是她最喜欢的电影明星陈燕燕的照片。照片大如拇指，多次翻照以后已经丧失了面部的立体感。但她仍然高兴，仍然觉得心爱异常。她非常喜爱陈燕燕脸颊上的那粒痦子，姥姥说那叫滴泪痦，是流泪的象征，是命苦的标志。听说这么可爱的电影明星命苦，她更崇拜和深爱陈燕燕了。她祝祷老天爷保佑陈燕燕不要有苦的命。

她曾经和弟弟讨论过电影明星的事，她说她喜欢陈燕燕，并要求弟弟列举出他最喜爱的明星来。倪藻翻了翻眼睛，便说他最喜欢周曼华，周曼华是一副瓜子儿脸，周曼华笑得挺好看的。弟弟喜欢周曼华而不是陈燕燕，使倪萍颇为伤心。她半天没说话，差点儿掉了泪。

祝祷也是倪萍跟姥姥学的。有时姥姥会无缘无故地跪在地上向北方磕几个头，嘴里念念有词。倪萍问这是干什么，说是求老天爷保佑，神佛保佑，菩萨保佑。诚则灵，姥姥引经据典地说，但存一念至诚，金石为开。不跪下也可以祝祷，对老天爷、神佛、门神爷、财神爷，全都要诚。

所以在结拜干姊妹的时候她诚心诚意地为陈燕燕祝祷，为自己的心连心的干姊妹祝祷。保佑大姐的算术考得好一些，更好一些。保佑二姐的得了痨病的妈妈早日恢复健康。保佑三姐能长得胖一点。班上的男生都管三姐叫做"猴子"，这实在太令三姐难堪了，倪萍当然不会这样叫。但是，老天开恩，倪萍觉得三姐瘦得是太像一只猴子了，她为什么姓朱？她应该姓侯才名符其实！她祝祷五妹不再结巴。她祝祷六妹能找到丢失了的那块紫红色的橡皮。

我自己呢？她问，她祝祷，她想跪下来冲北磕响头，她想哭着叫着祝祷全家亲人的和睦和解，祝祷爸爸的回心转意，祝祷妈妈她们也都能对爸爸好一点。神佛天爷啊，显一显你们的威力吧，不是诚则灵吗，我倪萍诚着呢！显示一次你们的灵验吧！让我的家我的亲人和睦起来！只要你们显示出这威力和灵验，我愿意一辈子行善、吃素，哪怕是出家削发为尼也行啊,你们能不理睬我的这么一点点愿望吗?

从景山各自回家。结拜和善良的祝祷使她觉得心里踏实了许多。她想,包括在景山自尽身亡的崇祯皇帝的亡灵也会保佑她的家的。她知道崇祯皇帝自尽的故事,姥姥给她讲过"费贞娥刺虎",说是李闯王破了京城,占了皇宫,宫女费贞娥被李闯王的大将绰号"一只虎"的掳去,费贞娥用剪刀猛刺"一只虎"的咽喉,然后自尽。姨姨还给两个孩子背诵了《刺虎歌》。这个故事对倪藻无所谓,听听奇闻而已。倪萍却严肃得多,听完了她就一直想,如果她处于费贞娥的地位,她有勇气去刺虎和自刎吗?这个问题苦恼着她。她的灵魂受到了震动。她觉得做一个人实在太难。她甚至从而怨恨起命运来,为什么我就是个女的,不能像弟弟那样是个男的呢?

这样她就知道了崇祯。她相信人死以后就有一种威严的力量。何况是一个皇帝呢?当她走过那株枯死了的大槐树的时候,她充满了对这位皇帝的敬意。

她是哼着从"二姐"那里学到的流行歌曲《花好月圆》回家的。回家的时候正赶上那惊心动魄的一幕,正看到姨姨的一碗热绿豆汤怎样向父亲泼去。她看到了父亲那狂怒的却又是胆怯的野兽般的表情。她看到了姨姨那冲锋陷阵、决一死战的英勇。她看到了母亲的那种兴奋、狂躁、仇恨和空虚。她也看到了姥姥的老当益壮、同仇敌忾的泼劲儿。她惊呆了,她吓瘫了,她的心怦怦地跳。她打战,上下牙格格地响,手心脚心冰凉。原来愤怒和仇恨的火焰有这样的威势,这样的热度,这样容易把人们点燃。原来每一个人,她的亲人,她认为都是最亲爱最贴近的人的心头都贮藏着那么多恶毒和怨恨,原来他们互相冲突起来都是这样不管不顾,要活要死,如醉如痴。真可怕,真吓死人!哪里有什么和睦,哪里有什么花好月圆,哪里有什么善良的祝祷善良的心愿!原来人就是这个样子的!老天爷呢?神佛呢?菩萨呢?祖先与皇帝的在天之灵呢?他们都不管。莫非她和她的干姊妹们,还有她的亲爱的弟弟,将来也都要变成这样的人吗?

不！不！

那是一种真正强烈的灵魂的震动，那是一种大的痛苦和大的清醒，过早地降临到这个九岁的女孩子心里。当然，从"观点"上，她完全站在妈妈、姥姥、姨姨一边，而对爸爸，她完全采取批判和谴责的态度。但她又总是关心爸爸，不放心爸爸，她模模糊糊地认识到，爸爸是走上了一条罪恶的邪路，沿着这条路走下去便是他自身的毁灭和全家的灭亡。她模模糊糊地明白了一个道理，她的姨姨守志是好的，是大好事，而她的爸爸在外边花天酒地是大恶，是万恶之首。但她一看到爸爸，她立刻直觉到爸爸是个可怜的人。他回到家里是这么孤独，没有人要听他说话，也没有人要与他说话。他的家里的三个女人再加两个孩子是一伙，是抱成一团，亲了又亲的。而爸爸呢，一个傻大个子，穿一身不伦不类的西服，多可怜！爸爸不常在家，在家的时候爸爸总是找着孩子说话，还给孩子买玩具买食品，买这买那。但是她和弟弟常常有意无意地躲着爸爸。她们知道妈妈好，爸爸不好。爸爸说的话也不好听。当爸爸激昂慷慨而又苦口婆心不厌其烦地给倪萍讲挺起胸来、挺起腰板来的重要的时候，她的反感不下于妈妈。一个女孩子挺着胸走路成了什么样子？无怪乎姥姥和妈妈都说爸爸不是好人。爸爸给她们买的东西也大多不是她们所需要的。她知道，她们需要的是钱，是衣裳，是白面和玉米面，而不是那种中看不中吃也不中用的什么玩具。但是爸爸买来的玩具似乎又带来了一个虚无缥缈的，她们够不着的，有点诱人又十分陌生的世界。两年以前，她过七岁的生日的时候，爸爸送给过她一套商务印书馆出产的高级玩具。那是一套木偶人，其中一个最漂亮的是白雪公主，另外七个小矮子，长着各式的圆的和尖的、白的和红的鼻头，留着各式的蓬松的和成团的、白的与黑的胡须。这八个木偶都是可以立放在地上的，它们的排列有一定的顺序。另外有一个木槌，还有一个木球。玩的时候用木槌打动木球，木球触动木偶，触动不同的木偶便计算不同的分。不错，以打到白雪公主的分最高，但是最难，因为白雪公主要放在最后面,前面有七个小矮人保护着她。

白雪公主的形象十分辉煌。倪萍常常想象当她入睡以后白雪公主与她的七个侍从会活起来。白雪公主穿着裙子,她一定会跳舞,她一定说外国话。她有时候想象她倪萍也会加入白雪公主和她的仆人的行列。白雪公主会欢迎她,白雪公主会告诉矮人们说,这位中国小姑娘很可怜,她的爸爸和妈妈老打架,而且,她长得也不好看,脸上老是起瘊子,点掉一个小的就会生出一个大的,她也没有好的衣服穿,她上的学校里有一位日本教官,她害怕那位穿黄呢子服装的日本教官。但是,白雪公主会说,她心眼挺好,她愿意每个人都和善、幸福、快活。白雪公主会这样说吗? 她幸福得都喘不过气来了。

然后呢,然后白雪公主她们会欢迎她,会请她到她们林中的木屋里去做客,会请她吃鲜红的苹果,那苹果里绝对没有毒药。她们还会给她换一身闪闪发光的新衣服呢,白雪公主会向她的脸孔吹一口仙气,一口清香和顺沁人心脾的仙气,然后,倪萍还是倪萍,然而已经是一个漂亮而又高贵的倪萍了,她知道了,原来倪萍也可以变得高雅而且优美……

谢谢爸爸,他带来了这些幻想。他又粉碎了她的一切幻想。爸爸身上绝对没有白雪公主的文雅纯洁,也没有七个矮子的朴质善良。爸爸身上有的是一种莫名其妙的顽劣。白雪公主没有活过来,却很快地裂了纹,开了胶,不成样子了。白雪公主死了,她想,竟比人还脆弱。但白雪公主也该有自己的灵魂吧? 她大概仍然呆在自己的青翠的树林里。她不会愿意呆在中国,呆在日本人手里的北京,呆在如此不和的她的家里。

白雪公主去了,爸爸在她的心目中却有一些个不同。她不知道爸爸为什么要走上坏的路。但是她需要爸爸。就像她不能没有妈妈,没有姥姥,没有姨,没有弟弟一样,她不能没有爸爸,她不能没有爸爸呀!

而且爸爸那么傻。在这天傍晚的战斗过去以后,她始终放心不下。妈妈忙于教子。弟弟急于做功课和睡觉。姨姨自思自叹、自言自语。姥姥和姨姨一次又一次地计划着自己的生活。爸爸呢？难道再没有一个人想到那倒霉的爸爸吗？推倒了房门的北屋就这样大敞四开地丢在了那里。临睡前关紧了院门，插上了门插关儿，又顶上了门闩。那么爸爸回来怎么进来呢？爸爸不回来又到哪里去呢？如果小绺（就是小偷，这是跟姥姥学的叫法）半夜跳墙进来，把北屋里爸爸的东西偷走怎么办呢？难道堂堂一个爸爸竟连点值得偷的物品都没留下吗？

她不知道和谁讨论这些问题好。她知道在这个晚上提出这些问题是不合时宜的，甚至有被说成"吃里扒外"的可能。大人们一言不合就会生气，就会骂人，那是毫不留情的。

然而她难过。睡下以后更难过。雨声中传来了妈妈的鼾声，那是一种劳累终日的人的鼾声。姨睡后的声音则更像呻吟，她会呻吟一夜的，有时候加上咬牙磨牙的声音和突然来了突然又去了的不可解的梦话。姥姥睡下以后则是噗噗地吹气，像是吹着一个漏气的哨子。只有弟弟呼吸的声音是匀称而清晰的，弟弟似乎不准备接受、拒绝接受这生活中的纠纷和烦恼。

倪萍睡不着。每到她快要睡着的时候她就听到近在耳边的低语，声音是那样近又那样低，像是一个无形的幽灵挨得你近近的，真怕人。那就是爸爸的声音。怎么？爸爸进这屋来了吗？倪萍猛地坐了起来。什么声音都没有了。又要睡着了，又听见了院里的脚步声——跛拉、跛拉，是爸爸还是小绺？而且黑暗中她看到了爸爸愚傻的、不可救药的与不可理解的笑容，爸爸在向她滔滔不绝地讲话，挥着手，像发表演说，看到手势和嘴动，却听不到声音。吱扭，爸爸开门去了。不是没有门吗？

砰！她惊醒了，她又坐了起来，她敢肯定这绝不是幻觉，分明是一个人跳到了院子里。妈，妈，她叫着，她推着妈，叫不醒也推不醒。她只好躺下来，由于害怕把头缩在肮脏的被子里。

然后是淅淅沥沥的无孔不入的雨。嗒、嗒、嗒嗒。是房檐上的水滴落在石阶上。噗、噗、噗噗。是雨水滴落在树叶上。稀溜、稀溜、稀溜。是落在地上的雨形成了小细流。沙、沙、沙沙。雨被风吹得扫来扫去。百无聊赖。百般无奈。愁肠百结。没有法子可想。

钻到被子里面的头脸气闷得很,空气污浊。姨姨吸的劣质烟草的气味还没有散尽。倪萍的头开始晕眩,意识逐渐模糊,眼前一片云雾。

这时候她忽然听到一声吼叫,声音不大,凄厉异常,好像是野兽死前的吼声。倪萍忽然明白了,爸爸死了!

简直像是来自上天的启示。倪萍急急忙忙连衣服都没顾得穿。时间紧迫,她也没顾得上叫醒家里的人。她跳下床,穿上鞋,跌跌撞撞地走出门,一脚踩到水坑里,鞋子湿了,雨洒在头上脸上身上,她打着寒战。她跑到了没有门的北屋,她吓得浑身发抖。不知道是什么东西亮了一下,不像电闪,不像灯火,不像星光天光。反正她看到了躺在地上的爸爸,口吐白沫,满脸满手是血。

她啊的一声惊叫起来,转身往回跑,从台阶上直跌到院子里,她跌了一身水和泥。她乱叫着回到了西屋,静宜她们被她的惨叫声惊醒了。

爸爸——死了。昏厥以前,她总算说出了这句话。

第 十 三 章

我怎么到了这里来了?

我怎么把这里忘记了呢?

这儿有我的向阳的房间,太阳光隔窗照亮了陈旧寒碜的陈设,室内弥漫着一种烤红薯的麦芽糖与酒曲混合的香味。这就是我的童年,我的气味。这就是我的命、我的魂、我自己啊!是冬天放在地窖里、出过"汗"、变得甜香如蜜的故乡的红薯。我怎么会忘记了进这间房屋吃红薯呢?那红薯等了我多少年,多少月,多少日子!它还热着呢。它还香着呢。它还等着呢。

还有我的床,我的炕,我的乡下的两头方、中间圆的长而硬的枕头。它与欧洲的柔软的大方鸭绒枕头是多么的不同啊。这枕头是用红色和黑色的布做成的,绣着玉兰、鸳鸯、蜡梅、仙鹤,中间填满了细麦草。多么疲倦,多么酸懒,早就该到这床上炕上睡一觉了,多么需要大睡一场啊!自己的铺位,自己的枕席,自己的安身落脚之处,它们都在等着自己,而我怎么会忘记了回来安息?而我怎么会离别了它们这么久!

倪吾诚,回来!倪吾诚,回来!倪吾诚,回来!

好像是金属的簧片,好像是一块阴暗的三角钢,好像是一匹绷紧了的绸缎,颤抖了,波动了,嗡嗡地发声了。

倪吾诚笑着回答,我回来了,我回来了,妈。

妈——这声音在四野回旋。

看到的已经在身边的房舍和床铺却渐渐地隐去了。面前是精巧的木楼梯,楼梯栏杆曲线如瓶,楼梯上亮着明明暗暗的彩色的灯光,不时有稀奇古怪的阴影从他面前飞旋而过,然后是一只翠绿的鹦鹉:一连串动听的英语法语德语。

银铃一样的笑声。这是欧洲,天堂一样的欧洲啊,音乐,教堂,雕像,喷水泉,凯旋门,梵阿铃(小提琴),吉他,oh,my darling!

狐步舞和咖啡。金发飘荡和高耸的胸。染红了的指甲和嘴唇。天仙一样的吐字和笑容。袅袅婷婷。多么高贵的大衣,多么潇洒挺拔的大腿。彼美人兮,在海之滨。又是楼梯。为什么连楼梯都上不去了呢?抬腿呀,抬腿呀,有石膏像和铜像,骑士和淑女,哥特式建筑和大花岗岩,草坪和喷泉,半裸着的男女在晒太阳。仍然抬不起腿来,使了半天劲,欲飞无翅。一盘红薯。在海滨,在帆船上,戴着法兰西式软帽,斜叼着烟的妓女向他招手,真想投入她的怀抱。原来楼梯上铺着的都是枕头,柔软的、洁白的、鸭绒制作的大方枕头。踩在枕头上就像踩在海浪上。飘飘悠悠,飘飘悠悠。就像一朵云彩。他抱起了枕头,又一个枕头。他抱起了白云,又一朵白云。

那究竟是一个什么样的去处呢?那不就是他的来处吗?那才是他的家,他怎么把它忘记了?竟忘了自己的归宿。只剩下了一间空屋子。他走了之后,便只剩下了空屋子。那里没有一点声音。他订了那房间,那房间只属于他,却被他遗忘得干干净净,可现在怎么又想起来了呢?他不在,那房间该多么寂寞,多么缺少照料。他不放心,他牵肠挂肚。一个人忘记了自己生活的屋子,使得屋子失去了人,人失去了屋子,这可真可怕!哭声。爸爸,爸爸!快帮我把枕头搬开。不能再晚,不能放过这个机会,我的房子,我的铺位,我的起源和归宿,爸爸!

爸爸,爸爸!倪萍和倪藻的压抑着惊恐和痛苦的低声呼叫终于叫回了倪吾诚的魂魄。一缕幽魂,飘飘摇摇,无靠无依。他想睁开眼。

一片漆黑。如褐色的浪潮,推过来又涌过去。世界旋转如飞蓬,头痛如爆,口干如焚,到处是催人呕吐的臭味。爸爸!这不是萍儿和藻儿吗?他亲自给倪藻起的名字,倪藻,就是"你早",就是 good morning,就是欧罗巴的文明……

"别……"他的嘴唇终于发了声,马上打了一个嗝儿,恶心得几乎把肠子和肚子吐出来。

血水和血雨退去了,他看到了两个亲爱的与可怜的孩子。为什么大人的罪孽、祖宗的罪孽,死人的和就要死了的人的罪孽要糟害无罪的孩子呢?他流泪了。

"他爸,"这是静宜的声音,她已经好多年没有这样和气地对他说过话了。"你歇息吧,不要着急。大夫就来,我已经请大夫去了……说下大天来,我们不能没有你,你也不能不要我们呀!"静宜鸣咽了。

你为什么鸣咽?你倪萍和倪藻的母亲!啊,啊。倪吾诚又闭上了眼,于是又飘动起来了。空屋。空屋,下午时分的因明亮而更显空洞,更加无处躲藏的空屋。隐没在暮色夜色里的灰暗黑暗找不到门窗的空屋。神秘的空屋就在云间,就在地上,就在枕头堆里,那么陈旧而又那么空荡。你就永远地沉寂在遥远的地方吗?

他睡了。

静宜吓坏了。凌晨被倪萍叫起来,她跑到北屋,拉开电灯。看到斜躺在地上、面色青白、牙关紧闭的倪吾诚。满室都是恶臭的酒味,她知道倪吾诚又喝了酒,这本来只能增加她的痛恨的,但倪吾诚躺在地上的那副样子使她魂飞天外。倪吾诚闭着一只眼,睁着半只眼。睁着的半只眼里只有暗淡无光的眼白。倪吾诚的嘴角上流满了白沫。只有中风而死的人口角上才会流这么多白沫。静宜想起了自己的父亲和婆母的死。她先去摸倪吾诚的头、脸,冰凉!她试一试鼻息,没有了!大祸临头!静宜只觉得天昏地暗。幸亏还有儿子……有儿子也完了,一切指靠,一切希望,一切"战斗"的目标全完了,全空了……不,还有气,虽然微弱,终于还是摸到了倪吾诚的些微气息,还是活的,还是个活人!

叫是叫不应的,推着他就像推一具死尸。别推了!把他抬起来。但是她和两个孩子的力气是太小了,他们无论如何抬不动身躯高大的倪吾诚。娘!姐!静宜大喊大叫,变了声。救人如救火,快帮我把吾诚抬到床上去!

静珍当然拒绝!混说八道,让我去抱一个男人,让我一个守志十年的寡妇去抱自己的妹夫,你这是安的什么心?怎么这么说话呀,还有人心眼子不,他这不是快死了吗?我还快死了呢,我早就快死了,你知道吗?我宁可死不干下三滥的事你知道吗?少华死的时候你管吗啦?少华死了你不甘心,你也想让吾诚死?你个死不要脸的……

别打了别打了,快想办法。姜赵氏平息了女儿的恼怒争吵。你们打破脑袋打出小人来又有什么用?不是救人要紧嘛!于是静珍当机立断,披上衣服就走,她去叫邻居"热乎"家的门去了。

这也是陶村——孟官屯一带的性格。随时爆发战争,随时忘却战争并从事友好合作。随时再爆发战争,停火,友好。静珍去叫"热乎"家的黑漆门时,根本没有考虑头一天下午的不点名的痛骂——这也是不点名的好处,容易转弯。她没有丝毫犹疑。

被吵起的"热乎"也没有丝毫犹疑。她们本来就是乡亲,近邻。"热乎"又是好事者,对于倪家出了事来找她十分兴奋。她怀着的是感激静珍的信任的心情。她立即叫醒自己的丈夫——一位规规矩矩的账房先生,他在前门外劝业场一家大绸布店供职。账房先生带着自己的一个十七岁的儿子和"热乎"一起,由静珍引领着浩浩荡荡地来到倪家院落。匆匆走上台阶。"哎哟我的妈呀,这扇门是怎么啦。""热乎"进北屋时天真地惊呼。账房先生阴沉地瞪了她一眼。静宜和静珍根本没顾得理她。没想到账房先生和儿子有这么大力气,没用别人帮忙他们爷俩就把倪吾诚抬离了肮脏的地面。他们甚至奇怪这么高大的人怎么会这么轻。太瘦了,太瘦了啊!

然后姜赵氏与静珍与"热乎"回避，静宜在账房先生与他的儿子的帮助下为倪吾诚脱掉了外衣，给倪吾诚盖上了一条沉重的厚棉被。"去请医生！"账房先生提醒说。静宜马上揣好昨天用闪电速度从倪吾诚的西服上衣口袋里掏出来的钱，又带上一个备用的存贮多年的金戒指往外跑。静珍止住了她："你得看护着他！我给你请大夫去！"静宜不由得感谢起姐姐来，亲就是亲，一切都指着姐姐了。

盖着棉被的倪吾诚脸渐渐变红了。他发出了类似呻吟的声音。摸摸他的头，像火烧一样烫人。让孩子轻轻叫几声，没有反应。静宜又淘洗了一条热毛巾，为吾诚擦去了脸上的口沫和污物。不争气的丈夫，仇人一样的丈夫，却又是唯一的和不能没有的丈夫啊！

后来倪吾诚睁了眼，哼了一声，又睡下了。后来医生来了，医生是他们的乡亲，光明眼科医院的院长赵尚同。由于是乡亲，非眼科病也要先找他。他叫醒了倪吾诚，拿出听诊器，静宜觉得敬畏异常。听了好久，神态严肃的赵尚同诊断说是肺炎。他打开了携带的药箱，拿出了一些白的药片和药粉，并在装药的纸袋上写上拉丁文药名。他还写了封信，让静宜去请就住在附近的一位内科大夫。

在静宜她们的精心照顾下，在孩子们的天真的企盼、千丝万缕的牵连之中，倪吾诚渐渐恢复了自身的意识。刚刚发生的事完全像噩梦，这噩梦已经沉在一潭黑水之下了。

那天晚上，在一碗滚热的绿豆汤泼来之后，他仓皇逃窜，来到寂寞的灰色的小胡同里。真真奇怪，不早不晚，恰恰在这个时候，他想起了当晚的重要约会。一天前没有想起来，半天前没有想起来，一个小时前，十分钟以前也没有想起来，他似乎已经把那事忘得死死的了，他似乎已经决心不想起那事。而恰恰是在一场野蛮的恶战之后，他想起来了，他们等着他去呢。

那是他最喜爱的三个学生。两个学生都推着光头，更带有一种献身于追求真理与正义的青年人的纯真。还有一个戴眼镜的女孩子，其颖悟令倪吾诚惊诧。三个学生不知为什么信赖他，他知道自己的课讲得并不好。对于他讲的内容他自己也说不清楚。苏格拉底，德谟克利特，柏拉图。然后他讲了尼采，讲了杜威，讲了弗洛伊德，讲了马克思，讲了墨索里尼。居然说墨索里尼是一位哲学家。他只觉得一塌糊涂。但是那三个可爱的年轻人还是和他讨论，哲学有什么用？没有用，他回答说。没有用为什么要讲哲学？我不知道。中国正在受难。我知道。欧洲正在燃烧。我知道。我们怎么办呢？您打算怎么办呢？我不知道。您什么都不知道。您是大学讲师，您去过欧洲，您讲课的时候常常提到国家、社会、世界、进步、文明、科学……怎么样才能使我们的国家我们的社会我们的世界走向进步科学和文明呢？

还是不知道。那么您知道不知道日本军队正在中国，在太平洋进行战争呢？您知道不知道我们生活在宪兵队占领军的刺刀下面？您知道不知道德苏战争？您知道不知道"汪主席"、蒋委员长还有八路军的朱德、毛泽东呢？

我不是政治家。然而您是中国人。年轻人的言语十分激烈，逼迫得倪吾诚无法逃遁。所有的这些问题，比这些更多得多也更严重得多的问题都在倪吾诚的头脑中、心目中存在着。但他可以清清楚楚地记住这一切问题又把它们清清楚楚地忘在一边。他可以在饱受这些问题的折磨之后认定他可以不管这些问题，因为他管也管不了，因而这些问题对于他实际上也就不再存在。这样他就不必咄咄逼人地发问或问自己。这就是他和年轻人不同的地方。他早已经习惯于带着问题带着苦恼而稀里糊涂地活下去了。

但是三个年轻人的热情和姿态使他大受鼓舞。我很高兴。我已经很久没有这样高兴了。你们才是中华民族的真正的希望。我是中国人，我是受过教育的中国人，对于国家民族和我个人，我都负有责任！我却没有负起任何责任来！我胆怯，我犹豫，我不敢负责！我随波逐流，不知伊于胡底！这太可怕！这虽生犹死！是时候了，我要以与你们的谈话为转变的契机！我要总结，我要反省，我要和你们一起做出重大的激动人心的决定！说得对，就是要发问就是要探寻，不要留情！让那些经不住你们的发问的人滚开！让那些已经腐烂了的东西死去！战争并不可怕，战争加上魔鬼，也比腐烂强。你们还年轻，你们知道什么叫腐烂吗？比如说一代人是一批豆子，就是黄豆黑豆那种豆子，文言文称作菽。当一代人老朽了以后就如同豆子发了酵，就变成了黄酱。你们看见过乡下人自己做酱吗？招来了多少苍蝇！下了多少蛆！这就是历史的藏污纳垢，正像我们的手指甲和脚指甲里存藏着许多的细菌和微生物一般。一代又一代，代代相积，这是多么厚的一层黄酱！每一代新豆子都放置在老黄酱上，于是乎迅速地发酵和腐烂，都变成了一样的味道，一样的稀泥稀糊状的物质，干了以后便变成一层痂皮。陈陈相因，哀莫大于心死。我们的希望在哪里？就在你们身上。就是敢哭敢笑敢想敢作敢当。对这个世界不哭不笑而要理解。你们知道吗，我听过德国的教育家斯普朗格的讲演，他是白发红颜，精神矍铄……我相信人类的光明前途，相信达尔文的进化论。严复译的《天演论》文笔有多么好！与茹毛饮血的时代相比较我们已经有了很大的进步。我可以明确地告诉你们，我相信未来，我相信中华民族立国精神之再造。此外我什么也不知道，我又能知道什么呢？我知道汪精卫、王揖唐、周佛海吗？汪精卫少年时候刺杀清摄政王被捕后做的诗你们知道吗？我知道蒋介石、宋子文、陈立夫吗？我知道延安吗？我知道东京、柏林、罗马轴心国吗？我知道俄国吗？俄国也强大了，因为有斯大林。德国强大因为有希特勒。但是两国正在打仗。而美国有罗斯福，英国有丘吉尔。我不懂为什么中国还没有强有力的国民领袖。不管什么样的领袖中国必须欧化，只有欧化才有出路，才有人生。政治不是我擅长的。日本也是欧化以后才强大起来的……

　　他太兴奋了，快乐得像个孩子，滔滔不绝。只要能讨论一些与他个人的现实生活不相关的问题他就能兴高采烈，谈笑风生，如鱼得水，而只要谈一点实际的事，与他的生活事业行动有关的事，他就觉得千头万绪,焦头烂额,心绪如麻,垂头丧气。他和心爱的学生高谈阔论,却没有和他的学生们认真地或深入地进行什么讨论。他说得太多了,完全剥夺了年轻人说话的可能。他发现了自己的失礼与失算,竟失去了听一听青年人对各种问题的看法的机会。于是他热情相约,他要在三天后的傍晚请这三位同学到东安市场的"东来顺"吃涮羊肉。下次我不说话,我听你们的。他说。吾爱吾师吾更爱真理。三人行,必有我师。十室之内,必有忠信。好的,我们一定准时在"东来顺"见面。不守时刻是中国人最令人不能容忍的恶习之一。

然后他把这次谈话和这个约会忘到了九霄云外。在"被窃"、恶战、绿豆汤迎面倾来之后,他想起来了,已经过了约定的时间一个半钟头。而且,他身上连一分钱也没有了,他身上连一件能送到当铺去的东西也没有了。他怎么可以和三个穷学生去"东来顺"吃涮羊肉?

他欺骗了三个多么可爱的年轻人!年轻人的纯真、年轻人的热情是最可贵的最美好的,也是最易受到欺骗和蹂躏的。在他的心目中,他一贯的认识是,蹂躏青年人的情感是最凶险最卑劣最残酷的恶行。凡是犯有这种恶行的人,应该杀掉!而他恰恰犯了这样的大罪!

他这时的感觉就像一个误杀了人的人。后悔莫及。他沉浸在自己的痛悔和痛苦里。他咀嚼着自己的痛悔痛苦,以自己的痛悔和痛苦证明自己犯罪并非有意,以自己的痛悔和痛苦回答良心的谴责和安慰自己。大错已经铸成,既然无法挽救也就不必挽救了。既然无药可医也就无须去尝试那药的苦。我的情况是无可救药的。所以无须为救药而烦恼。所以我不烦恼。所以我永远乐观。死人一样、死狗一样的乐观。

他长出了一口气。而且无论如何和这些青年人的讨论是困难的。困难中最困难的一点也是最实际的一点,他不想讨论对日本占领者的态度问题。他无法回答。他不想讨论也不想想这个问题。他不想投靠占领军。他不想去重庆并对重庆不抱太大的希望。他更不敢想象山沟沟里的小小的延安。他害怕哪怕是最微小的受苦。我不是圣人,我也不是志士。他想喊出来!

这时他悲愤地想到,原来每一个错误,每一次失约,每一个打击,每一个挫折,总之每一回灾难,也有它的好处,也有它的必要性。这至少使他的心肠更冷、更硬,更不必去做出选择,更不必考虑明天。把心一横,我不能有益于国家民族,还不能有益于自己吗?我不能有益于自己,还不能糟践自己、毁坏自己吗?我不能得到友谊、爱情和尊敬,还不能得到轻蔑、误解和仇恨吗?就让我的孩子,就让那三个最可爱的学生也轻视我讨厌我疏远我好了!真是天才的、超天才的逻辑!真是超逻辑的逻辑!想到这里,他觉得自己反而"解脱"了。

于是他摇摇晃晃,几乎是轻松愉快地来到了小胡同拐弯处的一个"酒缸"。酒缸是一种小酒店,酒店里摆着几个装散酒的大缸,故而得名。经营这家酒缸的有一对老夫老妻,还有一个半大小子,不知道是他们的学徒还是儿子。砖地黑污污的,木桌木椅都陈旧、厚重、结实。所有的桌椅木器都渗透了和散发着廉价的酒气。除了烧陶大缸以外,还有一些带盖的玻璃缸,装着绿色的青梅酒、红色的玫瑰酒、紫色的葡萄酒。这些酒的颜色都显得假模假式,像是劣质染料染出来的。此外就是各式各样的瓶酒和一小盘一小盘煮花生米、炸豆腐泡、炸小虾之类的下酒的菜了。在这里喝酒的,多半是一些"引车卖浆"的体力劳动者。倪吾诚进入这个环境,嗯嗯一笑,似乎自己脱掉一层皮,换成了另外一个人。天无绝人之路也!

"四两白干,一碟炸豆腐。"他对小伙计说。

小伙计盯着他看了一眼,眼睛里似有含义。没有像对别的顾客那样笑嘻嘻。

"四两白干,一碟炸豆腐。"他又重复了一遍。那时候的两还是十六进位(十六两等于一市斤)的小两,当然。

小伙计仍然面有难色。

"听不见吗?"他皱起了眉头。

"上两个月您欠的钱……"

"还你还你,今天就算账,多给你点小费……我什么时候赖过账,我在你这儿喝酒又不是第一次!"他畅快地边笑边说。但他的笑容显得苦。他虽然笑出来了,脸上的肌肉却放松不下来,浑身的神经松弛不下来。他是绷紧了肌肉和神经而笑的。让人看着觉得难以忍受。

"是,倪先生。"小伙计放了心。老掌柜的也凑过来说话了。唉,怎样的短见和刁奸!原来小伙计对我进行神经战的时候老家伙在一旁听着呢,说不定他们早已经商量好了怎么对付我呢!人心如此,即使拿破仑与俾斯麦来中国主政,又能如何?

酒来了,菜也来了。灰白色的碟子,边缘上点缀着两道深蓝色的圆线,使碟子显得更加单调、寒碜、永无出头之日。酒杯口缺了一点瓷,似乎还裂了一道纹,由于光线暗,倪吾诚视力又不佳,不敢断定。这就是我们的生活,这就是我们的享受,这就是我们的福气……再看看,被炉火煤烟熏得发黑的墙上还贴着日本占领当局贴的"第四次治安强化运动"口号呢:

> 我们要革新生活,安定民生。
> 我们要确保农产,减低物价。
> 我们要剿灭共匪,肃正思想。
> 我们要建设华北,完成大东亚战争。

我们要……我们要什么呢?我要……我要什么呢?全都那么可恶!

好像是文盲,看着一横一竖一撇一捺的字,看到字形字划,却不知其意。这一切是怎样的令人作呕的虚伪!

咕嘟嘟,一口气下去了二两多。好像许多小针卡在喉咙里,他的脸憋红了。稍沉了一会儿,倪吾诚压下了大咳其嗽的意图以后,开始有一股暖意从心头泛起。"买卖好吧?主顾多吧?"他主动地与老掌柜攀谈起来了。

四两酒居然三口就喝完了,他终于呛得咳嗽起来了。但是他的神志却似乎特别清醒,他好像是一个旁观者,把自己、把社会、把国家看得清清楚楚的。

这是一个受苦的国家。受苦的年头。受苦的命。他相信国家是有希望的,未来是有希望的,虽然他不知道希望在什么地方。毕竟中国有许多比我强的人。我知道他们比我强,但我做不到……但是现在必须受苦,只有走完黑暗才有破晓,才有光明。而他是那么样地希望幸福,希望高尚和文明,他是那么样地不甘心受苦。真是寂寞而又渺小卑微!呀!这就是悲剧之所在。

可为什么人应该甘心受苦呢?为什么倪吾诚就该受苦?他已经三十多岁了,他还有几个三十多岁呢?

"应该把这个酒缸修饰得漂亮一些。"他对掌柜的说,"地应该铲一铲,刷一刷。桌椅至少应该再油漆一下,活了的椅子腿应该钉死。这个灯也不行。人们来喝酒,不仅是喝酒,首先是一种休息。人是有权利休息的。休息和工作,都是重要的。也许休息比工作更重要。休息是一种舒适,而工作……"

掌柜的打断了他的话:"钱呢?新主顾不来,老主顾赊账,一欠就是几个月。实话跟您说吧,我们现在是赔着本卖酒。应该这应该那,弄得好一点,我还愿意开大饭店呢。钱呢?"

掌柜的应答是不礼貌的。钱呢钱呢的调子使他想起他最不喜欢的那种腔调。而关于赊账的话更使他感到了现实的无法躲藏的威胁。

"再来四两……"

"您?"

"我说再来四两就是再来四两,少跟我啰嗦!"他突然瞪起了眼。

再赊账他也还是高于这儿的掌柜的与小伙计的体面人。当他发怒以后,掌柜的又端来了四两。

他就这样喝了半斤。然后瞪着眼耍赖,然后硬着头皮离开了酒缸,然后在大街上转。然后头晕眼花两腿绊蒜。然后回家,门已闩住,进不去院子。然后爬墙跳墙……底下的事就全不记得了。

两天以后,衰弱欲绝的倪吾诚终于完全清醒了过来。高烧之中,他仍然不时惦念起那似真似梦的他的被遗忘了的空房子。使他不理解的是,在他神智完全清楚的同时,他又像是忽然记起了一件事,在那间莫须有的空房子里,是不是还遗留着他的一件旧箱子呢?皮箱?木箱、柳条包?他说不清。然而那分明存在的箱子坠着他的心。无论如何我要去一趟,要把那箱子取回来。又何必取出来呢?那屋子,那箱子不都等着我的归去吗?

第 十 四 章

　　吾诚,孩子他爸,谈不上谢,你那话说远去啦。此言差矣!你是谁?我是谁?好也罢,赖也罢,哭也罢,笑也罢,美也罢,丑也罢,死也罢,活也罢,你的命就是我的命,我的命就是你的命,你生病就是我生病,你见好了也就是我见好。你病得要活要死,我不伺候谁伺候,我不管谁管?天花乱坠我不会,洋文外国文我不会,可你病了呢?人无百日好,花无千日红,好时须想赖时,留得退身步。花花绿绿,既不当吃,又不当喝,又不治病。你摸摸良心想一想,除了我这样管你待你,你还能找得到第二个人吗?

　　花花绿绿我也不怨,人非圣贤,人非草木,谁不知道个花天酒地、吃喝玩乐?欲海无边,享受无边,坏了望好了,好了望更好,做了皇帝,不还要长生不老吗?再说,你要幸福,你要享受,也不光是你要。谁不知道鸡鸭鱼肉好吃,绫罗绸缎好穿,高楼大厦好住?谁不愿意吃喝玩乐,高谈阔论?可这一切能从天上掉下来吗?你又有多大能耐、多大本事、多大福分去奔这些个幸福去呢?你奔不来,想得比天高,也是白搭!心比天高,命薄如纸,这不是自寻烦恼吗?再说不能只顾一时。人活一世,不过百年,今日年轻力壮,血气方刚,吞天吐地,明日呢,明日转眼就是弯腰驼背,老态龙钟,气息奄奄。快乐一时不难,而今而后,可就死无葬身之地了!

　　俗话说人心不同,各如其面。又说是人家骑马我骑驴,比上不足,比下有余。尺有所短,寸有所长。最要紧的不过是"本分"二字。

花天酒地的,有得是!缺吃少穿的,更有得是!死于非命的,在这兵荒马乱的年月,也是数也数不过来的。可不是吗?做买卖得看本儿,吃饭还得看肚皮哩!乡下人一顿吃八个包子,你吃三个,他也是一饱,你也是一饱。皇帝三宫六院七十二嫔妃,老百姓办不到,其为夫为父之道也是一样。你要是真有能耐,祖上趁钱,花天酒地,寻花问柳,我随你去!说实在话,我嫁到你家时候,倪家已经不行了,倪家已经没落了,倪家已经是王小二过年,一年不如一年了……没有我娘家的资助,有你的今天吗?人不可忘恩负义,人不可太猖狂,人不可无情无义,人不可把事情做绝!你要这要那,你不要这不要那,你看不惯这看不惯那,你不想想现在是什么年月?你又能干点吗?一张纸画个鼻子,好大的脸呀!好好好,全由着你说,全由着你做,说下大天来,做下大天来,妻儿老小都得吃饭!你进饭馆进舞厅少一个镚子行吗?你一天不吃饭试试!少吃一顿试试!

我并不想管你的事。为妇之道,我也懂。可是你得让我们娘儿几个活着,你不能断了我们的活路!你看你看,四邻八街,三亲六友,有精的,有傻的,有丑的,有俊的,有有能耐的,有没能耐的,可都得有个窝有个场有个饭碗有自己的本分呀!你哪怕是当土匪去,当土匪还得有两杆枪,还得有一套杀人越货的本领呢!

我虽然小时候家境中上,这些个年来,加上兵荒马乱,我也过惯了受穷的日子!你只要安分一点,你只要正正经经地做你自己的事,你只要给我们娘儿几个挣来一口食,你让我们做什么就做什么。我服侍你,那是应当应分!我再把话跟你说透吧,你倪吾诚真有混不上饭吃的那一天,我养着你!我是肩不能挑担手不能提篮,我是一不会英文二不会逻那个辑,我叫街要饭也得养活你!

不看我的面也该看看孩子。你惭愧不惭愧?你难过不难过?上哪儿找这么好的孩子去?藻儿最近考国语、算术、常识都是一百分,修身是九十八。你知道吗?他们的考试成绩,他们的作业,你问过他们一道四则题吗?

……人家也是人,人家也有上过大学,留过洋的。咱们的同乡赵尚同,日本留学,正牌的医学硕士,光明眼科医院的院长,人家学问比你小吗?人家见的世面不如你吗?人家的洋文不比你强十倍?可人家呢,行医的时候是东洋大夫,回家以后是真正中国的孝子、贤婿、慈父,伦理道德,一条也不缺!你也不是没见过,那个赵太太,小脚不说,还是一脸的麻子,可人家是结发夫妻,赵尚同与他太太,可以说得上是相敬如宾、比翼齐飞!贫贱之交不可忘,糟糠之妻不下堂,这才是起码的人格,起码的人味儿!

你现在还没阔呢,你现在还动不动就赊账赖账拉亏空,得我给你还账呢,你就这个样子……你要真大富大贵大红大紫起来,我们娘儿几个不但沾不上光,还不让你活活给剥脱了!

……唉,罢了!要说我也不是不明白,你这人心眼还是不错,你可不是坏人,你对我的好意,我全明白,我不是糊涂糯子!你接我上北京,你带我听讲演,你让我学英文,全是好事,就是你带我去跳舞安的也不是坏心。我全领情,我全知好歹。可你想得太高,高到九霄云外去了。别的不说,我去上学,我去听课念书,两个孩子谁带?这样的年月,两个孩子的母亲,你叫我还奔什么?你这还是留过洋的人,会说洋话的人,五尺高的男人,不过如此,糊口而已。你做的那些事,我提起来都不好意思。我就是学出点吗来,除了陪着你云山雾罩,东拉西扯,康德黑格尔一通以外,我还能干什么?一不当吃,二不当喝,三不能治国平天下啊!我们都是有家有口的人了,怎么能还那么孩子气?人人谁不是这样过日子?你要真有志气真要救国,你抗日打鬼子去!你要真横下心捞一把是一把,你当汉奸去!你也算占上了一头!可你现在,你到底算个吗玩意儿呢?上至达官贵人,下至黎民百姓,谁能想个吗就是吗,一会儿一变,孙悟空七十二变呢?

你也不实际想想,我能跳舞吗?要跳舞找舞女去!大爷有钱,玩去!没钱,咱认命,一不能偷,二不能抢,三不能耍无赖。你再看看,所有的正经人,包括那些家产万贯的,有几个下舞场的?花花公子,得意一时,坐食山空,最后不是小猴戴锁链进了班房就是流落街头当了花子!

……我还知道,你不喜欢我姐我娘,这一点就是你的不是了。我说过万遍了,我姐我娘是对咱们有恩、对你有恩、对倪家有恩德的人!我姐十八岁结婚,十九岁守志,可谓的是坚贞刚烈,女中豪杰。你要看出我们姜家的家风!再说,她们二人在这里,没吃你倪家一口饭,没用你倪家一文小钱,你怎么就着不开这么两个孤苦伶仃、无依无靠的至亲骨肉呢?

还是好几年以前了,那是咱们头一回在北京大吵大闹地打了一仗,你也是头一回一连多少天不照面,不回家。你还托了人,传了话请我到东安市场去吃饭。你问我一句话,到底是跟你还是跟我娘我姐。此问差矣!我是你的妻,是孩子的母亲,是我娘的女子,是我姐的妹子。讲究的是五世同堂,五房同室,敬老爱幼,家庭和睦。听我娘说,真正好的人家多少辈都是不能分家的,这才是咱们中国的文明啊!

说一千道一万,哪一句不是为你好?从十一年前嫁到你倪家,我就是倪家的人了,死心塌地,再没有别的想。你要再不好好为人,我活着还有什么指望?

静宜的一番话可说是有情有义,声泪俱下,肺腑之言,掷地有声。大病初愈的倪吾诚听了以后,虽然不是能接受每一个观点论点,但整个地说,他还真是觉得颠扑不破、合理合情,只剩下含泪洗耳恭听的份儿。他觉得奇怪,什么时候静宜学得这么能说、这么滔滔不绝、情文并茂、义理俱全了呢?也许原来真的是自己看错了?也许这一切都是机会造成的。如果静宜有不裹脚的机会,如果她有上完大学和去欧美留学的机会,如果她有上讲坛的机会,说不定她早就当了名牌教授了吧?以她的口才,她也许更适合搞政治吧?如果她有跳舞的机会呢?如果她有出生在欧罗巴美利坚或者扶桑诸岛的机会呢?呜呼,为什么岁不盈百的短短一生,堂堂万物之灵,却都成为机会的奴隶,机会的玩物,机会的牺牲品啊?

而他自己还能有什么机会呢?

就在他病后的一个星期,他收到师大校长的措词婉转的来信。说是由于他身体不好,应多加珍重,多加休息,已另请了讲师担任他现在担任的课程,请他康复后另谋高就。

疾病再加解聘,这对于倪吾诚的狂躁的、不安宁的灵魂倒似乎是一剂有益的凉药。已经许多年了,他似乎没有像病中这样踏实过,连噩梦也不做了。就算偶然感到有一点凄凉也罢,比原来那样在各种欲望和理念的火焰中燃烧灼烤要舒服一些。无怪乎在乡间,一有病,不论伤风头晕牙疼,常说是"上火",而一吃药,就说是"去火"了。曰虚火,曰邪火,曰胃火,曰肺火,曰肝火,曰心火,曰火气……人生一世就如火烧火燎火烤一世一般,哪里有清凉自在之身?

苦海茫茫,回头是岸。难道他真的回头了吗?这次生病,全亏了静宜的照料,而他的那些高谈阔论的朋友,灯红酒绿的朋友,包括那些对他卖弄过风情的不无意思的女友,连一个影子也见不到。他不听静宜的,他不接受静宜的,行吗?

所以他只能含泪用衰弱的声音说:抱歉了,多多抱歉了,我对不起你们了。

只此两句话静宜就泣不成声了。难得你回心转意!她叫了倪萍和倪藻来问候爸爸的病体。对不起你们了,倪吾诚又说了一遍。倪萍也哭出了声。倪藻又感动,又欢喜,他马上觉得自己是生活在一个幸福的家庭里,自己是世上最幸福的一个孩子了。

中午,静宜用葱花炝锅煮了一碗挂面,挂面里卧了两个鸡蛋给倪吾诚补养。挂面端给倪吾诚了,她又说:"要不你鸡蛋给孩子留点。"于是吾诚吃了一个蛋,另一个给了倪萍。倪萍吃了少半个,多半个给了倪藻。大家吃得都很高兴。吃完挂面,倪吾诚又让孩子拿过来他病前买的那一瓶麦精鱼肝油,断断续续地给孩子们讲了一回吃鱼肝油的必要性,让孩子们吃。孩子们打开盖闻了一下,都说是太腥气,一闻就要吐。倪吾诚觉得非常遗憾,这种愚昧,实在使他痛心疾首。但后来想到自己正在病中,麦精鱼肝油对于他的病体的复原必有好处,便想留给自己吃也好。于是他当着孩子的面做示范,拿起吸管,吸了半管子鱼肝油。张开口,一捏橡皮帽,鱼肝油射入口中如注,他立即愉快地将油吞下,脸上显出笑容。口腔里一股奇腥怪味,使他几次难忍欲呕。但是他的一切关于营养素,关于维他命,关于有关生理卫生学的知识立即起了作用,立即化为情感知觉并支配了食欲口腔舌面,他硬是说服自己并强有力地使自己相信,鱼肝油就是好,就是高超,比挂面卧鸡蛋高明百倍。所以就是好吃,就是现代文明开化的重要标志。当他诚实地这样想着的时候,味觉嗅觉也就起了变化,受刑受苦勉为其难的感觉渐渐消失,胜任愉快、满足需求直至舒适享受的感觉油然而生,乃至终于取代了前者。他的理性的对于科学和健康的追求,常常能够这样迅速地化为情感,化为知觉,化为生理的反射,化为唾液。这真是常人少有的优点。他笑出了声。而且他慢慢开始意识到了鱼肝油在体内的运动。在食道里,在胃里。胃变得暖了,充实了,足了。胃开始了对鱼肝油的吸收。鱼肝油的营养素开始通过胃壁渗透进了血管,溶解于血液中,又随着血液的循环开始流到了腋下,来到了上臂,来到了大腿,来到了后腰……一种奇妙的力量开始在他的身体的一个又一个部位开始发作。开始唤醒了他的疲惫衰弱的细胞。而所有的这一切过程,他都清楚地感觉到了、感应到了、内省到了。真是妙极了。现在,连他的面颊上的肌肉,也开始感觉到鱼肝油元素的莅临,鱼肝油元素的充实和鱼肝油元素的无微不至的抚慰。这是物质的享受,这也是生理学、营养学、医学的学问的享受。

　　他居然谈起天来。底气不足,但并不妨碍兴致逐渐高涨起来。有鱼肝油顶着呢。他给孩子讲对对子的故事。他说是明成祖燕王。先生(老师)给他出的上联是:"风吹马尾千条线",幼年的明成祖出口便对曰:"日照龙鳞点点金。"先生失色,不敢再教。怎么回事,听不懂？听他的口气就知道他注定了日后要做皇帝。还有清朝的张之洞，七岁便进京应试，主考官见他年幼，不让考，说是我先出个对子你对对。上联曰："南皮县顽童七岁"，分明是调侃张之洞的。张之洞口占答曰："北京城天子万年。"主考官也肃然起立，再拜之。

静宜劝他不要说这么许多话，还是多休息，他不理。又说他们班一个书呆子，先生出的上联是"书声传庭院"，书呆子答的是"琴韵满高楼"，果然此人只会寻章摘句。另有一恶少，上学也是净不及格。先生出的上联是"鱼与熊掌皆所欲也"，他对道："鸟跟螃蟹都没逮着"，令老师亦忍俊不禁。

您对过什么对子呢？倪藻问。

"我吗？"倪吾诚的面色突然暗淡了。他小声说，像自言自语："先生出的是：'十室之内必有忠信'，我对的是'九州以邋岂无佳人'。"说完，他就闭上了眼睛。

当天晚上，刚刚好转的倪吾诚的病情又明显恶化了。他满头冷汗，心跳气短，腹泻不止，只觉得快要虚脱。静宜埋怨他中午说话太多，倪萍提醒说爸爸一下子吃鱼肝油如注，太多了。鱼肝油瓶子上的说明书写得明白，每日二至三次，每次二至三滴。对前一个批评，倪吾诚不说什么。对第二个批评，他绝对不信，而这样排斥科学营养生活方式的意见来自自己刚刚九岁的女儿，使他觉得分外难过。

度过了难熬的一夜，第二天凌晨时终于睡熟了，一觉睡到十点，他觉得好了许多。他挣扎着又拿来了鱼肝油，这次倒是没有那么多，大概注入嘴里的有八至十滴。咽下去才一小会儿，一个打嗝全部鱼肝油都翻上来了，混合着酸、苦、臭的胃里的液体。好一个倪吾诚，脸孔都煞白了，他咬紧牙关闭紧嘴，运足一口气，居然把翻上来的鱼肝油复方液又反刍般地咀嚼着吞咽了下去。这种对于鱼肝油，对于一切科学知识的忠诚，应该说是精诚，也够得上感天动地了。

之后倪吾诚的病体日益康复，康复得相当快。倪吾诚认为这里鱼肝油起了重大的作用。倪吾诚提出来想吃一点"实着"一些的饭食了。静宜烙了饼,预备了大葱、黄酱和芝麻酱,又炒了两个鸡蛋,弄了一小碟咸水腌芫荽。熬了一锅红薯(玉米面)黏粥。把黄酱和芝麻酱搅和在一起当菜吃,这是静宜的一个发明,她相信这样吃又下饭又省钱又好吃又长劲,这是静宜的"鱼肝油"。倪吾诚则极爱吃大葱抹黄酱(不带芝麻酱的),爱喝红薯黏粥。他兴致勃勃地出声地吃着,连说话都改了腔调,完全恢复了童年时期孟官屯——陶村一带的乡音,连笑声也变成乡下式的了,绝对没有任何一点欧罗巴的影响。他兴奋地说:

"都说我馋,其实我并不馋。其实我很容易满足。一个大葱抹酱,一个红薯黏粥,这就够了。我不是穷奢极欲的人。孔子说'一箪食,一瓢饮,人不堪其忧,回也不改其乐。贤哉回也。贤哉回也。'"

说到这里,他又摸摸倪藻的脑袋,颇有感触地说:"当然,我相信,你们长大了会有好日子过的。中国不会老是这个样子的。世界不会老是这个样子的。但是我希望你们长大了以后不要忘记,我相信你们是会记住的。在你们的童年时候,用黄酱抹点芝麻酱就是最好的菜了。还有战争。还有日本人。真不应该让你们的童年这样度过呀!"他呜咽了,噙着泪。

他接着说:"俗话说,嚼得菜根香,百事都能成。"说着,他撅起了一个腌芫荽的根子,嚼着吃了。倪藻和倪萍也就学着样各自撅了一个菜根,努力地吃掉了。

吃着饭他和静宜商议了过些天托朋友找事(职业)的事。在谋取到新的职位以前,他说他要翻译一批外国哲学家的著作,他要"卖文为生"。静宜很赞成。

在收到大学校长的解聘的信的时候静宜的心情很矛盾。这个解聘,这个时候、这种情况下的解聘无疑是对于倪吾诚的一个惩罚。没有这样的惩罚倪吾诚就只能不知天高地厚、不计后果地胡闹下去。只有给他一个狠狠的打击,使他无路可走,使他饿肚子,他才会有所收敛。置之死地而后生,他才会变得老实和现实一些。他才有可能听进她的话。他才有可能和她过下去。因此,解聘是她期待的,解聘带来的是希望。同时,她毫不怀疑她的"败祸"对这次解聘所起的促进作用,这是她的胜利,虽然看来倪吾诚没有觉察到也没有猜测到这一点。这倒使倪吾诚显得可爱了些。

另一方面,同样现实的是解聘不仅是对倪吾诚的打击,也是对于她,对于全家的打击,使本来就困难的日子变得更加困难,只能大家一起挨饿,只能靠典当和变卖撑着。原来倪吾诚虽然不甚可靠,每月发了薪总还或多或少地给家里留一些。现在倒好了,倪吾诚需要她养活。她这不是搬起石头砸自己的脚吗?

这话她无法和孩子们说,更无法和倪吾诚说。无论如何,倪吾诚的"抱歉了"与"对不起"是一种改过自新、浪子回头的表示,这使她的生活突然出现了新的光亮。她完全懂恩威并用的道理。打得再凶、闹得再凶,她不是为了糟害吾诚,而是为了把吾诚拉回到自己的日子里边来。现在,就更应该多恩着点,要让他死心塌地地回过头来。人活一辈子,做人的道理千千万万,但她看来最重要的就是死心塌地四个字。既然生下来了,活了,除了死心塌地地活下去,还能怎么着?

在倪吾诚养病期间,也是在他们的和好期间,静宜来到西屋,与姜赵氏、静珍在一起的时候,说起吾诚丢了职业的事,难免有一些牢骚:"败祸,败祸!最后把自己败祸了!败祸得连饭都吃不上了。"

姜赵氏和静珍十分敏感,她们立刻反击:"吃不上饭了可别赖我们!是你自己气成了那个样子,恨成了那个样子!你要是护着他我们不挡着,天天逛窑子又不花我们的钱。我们给他钱也早给过了!我们吃饭不吃饭你用不着操心。你吃不上饭可不是我们闹的!"

"这是说吗呢?谁赖你们了?"

"赖不赖的跟我们说不着。"

"说不着怎么样?就说了,就说了,偏说。光知道败祸,不知道后果……"

"你怎么那么不要脸?你寻(读 xín)了个吗行子……"

由于忧郁,由于压抑,由于匮乏,由于空闲,由于缺乏调剂和刺激,西屋里的火药味儿总是那么足。

最后三个人都气哭了。大哭一场以后又互相温存一番:"唉,你也是太急了,说话多不好听呀!""可不是嘛。""其实,咱们娘儿几个,谁跟谁,吗对吗呀,说了归齐,还不是你为我,我为你呗!""人穷志短,马瘦毛长,要不是年头赶的,也不至于吵吵这些呀!""再也不吗啦,再也不吗啦,咱们相依为命,就都忍着点吧。"

又有了笑,又有了哭,又有了吵闹,又有了盼头。日子也就可以一天一天地过下去了。

倪吾诚的体格一天比一天地好起来。康复中的倪吾诚最大的愿望有两个,一个是吃点好的——毕竟仅仅有鱼肝油是不够的。一个就是洗澡。

在倪吾诚激动地宣布他最爱吃大葱抹酱和红薯黏粥以后,静宜为他做了许多次大葱抹酱和红薯黏粥。其频率差不多达到了五天一次。这是过分的、绝对的与机械的忠诚讨好吗?这是由于贫困而顺水推舟地应付凑合吗?这是对他的嘲弄、换一种方式——来整治他吗?倪吾诚判断不出来。一九四九年解放以后,倪吾诚回忆起红薯黏粥的悲喜剧,深感形而上学在中国之源远流长。连续的大葱抹酱与红薯黏粥已经使他叫苦不迭,使他一看到这种食物就漾酸水、就胃痉挛,使他吃葱如吃药,吃红薯如嚼蜡。特别是喝完红薯黏粥以后,他只觉得空荡荡,荡空空,不但没有得到任何油水,连体内原有的油水也被洗刷得干干净净,澥里咣当,空乏亏欠,泄气而又恼火,却又是哑巴吃黄连,有苦说不出。谁让他自己那样郑重地宣称过自己不馋,有大葱抹酱加红薯黏粥就行呢?

可怜的人!可怜的生命!可怜的躯体!可怜的肚子!可怜的肠胃!他倪吾诚的需要是多么渺小,多么微不足道啊!这渺小的需要又是使他多么的痛苦,多么的折磨着、嘲弄着、摧残着他的灵魂和志气啊！为什么一个人要承受这么多没完没了的、众多而细小的，却又是无比沉重的欲望的重压和折磨？如果他可以不必为这些渺小卑微可悲可笑的小事情而操心、而受苦，依他倪吾诚的体魄，他的才气，他的热情，他的喜新求新尚新的进取精神，他的进行抽象思辨的兴趣与天性，他何尝不可以是中国的康德，中国的尼采，中国的笛卡儿？他何尝不可以做出经天纬地、治国平天下、划时代创纪元的贡献？难道他活着就是注定了为无法正常地活下去而受苦，为自己的最低等的要求的不得满足而伤心，挣扎在死亡线、毁灭线上吗？悲夫！即使是达尔文，让他连吃一个月大葱抹酱和红薯黏粥试试！没有火腿，没有腊肠，没有猪排，没有熏鱼，没有黄油，没有牛奶，没有干酪，没有金枪鱼，没有咖啡，没有糖，连茶也没有啊！

　　不下于对美食的要求的是身体的清洁。冷汗、热汗、尘土，倪吾诚清楚地感觉到自己的周身的汗毛孔被一个又一个地覆盖了、堵塞了。他憋闷，他发黏，发痒，他闻到了自己的身体的恶劣的气味，真是一个"臭皮囊"啊！这样的臭皮囊怎么能算人呢？

　　他终于有足够的体力出外去澡堂子洗一个澡了。他说他要带倪藻去洗。他说倪藻还小，身材又瘦小，他们去洗池塘，父子俩只占一个位置，他只需要交一份钱，再加一点零头算是小费就可以了。这个设计感动了静宜。她本来想说服吾诚在家里打一脸盆热水洗洗就行了，可以省下洗澡的钱。父子俩花一份钱的设想却是有诱惑力的，于是她拿出来变卖典当换来的、省吃俭用地消耗着的钱。

　　谢谢了，谢谢了！倪吾诚给静宜行了一个礼，带上倪藻去洗澡去了。

　　直到许多许多年以后，在倪藻访欧期间去过了史福岗先生家，会见了史太太，回忆起自己儿时的一些事情的时候，这次洗澡仍是他印象最深刻，最先忆起的往事之一。如果在中国也拍一部叫做《父子情深》的电影片，如同在欧洲有过这样一部片子一样，一定要把父亲带着儿子去洗澡的场面拍在里面……

也许他更小的时候父亲就不止一次带他洗过澡,但那些回洗澡的事都淡忘了。他永远不能忘记的是这一次。是在那个深秋的明亮的下午以后,是在父亲重病以后。"倪先生来啦","倪先生里请","倪先生这边请",他们一进澡堂子门,就受到伙计们的欢呼欢迎。"倪先生,怎么老没见啦?出门啦怎么的?""倪先生有点不舒服?您贵体欠安了?那可保不齐的,您得在意点儿!""倪先生您来壶茶?龙井?香片?滇红?高末?好,高末一壶,两碗!"

北京人本来最喜欢把一些名词动词"儿化"的,茶叶末儿,口头上也是这么说的。偏偏在正式说起喝茶买茶卖茶的时候,不说"末儿",而只说"末"。"高末"(决不"儿化"),显得特别庄重,因而就有点可笑了。

倪吾诚还是绷得住的,不苟言笑地要了"高末",而且向伙计明确,他们父子俩只要一个位置。

倪藻却似乎有那么一点不好意思。他也不好意思当着伙计的面脱光衣裳,露出自己的瘦小肮脏的身体。但父亲已经这样做了。看到仪表堂堂的父亲脱掉衣服以后变成一个他心目中的骷髅,那突出的肋骨,那弯曲的O形腿,那细小的踝骨和那尖小无肉的屁股,他只觉得说不出的惭愧乃至恐怖。父亲帮着他脱衣服,父亲的肮脏身体接触了他的肮脏的身体,这也使他觉得别扭而且厌恶,他躲躲闪闪,脸都红了。

但倪藻终于脱掉了衣服,让伙计把自己的衣服与父亲的衣服一起挂到了头顶高处。来到澡堂,就由不得你不脱衣进池下水。

倪吾诚领着儿子走进了大浴室,湿热的蒸气令倪藻喘不过气来。地又滑。一个又一个赤裸裸的发育不良的身体,青筋和红肉,脚趾和毛发,都使倪藻觉得紧张。池子里的水是那样热,好可怕呀,怕不是煮人剥皮的场所?特别是"木床"上躺着的赤身裸体的人,正由另一个只在腰部系了一条毛巾的人摆布、揉搓,把全身擦得像胡萝卜一样的通红。倪藻不知道这叫做"搓澡",他的感受倒像是正在进行屠宰解剖。而他自己呢,瘦弱不说,脖子黑不说,全身的皴已经起得如鳞片。他无法不为自己的身体,为父亲的身体,为所有的身体而自惭形秽乃至自我厌恶。

这时父亲已经下了三个池子中温度最低的靠外的那个池子里去了。他叫倪藻也下来。倪藻却畏畏缩缩地不敢下。"太烫了!"倪藻说。于是只泡了半分钟的倪吾诚又探出了身,他坐在塘沿上,先用自己的蘸了热水的手掌在倪藻的小小的脊背上拍,再拍他的胸,他的屁股,他的腿。倪藻一开始有些躲闪,但后来拍得他格格地笑起来。倪吾诚也高兴了,开始把热水撩到儿子的身上。头几次撩水时,热水花一触到倪藻的身体,倪藻就要神经质地抖动一下,缩一下脖子,然后他又格格地笑出了声。热水已经撩了一会儿了,父亲一把把孩子拖到池塘里,倪藻尖叫一声从温水里跑了出来。于是倪吾诚格格地笑了,他终于经过耐心的劝说、示范和一系列适应准备的完成,与儿子并排躺在温暖的浴池里了。

倪吾诚给儿子搓泥。热水一泡,用大拇指一搓,倪藻身上的泥成条成缕成片成卷。他告诉孩子要特别注意搓肘部、膝部和腋部及手背、脚跟脖颈及耳后的泥。他本来要帮助倪藻搓的,但他的手掌一接触这些部位儿子就笑得弯下了腰。儿子的痒痒筋真发达,他还以为是父亲胳肢他呢。于是倪吾诚把重点放到为儿子搓洗自己够不着的后背上,其他部位则由儿子自己搓洗。他来检查是否洗得干净。打肥皂和洗头时又出现了一点小小的问题,满头的肥皂沫在冲水时侵犯了倪藻的眼睛,倪藻的眼睛杀得厉害,他龇牙咧嘴,使父亲嘿嘿笑个不住。父亲一笑倪藻就急了,他差不多哭了起来,边哭边伸手打他的父亲。终于,头上的肥皂冲净了,眼角上沾带的肥皂水也擦干了。

洗完澡倪藻只觉得神清气爽,身轻如燕,飘飘然如一步便可登天。父子俩在用了几次手巾把,喝了几次"高末",剪了指甲趾甲梳了头以后,心满意足地离开了澡堂子。

"洗澡真好!"倪藻赞道。

倪吾诚听了高兴,继而又觉鼻酸。

同样体味到清洁的轻松舒畅的倪吾诚却因沐浴而益发感到了腹内的空虚。他和孩子从浴池出来往家走,经过路口的一个烤肉店。他闻到了那冒着油烟的肉香味和松脂燃烧时的香味,他看到了一个个吃完烤肉走出来的容光焕发、嘴唇油乎乎的脸和一个个准备去吃烤肉的眉飞色舞的脸。他似乎已经体味到了那酒与烤肉的美味,他不由得舔了舔舌头,似乎唾液、胃液、肠液都在大量分泌。喉咙里好像有什么东西响了一下,肚子里,也出现了空荡荡的运动,空洞洞的两边的胃壁正在互相摩擦,互相消化。他想起家乡对这种状态的形容——馋得馋虫都快出来了。

什么是馋虫?因为肚子里有个虫才使你贪馋难忍吗?倒是很生动也很准确。他现在的难受劲儿恰如有一条虫在脏腑之中屈伸奔走,辗转起伏,难熬难忍。

然而"馋虫"是没有的。如果一个人见到美味就从嘴里冒出什么"虫"来,那只能是寄生虫。绦虫与蛔虫,都有可能从寄生虫患者的口中吐出来。他想起家乡的茅房里、粪坑里的一条又一条蛔虫来了。

我们活得像猪一样。眼泪蒙上了他的眼睛。

倪藻看着父亲,看呆了。虽然他只是个孩子,然而他看出了父亲是在馋饭馆,馋烤肉。他怜悯父亲,也轻视父亲。父亲那种馋样真是又动人,又卑微。父亲的嘴在不自觉地嚼动着。像倪藻和姐姐养过的猫。那只可怜的小猫总是吃不饱。当人们吃东西的时候,它便紧盯着你,当你咀嚼的时候它的嘴也随着一动一动,好像你的嘴与猫的嘴紧紧相连着一样。你心疼了,你把你的已经放到口里的东西抠出一点点,给了猫。猫感恩地激动地喵喵叫着跑了过来,闻一闻,没有吃,仍然看着你。你吃的东西是太差了,没有办法被一只猫所接受。后来这只猫到天堂里去了,它的尸体就埋在他们的院子里。

在这一霎时,高大的父亲变成了一只瘦小的猫。就要死了的猫。

倪吾诚看着茫然无语的儿子更感到钻心的痛苦。我是一个什么样的没有出息的父亲啊！一个连带自己的儿子去吃一趟烤肉都做不到的父亲,究竟有什么理由要存在呢?

任凭天塌地陷黄河倒流吧,这一顿烤肉一定要吃。倪吾诚的因为澡堂子里的热气而变得红扑扑的脸又变得铁青了,他悲愤而又庄严。

"走,我们到这边去。"他拉着孩子的手,指着另一个方向。

"哪儿去,不回家吗?"

"去看一个朋友。一个很有学问的伯伯。"

"不,我不去。"

"我们只去十分钟。"

"不,我不去。"

"去吧,听话。回来的时候,我给你买一本童话集。"

"不,不。你不要买。你没有钱。"

"然而我能有钱,"倪吾诚激动地抓住儿子的手,"你应该相信你爸爸能够有钱……我求你,我的孩子,我们走一趟,离这儿不远。我们坐两站电车。然后我们坐十分钟……"

他们到了杜慎行家。穿堂屋里是满盆的菊花,金黄色的与淡绿色的,白色的与紫色的细瓣与粗瓣,这种悠闲的美丽使父子俩都觉得难以相信。向右走,便是杜公会客的书房。已经安装了取暖用的"新民炉",洋铁烟筒擦得亮晶晶,屋里温暖如春,炉上有一个哼哼地吟着诗的铁水壶。靠北一面墙全是顶天立地的书架,放满了各种书,大部分是线装。屋里弥漫着纸张和油墨的气味。这么多书,使倪藻兴奋和崇敬得喘不过气来。

他叫了"杜伯伯",他给杜伯伯鞠了躬,他回答了杜伯伯向他的提问,然后他一心看着这些书。他看到书架旁的一个不大的人字梯。看来取上面的书是要上梯子的,这更增加了他对于书的敬畏。他在想要看完这些书得用多少时间。他想象着读这些书的人学问有多大。他没有注意父亲的东拉西扯的谈话。

"杜公,我的难处……"这几个字冲进了倪藻的耳朵,可怕的事情发生了,原来是父亲在向杜公借钱。

更可怕的事情发生了,杜伯伯显然是厌恶地掏出了一点点钱,相当于父亲开口索要的钱数的十分之一。

然后是父亲的兴奋和生硬的笑声。这笑声已经够难听了,好不容易笑完了,偏偏又无端地重新从头笑一遍。一共笑了三遍。就像公鸡不肯打鸣,而一个人捏着它的脖子,捏得它不得不出声鸣叫一样。

他与父亲告别了杜家。屈辱已经使倪藻觉得受不了了。当父亲说马上进个什么饭馆的时候他哭了起来:"我不去。我不去。"他边说边哭边跑。

倪吾诚愕然。他终于还是追上了倪藻。他们一起回家。他们俩都噘着嘴,不说话。路过一个百货店,他东看看,西看看,忽然决定买了一个寒暑表。他喜欢寒暑表这种带有现代科学色彩的东西。他希望家里能多有一点科学,一点西方文明。买了寒暑表以后他的情绪完全扭转过来了,一路上给倪藻讲解寒暑表的原理,讲华氏、列氏和摄氏刻度。讲着讲着又忽然不讲了,因为他发现自己讲错了。这方面的知识,他本来就不多。

回家以后,静宜看到了寒暑表像看到了妖怪。她详细地询问了孩子,使倪藻觉得和父亲一起出门确实是一场灾难。后来她就哭了,她责怪倪吾诚竟在这样的处境下面买这种莫名其妙的东西。

倪吾诚一直态度谦虚,笑嘻嘻。他欣赏着寒暑表的刻度,他像孩子一样地向玻璃管吹吹气,又用手焐一焐。他终于看到了热胀冷缩的科学原理的生动景象,他兴奋极了。科学万岁!他说。

第 十 五 章

　　一本《活动变人形》帮助倪藻认识到,人是由五颜六色的三部分组成的:戴帽子或者不戴帽子或者戴与不戴头巾之类的玩意儿的脑袋,穿着衣服的身子,第三就是穿裤子或穿裙子的以及穿靴子或者鞋或者木屐的腿脚。而这三部分是活动可变的。比如一个戴着斗笠的女孩儿,她的身体可以是穿西服的胖子,也可以是穿和服的瘦子,也可以是穿皮夹克的侧扭身子。为什么身体侧向一边呢?这也很容易解释,显然是她转过头来看你。然后是腿,可以穿灯笼裤,可以是长袍的下半截,可以是半截裤腿,露着小腿和脚丫子,也可以穿着大草鞋。这样,同一个脑袋可以变成许多人。同一个身子也可以具有好多样脑袋和好多样腿。原来人的千变万化多种多样就是这样发生的。只是有的三样放在一起很和谐,有的三样放在一起有点生硬,有点不合模子,甚至有的三样放在一起让人觉得可笑或者可厌,甚至叫人觉得可怕罢了。唉,如果每个人都能自己给自己换一换就好了。然而这五颜六色还是让人快乐。他和姐姐各自选配自己最喜欢的组合,他们一会儿一变,一会儿说喜欢这个,一会儿又说喜欢那个,终于看花了眼。

　　寒暑表也带来了新奇。那粉红色的水银柱怎么有时候长,有时候短,有时候矮,有时候高呢?它是有生命的吗?它是一个顽皮的精灵?倪藻能静静地盯视着寒暑表,一连十分钟。他希望亲眼看到它的上升和下降,看到它的魔法和显灵。然而,就像观察一朵花蕾的绽开一样,凝眸时你无所得,而当你忘记它的时候,就在这片刻,它改变了自己的形状容颜。倪藻看不到寒暑表的变化过程,他看到的只是粉红色水银柱的变化结果。

童话书也有了,和童话书在一起的是一本印刷精美的《世界名人小传》。不是爸爸买的,而是爸爸的大鼻子朋友"史叔叔"送给他的。史叔叔就是史福岗,他是欧洲人,他拼命说中国话,拼命说北京话,拼命把一些词儿"儿化"和说"您哪""真棒""悬啦"之类的。他不但有清洁的服装,而且有快乐的精神,满脸的笑容。在爸爸这次大病以后的一个月,他出现在家里,他和爸爸讨论了创立一种译介欧洲学术著作的刊物的事。他对妈妈也很友好,谈一些家长里短,妈妈说这是一个好人。他还要求见姥姥和姨姨,姨姨没有见他,姥姥换上一件丝绒黑夹袄,与史福岗见了面。史福岗一口一个"老太太",一口一个"您高寿啦""您有福气啦""您身子骨挺硬朗啊",说得滋滋润润,说得实际上并不怎么老但以老为荣的姜赵氏笑得合不拢嘴。

会面以后,姜赵氏叹息说,想不到"洋毛子"里面也有这样知书达理的人。她又回忆起她的童年时代家乡的义和拳来了,大师兄一运气,用手掌劈断十二块砖,耍把式逗了能了。义和拳的口号是"扶清灭洋……"如果洋人都像史福岗先生这样知书达理,多好!

《世界名人小传》一共收了三百多个人,每页一幅画像,一段文字说明。苏格拉底,柏拉图,巴斯脱,诺贝尔,爱迪生,哥白尼,伽利略,"老虎总理"克雷蒙梭,"铁血宰相"俾斯麦,"圣女"贞德,作家狄更斯等等,倪藻都是从这本书里知晓,又从而记住的。哥白尼和伽利略是被烧死的(这本书里是这样说的。按:事实上伽利略并非被烧死的),这使倪藻觉得十分痛苦。他问爸爸,爸爸并没有做出什么解释说明。俾斯麦年轻的时候住进一家乡间旅馆,他按了几下铃仍然不见侍应生来,于是他掏出手枪向屋顶开枪射击,这也没有给倪藻留下任何英雄形象,相反他觉得这样的人很蛮横,称得上横行霸道。圣女贞德是被英国侵略军烧死的,贞德的画像使他十分崇敬。狄更斯是因为踢足球伤了腿,才改行搞起写作来的,这使他觉得十分有趣。当一个文学家,不是比踢足球有意思得多吗?即使狄更斯的腿不伤,不是也应该致力于文学而不是致力于足球吗,为什么把他的成为作家说成是伤腿事件造成的呢?

三百多个"世界名人"里只有一个中国人,就是"大成至圣先师"孔子。在倪藻上的学校里,每个教室正面都挂着孔子的像。他不理解孔子穿的衣服为什么有那么多皱褶,他更不理解为什么孔子还佩带着一柄剑(刀),孔子那样一个老态龙钟的驼背样儿,给他一件兵器,他会用吗?

他最同情、最喜爱的还是穷苦出身的爱迪生。他在火车上卖报,被一个耳光打聋了。他这样不幸,然而他发明了电灯,发明了不知多少宝贵的东西。当一个发明家是多么有趣啊。等他长大了,有些什么东西等待着他去发明呢?

他对孔子没有好感。然而整本书和它的发亮的书皮仍然出奇地吸引着他。那是一个广阔而有意义的世界。世界当然不仅仅是他的吵来吵去的家。世界也不仅仅是他们的常常不生火的,冬天冻得孩子尿裤,冻得孩子哭的教室。世界也不仅仅是北京,日本人占领的,正在进行第四次"治安强化运动"的北京。与现实的他的世界相比,他甚至觉得是"世界名人"们的世界更真实。那些奇形怪状、头发、胡须与服装都令他惊诧的"世界名人"们,常常引发起他一个又一个的思想。

其中最重要的,他发现,世界名人们都有自己要做的事情。每个人都知道自己要做什么事情,都为自己要做的事情忙碌奋斗一生。而他的家人的特点,就在于谁也不知道自己要做什么事情。这真可哀!

他把《世界名人小传》拿给姨姨看。接连几天姨姨在清晨梳妆打扮以后便端端正正地坐在条案前读这本书。"不赖""真不赖""不赖呆"呀,姨姨这样评论着。按照家乡的口音,"赖"读阴平,"呆"读轻声作助词用。姨姨吸的劣质纸烟的一块火灰落在了法国皇帝拿破仑的头像上,把拿破仑烧出了一大又一小两个洞。姨姨用手一掸,火灰化整为零,又在书的一些页上留下火星的黑点子,这使倪藻觉得颇为丧气和伤心。

童话则只属于他和姐姐。他们各自读了一遍,不认识的字互相问,问不出来就查字典。一横二垂三点捺,点下带横变零头,又四插五方块六,七角八八小是九。倪藻口诀背得清楚,说是这种四角号码检字方法是王云五发明的。读完了,他和姐姐互相讲已知的故事。一个人讲的时候另一个人补充或者纠正,好像是温习功课准备考试。

倪藻最喜爱的是活命水与金丝雀的故事。一个老头他很老了,疾病缠身,愁眉不展。森林女神告诉他的儿子,需要到很远很远的地方去寻找会唱歌的金丝雀与能够起死回生并使人返老还童的活命水。老头有三个儿子。大儿子与二儿子忘记了女神的忠告,在山中路上回头看叫他们的名字的女妖,他们没有能够找到金丝雀与活命水,反而自己变成了冷冰冰的石头。(读到、讲到这里倪藻往往愤怒地喊叫起来,为什么这样没出息,不听女神的话,却受了女妖的诱惑!)而第三个儿子坚忍不拔,战胜了女妖,带来了金丝雀与活命水,救活了哥哥,救活了无数变成石头的人,使病体奄奄的父亲康复,大家听着金丝雀的歌儿,过着幸福的生活。

这个故事给倪藻的印象真切而又深邃。他一次又一次地体验着那老年的痛苦,青年的意气,希望的遥远,诱惑的险恶。他好像本人走到一个怪石嶙峋的山谷中,他听到了各种魔怪的叫声笑声。他一次又一次地考验自己,能战胜艰难困苦、恐怖孤独和难以抑止的诱惑吗?有时候他的结论是能,他能够,他就是三儿子,他把活命水泼到石头上,凝固千年的石头复活了,变成了一个个活泼热烈的生命。全世界还有多少这样的等待了、渴望了千年万年亿载的冻僵了的、挤扁了的、压硬了的,失去了语言、情感、温度和运动的灵魂!原来每一块石头便是一个这样不幸的灵魂!他要去解救这些灵魂,他要去帮助这些灵魂,他要让他们听到金丝雀的仙乐一样的歌声!即使他在寻找活命水、解救众石头的路上失败,即使他不但没能够复活石头而且自己最后也变成了一块冰冷坚硬沉重的石头,但是只要不放弃寻求活命水的努力,不是总会有一天找到这活命水,总会有一天解放包括他和他的亲人们在内的石头的吗?

这样一种感动是太强烈了,他的瘦小的身躯似乎容纳不下这强烈的感情与博大的忧思。他只是和姐姐说说罢了。说着说着,他忽然问:"姐姐,你爱中国吗?"

倪萍不知道他的话的含义,含含糊糊地点了一下头。

"我长大了一定要爱国。我愿意为了中国去死!我们的中国太贫弱了!"倪藻流着泪说。

除了说说,除了幻想着那金丝雀和活命水,他又能做些什么呢?他按照自己的想象用蜡笔画金丝雀。他浪费了许多笔纸,不但没有画成一只金丝雀,甚至画不出一只小麻雀。奇怪的是他画的鸟却更像形象猥琐的老鼠。等到哪一天,他才能画出一个美丽的金丝雀,会唱歌,又会飞呢?

倪藻也跟着姥姥去逛庙会。他喜欢看练把式的,可惜这些人说得多,练得少,口若悬河,滔滔不绝,而且说的那话使你觉得他马上就要练给你看,结果害得你一站一等就是老半天,他还在那儿说呢。

终于也练了几招,使倪藻大为兴奋。他回到家里,站到铺板上模仿着耍吧起来。没有几下,忽然头重脚轻,头朝下从铺上栽到了地下,把脸都摔破了。父亲感叹地说:"太缺乏营养!他的食品的热量不足!头部供血不足!站都站不稳!让儿童过这种吃不饱穿不暖的生活,这是犯罪,这是犯罪呀!"

倪吾诚感慨激昂,倪藻却觉得反感乃至讨嫌。他是一个人,不是一只猫或者一只狗,不应该当着他的面评头论足,摔了就是摔了,用不着营养长营养短,上哪儿弄那么多营养去?摔破了脸你最好拿一瓶二百二十来,或者一块橡皮膏,如果没有药品和用品,你安慰两句,胡噜胡噜脑袋也行。妈妈就是这样的。"胡噜胡噜毛,吓不着,胡噜胡噜背儿,吓一阵儿。"这是家乡的童谣。所有这些都没有,却在那里夸张地喊什么"犯罪",不全是废话吗?这种感叹除了败坏自己也败坏所有的听到他的感叹的人的情绪以外,难道还有什么别的用处吗?

倪藻脸伤以后有两个晚上没有看课外书。他盯着爸爸喜爱的横幅,如读天书,一个字的意思也不懂。难得糊涂的难写作"鶸"字,就更让倪藻糊涂。"鶸"是什么呢?一定是"鶏"的另一种写法。鸡又有什么糊涂的呢?

"这是学问,"倪吾诚说,"就是说,一个人该聪明的地方就要聪明,该糊涂的时候就要糊涂。"倪吾诚给倪藻讲了一些儿子听不懂自己也没懂的话。倪吾诚还带倪藻去过两个寺庙,一个是城内的广济寺,一个是城外的五塔寺。五塔寺的翠竹,冬天仍然是绿的。从寺庙回来,倪吾诚教给倪藻如何打坐,要做到"五心朝天"。盘腿便是一关,盘一会儿腿便使倪藻疲劳酸乏不堪,"打坐"的姿势却似乎包含着一种神秘的庄严,倪藻依稀觉到了打坐的超然解脱的魅力了。

他搞不清父亲。

毕竟是一个平静的冬天,是倪藻的记忆中唯一一个平静和睦的冬天,是倪藻记事以来中唯一一段和父亲共同生活在一起的一个冬天。父亲译书译文,成天不断地查字典。有时候父亲睡得很晚。倪藻睡了一觉,醒来尿尿,看到父亲还在灯下查字典。阳历年以后,父亲又找到了新的事由,是在一个中学兼一些课。他按月把薪水交给母亲,这使全家洋溢着一种喜盈盈的气氛,虽然父亲和母亲每天都要吵几次,有许多争吵与他有关。

"吃饭的时候不要吧唧嘴。"当倪藻吃得正香的时候,父亲会发出这样的告诫。

"他爱吃。"母亲辩解说,而且示威般地边吃边把嘴弄得吧唧、吧唧地响。

177

"这样的习惯不好!"父亲又说。

"你的习惯多好!"倪藻在心里说,父亲的干涉破坏了他的吃饭的兴致。何况本来就没有什么好吃的东西。这时倪吾诚咀嚼和吞咽的时候发出了一些声音,"您也在吧唧嘴!"倪藻兴奋地指着父亲。

"不要用手指别人!"又是新的训诫。

"你说话专门爱指着人!"母亲揭露说。

父亲显然要发作了,但是他看了一眼郑板桥的书法,便死皱着眉头忍了下来。

"天太冷了,把我的手冻坏了!"倪藻放学以后,伸出冻红的小手在火炉上烤,叫苦地说。

"不要烤手,"父亲又告诫了,然后发高论,"这算什么冷?在黑龙江,在西伯利亚,比北京冷得多。还有北极呢,北极圈里有住在冰房子里的爱斯基摩人。世界上的一些先进国家,每年都派人去北极探险……小娃娃不应该怕冷。"

全是废话! 倪藻判断着。

母亲已经搭了碴:"你说这些个管吗用?你个当爸爸的不说是给孩子置一件新棉袄新毛衣,也不说是给孩子置一顶新航空帽新毛窝。他这一身,能上北极吗?你上过北极吗?为了省煤我少往炉火里添几块你就发脾气呢,倒让人家上北极!"

倪吾诚低声自言自语:"愚昧,彻头彻尾的愚昧,简直像白痴……"他的声音自己也听不见,更不敢让别人听见。

倪吾诚没事时还常常让两个孩子站给他看,走给他看。他要检查他们的脊椎骨是否挺直,两肩是否保持了水平,腿是不是罗圈,走路时脚是不是有内八字或外八字。

这使两个孩子讨厌得发狂。他们不能容忍这种侮辱性干涉性的所谓关心。倪藻甚至于开始怀疑父亲与母亲的和解究竟是否好事了。当父亲与母亲势不两立时,当父亲常常不回来或者虽然回来他们也奉母亲之命躲着父亲时,他们的生活不是自在得多吗?

还有整套的繁文缛节与理想主义的高论。见到哪个人该叫叔叔,见到哪一个人该叫伯伯了。什么时候该说谢谢,什么时候该说对不起,什么时候又该说再见了。哪一个词用词不当了。哪一条有趣的新闻并不可靠啦。冬天睡觉的时候也应该开窗户,天好的时候应该到户外做日光浴啦。一本书没看完,不能因此折一角做记号啦。甚至见到生人应该面带笑容,见到认识的人应该主动去问候。参加讲演比赛不能只讲做一个好学生而且应该讲做一个有作为的青年直到应该学唱更多的歌。应该至少学会一种乐器,应该学习绘画和雕塑。应该学会自己动手制造文具和诸如——幻灯箱。更应该从小学会跳舞、骑自行车和开汽车……有一些无孔不入的"应该"像投向姐弟俩的一根又一根捆人的绳索,而另一些"应该"则犹如白昼说梦……接受父亲的"教育"是怎样的痛苦,怎样的一场灾难啊!

"你爸爸有神经病,"静宜的评论和对孩子的教育倒很干脆。"不用理他。"她补充说。

倪萍和倪藻都乐于接受母亲的观点。

越在家里呆的时间长倪吾诚就越喜欢自己的两个孩子。越喜欢就越关心。越关心就越发现了那从小就暴露出来的种种短处,令人痛心!倪吾诚早就与别人谈论过,救中国只能从救婴儿做起,七岁再教育或者六岁再教育甚至五岁再教育,晚了!越喜爱和关心自己的孩子便越要教育,越教育便越使倪萍和倪藻不喜欢自己的父亲。

倪藻开始把自己的幼小的却是饱满的精力和幻想投向读书。离他的家所在的胡同隔三个胡同,有一座叫做"民众教育馆"的小院子。里面只有一个阅览室,座位坐满可以容纳三十多个人。他第一次去"民众教育馆"是在下学以后由一位高年级同学带去的。由于他年龄过小,刚一进阅览室就听到一声严厉的警告:"小孩儿不让进。"是坐在"柜台"后面、里首的几架书前的一位不搽脂粉、面黄肌瘦的中年女人发出的。倪藻吓了一跳,心惊胆战,面红耳赤起来。"他是来看书的,"大同学说。"没有小人书,"女人说。"我不看小人书。"他争辩说。

大同学教会了他查索书卡,卡片上传出一种陈年纸墨的气味。一次可以借两本书,他借了《冰心全集》和叶圣陶的童话集《稻草人》。

中年女人不信任地盯着这个孩子,不情愿地拿来了书。倪藻是在这个女人的专注的、严厉的目光的压力下读他平生第一次从图书馆借的书的。也许她以为我是来偷书的,防着我逃跑?倪藻想,他读起书来如坐针毡。而且,有那么多不认识的生字。

许多字不认识,但更多的字他认识。通过他认识的字,他大多可以猜到那不认识的字。一开始他问了几次大同学,大同学的回答竟是十之八九符合他的猜测,使他狂喜,使他平添了读书的乐趣。至于看得懂看不懂,他也说不清,然而他专心,他感动,他默念着书里的句子,对那些美丽的词藻和美好的含义佩服得五体投地。他完全沉浸在书的世界里了。他已经不去管那严厉的、不信任的目光。那目光实际上已经变得温柔和亲切了。另一个管理图书的戴着圆圆的花镜的老人走过来了,中年女人指着倪藻笑着向老人耳语。老人也笑了,他向倪藻这边点一点头。

这一冬倪藻成了这个"民众教育馆"的常客,馆里的老人和中年女人都认识了他。有时候北风怒号,天阴如墨,阅览室里的炉火奄奄一息,即使原本有几个读者一见天气变了便匆匆还书回家。但是倪藻总是坚持到最后,不到闭馆的时候他不走。有时他也冻得不住地吸溜鼻子,但是他舍不得走。有时候两位工作人员不得不劝告他和说服他早一点离去,倪藻方才意识到如果他不走这两个人也都走不了,于是他无可奈何地、恋恋不舍地还掉书。人虽然离开了设备简陋的"教育馆",心却还留在那里。

他也读武侠小说和演义小说。《七侠五义》和《小五义》他印象不深。白羽的《十二金钱镖》里的围绕着主人公"小白龙"的恩仇故事却使他十分感动。郑证因的"技击小说"《鹰爪王》也使他感兴趣。

他特别对其中的关于轻功、关于"旱地拔葱"的一招的描写入迷。书中描写的练过轻功的人旱地拔葱时是这样的:纵身一跃,用右脚点一下左脚的脚面,再一跃,再用左脚点一下右脚的脚面,又一跃,便上了屋顶或塔顶或崖顶。这种垂直于地面的"三级跳"令倪藻十分向往,他试了几次,深吸一口气,倏地一跳,右脚点左脚,还没点上,人已经落到地上了。

听到他讲在"民众教育馆"读书的情景,母亲的常常愁苦的脸上出现了一个又一个笑容。真乖,真好,真聪明,真有出息,她赞不绝口。但是别太累了,她提醒说。姨姨则更兴奋,她自称她自己也是"书迷"。她常常花一点零钱从书摊上租书看。我看的都是闲书,她声明说。"读书破万卷,下笔如有神。"姨姨开始引经据典。"熟读唐诗三百首,不会做诗也会诌。"她又说。"书到用时方恨少,事非经过不知难","忠厚传家久,诗书继世长","家有良田千顷,不如薄艺随身",然后是一个又一个苦读的故事,最后又是"吗行子那个吗行子"了。

姐姐对倪藻的读书抱恐惧、反对的态度。"你那么小,读这么多书,脑袋会爆炸的,脑浆子会流出来的。"她说得难听,弟弟便和她打起来了。后来,她挨了母亲一顿骂。

父亲听了他读书的事非常悲伤。倪藻,你为什么没有童年?他是这样对倪藻说的:"现在还不是你读书的时候。除了上课,你最主要的是游戏。游戏,懂吗?培根和狄德罗,詹姆斯和杜威,他们都强调说儿童最神圣的权利便是游戏!没有游戏的童年是多么寂寞!童年的寂寞感。你不懂吗?当然,你懂。许多学者专门研究这个课题。这是人生的一种痛苦,最大痛苦之一种。从小我就注意过你。比如说夏天,大人都睡午觉了,你不睡。你不睡,但你又没的玩,也没有小伙伴与你一起玩。你不知道干什么好,你没抓没挠,你六神无主,你无处可去,这就是寂寞,这就是童年的寂寞呀!而童年是人类最宝贵的年华。儿童是人类的花朵。童年应该是光明的,快乐的,有趣的,丰富多彩的,叫人眼花缭乱的。儿童应该有足够的玩具,不但有泥人和竹蜻蜓,而且应该有能够动的汽船、火车和飞机,应该有装满了氢气的气球,一撒手,这样的气球就会飞上天空。还可以有大一点的气球,这样,它就可以把你也带上天去。男孩子应该玩手枪、步枪和机关枪,不但有声响,而且可以喷火。儿童应该有自己饲养的动物,不但养蚕,而且养鼠养兔养小鹿,也可以养马。从小就应该有机会骑马,儿童应该有自己的牧场。儿童应该有自己的游乐场,球类,棋类,迷宫类。还有各种健身用具,吊环和铁环,攀登架和攀登绳。儿童而且应该有自己的交通工具,应该有儿童驾驶儿童乘坐的火车和电车。最重要的是,我们应该有自己的船,应该有帆船,我们可以驾着航船到海上去。至少有橡皮船,吹气就可以把船吹起来,当然,你得会游泳,然后你拿着双叶独杆的桨,你要为自己划船。总而言之,儿童应该有自己的一个世界,应该有自己的总统,自己的海、陆、空军,应该有自己的讲坛,应该有自己的公园,应该有自己的马车、火车、汽车、飞机和轮船。应该有自己的广场、自己的乐队、自己的大礼堂。只有有了儿童的世界的儿童才是真正的儿童,才是有了童年的儿童。鲁迅早就说过了:救救孩子。怎么救?就要把整个的世界交给孩子,还给孩子。世界本来就是属于你们的。但是,你有什么呢?我的儿子,还有我的女儿,你们有什么呢?你们连这样的世界的一片瓦都没有。于是萍儿到白塔寺去听'大妖怪'唱戏。于是你到那个什么什么馆去读根本不适合儿童读的书。儿童的书应该是彩色的,印刷精美,图文并茂的。儿童的书应该配上唱片。唱片?什么,你连什么是唱片都不懂?没见过留声机?噢,怎么办?儿童的书还应该是香甜的,读完了可以像吃蛋糕一样的把它吃下去……一个文明的国家应该有一种一切为了儿童的观念。在完全没有这种观念的国家生存的儿童是非常寂寞的啊,我的童年在孟官屯——陶村,就是非常非常寂寞的啊!"

倪吾诚呜咽起来,抽泣起来了。他的嘴脸难看地扭歪着,他喘不过气来。他摘下自己的眼镜,用手背无效地擦拭着眼角的泪水,结果脸上的泪水并没有擦干,手也湿了。

倪藻不知道父亲为什么会突然这样动情。但他感觉到了父亲对他的爱,他感到了父亲的真情,感到了父亲的超乎眼前的一切的美梦。他有许多话没有听清,但是父亲的话仍然像一根根的针一样、一根根的毒刺一样地刺入了他的心,他的灵魂。他们的,他的和父亲的,母亲的,姐姐的,姨姨的,姥姥的,还有许多个同学许多个邻居许多个家庭的生活,或许确实是可悲的?父亲所说的夏天炎炎长日的寂寞他是确实感到过的。经过父亲的分析和发挥他更确认了这种寂寞的痛苦。他没有见过白色的帆船,他不知道白色的帆船是什么样的。但他在图画课上画过帆船,帆船和太阳,还有用几道横画的曲线代表的水波,这是每个孩子都画过的。他感到了白色帆船的可爱,也就感到了没有白色帆船的缺憾的痛苦。即使父亲说得都对、都真诚也罢。他说这些究竟要干什么呢?他究竟是在维护争取还是在破坏摧毁他的童年呢?他究竟是为了孩子而痛苦,还是像传播瘟疫一样地传播和发泄他自己的痛苦呢?那种夸张的怨天尤人的悲愤,究竟有多少道理,多大用处呢?它能丝毫改善任何人的命运、任何孩子的童年吗?一个关心孩子的童年的人,能够这样肆无忌惮地在孩子面前大发歇斯底里吗?他在为下一代制造了或制造着白色的帆船吗?不是别人,正是他自己,在那次和一个风流的女人同吃西餐的晚上,不是曾经使倪藻感到非常寂寞吗?他究竟是慈父还是魔鬼,是哲人还是疯子呢?然而一个高大的男人哭了,为自己而哭了,哭得那样丑,这使倪藻终于忍不住自己的泪水了。

也许当时的倪藻的思路并没有这样清楚,也许当时他还理不清自己对于父亲的一番动情的感慨的反应。有一些概念,有一些名词他也还并不会用。但他的惶惑却是分明和彻骨的。这惶惑整整继续了几十年,继续到父亲的死后,而且事后回忆起来,他分明记得当时在"童年"问题上他对父亲的感慨的感慨,是怎样地像向两个方向使劲拉去的马一样撕裂着他的心。

"别哭,别哭,"父亲止住了他的哭泣,"让我们玩一玩吧。现在我没有事,我愿意和你玩。你可以骑着我像骑一匹马,你可以吆喝,可以用鞭子抽。要不我们两个人斗拳,我只许防守,却不许进攻,你打中我的身体一拳我就伸一回小指头,就算我输。要不你在炕上折跟头,我来保护你。要不……要不弹球?弹球我可不会,可是我可以跟你学,你做我的小先生……"

后来倪藻选择了"斗拳"。他一拳又一拳地打中父亲的身体,父亲一次又一次伸出了小拇指。倪藻又跳,又叫,又笑,庆祝他在拳击竞赛中的接连告捷。

第十六章

阳历年一过,家乡的庄户头张知恩和李连甲就来了。他们住在前门外的小旅店里,给"大奶奶"(这是他们对姜赵氏的尊称)送来了半口袋大枣,半口袋绿豆,一些杂豆,四小篓冬菜,两盘染得红红的肠子,还有一些现钱。这是他们收上来的租子和变卖租子的所得。另外,张、李二人还带来两样以个人名义奉献的土产,一是素火腿,主要是用豆腐皮做的,卷上各种配料,外观像火腿,实际却是素食。这是家乡一个李姓人家祖传独家经营的食品,据说已有了二百多年历史。静珍对此有着特别的嗜好,因此,这礼物算是带给大姑(对静珍的尊称)的。其次是一坛子自己熬的秋梨膏。家乡不是出一种掉到地上就裂就碎八瓣的"酥梨"吗?秋后用这种酥梨熬汤,加上冰糖,熬到浓如蜜汁的程度,就叫做秋梨膏。人们相信这种秋梨膏有润肺祛痰止咳的药效。姜赵氏冬天常犯个心口疼、咳嗽、咯痰的毛病,张、李二人知道,特带此物,以为孝敬。张、李两个人来了,"主""仆"双方都是叫苦连天。姜赵氏和静珍叙述她们在北京城已经过不下去,急需钱用,对家乡的事再不能马马虎虎,睁一只眼闭一只眼。张知恩和李连甲叙述"年头"如何不济,兵荒马乱,日本人派捐派粮,"八路"四处活动,村里人心思变,人心不稳。土匪绑票绑走了乡里的首户夏老太爷,夏老太爷的儿子送去了三千现大洋,土匪却撕了票,把夏老太爷活活用绳子勒死了。加上春旱夏涝,端午节还闹了蝗虫,夏至以后又下过雹子,庄户人家家揭不开锅。现时是三个人穿一条裤子,五个人盖一条棉被,苦不堪言,给大佛寺里的大佛烧香,向水月庵里的观音许愿都不灵了。这点钱、物,还是他们二人念及大奶奶的仁义,念及大老爷(静珍、静宜的父亲)的好处,跑断了腿、说破了嘴、连蒙带激外加吓唬,硬从庄户人嘴里挖出来的。然后双方一再重复几次相同或类似的意思。然后"大姑"给两位头儿烙饼做饭,还打了点酒来。为了就酒,除了当即切了些红肠子黄素火腿,"大姑"还做了自己的拿手好菜——摊虾酱饼子。卤虾酱是用不成形的小虾小鱼小蟹以及小的贝类动物碾磨粉碎而成,呈雪青色,有一股刺鼻的腥气,为了防止进一步变质,经常要往这种酱里放许多盐,因此这种卤虾酱味道极咸。这种卤虾酱价格低廉,很适合馋于荤腥而又吃不上鱼肉的人吃,四十年代,它在北京是最受欢迎的一样食品。但吃起来太咸太腥,也是问题。于是静珍采取加工措施,往卤虾酱里加一些白面,然后铁锅里放油,将加了白面的卤虾酱摊成一坨一坨,置入热油锅,火候完成后便是色泽紫褐黄兼而有之、间而有之的虾酱饼子。这种虾酱饼子吃起来也许并不是那么好吃,但摊起来味道极爨(读窜,气味富刺激性之意)、腥、臭、鲜、香,应有俱全。每每一闻到摊虾酱饼子的味静珍就心旷神怡,而轮到自己去摊的时候更是心花怒放。

"主""仆"一起吃了起来,也叫来了静宜和两个孩子。倪吾诚是最怕虾酱饼子的味儿,更怕摊(换成北京话应该是煎)虾酱饼子时的爨劲儿。而且,他似乎不好意思见这两位庄户头。他自幼反对地主的收租剥削。他没过来。大家一面吃一面不停地自说自叹和互为叹息。想不到大奶奶、大姑、二姑在城里的生活竟是这样艰难!可不是嘛,连喝凉水也得要钱!好像是为了证明静珍此话的真实性似的,说到这里恰恰来了山东人推的滴里滴溜地漏水的木水车。拔一下水箱下部的圆塞,水便涌流出来,装满木筲,挑送给各家。倪萍跑去打开了水缸盖,送水的山东人倒上了一筲水,静珍这边给了水牌子。张知恩和李连甲知道水牌子是用钱买来的之后,为之咋舌。

都是闹日本闹的,大家一致叹息。然后张知恩与李连甲把话题转移到倪萍和倪藻、特别是倪藻身上来,说是转眼倪藻他们便会成长壮大起来,大奶奶、大姑、二姑的前途光明。他们大概也知道倪吾诚与静宜的不和,他们没提"二姑夫"一句。

他们长起来又能对我们怎样!姜赵氏与静珍略有不以为然之意。两位庄户头立即正色分析,话不能这么说,外孙、外孙女,自幼是跟着姥姥家的,姥姥家又没有别人,他们就和大奶奶自己的孙子,就和大姑自己的孩子一样。

静宜对这个话题似乎不太感兴趣,她的眼皮往下耷拉了几次。

倪藻看着这两个人,觉得好奇也觉得羡慕。两个人都晒得极黑,一看就与城里人迥然不同。两个人脸上、手上的纹络是那样深,那样有力,也使倪藻觉得惊心动魄。两个人手大脚大,连手指头都是那么粗,一定是很有劲的吧?两个人你一言我一语,配合默契,滔滔不绝,应对如流,既不乏礼貌奉承同情抚慰,又皆有一定之规,决不具体应承什么,真是两个绝顶聪明的人。而更重要的是,多也罢,少也罢,大枣小豆,都是他们所欢迎的。只是当面对他的谈论,使他尴尬,削弱了他对这两个来自农村的人的好感。

两个人的到来总算是给这一家带来了些生气。特别是姜赵氏与周姜氏母女。倪吾诚的生病与静宜与丈夫的和解使她们二人若有所失。当然,她们并没有自觉地意识到这一点。与倪吾诚的斗争,对付倪吾诚的种种手段,攻守进退,胜败得失,差不多构成了她们迁京以后的生活重心、思想重心与神经中心。她们是静宜的有力后盾。她们为静宜出谋划策,一次又一次地,有时候是不断重复地分析倪吾诚的言行举止,提出一个又否定一个再提出一个又一个的对策方案。为之悲,为之喜,为之怒,为之忧,为之顿足抱恨或为之拍手称快,必要时甚至可冲上第一线,冲锋陷阵。这是她们对于女儿——妹子的伦理义务,这是她们维护自身利益的必要。这也是她们教训倪吾诚、维护道德伦理、争取浪子回头的必要。这使她们每天有事做、有话说、有气生、有劲使。这甚至使她们常常具有一种紧张感、紧迫感、兴奋感、战斗感。这甚至使她们忘记了自身的无法说无法想的不幸、家族（姜家）的不幸与整个世道（国家、社会）的不幸。来北京以前，她们的心力集中在与觊觎她们母女寡妇的族人的斗争上，上法院递呈子升堂辩论直到抛头露面面对面地与泼皮痞子们斗，这使她们的生活充实，使她们自身变得团结坚强勇敢聪明干练，使她们在艰难的处境中获得了生活的信心、意义和乐趣。何况她们最后是取得了胜利的，她们维护住了自己的财产和自己的生活不受侵犯。

　　来北京以后不久就和倪吾诚斗上了。记不清是来了三天还是五天，原因是因为吐痰。早晨倪吾诚过来向岳母请安，双方客客气气地说了一些话。姜赵氏嗓子痒了，喀，一口痰吐在眼前地下，然后抬起小脚，用鞋底子把痰蹭掉。倪吾诚出门与静宜议论，说是随地吐痰是一种恶习，是肮脏，是龌龊，是野蛮，能够传染肺痨和白喉、百日咳。说是欧洲人从来不随地吐痰，大家讲卫生，所以欧洲国家日益先进、强大……静宜听了这话已经不高兴了。偏偏这话让姜赵氏和静珍也听到了。偏偏倪吾诚的话里有"龌龊"两个字，这两个字母女三人从来没讲过、没听人讲过、也没阅读过。这两个不常用的字从发音到声调都使她们极端反感，都使她们深受刺激，都使她们认为这两个字一定比她们习以为常的所有骂誓的词语更为恶毒阴险有效。姜赵氏听到这两个字以后气坏了！

　　当时姜赵氏是刚到北京。腰里还有变卖房地产的一笔款子。身上穿着崭新的绸裤褂。再说与女婿久别以后初次见面，还须要保持一点矜持。她只骂了两个字：混账！她只采取了一个举动，掼了一只茶壶——茶壶是倪吾诚得知岳母将来京后为岳母买的一件礼物——将茶壶摔到了院子里，摔到了北屋门前，把茶壶摔了个粉碎。

　　当时倪吾诚也完全没有想到日后会与岳母、大姨子直至妻子决裂到那种程度。吐痰——茶壶事件使他震惊、遗憾，而且有几分后悔。这样，在静宜的劝说下，他在当天晚上向岳母赔不是来了。姜赵氏态度端庄，冷冷地说赔不是有赔不是的规矩，站在那儿说一声赔个屁不是,要赔不是就跪下磕个头。倪吾诚愕然不知所措,一心希望丈夫与母亲和睦相处、当时尚未失天真的静宜马上攀着丈夫的肩让丈夫跪下。倪吾诚也就真的跪下了……事后他才觉出了伤心。由于这种伤心,他对这里的诸种肮脏、龌龊、野蛮和恶劣的痛恨增强了许多倍。他对之的抨击增加了许多倍。他的学习欧洲人的文明习惯的热烈的信念坚定了许多倍。

从此她们与他斗了九年。而最近,在一场振奋精神的大斗之后,谁也想不到,静宜和他竟然和了。和为贵,和了好。和了静宜还用得着她们母女俩吗?和了她们俩还要忙些什么呢?和了她们不变得多余起来吗?这是一个明摆着的却没有人正视过的问题。

静宜和倪吾诚和了之后,过西屋来得就少了。来了也言不及义,缺少深入的与及时的报道。他们俩打架的时候她什么事都一分钟也不耽搁地对母亲和姐姐说,什么问题都与母亲、姐姐一起研究,和了之后反倒没得说了。没话找话,假装有许多话说也不行。不像。

这便产生了寂寞和空虚。寂寞中姜赵氏只能一遍又一遍地重复老话。回想她十六岁以前在娘家赵家的生活。她的祖上有一位大官,代表皇帝到琉球国封王。皇上赐给他一个金牌,牌上写着四个字:如朕亲临。她回想她扎耳朵眼、裹脚的情景。她回想赵家门楼口的一对石狮子。重复完了老话便翻箱倒柜,折腾旧衣裳。没事找事。常常一会儿发现丢了某个袄某个裤某个坎肩以及一块绸子一块布一个顶针一包线。一会儿又找到了这个袄这个裤这块绸子这块布以及这个顶针这包线。两个一会儿之间,她便查问一番。查问会引起反感,反感会引起反嘲反抗反讥。周姜氏与她最为亲近,被查问时虽也反感,但说上两句就能彼此信任谅解,云消雾散。静宜忙于伺候、教育、争取丈夫,再说她也了解理解母亲,虽然也反抗过查问,但都是交手便罢,开火便休。倪藻不属于被查问者的行列,即使偶尔被问上一言半语,他翻翻眼如没听见,姥姥也就罢了。最后查问与反查问的斗争屡屡爆发在姜赵氏与她最亲爱的外孙女倪萍之间了。

正因为与外孙女最亲,不管姜赵氏找什么东西,不管她需用不需用,只要一刻没找到,只要倪萍在她身旁,她立时就问:"萍儿,你拿了我的(绣)花样子吗?""我拿你花样子干吗?"萍儿反问,她听不懂姥姥的问题。"我没问你拿了花样子干吗,我问你拿了还是没拿。拿了,你就说拿了,省得我再去找。没拿,你就说没拿,我就得找。挖地三尺我也得找!我那个花样子是个老物件,我十一岁时就按照那个花样子绣花。那兰花,那水仙,那鸳鸯,那蝴蝶……都是现在没有的。跟我那个花样子相比,现时白塔寺护国寺卖的花样子给人家拾屁!"说着说着老太太有点焦躁了。

"这话跟我说得着吗?"倪萍觉得受了莫大的冤屈与侮辱,近于被诬为窃,"不管是金不换的花样子还是拾屁的花样子,我要它干什么?我要它我不会跟你要吗?谁拿了花样子谁不得好死!"她熟练地用上了家里人最爱用的一条"誓"来了。

"这个死孩子怎么这样呢,你吃了枪药了吗?你吃了横人肉了吗?怎么不叫说话了呢?你妈你爸爸也不敢对我这样说话呀,你才不得好死呢!"

如此如此,这般这般,小吵过去以后姜赵氏充满了今昔之感。远了不说,她的祖上去琉球国封王的时候不说,她的祖父封为翰林的时候不说,她的丈夫被聘为全县唯一的一所高级中学的校医的时候不说,甚至连她刚变卖完了部分家业,与寡女初进北京时候也没法比了。现在已经没有那时的容颜,那时的仪表,那时的钱财,那时的底气了。现在不要说让女婿下跪,就是让倪萍这个死孩子下跪的气派也充不起了,夕阳向晚,以至于斯!

眼空蓄泪泪空垂,暗洒闲抛知向谁?伤感起来只有念林黛玉的诗了。虎落平原被犬欺,老凰离枝不如鸡。除了每年冬季庄户头张知恩与李连甲来时还能听到几声"大奶奶"的称唤,大奶奶的名称和威风早已被人生常恨水常东的光阴冲得无踪无影了。

经过了几次翻箱——找东西——发现丢东西——查问东西与争

吵——找到东西——收起东西——关箱之后,经过随着对旧物的寻找——失却——复得而来的回忆、旧话、叹息以后,终于各箱各物都静静地回到了原来的地方。姜赵氏转而忙于修脚。缠足更容易长脚垫和鸡眼,所以拿到张、李二人送来的钱以后"大奶奶"一口气买了两把修脚刀,而把原来的修脚刀给了倪藻去与同伴玩剹刀子。修脚刀的样子本身就像腿脚。剹刀子是男孩子们的一种游戏,在土地上玩,剹下去刀子必须立住,自己的每一个刀痕要与上一个刀痕连成直线,而且不得与别人的线相交相触。线越剹越多,越剹折弯越多,互相包围,互相限制,争取胜利。看到这种游戏,倪吾诚又要大发感慨了。

修脚也能修出瘾来。脱下三角鞋,解开裹脚条,先用瓦盆里的热水烫脚,那瓦盆是姜赵氏从家乡专意带来的洗脚盆子。等烫得畸形小脚红了软了,开始用刀削修。一开始下刀很谨慎,生怕弄疼了哪里,连脚指甲似乎也舍不得切下太多。削上几次以后,削到似痒非痒、似疼非疼的时候就上了瘾了,老觉得削修得不干净、不彻底,而似乎越削得疼越过瘾,而终于削得脚出了血。有一次血还流了不少。

修完脚还干什么呢?她想用破布头打袼子(北京称袼褙),好做鞋。但季节不对。大冬天的,打上袼子怎么晾晒得干呢?她没事找事地做了些缝缝补补的活。再就是鼓捣煤球炉子了。不管是谁生的火谁在做饭,姜赵氏总喜欢去搬搬弄弄。有时候人家正煮着半截饭她给添几个煤球。她深信若不是她及时添上,煤火必灭无疑。有时别人已经添上了煤球,炉口上放好了军号喇叭形的拔火罐,火说话就上来了,她会下手冒着高温在烟熏火燎中捡起几个已经冒了烟甚至已经细部燃红的煤球来。她深信她捡出煤球的举动防止了浪费并且促使火上来得更快。还有一点奇特的是,虽然家里煤球火炉所需的辅助器具火钩、火筷子、火铲一应俱全,姜赵氏仍喜欢亲自下手火中取煤,火中取炭,有时候在生火的过程中可以火中取出没有燃尽的或伸展到煤球之上的劈柴。这样当然烫手,有时造成烧伤,至少也弄得两手污黑不堪。有时她动炉子还遭到正在用火的女儿的抗议,但她乐此不疲。对于她来说煤球火炉与煤球炉火是个活的东西,有灵有性的东西,能为她效劳也能伤害她的东西,需要她照拂、听任她摆布,却又有自己的意志、有时还有自己的犟脾气、成心跟她作对的东西。她对火有兴趣。她对它好奇。加上一个煤球,减去一个煤球,是没什么关系的吗?再加一个或再减一个呢?再一个再再一个呢?加到什么程度就压死了,减到什么程度就顶不下一顿饭来呢?姜赵氏对于这样一个量与质的关系颇觉奥妙。它无时不在变化之中。有时候看着还白亮白亮正旺呢,底子已经乏了,用火筷子一触就稀里哗啦陷下去了,再添煤已经晚了。但可以添劈柴抢救,有时只添一根小指头细的劈柴就可以起死回生。有时候少添一根小指头细的劈柴一炉火就呜呼哀哉。有时候看着火炉里黑黑的,一点亮也没有,人们不抱希望,她便拿一把破蒲扇冲着圆圆的炉眼扇——那炉眼的部位和形状多像人的肚脐眼啊。扇着扇着火就上来了,这样上来的火力特强,从上到下都是新煤新火嘛。有时候扇了半天杳无信息,但还有一丝轻烟在拔火罐上升腾缭绕,好像一个病人奄奄一息,好像一个病人只剩了一丝游魂。这时姜赵氏救火心切,她可以伏下身子,她可以一条腿跪地,她可以两条腿跪地,把嘴凑近煤球炉的肚脐眼,噗、噗、噗,连吹三口气。轻烟变成了浓烟,浓烟刺目刺鼻,炉风呛嗓子,但是火着了,游魂还阳了,浓烟之后便是熊熊烈焰。

  还有时候,看着火底也还凑合,煤添得也不算太迟,量不多又不少,拔火罐放得端端正正,怎么半天不见火也不见烟呢?抢救,加劈柴,可以拿出上面的生球子来加柴,也可以用揳入法从肚脐眼里往里硬塞劈柴。这后一种方法是姜赵氏自己摸索出来的,她以为是自己的发明,是一个起死回生的绝招,是常常有效的。但某一回硬是不行了,扇也不行,吹也不行,甚至往煤球上泼煤油也不行了。这最后一招是急切中的不计利害成本的孤注一掷,哪怕煤球还黑着,只要还有热度,泼上煤油就受热变成气,这时划一根洋火往煤油气上一扔,噗的一下,火苗子蹿出来老高,常常就能把整个煤球带起来。比如带得烧红了两个球,然后两变四、四变八、八变十六,几分钟后呼噜呼噜一炉火又着起来了。这就像给垂危病人抢救时灌参汤一样,她去世的中医丈夫说过,家里要有钱就灌参汤,而且必须是野参,最好是高丽参。还得是整参,头、茎、根、须俱全,其形确实如人的参。灌下这样的参汤去,硬是能使正在归阴的病家还阳。

但是到了病入膏肓的时候,到了大限已至的时候,到了命中注定的时候,就是把全高丽的人参灌进他也救不活了。治得了病,治不了命,就是这个意思。

煤球火也有自己的命吧?要不怎么一样的情况一样的措施,大多时候会有效的,有时候却硬是枉费心机、枉费力气、枉费劈柴煤油洋火呢?

奥妙的煤球炉火,姜赵氏怎么能不惦记它,不鼓捣它?近两个月来,姜赵氏渐渐趋向于垄断这个火了,火是她的宠物,大姑娘静珍或者二姑娘静宜动了火,她会嫉妒的。外孙女倪萍动了呢,她就要骂了。

鼓捣完了她又常常面对着自己的带着烧伤的黑手叹息,什么世道啊,"大奶奶"沦落到了这步田地!

还有等而下之的事呢,那就是刷尿盆,姜赵氏对此也有一点特别的兴趣。她喜欢用一个特别的词,叫做"出出味"。她认为"出味"是保护某种物品的质地、防止腐臭糜烂、保持清洁卫生的最好的办法。如果一件衣服因为受潮而发出一种霉味,那就要晾晒出来,"出出味",把它的霉味释放出来,衣服就保住了。如果一个肉馅包子正在变馊,那么最好的办法是把包子掰开,使本来难以"出味"的馅与包子皮里子充分地发散自己的味道,这样,包子也就保住了。依于同样的出味法,老太太对尿盆也采取一种特殊的清洁法。

她们的尿盆都是陶器罐子,更准确点说,应该叫尿罐。所以每天清晨督促孩子们快点起床时,孟官屯——陶村一带的童谣是"谁起得快,老员外。谁起得慢,小尿罐"。这种罐子表面粗糙,滞留性强,而且没有盖。这样的罐子有时一间屋里不是放一个,而是放两三个。如果是陈年老货,如果是冬天闭紧了门窗,其气味之醇厚深重,是可以想见的。这种表皮粗糙、充满沙眼的陶罐是很难洗净的,用笤帚疙瘩(北京话叫笤帚梧哧)刷也很难接触到每一个死角。所以这样的罐子经常挂着白霜。姜赵氏爱采用的方法是,将罐中液体倾倒干净以后,用一壶滚开的热水高高浇去,特别是在严冬,这样一浇立即白雾升腾,浓烈惊人,令人窒息、令人晕厥,却又有些引人入胜。是一番极痛快过瘾的"出味"。静宜与倪吾诚"和了"之后,姜赵氏的生活里缺少了火药味,便把心力放到鼓捣煤球炉与刷尿罐的事上了。

静宜与倪吾诚"和了"之后,周姜氏的生活也产生了一些变化。她每天早晨的梳妆打扮比素常又延长了十五到二十分钟,似乎她宁愿多一些时间浸沉在自思自叹自怜自恨自我整容的绝对自我的世界里。而少一点、慢一点睁开眼睛面对这个并无她的吗的现实的空洞。梳妆打扮当中,她的冷笑越来越多、越长、越令人毛骨悚然了。

她博览群书,家里已有的几本闲书包括《西厢记》《孟丽君》、张恨水的《金粉世家》、刘云若的《红杏出墙记》,还有一本歌德的《少年维特之烦恼》与倪藻拿给她的新来的《世界名人小传》,她是反复读、反复看、不厌其详、不厌其烦。除此之外,她还喜欢到书摊去租书,言情的、武侠的、演义的、侦探的她都租读,她还租过张资平的短篇小说集,郁达夫的小说集,巴金的《爱情三部曲》,老舍的《赵子曰》与德莱塞、辛克莱、梅里美的作品的中文译本。她几乎可以说是有闲书就读,有读无类。她读得很快,读一遍就能记住故事轮廓,并且喜欢复述故事。她不怕读已经读过的书,似乎每一次读都能得到新的趣味。她很喜欢读爱情故事,关于爱情的描写,还有一些她称之为"粉"(色情)的描写,她都读得津津有味,乐此不疲。但她读时绝不脸红心跳,绝无任何心理生理反应,绝不想入非非。她读这些书时就像在白塔寺看"大妖怪"唱戏一样,不论唱的是《拾玉镯》还是《打面缸》,不论是《人面桃花》还是《尼姑思凡》,都是解闷,都是取笑,都是装模作样逗弄着玩。因此你可以说她读一本书很快就能记住,然而还要说忘得也许更快。如果没有连续读这本书,也没有机会给别人讲这本书,她一定自以为已经忘了这本书,她也绝不会再想到这本书。大概正因为如此,她才能随时保持重读的兴趣。至于是不是真的忘了这本书,那倒也不一定。假若有人给她提起一个头来,她又常常能把已经忘了的书的故事重新想起来。

　　静珍读书有时候也达到废寝忘食的程度。她看,她读出声来,她摇头摆尾,她拉长声音、拿腔拿调地低声吟诵,她的脸上出现各种喜怒哀乐的表情,在这个时候你若与她说话,她充耳不闻。真像一个有着独特深邃的精神生活的人。但愈是这样读书的时候,放下书后她愈觉得一片茫然。不仅脑子,而且五脏六腑都似已经被抽空了。她只剩下了一个人的躯壳。刚才并不是她,而只是她的躯壳在读书。在读那本书的躯壳。而她的魂却无处安身。

　　与读书相较,还是弄点吃的实惠。自从张知恩、李连甲来的那时摊了一回虾酱饼子以后,静珍对于虾酱大大增加了兴趣。她又摊了几次饼子,摊得满院腥烟。她与"热乎"交流了吃卤虾酱的经验——随着静宜与吾诚的和解,她与"热乎"的关系也和解并大大亲密了。她按照"热乎"介绍的先进经验并在"热乎"的直接指导下,往虾酱里和一点白面一点杂和面,蒸二十分钟,虾酱定成坨坨,样子有点像蛋糕。然后倒一点小磨香油于虾酱坨坨上,就酒、就窝头,风味绝佳。再一种办法就是生吃,但要有香油,有葱白。这样吃由于未加辅料,比较咸、鲜、齉,就窝头吃能多吃半个。吃上几次以后虾酱的刺激力似乎也有所减弱了,便吃臭豆腐。就着臭豆腐吃酒,使酒的杀嗓子的辣味与豆腐的刺鼻子的臭味相融合相抵消,似乎也与她的一切烦闷气恼焦躁相抵消了。

　　我今天做什么呢?在周姜氏的每一个早晨,在她的生活的道路上的每一天的开始时分,都有这样一个恼人的老问题横在面前。沉重如山,无形如烟,无边如天。我今天做什么呢?她永远答不上来,她永远害怕回答这样的问题,她永远为这样的问题而痛苦,甚至是羞愧。一个不知道自己有什么事可做的人是多么羞愧啊!而这个问题这一冬更加尖锐了。

我今天……做麻辣茄子。这是她对"大官中"(集体)的贡献。把茄子上下交错各片成一片片而又不脱离本体的薄页,炒一批喷香的花椒、轧成面混上盐抹在里面,腌上半天以后用油煎,便成功了一种又麻又辣又咸的极富刺激性的菜肴,受到除倪吾诚以外的"大官中"的欢迎。

我今天……做肉饼。这是她的高档一些的独家享受。在肉类里,她宁可选择羊肉,正因为羊肉有一股子膻味,能使她得到某种特殊的满足。她把肉剁成馅,再剁些姜和葱,和在一起,这叫做"一兜肉丸"的馅。即使是好年成也不是常常能够吃到"一兜肉丸"的馅的。吃"一兜肉丸"馅是一件大事情,她全神贯注地做皮和做馅。她的馅饼的做法也与一般的圆馅饼不同。她和好面,擀成一张面皮,用手抻抻扽扽,把面皮拉扯成近乎矩形,摊下一部分肉馅,约占面皮面积的三分之一,把这部分肉馅连同面皮折一百八十度翻过个来。再在翻上来的面皮上放一部分馅,包起,按平按实,放入饼铛(平锅)中煎烤,这样,就是一种长条状、三层皮两层馅的特制馅饼。静珍称之为肉饼。上、下两层面皮煎烤得焦黄,中间一层皮鲜嫩软柔。吃这种新出锅的肉饼时,她常常兴奋得脑门子上汗珠缀满,口水与馅里的油水混合在一起向下滴答,烫得丝里哈拉,香得丝里哈拉,咬了一口以后,皮断馅撒,肉饼也变得丝里哈拉起来。

"我今天可是吃肉饼!"她事先就发出了正式的宣告。脸上显出一种严肃的、无可商议的、聚精会神自顾自的表情。她的话里的潜台词是你们要吃你们也做。我做了只管自己吃,我可不给你们,你们可不要馋得慌,你们可不要跟我要,勿谓言之不预!

"吃就吃呗!"静宜冷冷地回答。有时候还加上一句:"爱吃吗吃吗,谁敢挡着你?"有时候加上另外的一句,"吃就吃呗,谁不让你噇(读床)了?"

把吃饭说成"噇",这里有一种不友好的、侮辱的味儿。

静珍不理会这些反应。从宣布吃肉饼到做出肉饼来,她的表情是决绝的、排除万难的、无笑容的。要一直吃到快饱的时候,丝里哈拉了一阵子以后,她才会由衷地笑起来。如果肉饼做多了,她会叫孩子过来吃一点。至于母亲姜赵氏,她们之间是有默契的。做肉饼的时候,姜赵氏如果也想吃,就来帮她一起操作,她欢迎。如果姜赵氏不想吃,姜赵氏便不理睬她,她也不必在吃肉饼时表示任何谦让。

这样她的严肃态度事实上主要是针对妹妹的。静宜感到不快,但也没有办法。她有时候公开唠叨一下,抱怨姐姐做肉饼时在饼铛里放的底油过多。馅里放油吧,锅里也放油,也不是还想不想过日子……如此这般。静珍有时不理睬,有时也反唇相讥。但她的精神集中在肉饼上,她并不注意妹妹的评论。

遇到吃肉饼的时候静珍很注意错开时间。如果是中午吃,她梳完头就开始准备,不到十点就吃开了。如果是晚上,连午睡时间都随之缩短,可以不到四点就把肉饼吃完。这就避免了因共用一个火而发生冲突,使得静宜在占用火这个问题上无话可说,而由于提前进餐而扩长了的饭后时间,更使得她能从容反复地回顾肉饼的美味。

再一项高档的享受就是羊头肉了。晚间来了卖白水羊头的,静珍遇到腰里有点钱的时候,便把人叫住。提着一盏忽闪忽闪的、昏暗的桅灯的贩肉者蹲在她们的院门口,从提匣里拿羊头,放在清洁的小案板上用明光光的菜刀将肉切成比纸还薄的半透明片,放在一张裁好的旧报纸上,撒上胡椒盐粉,递给静珍。用这个下酒,当然比臭豆腐强多了。而因为给得极少,切得极薄,拿在手里时似乎扑扑棱棱好几片,吃完后但觉嘴里有肉与胡椒的香气,腹内却全无肉感,这反而更增加了羊头肉的吸引力。

妹妹与妹夫"和了"以来,张知恩、李连甲来过以后,静珍为自己做吃的的积极性大增,投入的力量大增。这不仅引起了静宜的不满,抗议了几次也口角了几次,而且姜赵氏也提出了自己的非议和忠告:大姑娘,你别忒(太)倚能(逞能)喽,成天价个人单做,算个吗呀,咱们可得和和美美过日子呀!

静珍听了母亲的话,默默无语。但听多了也烦,便突然恶狠狠地反驳道:"要嘴一张,要命一条,要钱没有。要给吃就吃,要不给吃咱们挨着,饿着,饿半个月不带哼哼一声,哼哼一声就不是人生父母养的。饿死了喂狗,狗不吃喂苍蝇。谁想吃自己做,不想吃闭住嘴。吃一天算一天,吃一顿算一顿,一顿也没有了我掏(投)生去。掏生成人我吃肉,掏生成狗我吃屎,掏生成猪我挨刀……"

"这是吗对吗呀!"姜赵氏喊了起来。静宜听到后过来批评姐姐忒(太)"匪类",然后是倪萍也参加,然后是倪藻也参加,然后大家都攻击静珍。然后静珍大笑:"不就是馋的吗?馋死你!我就是吃,就是不给你!"最后大家也笑了,觉得静珍可笑,似乎还有点可悲可鄙。静珍也觉得自己胜利了,不但单做了,单吃了,而且气得一帮人丑态百出。然后肉饼或者虾酱饼子吃完,静珍抹抹嘴满意了,大家也吃别的饭去了。饭后的气氛还是团结的,各人该说什么说什么,该做什么做什么,该唱什么唱什么。

这样又吃又斗、又斗又吃几遭以后渐渐觉得没了意思,没了意思便和披头散发、忙个不停的邻居,好事的同乡"热乎"来往得更多了。"热乎"知道许多城乡张家长、李家短的事,她特别需要一个听众。过去静珍与"热乎"的矛盾说不定在很大程度上便是需要静珍做听众与静珍拒绝做听众之争。"热乎"也需要静珍向她陈述有关这个院子、特别是有关倪吾诚的信息。过去她们间的矛盾也是要求陈述与拒绝陈述之争。现在,静珍大体上仍然拒绝充当"热乎"面前的报信者、陈述者,却很乐于做她的听众了。

她尤其喜欢听"热乎"讲她们住家的胡同东口一个小门里住着的野鸡(妓)的事。这位"野鸡"静珍是见过的,她面色忧郁,涂脂抹粉,右手的中指和食指上戴着两个银戒指,有时用莲花指托夹着一支纸烟,从胡同里走过。夏天时她穿过开缝开得很高的旗袍,耳后发髻上常常插着一个扇形珠饰。她走路似乎有点抬不起脚来,趿拉、趿拉,这种走路的样子甚至使静珍联想到花柳病患者,虽然她也说不细密花柳病为何物。她的鬓发常显蓬乱,这更使静珍相信"热乎"的判断,即判断她为"野鸡"。好人的鬓发岂有不抿上去之理?那种蓬松的鬓发,不是恰恰像是刚刚被男人玩弄过的征兆吗?

"热乎"讲起"野鸡"来眉飞色舞,口水四溅,说中有笑,边笑边说,笑得弯腰,前仰后合。而且一讲起"野鸡"来她的家乡话特别传神,她的嗓音也变得粗哑起来,还哞哞地模仿一些声音,近乎口技。静珍微笑着听着,津津有味却又保持着距离。听完"热乎"的成套成套的关于"野鸡"的缺阴(德)的话以后,静珍更加断定"热乎"是一个心坏口坏的坏人。她对母亲和妹妹说:"'热乎'成了不是东西啦,少理!"

倪藻下学回家时听到了"热乎"的话,他问姨姨:"'野鸡'是什么?""小孩子家别问那个!"姨姨神态严肃,拒绝解释。倪藻却听出了她们是在嘲笑谩骂诅咒一个可怜的女人。他模模糊糊地意识到越是不幸的人越是要蔑视和糟践比自己更不幸的人。这实在是不幸中的不幸。他觉得喘不过气来。

一天静珍没有自己单独做饭也没有读闲书,正一人独自坐着无事地自言自语,"热乎"叽叽嘎嘎地跑跳而来。"妹子,"她亲切地叫着静珍,"我借来了一本《金钱神卦全书》。人家不肯的借我,是我说了好话行了礼起了誓,起誓不给不敬神的人看,才借了来的。我们一家子都算了,比写上的还准呢。你个人算算好不好,我拿来给你算的,不等天黑我就得把它拿走。孩子他爸爸不让我拿出来呀,你知道吧。"

"热乎"拿来一本又脏又破的木板印刷"卦书"。还有一个小荷包,荷包里放着七个铜钱。七个铜钱按字和幂的排列,一共组成一百二十八卦。每个卦的卦辞是七言绝句一首,四行七言二十八字,但此二十八字在书页上并不印在一起。先扔钱,组成卦象,按卦象标出页码和行数,查出第一字,第一字尾后注有页码和行数,按此查出的为第二字,以此类推,查上好一阵才查出卦辞,最后还有说明。占卜和查卦辞的方法"热乎"就热热乎乎地讲了半个钟头,有许多地方前言不搭后语,讲法自相矛盾。幸亏静珍还有灵性,斟酌审度,无师自通,校正了"热乎"所传授的数个错讹,使"热乎"惊叹赞佩不已。

书籍的破旧令人神往。七个铜钱居然能组成一百二十八个卦象令人叹服。一百二十八这个数似乎有点学问,说不定是什么星宿之数。卦辞翻来查去,查错一个字底下全错,那样的卦辞便如天书,增加了卦书的神秘的魅力。其实静珍虽说相信命定,相信冥冥中的神秘却不怎么相信某种具体的偶像、宗教、迷信的方式程序。对于"热乎"所说的"金钱卦"的灵验,她也是未必相信的。但她很快地在与"热乎"的讨论中与占卦的实践中被神卦所征服了。

她倒出铜钱,两手合拢把铜钱捧起,摇动手中铜钱,发出一点金属的响声,闻到几分铜臭,嘴里念念有词,然后一撒手,按下落顺序及地点排列起来,是"幂幂字幂字字字"。急出一身汗,头大如斗,总算查出来了,卦辞是:

孤云野鹤委红尘,桃李纷纷总是春,
沧海月明珍有泪,树高千尺叶归根。

尾注是:求官难得,求财有望,病情好转唯难以除根,失物可寻但少安毋躁,宜静养,宜沐浴,宜斋戒,宜省亲,宜经商……

这卦辞使静珍蓦地一惊,倒像在哪里见过似的。特别是"沧海月明珍有泪"一句。她是知道唐诗中"沧海月明珠有泪"句的,这里偏偏不说珠而说珍!珍是什么?珍是何物?珍不就是她吗?这卦辞静静地分躺在全书的从头至尾,不就是等着她来占卜吗?沧海月明,静珍有泪,天乎!天乎!

"热乎"识文断字比静珍差远了,她纠缠着静珍给她讲解卦辞。静珍刚要张口,生出一个心眼,有道是天机不可泄露。她便敷敷衍衍,说是自己也看不甚明白。

静珍心怦怦跳起来,她要再算一个卦,如果这个卦再能紧扣住她的遭际,她准备从此坚信神明、一心向善。她这样祝祷着再次把七个"金钱"捧在手里摇个不停,几次想撒手,又几次想再祝祷一番,坚定一下心意,以求更灵更灵的本命卦。最后,终于排出了幂字幂幂幂幂幂的卦象,独"字"居二,单此卦象已使静珍触目惊心,查下去,卦辞是:

　　静如处子动如风,喜怒悲欢非不同,
　　雨过天霁风物好,欲求还与……

底下三个字没有等查出来,卦书被"热乎"拿走了。

"热乎"本来是找静珍一起探讨卦书的秘密的。没承想静珍一占卜就上了瘾,只顾自己占卦却把她晾在一旁。"热乎"问十句,静珍答不上一句,自己吟咏思索倒是津津有味。这使"热乎"大为不满,心想我什么时候成了你的书童琴童了?便终于没让静珍把第二个卦辞查抄完。

若不是神卦灵验使静珍觉得心存崇拜,心存畏惧,她真想立即跳起来将"热乎"大骂一顿。但她这次硬是控制住了自己。从两次卦辞(第二次是不完全的,这更令人纳闷)中,她似乎确实悟到了一些什么。她得到了安慰。她倾听着命运的含糊而威严的低语。她懂得了虽生犹死的生。她凄凉。

又有什么可凄凉的呢?

第 十 七 章

他们、她们就这样迎来了一九四三年——中华民国三十二年——癸未年的大年初一。腊月里,南京汪政权发布布告:对英美宣战。虽然这种傀儡戏并没有多大意义,但仍然使生活在沦陷区的那部分中国人益发感到气氛紧张,生计艰难。

所以大年三十"送财神爷的"更受到市民的重视。大年三十下午才三点多,姜静珍已经"请"了一张红不红绿不绿的"财神爷"来,将"财神爷"恭恭敬敬地贴在墙上,并给"财神爷"磕了一个响头。无非是要求财神爷保佑自己在未来的一年能多吃几次肉饼和羊头肉,能不缺烟不缺酒。倪萍和倪藻听说这个玩意儿能管"发财",虽然觉得不可理解、将信将疑,但给他磕个头却并无损失,而且是一项假日活动,说不定多少有助于驱遣父亲如此痛心疾首地论述过的童年的寂寞。万一要是这位面貌不清、衣饰混乱的"财神爷"真管点事呢?起码不会比不供他更坏事吧?这样,倪萍和倪藻便觉得给财神爷磕头是一件乐事了。

结果对"财神爷"的到来最冷漠的倒是姜赵氏。给"财神爷"磕头,她已经磕了四十余年!未见财神爷显过灵,只见日子愈过愈难。年头赶成这样,发财云云,实在是糟改。张知恩、李连甲来过之后,她的情绪更昏暗了。

实在是看不到一丝希望。女婿改邪归正了?她根本没这样想过。倪吾诚是灾星,是异物,是怪物,还不如绑票的土匪。绿林生涯,那也算自古有之的一行。而倪吾诚呢？他到底算是个吗呢？

但当一个贫苦的小孩趸了"财神爷"，敲着他们的院门，高声喊叫送财神爷来了！而倪藻竟回答有了，不要啦的时候，她慌忙制止。怎么能说不要财神爷了呢？这不是把请财神爷、敬财神爷的心意全否定了吗？对于一个声称"不要（财神爷）啦"的家庭，财神爷还想照顾、还准备应验吗？她教授倪藻，再来送财神爷的人的时候，不能说"不要啦"，而要客客气气、文文明明地说："请过啦！"这样，财神爷才不会嫌弃，不会恼怒，不会误解。多么小心眼的财神爷呀，即使永辈子不显灵你也不能得罪呀！

然后包了素饺子，给"神主"——祖宗牌位烧香上供。是姜家的而不是倪家的祖宗牌位，倪家的祖宗牌位天知道哪里去了。

"神主"是几个赤褐色的长方扁匣子，颜色与静珍的梳头匣子差不多。但它令倪藻觉得无比神秘。祖宗的在天之灵就在这扁扁的匣子里吗？他们都是一些白发白须的老人吗？他们都是孔夫子那样的穿戴打扮吗？他们能给自己的后代带来什么呢？他们能有多大力量呢？他真想掀开木匣子看看，但是不敢。

"现在是诸神下界，诸神就是所有的神都下界了！"给神主烧过香、磕过头以后，姜赵氏向外孙外孙女宣布说。

似乎满天都有神灵翱翔。寒冷而阴霾的天空因为静寂和高远显得确有些神秘。各个煤炉的浓烟、香烟与稀稀落落的爆竹的余烟之中似乎确实蕴藏着什么。似乎到处都有一种希望，一种敬畏，一种启示与一种辉煌。倪藻感到了一种充实和升华，他第一次知道过一次年有这么重要而人对于每个"年"和每一年都抱着那么大的热情和信仰。院里放着芝麻秸，踩在上面吱咯吱咯地响，这叫踩碎（岁）。各处传来稀稀落落的，但仍然不失为快乐的鞭炮声。从火炉上飘来了阵阵肉香。为了过年，他们家竟然一次买了一斤肉。肉正在和花椒、大料、酱油一起，咕嘟咕嘟地炖着。在素日极少知肉味的家庭，炖肉香实在令人痴醉，令人销魂。另外还有一点肉，静珍和静宜正在交替着剁馅。大年三十晚上她们剁肉馅剁得震天响,已经剁得很细碎了还要剁,剁成了肉泥了还要剁,然后剁菜,声响也特别大。再听听墙头这边墙头那边,到处是一片剁馅的声音。

"大年三十剁馅,是剁'小人'!"姨姨解释说。

真有趣。原来有一种人是"小人",而这样的"小人"在除夕之夜被剁成了肉泥。剁"小人"的声音比爆竹的声音还要响。

第二年呢?第二年除夕之夜又要剁一次,说明又有了"小人"。家家都剁,说明家家都有自己心目中的"小人"。"小人"可真多!

后来又把北屋的一个灯泡从能翻动的窗缝中拉了出来,小院子被照亮了,夜空显得更黑。黑色的夜空里升腾着氤氲,闪烁着微光。似乎还有许多影子飘来荡去,那就是"诸神"的身影吧?

倪吾诚显得轻松悠然。他似乎想唱歌,咳嗽了几次清嗓子,唱了两句岳飞的《满江红》,却终于没有唱出来。后来就叫倪萍和倪藻。孩子们去了,他说:"我教你们说咱们家乡的歌谣,过年的歌谣。"他又清了清嗓子,念道:

  糖瓜祭灶,
  新年来到,
  闺女要花,
  小子要炮,
  老头儿要个新帽头儿,
  老婆儿要副新裹脚。

"谣"的内容颇为无趣。他念得南腔北调。念完,孩子无任何反应,他也觉得尴尬。便不再理孩子,拿起外文书来读,读了一会儿,读不进去,他便找静宜,说是他要给老太太与姐姐拜年行礼。静宜受宠若惊,便去报告。二位说:"等初一吃饺子的时候再说吧,现在不必来了。"二位的回答使静宜扫兴。偏偏一直跟着母亲并睁大了眼睛盯着姨姨和姥姥的倪萍说了一句话。她说的是:"只要我妈和我爸爸一'和',我姥姥和我姨就不乐意。"这句话一下子把三个大人都惊呆了。

沉默三分钟以后,三个人一起骂起倪萍来。骂的话相当狠重,骂得倪萍面如土色,翻起了白眼。连并没有听全也没有在意去想那些"骂誓"的内容的倪藻也内心怦然起来。这正是众神下界,说什么都能被神听到,说什么都能应验的严重的时刻啊。倪萍究竟说了什么大逆不道的话,招来了这样愤怒的斥责呢?

倪萍一直翻着白眼,面如土色。但不再有人注意她。

终于,馅也剁好了,肉也炖熟了,芝麻秸也已经碎到再怎么踩也不出声的地步了,对财神爷与神主的致敬也已进行过多次了,没话找话的话和有意说的一些吉利话也已经都说完了,午夜已过,人们的上眼皮已经与下眼皮打起架,大家准备睡觉。

就在这个时候,倪萍突然哭了起来。那不是一个孩子的哭,而是一种远远超过她的年龄的撕肝裂胆的哀嚎,哭得那样痛苦、那样决绝、那样疯狂,只一声就使全家都傻了。

大年三十晚上,最最关键要紧的时分,倪萍整整哭了半个小时,哭得全家人面如土色。包括倪藻在内,全家的人都去劝解、慰问。一开始静宜也还想申斥几句加以制止,没有任何效果。倪萍哭起来了,两眼发直,全身发抖,披头散发,哭得喘不过气来。哭得鼻涕眼泪大把抓,一面哭一面往地下擤鼻涕,擤得满屋满地,泪水多得也如涌泉。这样哭的时候她不可能听到任何人说话,不论是好话还是坏话。全家人都傻了,都愣了。

倪藻害怕任何人哭。他见过妈妈哭。他见过姥姥哭。他见过姨哭。他甚至见过爸爸哭,这个高大的男人的眼泪使他觉得心如刀绞。然而,这个除夕晚上姐姐的哭才是最可怕的。那是要往死里哭,是完全自杀性哭泣。是不哭死不罢休的哭,不但要哭死自己而且要哭死全家的哭。这是真正的绝望的弱者的哭,被伤害得难以活下去的哭。而这哭声发自比他大不了好多的一个女孩子,发自他的童年的伙伴,他的姐姐。真令人肝胆俱裂!

哭了半个小时以后,完全哭哑了嗓子的倪萍断断续续用可怕的嗓音诉说了自己的冤屈和痛苦。原来她是说人们竟在大年三十晚上骂她,过去她们也老骂她,想到人们骂她的那些个誓,想到如果她"着"了这些誓将出现的惨状,她觉得无法活下去了。

真是令人震惊!原来倪萍对所有骂人的话都那样认真,原来骂人的话有那么恶毒、那么大威力,原来倪萍记住了每个人(包括倪藻!包括倪藻!但没有父亲倪吾诚)近年来骂过她的话,而且她念念不忘每句骂人话的意义。原来竟有那么多人次是那么随便和不经意地就骂了她,那么随便和不经意地用了一些骂人的话。倪萍终于忍受不了啦,倪萍终于崩溃了,倪萍终于反抗了。

"我看需要送医院,"倪吾诚面色苍白地搓着手说。

"爸爸你去,爸爸你走!"倪萍厉声说,倪吾诚不敢多话,只好不放心地离开了倪萍。

倪萍继续哭,哭得别人也都落下泪来了。

倪藻慌慌乱乱地劝慰姐姐说:"不论是谁,所有骂你的那些个话,那些个誓,全不算了,全不'着',你别哭了,全不算,全不着!"

"全不算? 全不着?"倪萍圆睁着眼睛问。

"全不算! 全不着!"回答异口同声。

"你说,着不着?"倪萍突然跳起来,跳到姥姥的跟前,抓住姥姥的胸口,大喘着气说。

"快说不着,快说不着!"静珍和静宜协同催促。

"不着不着一千个不着一万个不着!"

"要是着了呢?"倪萍穷追不舍地问,她的表情更可怕了,使见过各种世面的姜赵氏打了一个冷战。她毕竟是最疼爱自己的外孙女的啊。然而,方才倪萍回忆起的,骂倪萍最多的也是姥姥。谁知道这是怎么回事呢?

"要是着我一个人着!"姜赵氏发狠地说。

"好！你个人着,你个人着,你个人着,你个人着!"倪萍伸出自己的鸡爪一样的右手,用食指指着姜赵氏的鼻子反复强调说。然后,"你个人着"似乎变成了一种咒语,倪萍越念越快,听起来似乎是"你哏着",然后听起来变成了"哏着哏着哏着哏着哏着……"倪萍半闭着眼,千遍万遍地念着。

整个的姿势和语言是如此奇特,静珍强忍地通过鼻子笑出了声。

半闭着眼睛念咒的倪萍却保持着高度的警觉。姨姨的从鼻子眼里发出的笑声立即被她听到,她放开姥姥,坐在地上又疯狂地两手乱抓乱挥,两脚乱蹬乱踹地哭了起来,泪水和鼻涕满身满衣满地。

众人都骂静珍,静珍也发了狠,她喝道:"是我的不是了,我自己掌嘴!"说着她就要自打嘴巴。倪萍一跃而起,用方才对待姥姥的同样的姿势揪住姨的胸口,指着姨的鼻子,如法炮制地问完了"着不着"并获得了满意的答复以后,"你个人着","你哏着""哏着"地念起咒来了。

大约进行了三分钟,大家肃然凝神静坐。然后又转回到姥姥这儿来,没再问,只是找补着又念了数百遍"哏着"。然后是对母亲。最后是对弟弟,弟弟也绝不例外。倪藻胆战心惊地承认了自己过去骂过姐姐的一切话等于骂自己,认可了"个人着"。最后他又强调说:"不光我骂你的我着,不论是谁骂的,要是着也是我着。还不行吗?"

"不许说'还不行吗'!"倪萍哑声叫道,她的眼睛又圆起来了。倪藻连连称是。

一一进行完"反骂"程序后,倪萍站在西屋当中,像轰鸡一样地摊开两手向上向外轰,一面轰一面叫着"噢——什,噢——什"。她自己解释说,她这样来驱散人们骂她的、威胁着她的生存、纠缠着她的灵魂的那些个话誓。

然后稍稍平静了下来,然后打水洗脸。然后弄来一点炉灰,倒在地上的鼻涕和泪水上,守一守,扫出去。然后倪萍准备睡觉,叠自己的被窝。她忽然把自己的被子叠成一个小方块,而且叠得整整齐齐,用手拍,用手量,抠边抻角,一丝不苟。静宜对她把被窝叠得这么短这么小提出异议,她厉声道:"少管!"她的脸上显出了不惜再进行一次决战的表情。没有人再敢说什么。人们悄悄离去。倪萍就这么着钻进了小方被窝,缩成一团度过了除夕之夜。

从这一晚上起每天晚上临睡前倪萍都要来这么一次,把妈妈、姨、姥姥、弟弟叫到西屋,提问,"念咒""轰鸡",叠被,所有的"功课"一丝不苟。稍有不如意便号啕大哭,大年下这样干,强悍如静珍者也一筹莫展。初二晚上"念咒"的功课已经快完成了,静宜叹息了一声,说了一句:"我的妈哟!"立刻全不算了,重新哭,重新闹,从头做起。倪萍的脸色铁青,绷得紧紧的,饭也不怎么吃了。一个儿童而能有这种脸色这种表情,确是令人战栗。倪藻干脆认为,他的姐姐要死了。和她说什么也听不进去了。初三有一个女生来找倪萍,倪萍见了同学倒还有说有笑,并无异常,叫倪藻心情松宽了些。那位女同学一走,倪萍的面容神态立刻恢复到了铁青状。倪藻真觉得难受极了。

应该送倪萍去医院。倪吾诚这样提出来,受到了大家一致的反对。要去医院你应该先去,静宜说。是的,我也该去的。在中国,至少有三分之一的人是有精神病的,吾诚愤然说。在你那个外国呢?你那个外国好?我看你那个外国三分之二的人是疯子!静宜反唇相讥。"说得好极了!"吾诚兴奋起来,"十多年了,你还没有一次说过这样聪明的话呢!"倪吾诚真诚地赞叹说。"我真想啐你!"静宜答道。

倪萍的这一段插曲给倪藻的内心留下了巨大的创痛感。他这才知道了语言的厉害,骂人的厉害。后来他长大了,他也知道了"大批判"的厉害。他搞语言学,他始终认为这是一个极有意义的专题,应该研究一下各个民族语言中的骂,包括诅咒。"大批判"也是一种诅咒,政治诅咒。这里也反映文化,反映民族性,充满着独到的乡土色彩,包含迷信,包含性压抑与性野蛮,包含着阿Q主义……

倪萍的例行功课像阴云一样遮盖着这个小院子的天空。但这样的功课居然也被接受下来，习惯下来了。每晚他们聚在西屋，不动声色地接受倪萍的功课，完成以后该说什么说什么，该笑什么笑什么，该吃喝什么吃喝什么。只要在功课进行中保持肃静（功课进行中是绝对不容许轻忽不敬的），功课完成后他们的表现如何倪萍并不介意。作为对于"骂誓"的反驳，也许这项功课不是完全不可以理解的。这是一种神经战，一种神经对神经的抗议。但叠被窝是怎么回事呢？为什么要十分钟、二十分钟，一次又一次再一次地叠被窝？为什么必须叠得那样整齐、见棱见角见方？为什么叠得那样小，完全不顾自己的身高？看到倪萍这样一个十岁多了的孩子钻到那么小的被窝里简直让人觉得痛苦和残酷。简直像是对身体的强制变形和收缩，像是一种最残酷的刑罚。你简直无法相信她会、她要、她非在这样小而方的被窝里睡觉不可。不论当时还是以后，这都使倪藻觉得百思不得其解。他曾经试图与姐姐讨论一下这件事。他刚张口，姐姐便回过头来翻了他一眼。姐姐的面容和眼光立即冻结了他的舌头。

时日迁延，倪萍的例行功课渐渐趋于平淡重复单调，似乎开始变成习惯性的应卯，不再具有初时那种惊心动魄的气氛了。倪萍的提问与"念咒"所需时间，已暗暗减缩了许多，之后的叠被窝，也稍稍不那么认真、不那么齐整也不那么狭小了。倪藻觉得庆幸，正像这个灾难是莫名其妙地发生的一样，它也将稀里糊涂地消却了。

就在这个时候，正月十五元宵节后的一天，当倪萍用正常多了的神态向姨姨"提问"的中途，姨姨突然要打嚏喷（读份）。静珍打嚏喷与一般人不同。每次打嚏喷前，她先感到鼻腔、口腔、眼皮、颧骨和整个面孔的奇痒，好像有一团棉花堵住了她的鼻孔。她窒息，她硬是打不出这个嚏喷来，越打不出嚏喷越憋得难受，越憋得难受越觉得奇痒。奇痒像一条小蛇在她脸上盘旋，于是她的眼睛下面鼻梁两边的肌肉一抽一抽地收缩，收缩得眼睛左挤、右挤、两眼一起挤，然后一种痉挛性的收缩在整个面部运行。有时候左脸缩成一团,凸出一个疙瘩,而右脸却还平缓。半秒钟以后左脸放松了,右脸却又缩成了一团。这样,面部就呈现了不断变幻的、即使最天才的善于控制肌肉和表情的演员也做不出来的奇特而又多样的面容与表情。每遇到这种状况,姜赵氏无反应,静宜和她的两个孩子却看着她忍俊不禁,不由得会笑将起来。静珍打喷嚏的前期动作,竟成了孩子们欣赏的一项"乐子"了。

经过大约三秒钟的奇痒动作以后,静珍开始一面收缩面部肌肉一面舐舌头和下意识地啐唾沫。这种情况下她啐的唾沫远远不像清晨梳妆时啐得那样多,她边挤眼边发出"噗噗"的声音,做着啐的唇部与舌部动作,溅出的唾沫则只不过一星半点。这样再有大约一秒钟,才啊——嚏一声,打出一个喷嚏来,使观者也随着长出一口气,分享了她终于打出喷嚏的痛快。

但还时不时地有另一种情况。静珍忍受了以鼻孔为中心的令人发指的奇痒,她做出了各种逗人喷饭的怪相,唾沫一星半点,然后两星一点地啐了⋯⋯却终于没有打出喷嚏来。这是何等的遗憾啊!

这次倪萍对静珍的提问已经快结束了,静珍忽然要打喷嚏。她的鼻梁两侧的肌肉开始抽搐,但倪萍一下子没有看出来。姨姨忽然拒绝回答她的提问了,这使她痛苦和愤怒。"你这是干吗呢?你干吗不言语了呢?"她痛苦地嚎叫起来,推她姨姨,摇她姨姨。她姨姨说不出话,又因为她的干扰而不能做到顺利地继续并加强她的面部肌肉运动。她直瞪着眼看着外甥女,一声不吭,活像故意装聋作哑。倪萍哭了,并且拿她的脑袋顶她的姨。

结果静珍竟没能把喷嚏打出来!静珍大怒,终于暴跳如雷。她绝对不能容忍你干扰她的打喷嚏,正如不容干扰她的梳妆。你可以看哈哈,你可以嘲笑,你可以事后向她提出劝告、意见或当面说挖苦、侮辱的话,但当时你绝对不可以干扰她。她打过喷嚏后静宜就曾经发表感想说:我的妈哟,简直是妖怪!这样尖刻的评语静珍听了也不过是嘿嘿一笑而已。

但倪萍的当场干扰触动了她的大忌,她骂道:"什么死孩子,一天一天地折磨我老婆子!个人活腻了出门跳井撞汽车去,整天价在这里损(读 shún)吗呀!疯不疯,傻不傻的,抽的哪一门子的邪疯……"

可以想见倪萍的反应。她满地打滚,最后哭得牙关紧闭,满口白沫,浑身抽搐,闭住了气。

爱女心切的静宜立即用"没有人心眼""歹毒""缺阴(德)""对孩子下毒手""你才抽邪疯,可你的是羊角儿疯""不得好死"之类的成套骂语向姐姐发起了冲锋。还能怎么样呢?一场混战。倪藻也站在姐姐、妈妈这边说话。姜赵氏表面上超脱,似乎是劝解双方,实际的话却又向着静珍,这又引起了静宜的反驳和静珍的怒吼和倪萍的哭叫。

最后大家都累了,平息了,互相批也批完了,都觉着该睡了。倪萍突然以意想不到的顽强与冷静走到她姨面前,仰头正面看着姨姨,继续"战前"的"提问"。

静珍也以意想不到的冷静和合作态度规规矩矩地完成了被提问。

这一天的"功课",仍然如仪在深夜完成。在倪藻睡下以后,他恍惚听到了姨姨打出嚏喷的声音,他觉得这真是不幸中的一幸。

第二天一早,姜赵氏与静珍宣布她们要回家乡去办事,说完,静珍就出门买火车票去了。

静宜头天晚上的怒火未消,她认为她们的宣布回乡是一种示威,因此未予置理。

中午静珍坐着洋车回来了,手里拿着两张火车票。

立刻,气氛改变了。

一下午,姜赵氏母女三人沉浸在一种温情脉脉的惜别的气氛之中。

"我们去不多少日子,多则两月三月,少则十天半月,我们就回来。"姜赵氏说。

"你们快点回来吧……别看在一块儿打,这一说走,我简直就丢了魂儿。"静宜说。她眼圈红了。

"那还用说吗,咱们都是亲骨肉,亲手足……家里也得去看看了。张知恩、李连甲就算不易,可毕竟主家有人没人大不一样。咱们那点地,现在越来越没有进项了!"静珍边说边长叹不已。

然后又互相说了许多知冷知热、关心体贴的话。静宜指一指北屋说:"嫁了这么一个不着调的行子,有吗法?谁知道他过一个时辰想吗干吗?你们再走了,我有点事找谁去?"静宜终于哭起来了。

"说吗咧,说吗咧!"静珍叹道,"遇到事你记住,沉住了气。说下大天来你个人得有个人的主意。妹子你放心,我们去去就回来。姜家的产业是咱娘儿仨的,别的兔崽子休想动分文!我呢,我是没儿没女,活一天算一天。咱娘也没有别的人。妹子,你的丈夫虽然不是东西,可是你有儿,你有孩子。我们除了指靠你、指望你,再没有别的指望,再没有别的依靠!你就放心吧,姐姐为你,姐姐为萍儿藻儿是两肋插刀,万死不辞,上刀山下油锅,不带眨一下眼的!"

"我是不放心咱娘,这路途上……"

"有我呢,我既是贞节烈妇,又是孝女……我要不是为了娘,为了你们,二百年前我就上了吊啦,绳子我都找了好几条了……"

"这不又说起疯话了!"姜赵氏责备说。

"这是打个比方罢了。"静珍揩了一下颧骨上的眼泪,又是一声喟然长叹。

"可现在天还冷,又刮着北风……"

……告别的时候,三个女人和两个孩子都流下了眼泪。姜氏姐妹二人相互千叮咛万嘱咐,哭出了声,最后是洋车夫催促说,再不走他就不管拉了,这才洒泪而别。洋车启动的时候倪萍哇的一声哭,张开了大嘴。衣衫褴褛,棉裤腿扎得紧紧的洋车夫,用异样的眼光回头看了倪萍一眼。

第 十 八 章

你童年的"活动变人形",你奇怪地变化着的人头、形和影!在将要入睡或快要醒来的时候,不是常常有这样的形影的隐现吗?

面容。瘦的似乎在变胖,孩子在变成老人。忧戚的却又在一瞬间成为放肆。驼背的与狂笑的。那有声的与无声的叹息。那儿童的愚傻与死鱼一样的半张着的嘴。那得意洋洋的与痛苦呻吟的。那没有固定的形影精神情感的。似乎都在说:我们究竟能够承受多少痛苦?我们曾经怎样地生活过!

然后是房间的訇然坍塌。那是一个遥远的夏日的漫长的中午。漫长的午睡似乎已经使你一度离开了阳世。在这样的午睡以后能够醒过来是不可思议的,万分侥幸的。你的童年重压着从地府阴曹那儿带来的酸乏的疲劳。睡醒以后你仍然不知道你能否真的醒转。你至少已经不知道你是否还拥有着你自己,你怀疑自己是否还能变躺为坐。你怀疑自己是否变成了头、身、尾分裂三截的软绵绵的人形活动变。何况悠长的蝉嘶正无穷无休。何况"行好的老爷太太,有剩的给一口……吃吧"的乞丐的叫声也变得懒洋洋与世界共始终。何况整世界弥漫着刺眼的白光,夏天的太阳是那样的多余和过剩。何况还有卖冰棍的人吆喝和不知哪儿传来的京戏清唱和更遥远更微弱的若有若无的流行歌曲的歌吟。这吆喝这清唱这歌吟竟也像乞讨的蝉一样无可奈何的酸楚。夏日的白光一样地堆积和泛滥。成灾。

这时候是亲人的走出院门又回来。亲人拿回来了几个煮熟的喷香的青玉米。青玉米嫩玉米偏偏叫老玉米，不知道是不是像小女儿叫老丫头。青嫩的甜香似乎恢复了你的些许生机。你还幼小，你的脸比青玉米粒还娇嫩多汁。你不知怎么居然坐了起来。这时才听到了"老玉米哟噢"的吆喝声。

你似乎张不开自己的口。不知道是由于嘴巴的疲劳还是由于口水变成了黏胶，把自己的两片嘴粘连在一起。既然你中午睡去了一个世纪。也许你正在换牙，脱落了乳门齿吧？太久了，记不清了。换牙时要把脱落了的乳牙扔到房顶上去，要抛上去才能使成人的牙齿快快长出来。那可怜的沾满血污的白色的小颗粒，就凭这样的小白粒居然吃了好几年的人间饭，居然支持了一个变化着的人形。没有门牙便啃不动老玉米，毕竟有几粒玉米被啃了下来。就在这个时候轰然一声。

就像打雷一样，是威严和愤怒的雷声。然后下起了大雨，是土与灰的雨。房塌了，那人喊了一声。那人使你想起了要塑造的本书中的一个人物形象。也许有一片叫声。你丝毫没有害怕。你甚至没有眨眼，只是觉得头上脸上肩上手上一切上立即就糊上了一层。有一种腥味。那亲人飞也似的抱了你出去。又是更雄伟的轰然一声，夹杂着断裂的残酷的吱嘎声，和碎片落地与落地后正在变成碎片的声音。踢里咣啷，劈里啪啦，稀里哗啦。这孩子砸掉了牙！响起了母亲的尖叫声。后来弄清不是牙，是沾在下巴上的玉米粒，而玉米粒又沾满了土。这成为长久以来的一个有趣的话题，成为童年的一粒扔上屋顶的乳牙般的温暖，和幽默，也许。

而你的兴致却在那烂掉塌掉了屋顶的"屋子"上。这房子早该塌了，这房子塌得好！即使砸死在里边你也愿为它的坍塌而欢笑。塌了一大块屋顶的屋子显得亮堂和畅快了。虽然那里也像一个血污模糊的伤口。扯糟烂了的席子边像是溃烂了的皮肤。斜着的另一半房梁的断口像折断后暴露到体外的骨头。层层的灰土麻刀像是切开的肌肉。还有滴里耷拉的黑褐色的顶棚纸。那大概就是内里的恶性病变。由于不知哪一年哪一月曾经漏过一次或几次雨,糊棚纸上布满了浼痕,就像布满了你婴儿时的尿迹的褯子。落下的土正在升腾,如烟如雾如雪。阳光洒满终年不见太阳的黝黑的小屋,原来这间屋子也可以这样亮堂。而在这样一次骤然的房顶坍塌之中并没有伤亡,也许最大的损失是你的几粒蒙尘的老玉米豆。欣然。

然后这一切都被埋葬在往昔的深处,往昔已经埋藏在地层的下面。地面上已经盖起了新的楼,屋顶结实。修起了新的路,车水马龙。鲜花如锦,礼炮轰鸣,红旗呼啦啦地飘,一浪涌上一浪。几乎已经没有年轻人知道我们是在怎样的废墟上起步。几乎没有很多人注意我们的地基下面埋藏了些什么。回顾至少是无所事事,如果不是可耻。已经大步跨过的记忆自己回想起来也觉得不好意思。也许还影响自己的面子,损坏了那生来承大任的斯人的宏伟。正如被挖掘出来的古尸如果有知会觉得无地自容。汉代女尸和唐代男尸并不要求与现代人相会,对于他们来说最好的安排是静静地消失。

但当你突然碰到这令人不好意思的陈旧的记忆的时刻,便如瞻仰古尸。你不自在。你想跑又想走近看一眼。你凄然。你感到肃穆的久远。你慢慢摘下了你的帽子。你爱他们。你为他们的丑恶感到了彻骨的痛苦。你审判了他们,一个也没有宽恕。你处决了他们。而你又那样地理解他们的不幸。你为他们流泪,你宣布了对他们的永远的和普遍的赦免,你知不知道那样一种东西使活人与死人相斥相厌而又相亲切,我想那也是一种——吸引力。正视历史正如正视现实,要能战栗,能不战栗。

不到半个月姜赵氏与周姜氏便从家乡回来了。立春早过,九九消寒,又是一年春草。倪萍和倪藻还有倪萍的一个女同学正在一起踢毽儿。静珍回来了,背着一个大包袱,提着一个柳条筐,满脸风尘,又黑又瘦。不顾外甥和外甥女的欢呼,她迫不及待地劈头先问一句话:"你姥姥呢?"

两个孩子不知如何回答。

进了院子,见到静宜,静宜正在扫地,听到动静刚要转过身来,还没有见到她,她急问:"咱娘呢?"

一句问话收起了见到归来的姐姐后静宜脸上出现的笑容。她一怔,终于明白,急急反问:"娘没跟你一起回来?"

"这么说娘还没回来?"

"娘不是跟你一块儿回的老家吗,怎么问我们?"

"我只问你一句话,娘在不在家?"静珍的脸红了,脖子上的青筋暴露了出来,脑门上出现了汗珠。

"我不是早说了吗,没有。"静宜也急了,脸红了,又白了。她追问一句:"到底是怎么回事?"

静珍的脸也变得苍白了。她放下包袱和筐,边擦汗边叹气说:"别提了别提了,车过石桥镇,站上停了车。我下月台寻思着给娘买张烙饼夹豆腐丝,我们从早晨到这会儿是水米没打牙。我在月台上买饼,人诚了多了,又来了一队日本兵。我没看见,还在那儿买饼呢,别人都走了,没把我吓杀!一抬头,日本兵正上车呢,我走过去就冲我嚷开了,吓杀我啦,吓死我咧!有吗法呀,我往后走吧,从最后一节车厢上的车,那儿没有日本呀,哇里哇啦,说崩了你比踩死个蚂蚁还便当呢。我寻思着上了车再找娘吧,从石桥镇到北京,一路五个钟头,我挤过来又挤过去,就没找着。把我急的!可怎么着(读肘)吧!再来回挤警察也不让了,就地上都坐着人,大包袱小箱子,我那么来来回回地走多挨骂呀,我再来回地挤,非让人家给从车上推下去……"

"娘到底怎么啦?说这些没要拉紧的干吗?"静宜不耐烦了。

"我寻思着在车上是没法找了,等下了车再找吧。别说,娘在那上头还有一个座呢,没吃饭就忍着吧,先坐在那里。车一到北京我头一个就跑下来了。我堵在月台口上,反正下车的人都得从这儿走。反正娘她也不能不下来吧,我就在口上等了半个钟头。谁知道多长时间,反正人都走净了,一个人都没了。最后还是没等着,我还当是娘回来了呢!"

"这又不是人话了不是?你在石桥镇就把娘丢了,娘会长翅膀啊,怎么飞到这里的?"

静珍顾不得与妹妹理论,跺脚说:"罢,罢,我上火车站,我再找娘去,火车站那里若是没有我坐上火车往回走,到一站我找一站,找不着娘我就不回来了!"说到这儿,静珍流出了眼泪。

静珍的眼泪中止了静宜的抱怨,静宜也意识到问题的严重性了。她说:"别急,你刚回来多辛苦,你怎么也得歇歇,我找去,我不信那么大一个人就找不着啦,再不行咱们找巡警去!"

姐妹二人推让了一会儿,最后决定,两人共同去找。事态紧急,气氛肃穆,正要叫来孩子吩咐几句,只听得倪萍一声快乐的吆喝:姥姥回来了!

换了一身黑绒面袄裤,头戴一顶黑丝绒帽,脚穿一双黑条绒缠足小鞋的姜赵氏,提着两篓冬菜袅袅而进。那身多年未穿的压箱底的衣服,大大地改善了姜赵氏的风度。她进门时的那种神采恰与静珍进门时的狼狈万状形成鲜明对比。二位闺女一见娘回来了,喜出望外,庆幸万分,喜泪横流,亲亲热热,簇簇拥拥,把老娘拥到屋里,两个争说对娘的担心,对娘的惦记,对娘的孝心,同去找娘的决心,以及娘没有与静珍一起回来是何等伤心。她们越是这样说,姜赵氏就越是欢喜,心满意足所以镇静,越发从容地说:"我的傻闺女,着的吗急嘛。我眼不瞎,耳不聋,人不糊涂,鼻子底下有嘴。反正车是到北京的。大姑娘上不来就个人坐车吧。我倒是怕大姑娘上不来车了。不过我寻思着她能上来。还好,日本兵对我还算客客气气的。下了车我还找你哩!什么?不饿,光顾了回家啦,也忘了饿啦。就是拉车的那个行子不是个玩意儿,他走得又慢还净拉着我穷转悠。他想多要钱哩!亏的我一路上一路跟他说,我家就是北京的,这路我都认识,你抄点近多好,别来回转了!这不是,这才到家!"

217

"忒好啦,太好啦,回来就好啦……万一你要是回不来,我打算一头就撞死在火车站了!"静珍又哭又笑,激动地说。

"可不是嘛,咱们仨可真是!以后可别打啦!别打啦!你晚回来这么三分钟,我简直要死过去!"静宜兴奋、天真、纯朴地说。

三个人又说了许多亲爱温柔的话。孩子们也都高兴异常。姜赵氏老太太有一种无法消除的伤感。这次回乡,又差不多卖了全部地产,今后连张知恩、李连甲这样的老伙计也不必要来了,也不会来了。姜家的产业就这样完了。她现在有的只是两个不幸的女儿。这一个下午,她们都相信她们自己的善良。母女团圆便是最大的福气了。最后趁此机会静宜告诉母亲与姐姐:她又怀孕了。母亲与姐姐互相看了一眼,不知如何反应好。

一下午倪吾诚在北屋赶译一篇关于克伦威尔的文章。是史福岗约他译的,他必须在明晨以前把这篇文章译完。史福岗办的《东西学术》杂志已经支给他许多钱,这篇文章是他所不知道的一个名叫赫尔曼·翁铿的人写的。"Onckern",他几度思忖才译成了翁铿,这名字就不让人感兴趣。各种名词——"长期国会""小国会""实际政策""信仰上帝的选择",都使他头大如斗。他完全不知道自己译得对不对。但是一想到欧洲,一想到欧洲人,一想到欧洲国家的语言,一想到诸种难懂的名词,一想到永远清洁高贵得一尘不染的史福岗的西服和大衣,他就觉得快乐,升华,升仙。这样,尽管这篇文章的内容、叙述和用语,无论在逻辑上还是在现实性上对于他来说都是莫名其妙的与毫无意义的,但是在进行着这枯燥的翻译工作的时候,在不断地查字典、思忖、猜测、猜测不出来发起火干脆给他胡乱安(读俺)上一个什么意思的时候,他却从另一面,从情感上和境界上获得到了相当的安慰和满足。即使只是接触接触外文字母也是快乐和骄傲的啊!

但这一下午他译得不顺利。静珍的归来、虚惊、责备、岳母的归来、团圆的欣喜……这一系列呜儿哩哇啦的喊叫,这一系列噪音传到他的耳鼓里。这种愚蠢,这种短见,这种无知无能无聊,这种无事的喧闹和发泄,这震耳欲聋的乱哭乱笑乱喊乱叫,这是灾难。这是倪吾诚的灾难。这是赫尔曼·翁铿的灾难。这是十七世纪的专横的英国人克伦威尔的灾难。这也是欧洲的、人类的、文化的灾难。

他译不下去了。他抽烟,他阴沉地看着四周,他在这间房子里已经"老老实实"地呆了四个月了,他断定,他就要发狂!

而你是个畜生,你是个畜生,我是个畜生!

低语。进攻、审判、警告、自白。他发抖。他深深吸了一口烟,一口吸掉了半截纸烟。

他轻轻捶了一下桌子。他不敢重捶!他连重重地拍一下桌子的可能性都被剥夺了。他的任何情感的表现都会受到静宜的攻击。别把孩子吓住!如果他说话声音大一点,如果他苦中作乐用英文念了一段格言,如果他转了一句之乎者也,他立即会收到静宜的抗议。而她们却可以尽情喊叫!而且他的桌子已经禁不住重重的一击。由于折磨,由于对他的灵魂的蹂躏,由于愤怒和痛苦,桌子已经不止一次接受了他的可怕的击打。桌面上的白漆被打掉了,桌子上出现了好几个坑,他的手指上沾满了血。就是这样的桌子,就要在这样的桌子上介绍欧罗巴的文明。而他并不能断定这种翻译和介绍究竟有什么意义,在兵荒马乱的今天,在日军占领下的北京。除了能混几枚不足糊口的稿费。

就这样一张桌子还要在上面吃饭,吃饭的时候要把字典、稿纸、墨水瓶与钢笔,还有唯一显得讲究些的那个铁丝编的稿篓搬到布满小泥疙瘩的地上去。地是青砖地,是方砖,还算可以了。不知从什么时候,人们鞋底上的泥渍留在地上,这地又潮,于是平平的地面上集结了一个又一个大小不一、半圆半不圆的小疙瘩。倪吾诚到过不少人家里去,他发现差不多家家地上都有这种疙瘩,而以他自己家、他自己的房间的泥疙瘩最多最大最密。腊月二十三糖瓜粘,腊月二十四扫房日。扫房日那天静宜用毛巾包着头,把一个笤帚歪歪斜斜地绑在竹竿上,手持竹竿挥舞着笤帚扫房,那形象确实使倪吾诚心寒。但他那时还在尽最大的努力。赊账饮酒然后肺炎发作的那一次他觉得他已经死了,是静宜不念旧恶救了他。他曾经真心诚意地想做到郑板桥的"难得糊涂",就这么糊里糊涂地与静宜过下去吧,谁人不是这样呢?命运是如来佛。他最多是孙猴子。孙猴子连翻多少个十万八千里都终于翻不出如来佛的掌心。这个故事是残酷的,听了残酷的故事就像吃了巴豆大黄,泻的时候或许肚子疼,泻完了不也挺痛快吗?安息。

静宜扫房的时候他想尽最大的努力,努力使自己表现得好一些。他见大家都在忙着打扫,虽然静宜没要求他做什么,他还是主动找活做。他拿起锄灰用的铸铁煤铲,他去锄地上的泥疙瘩,喀嚓喀嚓,还挺费劲,总算把一个泥疙瘩给刮哧下来了。他得意地唱道——劳工神圣! 忽听一声断喝:别动!

静宜说,年根儿底下是不能刮哧地上的大小疙瘩的,这是她到了北京以后跟北京人学到的讲究。

为什么?

为什么? 静宜吸吸鼻子,没有说。说了就不灵了。天机不可泄露。

弄不清为什么当然要刮哧。刮哧泥疙瘩是为了卫生。难道这种肮脏的、龌龊的、集满了细菌的泥疙瘩还要派什么用场吗? 岂有此理!

他开始刮哧第二粒泥疙瘩。被顶棚上的积尘呛得不住地咳嗽的静宜丢下笤帚和竹竿,气急败坏地跑过来劈手夺走了倪吾诚手中的煤铲。

闹了一顿,几乎吵起来,最后才明白。说是地上的疙瘩象征着元宝。而过年期间,神人共同乐于接受象征的暗示,而不接受直白的语言。那就是说除掉了疙瘩象征着除掉了元宝——财源。

尽管静宜是带笑说的,她很可能感受到了这一讲究的幽默。但又是认真的。而且越说越气!这本来是只能暗示而不能说的呀!

倪吾诚只觉得浑身撒了气。简直是精神病。简直是妄想狂。这就是五千年文明古国的文明!

此后再也不想触犯众多的小元宝。吃饭的时候,就把许多高贵的欧洲文明的篇章,堆放在小元宝上。

又在吃些什么呢?想起这几个月在家吃的饭倪吾诚只能低头垂目,心如死灰。是低能还是故意和他作对呢?如果他说这个菜太咸了,下个菜就可以不放一粒盐。如果你说这个菜炒得太老了,下个菜必定是半生不熟。本来挺好的烧萝卜,临熟的时候把两天以前吃剩的熬白菜和三天以前剩余下的已经开始变质的豆腐干掺和进去。最后既失去了萝卜味也不是白菜味又找不到豆腐干味,只剩下了猪食味。还公开地振振有词地说:"豆腐干走了味了,不搀到新菜里就没法吃了。"完全是喂猪的逻辑。还有一次喝菜粥,那是新鲜白菜刚下来的时候。倪吾诚喝了两大碗,一再夸赞说菜粥好喝。这种夸赞中包含着他对新鲜蔬菜所含的维他命的珍视,也包含着另一个重要的意图。他完全知道静宜在两个孩子面前讲了他的许多坏话,把他说成一个花天酒地、骄奢淫逸、挥霍浪费的人。他不是这样的人!他可以饮菜粥如甘饴,他要在两个孩子面前树立自己的真实形象。

结果怎么样呢?正像他对于大葱抹酱的欣赏招来了葱与酱的泛滥成灾,使他至今一提到葱与酱便胃中漾酸汤一样。一连串的烂帮子烂叶子烂根子熬的菜粥苦如黄连。后来他喝的菜粥有一股浓浓的硫磺味儿,他怀疑是不是把他治疗癣疾的药膏煮到了粥里……

而最最让他悲伤、让他心碎心灰心寒的是他的两个孩子。孩子坚决地站在母亲一边,孩子完全不理解他的追求,他的苦心,他的爱。在他饮菜粥和饮黄连的时候,孩子把粥喝得小嘴吧唧吧唧响,做其乐无穷状。这是向他挑战,这是对他的示威。孩子们偷眼看看他愁眉苦脸难以下咽的洋相,互相交换一个眼神,又与他们的母亲交换一个眼神,会心地一笑,冷笑与嘲笑。嘲笑他的痛苦,嘲笑他的胃和舌头,谁让他长了一个能辨别五味的舌头！谁让他懂得了营养学ABC,并痛切地懂得了美食有利于身心健康！美食能使人性情柔和、皮肤滋润、毛发丰美、四肢灵活、心地善良、举止有礼。美食能促进社交,提高文明,训练一种新的素质。他是一个人,这是他的罪吗？他有人的肉身,他有知识,他追求体面,他热爱生活并且追求生活,而且他见过,他侥幸见过了从而懂得了什么是人应该过的真正的生活,这难道是罪吗？

他本以为孩子能够懂得。他本来相信进化论。他寄希望于未来,于下一代。他希望他也相信下一代将生活得更加文明、高尚、善良、幸福。起码他们应该生活得更加健康和合理。他从一开头就致力于向孩子们灌输健康的生活知识。他告诉他们鞋子不要穿得太小以免束缚脚趾。他告诉他们吃完饭不要用袖子擦嘴。他告诉他们晚上睡觉的时候不要用被子蒙住头,那样的话,已经令人窒息的空气会变得更加令人窒息,甚至氧气的缺乏和碳气的过量会造成死亡。甚至连这种天经地义的道理与易如反掌的调理也会受到反对。静宜说:屋子这么冷,煤这么贵,火这么小,不捂上多冻得慌？想不蒙头也可以,夏天就不蒙头！换大炉子,叫砟子煤（硬煤）,拿钱来！

而他最最亲爱的儿子倪藻居然问他:"爸爸,您又喝茶了。听说茶叶贵着哪,您干吗非喝茶不可呀,多费钱呀……"

这是最可怕的。显然,不仅三个女人,而且两个孩子也加入了统一战线,反对他、与他作对的统一战线。也是反对一切外来的文明与进步的、快乐的与有希望的东西的统一战线。那也是一种自我封锁、自我蹂躏、自我摧残的统一战线。

在这个家里,他绝对的孤立。因为——比如说因为他喝茶。

他要求孩子们在喝粥的时候不要稀里呼噜,响响地咕咚咽下一口以后还要吧唧着嘴咂滋味！"如果将来你们出洋留学,吃东西的时候嘴发出这么大的响声,那是很不礼貌的事情。"他苦口婆心地说。

格格格格,姐儿俩笑了半天,一起取笑着声明说,我们是中国人,我们不是洋人。我们没出过洋。我们知道您出过洋。您出过洋又怎么样?您变成了洋人了吗?我们没想出洋也没钱出洋。我们不懂洋规矩。

回答完了,稀里呼噜,咕咚咕咚,吧唧吧唧,两张小嘴似乎耍起了口技。

倪吾诚面部充满了肃杀之气。侮辱。幼小者的蛮横与残酷。人人都玩弄他的痛苦。不可理喻。委屈。他懂得了愚昧与野蛮的力量。

偏偏不识时务而又喜爱直言的倪萍转过来她的刚刚剪过发的头,直视着倪吾诚问道:"爸爸,您不喜欢吃菜粥了吧?您说您喜欢吃菜粥实际上咽不下去了吧?菜粥没有饭馆里的鸡鸭鱼肉好吃是吧?您咽不下菜粥有点发火了吧?您不乐意了就挑我们姐俩的毛病了是吧?"

甚至小小的孩子、天真无邪的女儿也能用一把匕首刺入他的灵魂绞过来旋过去。似乎每个人的存在都是为了伤害别人。越是亲人伤害得越深、越狠,越是他爱的人就越能够对他下毒手。

"混账!"他拍响了桌子。

"你混账!"静宜毫不犹豫地做出了反应。反应完了她才来得及想事情的就里。

他当然不能再拍桌子、再喊叫、再发歇斯底里。他看到了倪萍眼里的泪花。那善良的、忠诚的、愚傻的泪花!倪吾诚真想给孩子跪下。你们应该生活!你们应该成为现代的人!你们应该享受真正的人生!你们听我的,听听我的吧!为什么要自己揉搓自己,自己把自己捏在手心里?为什么穿一件带花的衣服还要罩上一件旧黑褂子?为什么见了客人,甚至见了史福岗那样的客人不微笑、不打招呼,又不回答人家的招呼?为什么不把头发梳得美一点,而要剪成一刀齐的齐眉穗(刘海儿)?为什么好容易吃个肉菜却要在肉菜里放上那么多盐那么多水,说什么这样可以显得多一些?为什么走道要弯腰、八字脚,见人鞠躬的时候要向前探脖?为什么笑的时候露出那么多牙花,笑完了不立即把嘴闭上?为什么给她钱她也不肯去浴池洗澡?为什么一个女孩子不唱歌、不跳舞,即使唱歌也是一个人偷偷地唱,小贼一样地唱,一听到有人过来赶快把歌唱停止?怕什么怕什么怕什么?而跳舞,他只要一说到跳舞,女儿的表情比见到了鬼还难看,为什么?为什么给你买了一个好看的毛线帽子你明明喜欢得不行(从你的眼神里看得出来呀)你却不戴,把它悄悄地藏起来,自己悄悄地看,就是不戴,反而用与静宜一模一样的腔调说:"多费钱!"甚至买了蛋糕倪藻也先要问:"多少钱?"然后同样惟妙惟肖地责备道:"多费钱!"孩子从小就造就成了这个样子……啊!我求求你们求求你们,换一个样子活,换个样子活,不换个样子还不如不活!何苦活!

倪吾诚颓然离开了饭桌。他吃不下去了。他"罢吃"了。

还有差事,还有薪金,还有哲学,还有政治,还有抗日,还有健康,还有他永远渴望的根本没有的爱情。还有到处借的钱与赊的账。还有出路、今后的选择、今后的人生之路。一切都一塌糊涂,一团漆黑。偌大的世界,竟没有一条路对于他是走得通的,所有那些高尚的思想,他能实行吗?所有那些低下的苟活,他能安心吗?噢……生不如死,他连死也不敢!

你是个畜生!

一阵冷战,一阵透心凉!倪吾诚是怎样的一个畜类呀!他想起了静宜的肚子。

第三个孩子,第三个没有教养、没有灵魂,也没有获得教养和灵魂的可能的人!他的敌人!他的无耻无能无望的标志,这该死的静宜的肚子!

畜——生。哈哈哈……

爆发的笑声来自正起劲地喝着菜粥的静宜和两个孩子。他的中途"罢吃"没有引起他们的一丝一毫的关注。也许,他们正在嘲笑他。显然,他离开饭桌以后饭桌上的气氛变得多么融洽自在了啊。

第 十 九 章

倪吾诚虽然对于自然科学所知有限,但他总是怀着一种近乎贪婪的热情倾听别人谈科学。

有一次史福岗与倪吾诚谈起了俄国的心理学家巴甫洛夫。他介绍说,巴甫洛夫做过一个实验,把一块牛肉吊在狗的面前,摇铃,向狗发出去吃这牛肉的指令。狗撒了欢,扑上去要吃肉,实验者就在狗已经接近了肉的一刹那突然把肉一撤,使狗吃不着肉。这样的实验进行了若干次。

"后来狗就疯了。"史福岗说。他的中文讲得很流利,完美,每一个字都说得那样准确和认真,每个字的四声都是讲得那样好,好得叫人难过。

"我就是这样的一只狗。"倪吾诚阴沉地说。

史福岗一怔,他的大大的灰眼睛一时间似乎定在了那里,然后,他文雅地一笑。

"我爱中国,我爱中国的文明,"他继续用他那无懈可击的中文说,"您瞧,那么多文明古国都衰败了,瓦解了,那么多古代的文明都成了历史的遗迹。只有中国的文明是古老的,完整的,独立的,统一的。她有自己的独特性,独特的完整性和独特的应变能力。"说完,他沉吟了一会儿又说:"您不应该那样悲观。"

"中国正在四分五裂。而且……"倪吾诚不喜欢史福岗说"您瞧"时的那种京腔,也不喜欢史福岗的思想。但他喜欢——甚至是沉醉于他的风度。

"即使在政治上、军事上是分裂的，文明是统一的。连日本占领者也懂得，要统治中国，要得到中国人的好感，就要尊重孔夫子。"

"还有延安、八路、共产党……"

"我和您都不了解他们。他们可能是胡闹、是一批狂热的年轻人，那么他们就不理会孔夫子，只理会马克思。但我想他们不一定是这样简单。他们也绝不简单地是第三国际训练出来的。他们也可能取得某些成功，那么一定是他们也学会了运用孔夫子的道理……总之，我并没有获得什么消息，说他们反对孔夫子……反对孔夫子最激烈的主要是一些左派书呆子。相信我吧，老兄，一百年内，也许更长的时间，中国不会有哪个有头脑有理性的政治家反对或者放弃孔夫子的，除非他不想在中国搞政治。"

"然而……"倪吾诚不知道说什么好，这位欧洲人的逻辑使他觉得可怕。他在欧洲三年，还没遇到过这样的欧洲人。"然而黑格尔说过，幸亏孔夫子的著作没有翻译成德文，否则，未免太寒碜了。"倪吾诚终于找到了一个反驳的论据。

"那是由于黑格尔对于东方的无知。"史福岗又是文雅地、稳如泰山地一笑。"莱卜尼兹就不这样说了。中国的文化注意人际关系，注意各安其位，克制自己，每个人尽到自己的伦理义务，以取得人际关系的和谐。像孔夫子关于'礼'的思想，甚至推广到政治上去，他提出了'礼治'的理想，这实在是可惊异的。欧洲人完全缺少这样一些精神。这样一些普通的道理。比如说父慈子孝，比如说尊师重道，比如说己所不欲，勿施于人……所以，在欧洲爆发了两次世界性的战争……"

"但是你不知道实际的状况，"倪吾诚不想学着说北京话的"您"，"在每间房子、每个家庭里，到处藏污纳垢，什么孝悌忠信，什么礼义廉耻……"

"那是由于西风东渐，使中国文明受到了威胁和腐蚀……在我的国家,有些学者说,中国为什么乱成了这个样子?就因为把一个好好的皇帝给推翻了。请原谅,请允许我把话说完,我研读过中国的历史,暴君只是极少数。多数皇帝讲究的是仁政,是为政清和,爱民如子……"

史福岗降低了声音,郑重地强调说:"我相信未来的中国肯定会回到自己的民族文化本位上来,不管形态发生什么变化。只有站在民族文化的本位上,中国才能对世界是重要的。今后的几十年,中国也许会变个天翻地覆。但只要中国是中国,它的深层,总保存着一些不变的实质性的东西。您看着吧,老兄,不论是日本人还是军阀还是革命家,谁也改变不了中国自己的文化传统。"

于是倪吾诚学着史福岗的样子,绅士派头地一笑。他说什么?如果是一个中国人,哪怕他所敬重的(而且借给了他钱用、至今没有催他还)杜公与他讲这样的话,他也只能嗤之以鼻,判之为"愚蠢","白痴"。但这话是史福岗说的。史福岗穿着褐色的西服,喝着咖啡,咖啡里兑上了威士忌酒。他的全身都散发着高雅的香水的香味。他的大衣是用一种质地纯厚的粗呢作料子的。他跳"探戈"和"伦巴"的时候舞姿优雅。他很喜欢与中国的各色人等来往。在天津有一个会唱京戏又会讲外文的名门闺秀、大学毕业生、尚属凤毛麟角的新女性是他的情人。据说他们已在讨论结婚的事……他狂热地迷上了"中国的文明"。他给自己起了一个古朴的别号:致远斋主人。他说他在欧洲的家里挂着写有"致远斋"三个字的匾。他还托国画大师为他制了印。他说,他每天用一个小时练习中国书法,中国书法能调节大脑、神经、消化系统的功能。他生病要请中医看,吃中药。他买了一对保定出品的铁球,喀啷喀啷,舒筋活血……而最要紧的,是他的聪明。他用德语和英语写作,他可以用德语交际。他的汉语流畅至极,他正在攻日语。这样一个人在大战中来到中国,与倪吾诚耳语抨击希特勒,同时也讲斯大林和俄国的坏话。他到处辑录宋以前的中国碑铭,在倪吾诚看来没有丝毫用处的文字遗骸。他找了倪吾诚等几个朋友一起与他办学术杂志,每天快快活活。一提起中国文明就越发快活,就像倪吾诚提起欧罗巴的哲人与厕所的抽水马桶一样的精神焕发。

史福岗对于倪太太——也就是静宜——表现出明显的好意。他约倪吾诚全家一道去东安市场的"东来顺"去吃涮羊肉。一个外国人能够那么精通涮羊肉的全套程序,反过来给静宜和两个孩子解释那一个个小碗里的作料:这是卤虾油。这是腐乳。这是清酱——就是酱油。这是芝麻酱。这是韭菜花。对,还要要一点香菜,要一碟糖蒜。除了肉,还要一盘肝和一盘腰子……火怎么还不上来?您给我那个小拨火罐……对,这样火候就可以了,再时间长就老了……真香,您说是不是?

静宜和两个孩子目不转睛地看着他,欣赏这位"中国通"吃涮羊肉的精到。好像看马戏团的小熊骑自行车表演。倪吾诚觉得吃饭的时候直盯着看人太不礼貌,想用话岔开。静宜和孩子却全然没有起码的这方面的知觉,也完全不注意他的气色言语,这实在使他发怒。难道你们不知道史福岗博士是我的朋友吗?没有我,他认得你们是谁呢?

史福岗本人却全不在乎。他边说边吃,洋洋自得,也许还有几分卖弄。不只是静宜三人,连饭馆里的跑堂的,连邻桌的客人,都把目光对准了史福岗,看怔了。邻桌的一个梳着油光光的小纂儿的老太太说:"我看他真要成了精了呢……"这话使倪吾诚心怦怦地跳起来。但愿史福岗没有听清这没有礼貌的语言——然而这是不可能的。他只能痛恨中国人对于洋人的种种蠢态。他更加感谢与钦佩史博士若无其事的绅士风度了。

饭后,他们一起逛东安市场。史福岗先把倪藻抱起来,又把他举起来,哈哈大笑,如入无人之境。他请两个孩子每人喝了一碗色彩红艳的蜜饯楂梓,他对倪吾诚说:"您真幸福。"

事后,倪吾诚对史福岗说:"当中国人生活得这样痛苦的时候,当我生活得这样痛苦的时候,你在那里不住地赞美……对不起,我不能苟同。比如说,我要告诉你,在中国,几千年来,根本就没有幸福。也没有爱情。我已经苦死了!你倒说我幸福,好像你欣赏我的痛苦似的。"

史福岗仍然是文雅地一笑,他建议他们一起出去喝一杯咖啡。这个建议本身已经大大平息了倪吾诚的愤激,而当倪吾诚的嗅觉神经融化在咖啡的苦香中的时候,他确实觉得有点幸福了。

喝完了咖啡,吃了一点点心,吸了一支烟以后,史福岗告诉倪吾诚,半个月后他将与天津的林散秋女士结婚。婚礼将完全是中国式的,他们的"生辰八字"已经请"先生"看过,完全适宜,上上大吉。婚礼上他将给女方的家长及来宾行叩头礼。将要双双拜堂。将要唱喜歌。将要在洞房里摆满枣、花生、栗子。"我希望有一个中国太太。我宁愿有一个中国式的牢固的婚姻。我要和我的中国太太相敬如宾,白头偕老。我真心以为,有了中国式的伦理观念与义务感,才能有家庭的幸福。当然,中国也会有各式各样的家庭问题与婚姻问题,这并不奇怪。我相信中国人会找到办法解决这些问题的。历史上他们——你们已经解决了不知道多少与你们的生存息息相关的难题。而在欧洲,同样的或者类似的或者别样的难题,并不比你们少。也许更没有办法解决。因为那里没有公认的行为准则与道德准则,每个人都各行其是,每个人便都成了另一个人的对手。乃至于敌人。只因为你并没有真正在欧洲安家过日子,你才觉得那里好。那里好什么?一点也不好!战争使整个欧洲摇摇欲坠,欧洲文明已经崩溃了,瓦解了,失败了!"

倪吾诚没有再说什么。他只觉得更加困惑了。

从此他面临了一个现实的大难题,史福岗要结婚了,他送点什么礼物?他真想送给史福岗一座——比如说——玉佛。或者是一对大掸瓶。或者是湘绣。或者是福建漆器、景德镇瓷器……史福岗是他目前的昏暗窄陋的生活里的一线光,一根稻草……而且,他不得不无耻地对静宜说:请相信,史福岗绝对不会白收我们的重礼。外国人也和中国人一样,人家不是傻子也不是肉头。

说着这话,倪吾诚为自己的庸俗与堕落脸红到了耳根子。

却得不到静宜的响应与支持。多送点礼那敢情好,我还想送一对金镯子呢。可从哪儿来?天上掉下来的吗?咱们家现成的吗?然后静宜算开了细账,柴米油盐酱醋房租水煤针线衣帽……还有过去欠的账,当铺里押着的东西。总而言之不可能。史福岗当然是好人。要是别人,想都不用想,说都不用说。要不咱们给史福岗送个床单?静宜咬了咬牙说。

倪吾诚阴郁了好几天。不行我他娘的——他甚至想到了偷。

当他阴郁地扫视自己居住的陋室的四壁的时候忽然发现了郑板桥书法的拓片。他大为欣喜,这不是现成的吗?他重新裱糊了一番,卷上红纸,红纸上写了他、静宜、孩子们的名字,高高兴兴地送去了。他感到了比给一个好友送去贺礼这件事本身更多的快慰。几个月的"浪子回头"生活,已经使他对"难得糊涂"的哲学恨之入骨了。

与史福岗的来往使倪吾诚得以"老老实实"地过了几个月。史福岗对中国文化的态度,史福岗对静宜,对他的家庭的态度,不可能对他不发生一点影响。

与史福岗的来往却又时时对比着、加强着、凸现着他的感觉:他的生活是何等贫困、愚昧、野蛮和无望啊!他为什么要生在中国,生在孟官屯呢?他活一辈子的目的,就是为了承受国家的、乡村的、历史的、一个没落的地主之家的全部罪孽吗?为什么偏偏他又懂得了世界,懂得了文明,懂得了人生的幸福的追求呢?如果他干脆像他亲爱的母亲——愿她的在天之灵安息——所希望的那样,干脆变成一个大烟鬼,浑浑噩噩,麻木不仁,或恣睢麻木,或流离麻木,或麻木而死,不是事情反而好一些,不是自己既少痛苦,也少给别人带来痛苦吗?

在家里,每天他都觉得很疲劳。缺乏营养。活一辈子,竟连能使自己正常地活下去的营养都得不到。就像一条蚕,抬起了半个身子,张着嘴,又张着嘴,却没有桑叶。就像一只狗,闻见肉的香味却得不到一块骨头。狗转着磨,用前爪刨着地,摇摇尾巴又竖起尾巴,嗷嗷地惨叫,失去了狗的威风,狗的速度,狗的灵敏,狗的毛色,狗的姿容。就为了一块骨头!造物是何等的残忍!静宜每天做饭,那种不把饭做坏做难吃做肮脏做恶心决不罢休的执炊,不就是成心逗引他、折磨他、蹂躏他、践踏他吗?甚至在吃一顿有肉的菜的时候也不得安宁,先是兑水,再是兑菜,使肉汤变成水汤,使肉菜变成素菜。即使这样完成了稀释和煞风景,也还不让你安宁。还要一面吃一面说这肉是怎么的贵,吃一次肉要花费吃多少次萝卜的钱,让你每咬一口肉都感到揪心,感到恐怖,感到你对不起这一块肉,你配不上这一块肉。你终于认识到了,她是希望你认识到吃肉是严重的恶行,她是想让你说:下次再不敢了!再也不敢吃肉了……而孩子们居然也与之呼应共鸣,与他们的母亲共同玩弄和欺侮他的食欲……扼杀!为什么扼杀他人的欲望甚至会给一个无邪的孩子带来快感呢?

而史福岗,读那么多书,会那么多语言,走那么多路,做那么多事。人家吃的什么?从小,奶油、奶酪、干酪、牛奶、羊奶、鱼肝油、蜂蜜、鲜红的大草莓、烤鸡烤鹅、番茄牛肉、牛尾浓汤、蟹肉沙拉、红黑鱼子、布丁冰激凌、橙汁柠檬汁、仔猪牛犊、果酱枫胶、蛋饼蛋糕、咖啡朱古力、金枪鱼、白兰地……应有尽有,源源不竭,生命的原汁,文明的大观……如果我得到这样的哺育,我也会做出一番造福人类的事业!如果得到国家的这样的哺育,又怎么能不热血沸腾,沙场杀敌,为国捐躯!

至于人的生命的另一种饥渴,另一种渴求、痛苦、热烈和疯狂,更是如火如荼。倪吾诚留学欧洲的时候,正是精神分析的新学说时髦流行,风靡一时而又众说纷纭的时候。倪吾诚接触到了这方面的学说,只觉得如醍醐灌顶、佛陀棒喝!大逆不道的新说驱散了重重压在他的灵魂里的黑暗,他直如赤身裸体置放于大庭广众之中,千瓦水银灯下。他羞得无地自容,兴奋得无地自容。过去种种比如昨日死,置之死地而后生。二十余年的精神大厦轰然坍落,一个赤条条的我从废墟上站立而起!回首一望,自己的家乡,自己的祖先,自己的妻眷,仍在万丈深渊的黑暗重压之下。而他硬是睁开了几千年不准睁的眼睛!

欧洲,欧洲,我怎么能不服膺你!只看看你们的服装,你们的身体,你们的面容和化妆品,你们的鞋子和走路(更不必说跳舞了)的姿势,你们的社交和风习。哪一个从孟官屯、陶村、李家洼、张家坨的沙地、碱地、洼地来的土财主的子弟留学生见了你们的女性能不如雷击顶、目瞪口呆、目不转睛、张开大口、流下口涎!再想想自己的国、自己的村、自己的家的众贞节烈妇和候补贞节烈女,真想放一把火把自己烧死,把倪家姜家烧个鸡犬不留。堂堂的中华,五千年的文明,五千年的历史,你怎么落到了这般田地!

醍醐灌顶以后他又做了什么?他能做什么做到了什么又得到了什么呢?他的一个学友,一个出洋镀金的纨绔子弟,一个北洋政府部长的儿子,一个同胞向他叙述了在异国寻欢的经验。这位公子哥儿很有钱。他被巴黎街头接客的神女拉去了。巴黎女人接受了他的钱和额外馈赠,然后点起一支烟,拿起一张报,悠然地吸烟读报。在纨绔子手忙脚乱一番以后,女人问,完了没有?完了下去,请出去,再见。这位花天酒地的混蛋公子哥儿居然从这次经验中受到了刺激,把问题提到了国家地位与民族尊严的高度,认为没有民族的独立与国家的富强就全然没有个人——连嫖妓也不快活!

倪吾诚呢,倪吾诚就更提不起来。虽然他自信身高、仪表、应对与学问都远远高于那不尴不尬地从巴黎归来的同伴。他没有地位,他没有钱,他没有产业、股票、后台老板。即使他服膺了与精通了全部里比都与伊德的学说,他的里比都与伊德的状况不但不能得到任何满足和改善,而且只能从而显得更加绝望和悲惨!回国以后就更不用说。不管静宜怎样讲他的花天酒地甚至是骄奢淫逸。呸!他不但没有得到过爱,也没有得到过一次快活……仅有的几次放荡的经验只不过使他落入黑暗的深渊之中。他怎样为自己辩解也感觉不到丝毫光明和温暖。他有几次夜间睡梦之中梦见赤条条置身于大庭广众之中。然而,没有兴奋,只有羞惭。只有龟缩和躲避。只有被捉拿被责骂的罪恶感。无地自容。

这几个月却是另一种黑暗。他常常疲劳,常常译著着译著着就伏到了破烂摇晃的案头。当时不但希望睡,而且希望死,只有长眠不醒才能给他以休息、解脱和慰安。于是不得不睡,沾枕头便着。大概顶多睡上一个钟点,也许是半个钟点,他就吓醒了。吓什么?不知道。醒了就再也睡不着,却并不想什么。无喜,无悲,无虑,无欲,无感,无痛,无倦……一切都是无,倪吾诚自己也是无。倪吾诚到底到哪里去了呢?哪里都没有。倪吾诚在做什么?什么都不做。倪吾诚需要什么?什么都不要。甚至连静宜的鼾声和满室的臭气(冬天,窗子关得严严的)也感觉不到。

他可以这样无无地醒上两个钟点,三个钟点,四五个钟点,直到天亮,他甚至闹不清自己是醒是睡。这真可怖!

只有到吃饭的时候,到他为静宜准备的早餐的极端恶劣而伤心愤慨的时候,他才恍惚找到了他自己。

就在这样的时刻他得悉:静宜怀孕了。

真的?

怎么回事怎么回事?

畜生!他甚至忘了怎么回事。

倪吾诚独自流开了泪。你是一个恶人。我是一个恶人。你是一个畜生。我是一个畜生。这样无耻。这样不文明。这样没有人的气味。

月亮地儿,亮堂堂。
关煞门,洗衣裳。
洗得净,浆得白,

嫁了个女婿不成材。
又喝酒，又摸牌，
这个日子，过他娘那个老灯台。

他想起了家乡的这首歌谣。他一直闹不懂"他娘那个老灯台"是什么意思。

我就是老灯台！他娘的那个无解的老灯台！

可以杀头也可以枪毙。可以凌迟处死，叫做碎尸万段，大卸八块，死无葬身之地。这些又有什么呢？比起他自己的痛苦，他自己对自己的审判，他自己对自己的毁坏和折磨，大卸八块又算得了什么？从生下来，他的灵魂，他的生命，他的聪明，他的善良，他的良心良知良能，不就在被宰割被凌迟被上刑，死去了喷过来，活过来再逼死……历史上那些被车裂的、被活埋的、被火烧的、被炮烙的、被蒸煮炸的，可曾有他这样的命运，可曾感受过这样的痛苦？他的命运只有猫爪下的老鼠可以庶几相比。天地不仁，以万物为刍狗。天地不仁，以倪吾诚为爪下鼠！

所以我谁也不听，谁也不欠！谁也没有权利审判我，嘲笑我，指责我！我每天都在服刑，每日都在受罪，天地君亲都向我施加了酷刑。我每天都在被嘲笑被审判被指责！我受到的一切罪孽，早就十倍百倍千倍于我犯下的欠下的罪孽，现在该被审判被嘲笑被指责被处刑被处以极刑的是你们！我永远不宽恕你们！

他反而火了。

第 二 十 章

倪吾诚在知悉妻子怀了第三胎以后,下定了决心:他必须与静宜离婚。

趁着还没有咽这一口气,总是要活几年。如果死人一样地活着,不如干脆死。

爱叫唤的猫不拿老鼠。决心下定,他没有与任何人商量,没有向任何人透露。他变得更能容忍,更有耐心,更温柔了。他含着泪看自己的孩子,不再企图纠正什么,教育什么。他甚至于含着泪看静宜,他完全可以想象他要离婚的心思如果被静宜知道了,将给静宜带来怎样的毁灭性的打击。他完全理解,如果真的离了婚,静宜的日子将会多么艰难可怕。

我是静宜的刽子手。我首先是我自己的刽子手。与其一刀杀死一个人,与其用自己下地狱的代价换取共同下地狱,不如干脆救下一个能救的人。

他悄悄地找律师。他前后找了三个律师。其中一个律师住在北京饭店,谈话一小时要付相当于二钱黄金的价值的钱。还有一个律师挂的牌子是日本名字,他用汉语和日语两种语言接待顾客。第三个律师与他有一面之交,他假装去看望人家,与人家谈了自己的难题,没有付钱。

三个律师提的问题基本上一样。你们能达成协议,共同要求离婚吗?实际上常有这样的声明:我俩因感情不和,协议离婚,此后男婚女嫁,各不相扰……回答是断然否定。要求离婚的理由是什么?性格?性格怎么了?文化,这构不成理由。是不是发现她不忠实?与别的男人通奸?绝对没有。是不是生理上有缺陷?是不是有对你的残害伤害?你怎么什么也提不出来?还泪眼汪汪?您要是这样脉脉含情为什么还要离婚?看来您与姜静宜女士感情很深,您需要的只是调解……或许是您自己的精神治疗。

现在让我们谈一下赡养问题。尊夫人现在没有职业。又是你单方面要求离婚。感情不和,这她是有可能承认的,当然,也不那么简单。那么她就有权利提出对赡养的要求。她完全可能提出对赡养费的高额要求,你准备怎样回答?你能支付多少?这是含混不得的,连这样的问题你都说不清,为什么要到律师这里来?

孩子,你怎么估计?估计他们的母亲不会放弃。什么?你估计即使在给得出高额赡养费,同意离婚的情况下,对方也没有再婚的要求。那就更可以断定,她一定要要孩子。你哭什么?从来没见过这样的要求离婚的慈父……

什么什么?倪先生您这是怎么了?您怎么不早说?这简直是——请原谅——是开玩笑。所有有法律的国家的法律都禁止男方在女方怀孕时单方面提出离婚,这种时候提出离婚首先在道义上就站不住脚……请回吧,请不要在这里耽误我们双方的时间。

而倪吾诚反倒要激动地表白一番。尊敬的律师先生,我是怀着对法律的敬意和对您的职业和对您本人的敬意前来求教的。请不必暗示,我会按时付钱。我要求离婚,我非离婚不可,任何人用任何名义都不可能阻挡住我。这法律那法律,这政府那政府,哪里有一根绳子拴住两个人叫他们共同下地狱的道理?那是不文明的,不人道的和不理智的。所以,我明确无误地告诉您,您愿意帮助我打赢这个官司也好,您拒绝受理这个官司也好,法院判决同意也好,法院批驳也好,甚至把我绑上断头台也好,我要与姜静宜离婚!我要离婚!你们没有任何理由强迫我与一个我们二人只能相互带来痛苦和蹂躏的女人共同生活下去,你们至少应该懂得现代文明的基本准则!

但是,我决不诽谤我的妻子姜静宜。你们暗示我要对她进行诽谤,请原谅,请让我把话说完。我断然拒绝这样做!因为这样做是不道德的也是不合乎事实的。相反,我要说姜静宜没有什么罪,她没有什么大不了的毛病。她是一个好人。她生儿养女,居家过日子。她恪守妇道,她的要求很低很低,她没有做过任何对不起我的事。您要这样说尽管这样说。不错,我流泪了,我并不是完全不——爱她呢……想想看,十几年了,我们有了两个孩子……等到夏天就会有第三个。我爱孩子,我爱孩子,我爱孩子!正是因为爱,我才必须和她离婚。因为我只能给她带来痛苦,她也只能给我带来痛苦,还有毁灭!

虚伪?伪善?很好。我要求,不,我请求你们证明我是一个伪善者。你们能够出庭作证吗?我不但是一个伪善者,而且是一个谋杀者……现在存在着谋杀姜静宜、倪萍、倪藻和第三个可怜的孩子的潜在的、却也是十分实际的危险!或者是活,或者是死。或者是离婚,或者是不准离婚,或者是离婚而活,或者是不准离婚而死。没有别的选择……

律师的眼光是冷冷的,嘴角上隐现着一丝嘲笑……住北京饭店的大律师打了一个哈欠。讲日语的律师轻轻用手掌拍着自己的肚子。

借来的钱用光了。与律师的谈话没有为倪吾诚找到任何出路。倪吾诚却更加坚定了,他还要想办法。他一定要做成这件事。他对没有付钱的有一面之交的律师宣告道:

我完全承认,道义方面我是完全站不住脚的。我的行动将会给姜静宜先生(他忽然称之为先生,使自己也一怔)带来巨大的身心损失。我将通过巨额的赡养费来赔偿。姜静宜很重视钱,如果我能给她一笔巨款,将对她是不小的安慰……这笔款子,我眼下拿不出来。恰恰相反,我还欠着债,不但欠着别人的债,而且欠着静宜的债。我老老实实地告诉您,我去欧洲留学是接受了我的妻子、我的岳母家的接济的。这些钱我要加倍地还她们。涓滴之恩,便当涌泉相报,这是我一贯的做人原则……是的,我现在没有钱。为什么没有钱呢?因为我没有好好地干。我的能力,我的智力,我的热情,我的苦干的精神,头悬梁、锥刺股的精神,通通都被压制着,统统都被捆绑着。我的潜力现在发挥出来的连千分之一还不到!就是说,有千分之九百九十九压在五行山下边,绑在仙人绳里头!这五行山、这仙人绳就是我的婚姻,我的家!它败坏我的情绪,败坏我的胃口,扼杀我的灵性,压榨我的精神,碾轧我的灵魂……而只要搬掉这山,放开这绳,我可以做学问,我可以做教育,我可以从政从军经商理财……我什么都能做到。钱算得了什么?黄金白银算得了什么?珍珠玛瑙算得了什么?天生我材必有用,千金散尽还复来……千金复来之日,我头一个献给的就是姜静宜……您可以找找姜静宜,就是她也不会不相信我的话是百分之百的诚心!

有一面之识的律师深深皱起了眉。

离开律师,倪吾诚感到一阵彻骨的疲劳。他倚靠着一根已经歪斜了的电线杆子休息。叮当作响的有轨电车使他心慌意乱。他的眼花了,街道、车辆和行人白花花如起伏的波浪。

家乡的碱地是怎样的荒凉无垠!只有痛苦的龟裂,只有红黑色的污浊的硝水,只有白花花的疤。大风起处,飞沙走石,浮尘如雾,然后是赤裸裸的干枯和虚无。

虚无中却又左一个小村落,右一个小庄子。好汉坟。张二桥。乌马营。毕家塘。崔家洼。刘秤砣。赵秀才。舍女寺。朱八拨。前印子头。后印子头。陶村。孟官屯。这就是他的亲爱的家乡。这就是他祖祖辈辈赖以生存的土地。这些村落的名称是无比亲切的。却又溢满了这样沉重的寂寞与荒凉……无怪乎哪里出现了一个十三岁喝赤磷的烈女、哪里出现了一对投环自尽的姐妹,麻木的人们立刻兴奋若狂,争相传诵,为诗为文,树碑立传……

在昏黄的碱地沙洼之中,如果刺破自己的喉管以后能看到一点血红,能落地一摊桃花,能嗅到一点咸腥,能感到一阵剧烈的疼痛,也许还有几分快意的吧?也许对于我们的人生,尚未完全失去魅力的东西唯剩下了一个"死"字吧!

　　倪吾诚恍惚割开了自己的动脉。却没有血,没疼,没有殷红,没有沙沙的喷溅也没有汩汩的流淌。他的血管里流出来的竟是一滴一滴的泥汤!

　　道路下沉,两侧如峭壁。碱地疏松,经不住碾压。碱地的土路便都是一条条的窄细的沟。倪吾诚拉着车行走在仅仅能容下一辆车前进的沟里,却与对面前来的车相遇。两辆车都不能前进,却又都不能后退。道路堵塞了,愤怒的行路者呼喊:把他们捣个稀烂!

　　捣个稀烂?家乡的唐代丈二石金刚倒在碱沙里。每一步都踩在软软的沙土上。风,风,哀怨的无遮挡的又永远吹不开吹不走的风。在早已被遗忘了的空屋子里。他降生了,他注定了承受所有的罪孽与苦痛。他注定了腐烂与灭亡。哈哈哈……

　　倪吾诚无限蹉跎地回了家。他面色不好,神态阴沉。

　　"我爸爸怎么了?"他听见倪萍问她妈妈。

　　"少理!"这就是静宜的回答。

　　偏偏吃晚饭的时候倪藻提出了一大堆问题,全是政治问题,这大概是倪藻有生以来第一次受到政治问题的困扰。

　　爸爸,你说日本人好不好?

　　日本人欺负中国人,占了中国的地方。但是日本人先进,要强。值得我们猛省。

　　那汪精卫?

　　我想汪精卫的处境是可悲的。比如从西四牌楼到东单牌楼,走直道近,但是直道上盖满了房子,没有路,你就必须绕弯……这是他自己的解释。

　　那那个什么呢,他们说叫蒋……

你是说蒋介石。蒋介石正在领导抗战,他是中国的领袖。我希望他能成功。

还有八路军呢,共产党呢?

毛泽东,朱德,这都是奇人伟人,他们主张共产主义。共产主义是一种了不起的理想,只是实行起来太难了。牺牲太大了。

苏俄呢?

苏俄是世界上最强大的国家。他们实行五年计划,使国家富强起来……

这么说……到底谁对呢?都对?那为什么我们同学说王揖唐是汉奸呢?您也喜欢汉奸吗?

胡说!倪吾诚突然发起了脾气。这些事情,他本来就想不清,今天谈起这些,更是心乱如麻。宁为太平犬,毋为乱世人。为什么他要生在乱世?为什么要生在乱世中最乱的一家?真是叫天不应,欲哭无泪!

"我早就告诉你了,少理!"静宜对儿子一字一顿地说。

倪藻斜仰着脸,脸上布满了困惑。父亲的回答显然无法使他信服。过去,虽然他与姐姐嘲笑过父亲的馋嘴、嘲笑过父亲的种种装腔作势的生活习惯与生活信条,再说他也不时从母亲那里听到父亲"不顾家"的坏话,但在重大的牵扯到国家大事或是学术科学的问题上,他对父亲还是崇拜的与深信不疑的。几个月来父亲在家中译著文章,这更使儿子佩服。但今天父亲对于政治问题的回答与无端发火却大大降低了父亲的威信。倪藻甚至隐隐感到了父亲的无能和窘态。父亲根本无法自圆其说,他感到了父亲的"胡说"中的恼羞成怒的意味。他不但失望,而且为父亲感到羞愧了。

儿子的神色使倪吾诚无地自容。真奇怪,生活在这样一个乱世他都从来没有全面考虑和试图回答过(哪怕只在心里无声地回答)这些互有关联的最重要的政治问题。儿子是第一个同时提出这些重大的难以回避的政治问题的人。而他的回答不合逻辑,完全混乱,莫名其妙。听起来像是八面玲珑的乡愿,听起来像是一脑袋糊涂糨子的白痴。儿子突然从政治上把他逼入了死角!他依稀觉出自己的状况的可耻来了。

两个钟点以前他还向没有收钱的律师宣布:只要搬掉压在他头上的大山,他就可以"从政从军"呢!从什么政什么军?岂不是天大的谎!

从来没有人与他讨论过这些问题。他从来没有正面回答过。他的回答使自己也糊涂了。他的回答到底是什么意思呢?

直到时过境迁,中国解放,乡村土改,种种变化以后,倪吾诚才琢磨出自己的骨子里充满了碱洼地地主的奴性的髓。乡里光棍怕城墙,城里光棍怕大堂。官打民不羞,父打子不羞。一提官,包括汪精卫的官,从舍女寺到后印子头的大小地主的膝盖几乎全都发软……

当然,即使在当时,他也清清楚楚地知道千百万中国的仁人志士正在浴血抗战,正在献身革命,正在立志救国。他完全知道岳飞、梁红玉、文天祥、史可法、林则徐、孙中山。但这些人离他是太远了。我不是圣人,他用这一句话杜绝了自己走上真正的爱国的与革命的道路的可能。他只能随波逐流、每况愈下……

三天以后,传来了好消息:倪吾诚终于找到了合适的差事。朝阳大学聘请他去教育系和哲学系担任逻辑学讲师,每星期六节课,月薪比在师范大学时还要高。这是静宜和他,东跑西颠,委托了三亲六友,还送了几次点心包才获得的结果。为找这个事做,他们的乡亲,光明眼科医院院长赵尚同出了不少的力。静宜高兴异常,这比在中学代课收入高得多,比靠译著一些谁也不会感兴趣的文章为生可靠得多。看来她的将要出世的第三个孩子是个好命的,还没出世就赶上时来运转、浪子回头了……

接到了正式聘书,因为倪吾诚外出不在家,还没有来得及告诉他。静宜一个人正在高兴的时候,隔壁邻居"热乎"披头散发,急急忙忙,风是风火是火地跑了过来:"二妹,我有话要单独与你谈……"

有话要单独谈？什么意思？为什么不能让母亲、姐姐一起听？难道要离间我们母女三人的关系吗？我和她单独谈，不让母亲与姐姐参与，母亲与姐姐能不疑惑吗？这是不用挑（拨）就挑开了吗？谁不知道"热乎"是个传流言的能手，找是非的干家？静宜思忖了一下，眉毛往下一塌，怠慢地说："有吗话，一块儿说吧。我和我娘、姐，谁也不背谁。好话不背人，背人没好话。"

"我这是为了你，我那傻妹子！""热乎"拉长了声，跺开了脚，"我有吗背人的，有我的吗？我是怕你蒙在鼓里，让人赚了，最后脑袋掉了还不知道怎么掉的呢？"

"你说吗？"静宜怒目反问。"掉脑袋"的话损（读 shún）得她要下逐客令了。

"罢罢！你爱听也罢，不爱听也罢，谁让咱们是乡亲呢？远亲不如近邻，近邻不如对门。咱们虽然不对门，隔一道墙也仍然是一家人，一条心。你的事就是我的事，谁冲你发坏就是冲我发坏，你吃亏就是我吃亏。我是忠心报'国'，一心不二，打也打不走，轰也轰不开！静宜妹子，我告诉你，你可要提防着，你先生我就是说倪先生，他可没安好心！"

静宜更不高兴了，她打断了"热乎"的话，粗暴地问："你说说，你要说吗？你要干吗？孩子他爸怎么样，与你有吗相干？"

"热乎"丝毫不计较自己所受的冷遇，她紧张、专注、诡秘地扫视了一下四周，放低了声音："静宜妹子，实话告诉你吧，我知道了，我打听到了，你知道吗？倪藻他爸爸找了律师，他要和你离婚！"她眉飞色舞起来，似乎从传递这消息中获得了大的满足。她的兴奋已经溢于言表。

这个意外的消息的冲击与对"热乎"的言谈话语神色举止的反感、怀疑差不多具有同样的强度。静宜绷着脸，一声不吭，一脸肃杀之气。她不能在"热乎"面前流露出意外、惊惶、难受的反应。她就是不让"热乎"看到笑话，不让"热乎"套出她的任何话来。她以在与倪吾诚的关系问题上从未有过的冷静开始思考。真的？假的？实事？谎话？不论"热乎"的用心如何,现在要判断的是她提供的晴天霹雳一样的消息是不是真实可靠。

静宜的沉默使"热乎"有点失望。她问:"你怎么不说话呀？他爸爸最近到底怎么样啊？"

本来无心听她们的谈话的静珍这时搭上了碴:"你怎么知道的？"她的神态完全是对"热乎"的审问。

"我怎么会不知道？若要人不知,除非己不为。我反正把消息报告给你们了,信不信随你们,我可别好心变成了驴肝肺！我可不是专报坏信儿的夜猫子。"说着,她起身要走。

静宜不知说啥好。静珍却冷冷地一笑:"我告诉你吧,我不信。我妹夫最近很好,很规矩,他已经回心转意了。妹妹,甭信这些个闲话,众口铄金,曾参杀人,谣言不足为凭。俗话说,眼见为实,耳听是虚。咱可不能听风就是雨,拿着个棒槌就认真(针)！"

"热乎"急了,"哦,这么说我成了造谣子？我那傻妹子！我盼着你们老少团圆,家庭和睦。可有吗法呀！倪先生找的北京饭店的大律师胡世诚,还有日本律师垣口正一呀！我的本家侄子的小舅子给胡大律师当文书先生,他还管收发联络呢！胡大律师可喜欢他哩！胡大律师的什么事他不知道？什么案子他不知道？分家的事睡觉的事乱伦的事,他吗不知道？垣口律师那里他也出出进进,跟个人的家一样呀！你们不信你们去扫听扫听。给你们报信儿有我吗好处？这不是嘛,还让你们不高兴。自古就是这样,好人没好报,说真话没饭吃哩！我那实心眼的傻妹子！素常里挺精的呀,这回怎么解(读瀣)不开呢？谁不明白疏不间亲？我算哪一出哪一台的？倪先生是静宜妹子的先生,两个孩子的爸爸……"

"热乎"还在滔滔不绝的发挥,静珍向静宜使了一个眼色,胸有成竹地说:"是了是了,你这份好心我们领了。其实这些个情形我们也早知道,可是还没有查核清楚。没有查核清楚的事就不必说,我们不必和你说,你也不必和别人说。婚丧嫁娶,人之大伦,没查核清就到处瞎说,那不是人做的事。再说那也犯法,因为这个可以闹出人命来!闹出人命来谁传的话谁负责!实话告诉你,我的好乡亲,好邻居!我们姜家门里的女子个个是刚如刀烈如火,一步一个脚印,步步走正道。天王老子玉皇大帝要休妻也得讲出个子丑寅卯。你甭听这样说那样说的,照我说全是狗臭屁!我妹夫就是念洋文念得多了点,有点痰气,可人是个好人。他不会怎么着,他怎么样不了!我的好姐儿们,你就放心吧,你就睛受着好儿吧!"

"热乎"翻翻眼,也不知道听懂了多少。反正觉得自己没什么话可说了,也听不到什么了,便告辞离去。

静珍胸有成竹,指挥若定地把"热乎"打发走——这次还优礼有加,一直送到了大门口,"嘎嘎"笑了两声。眼看着"热乎"进了自己的门以后,她才掩上院门,匆匆赶回屋里。她对面色灰白、迷惑不解的静宜说:"看来是真的,我就知道老孙这个小子还要变出七十三变来!"

"你……"静宜嘴唇哆嗦,说不出话来了。

"我成心这么说,我妹夫好得很哩!我叫得亲哩!不这样,能激出'热乎'这种人的实话来吗?'热乎'既然来了,她就是要给你报信儿,夜猫子进宅,无事不来!我们还不知道她那个幸灾乐祸的人品?有凶信儿,她不添油加醋报给你她不是白来一趟白活一世啦?可是她要卖关子,她要拿捏你,看着你着急,看着你难受,看着你在地上打滚她才舒坦呢。你今天是对了,给她个一声不出!我呢,你急我不急,你信我不信,我妹夫诚了好咧……这不,她吗都说出来了。我们呢,一句话也没让她套了去……"

姐姐的才识举措使静宜五体投地。事情的突然恶化也使她更感到姐姐的可亲可靠。她绷了一会儿,突然哭出了声,边哭边诉边骂:大流氓!大地痞!丧尽天良!灭绝人性!恩将仇报!过河拆桥!虚伪狡猾……

别哭！静珍恶声断喝，止住了静宜。"老孙"的七十三变，咱们又不是没见过！有吗新鲜的？我早就知道他没安好心！越是装的老实越没好事。明枪易躲，暗箭难防。不怕黄鼬吃鸡，就怕黄鼬给鸡拜年！这几个月你还说他好了哩！你这么说我肯的说吗？我不肯的说吗呗。我早就等着他这一天啦！咱们也来他个不动声色，稳如泰山。我早就思谋着这一天啦，一物降一物，马尾穿豆腐！找"晃悠"去！找"晃悠"去！千万别露，千万别露！咱们给老孙个以其人之道，还治其人之身！量小非君子，无毒不丈夫！

第二十一章

姜家母女,并不认真地崇拜什么神佛。对神主(祖宗牌位)还是比较虔敬的,这仍是孝道的延伸,是请求先人保佑的愿望。财神爷供起来,就有些心照不宣的玩笑意味了。肚子里愈是失笑,口头上就愈要庄严。对于比小民百姓爵位大名声大能耐大的人、神鬼,对于超常人的权威,宁信其有,毋信其无。宁让别人失敬失礼乃至变成倒行逆施,不要让自己有什么不恭不谨。这样,招灾惹祸也是别人的,自己则万无一失。再说,财神的神意虽然渺茫,财神的"财"却是无法不敬不亲。财神财神,要的是财而不是神。至于偶然的进庙烧香,也不过是有病乱投医与礼多人(神、佛)不怪的意思。

但是姜氏母女有一个真正崇拜的现实对象。他就是"晃悠"。

"晃悠"当然是绰号,真名赵尚同。倪吾诚秋后重病,救过来以后,静宜与他推心置腹地长谈,谈话中举出来的楷模便是这位晃悠大哥——赵尚同。

叫"晃悠"也颇传神。他素常穿一尘不染的医生的白大褂,脱下大褂便是西服。瘦骨嶙峋,精神抖擞,高鼻深眼,如鹞如鹰,长头大脑,面色蜡黄如实验室的标本,如经过福尔马林的长期浸泡一般。他一边说话一边晃悠着脑袋,一边走路一边晃悠着脑袋,一边给病人检查、开处方一边晃悠着脑袋,一边吃饭饮茶一边晃悠着脑袋,风度十足。连他说话的声调也有一种抑扬顿挫、摇来摆去的晃悠感。

他在东洋留学四载,获得了医学硕士学位。他的关于鳞屑性脸缘炎的病理研究的论文用日语在大阪发表后又译成了英语发表在一九三三年万国医学会的年刊上。他本人的英语也很不错。在北平上中学的时候,他曾参加学生的业余英语剧团,用英语演出了高尔斯华绥的话剧。由于他的长相,他的举止和他的英语,被上海的一个剧团导演看中,非要拉他去当演员不可。导演想的是让他专演外国人。演个欧美传教士,干脆不用另做头套。他的拉丁语和法语也都可以。在学生的联欢会上,他还曾经用意大利语唱过著名的拿波里民歌噢梭罗密噢——我的太阳,用他的相当出色的男高音。

他现在是光明眼科医院的院长。眼科医院原来设在宣武门内的一条胡同里,由于他医术高明,经营有术,一条胡同里的医院居然名扬全市。一年前,他在西单商场附近的繁华路面购买了一座三层小楼,彻底翻修以后,作为光明医院本院。原靠近宣武门的院址作为分院。他的事业就是这样的兴隆发达。他还用中西医合璧的办法自研自制了一种光明眼药水,行销北方数省,获利极多。据行家们说,如果不是战争,他的眼药水定能风靡全球,而他也就会变成亿万富翁。现在他也非同小可,据说除行医外他还通过代理人经营着一个银号,获利无数。对于这一点,其说不一。他本人既不承认也不否认,只是晃悠着脑袋得意地一笑。大笑之后,收起笑容,却仍然浮现出一种美丽的温雅表情。

他是姜氏一家的同乡。如果不怕花费太大的周折和力气,大概可以证明出他是静珍和静宜的表兄。他比静珍大五岁。姜赵氏姜赵氏,姜赵氏的娘家就姓赵,就与"晃悠"同宗。

赵尚同出身寒微。他父亲本来是家乡大地主陈百万的后代一家的一个账房先生。他在家乡读了小学,全靠成绩优异,考上了公费保送到北平来上学,后来又考上了出国留学,奋斗出了一番事业。他本身是庶出,生母因肝病早逝。他的嫡母患偏瘫已经二十多年,近年又发展到下半身瘫痪萎缩。他呢,留学归来后立即将嫡母接到北平。当时他的日子还相当艰难,然而,他对并非亲生的嫡母侍汤奉药,晨昏叩首,早晚问安,其孝道早已为众乡亲所称道。近几年,嫡母生活自理能力全失,他的事业兴隆,事务繁忙,但不论有天大的事,在侍奉嫡母方面他从来没有任何疏忽懈怠。最近又发展到接屎接尿、喂食喂水的地步,赵尚同从来是事必躬亲,从不假手他人代劳。闻者莫不交口称誉:唉,这年头! 要不,怎么也得举个"孝廉"! 皇上要是不倒,皇上要是知道了不定封多大的爵位呢!

然而这还不是最重要的。真正感人,令人视如神圣,令遐迩啧啧赞颂的还是他的婚姻与他对婚姻的态度。他是十四岁时奉嫡母的命成的婚。妻子比他大五岁,文盲,缠足,脸上大大小小的麻子,由于长过鼠疮脖子上有疤痕。现在妻子年已四十四,鬓发皆白,老态龙钟,从外观上看,他俩走在一块,与其说是像姐弟,不如说是像母子。从他留学回来的那一天人们就预言他要停妻再娶,还有热心人张罗为他介绍女友,为他营造别室。据说前后确有两位照片上过《369》画报的"名媛"看中了他的才学风度财产,特别是他的奋斗精神与奋斗本领,正式向他表达了爱慕之情,都被他义正词严地拒绝。据说——底下的说法就更催人泪下,传的也更广,唯不知这是怎么传出来的——他的发妻甚至劝他:不必苦了自己,再置一室也未为不可,你我只有二女,没有子嗣,你还是另立个公馆吧。据说他只是一笑。他回答说:"我虽学了些洋医术洋文洋药,可我是真正的中国道德、坐怀不乱之人。西洋禽兽坏我人伦那一套,与我赵某人概不相干!"

说起这一段,人人啧啧称道,竖起了大拇哥。看人家才是当今世界的中流砥柱呢! 真不赖呆,真不赖呆,静珍说起这个人来往往激动得眉飞色舞,唾液飞溅,颇有与斯人志同道合的感慨。

姜赵氏母女与赵尚同在家乡并无来往,不过知道这个名字而已。赵尚同学医,也知道姜赵氏的丈夫那位中医的姓字。只是到了北京以后,经人介绍,她们母女三人专门去拜谒过一次。赵尚同既孝且悌,对于乡党亲族,也是极为友爱。与这母女三人,一见如故,一见如一家。首先,他从此负起了为这母女三人与倪萍倪藻二人看病的任务。眼科不要说了,就是伤风感冒长疖子生疮牙疼拉肚子之类,也都是赵尚同给看给药,不取分文。遇到他实在看不了或者没有这方面的药的,他都一一耐心解释说明,代为介绍医生药店。单此一项,他已经成了姜赵氏等的卫生保护神,她们不过每年过年时送两包燕窝酥之类的点心而已。其次,对静宜与倪吾诚的关系,在静宜等向他诉苦后,他也关心备至,用静宜的话叫做"比娘家哥哥还强哩!"他态度明确,几度与倪吾诚晤谈,给倪吾诚施加了巨大的压力,在防止倪吾诚抛弃静宜和孩子,阻止这个家庭的解体方面起了巨大的作用。这样,他就不仅是卫生保护神,更是家庭伦理风化的保护神了。

倪吾诚对于一般人是十分狂狷桀骜的。道学先生在他心目中不是蓄婢纳妾、偷鸡摸狗的彻头彻尾的伪君子,便是腐朽冬烘、机能衰竭的仅能喘气的僵尸。一般俗人则是懵懵懂懂、浑浑噩噩、蝇营狗苟地蠕动着的蛆虫。至于少数几个喝过点咖啡可可白兰地的知识分子,他们几乎无不处于和他一样的痛苦矛盾麻烦之中,无不一样地对中华文化抱着深恶痛绝的态度。只不过他们大多数地位比他显赫,成就比他巨大,特别是比他会处世会赚钱也比他有钱,因而就有本事更多地满足自己,因而就不像他这样狼狈、这样无望、这样煎熬得痛苦万状。他们虽然不会无私地帮助他,至少还有点同情他。甚至即使不同情他,也不会责备他、干预他的。

然而赵尚同院长、赵大夫、赵硕士不同。赵兄个子没有他高,却比他神气得多,自信得多。就那脑袋一晃悠音调一颤悠,也不是没有学位、没有技术、没有财产、没有身份、没有道德上的自满自得的人晃悠颤悠得出来的。他走的步子既轻快又决绝,笔直朝前,义无反顾。与家乡北方农村的多数人不同的是,他不罗圈腿,他的脚踝比个子高腿长的倪吾诚都要粗壮些。他的容貌、他的精神倪吾诚自信不在自己之上,然而他的眼光要比自己的犀利威严得多。也许可以用"目光如电"这样的形容。当他的眼睛直视到倪吾诚脸上的时候,倪吾诚有一种要打寒噤的感觉。他面部的轮廓与线条非常之好,这种有力的、明暗分明的、对比强烈的脸孔,在我神州的炎黄子孙中是相当罕见的。倪吾诚观察着他的形体,常常怀疑他另有出处。他曾经打探过赵大夫的宗祖,说是历代在家乡务农,从未有过别的经历。

最使倪吾诚服气的还是他的科学(医术),他的外语。倪吾诚本来是一个极喜爱极崇拜科学与外文的人。他的那点科学与外语虽然在姜氏母女面前显得无限优越,过高过多,甚至是多余过剩,然而在赵院长面前,他确有小巫见大巫之感。单是赵硕士用拉丁语讲的一串一串的药名就使倪吾诚敬畏入迷。有一次那拉丁文太长了太美了,赵硕士讲得又太流利了,这引得倪吾诚垂涎。倪吾诚当时没有表示什么,他只是细细地打听了这种药的适用症候。他知道了这种药是治疗蟠尾丝虫病的,他也知道光明眼科医院的药房中并未准备这种药。他去西单商场的西药房,说是要买治蟠尾丝虫病的药,药店伙计既不知道世上有这么一种药,也不知道世上有这么一种病。这样,渴望着科学与新鲜经验的倪吾诚一直没有吃上这种药。这使他觉得十分遗憾。说不定这也是他以"巴甫洛夫的狗"自况的诸原因之一。

这样,赵尚同差不多在各方面都毫无疑义地、当仁不让地死死压住了倪吾诚。上帝造出一个赵尚同来似乎就是为了压倒倪吾诚。而上帝造出一个倪吾诚来就是为了处处逊赵尚同一筹——好几筹。

然而这仍然不是最可怕最令人无法忍受的。在人类通常难以避免的嫉妒心上,倪吾诚有自己的潇潇洒洒、快快活活、马马虎虎的玩乐童心的一面。他的这一面能起到平衡和冲淡自己难免的嫉妒心的作用。最可怕的是这位精通洋文洋学洋医洋事的乡党赵尚同,是那样道学,那样正统。最最可怕的是,赵尚同这样做的时候你硬是看不出他的做状、他的虚伪来。

而其他的道学家,几乎无法遮盖住自己的马脚。

赵尚同找倪吾诚长谈过两次。倪吾诚知道,是静宜哭哭啼啼地找过了赵尚同。赵尚同递给他极好的香烟。赵尚同吸烟的姿势特别是用小指轻磕烟头弹烟灰的姿势令他倾倒。赵尚同的语调呈一种内在的波浪形,由低到高,由高到低,音量由大渐小,由小渐大。这是一种吟咏的习惯和吟咏的自我满足,与他谈的具体内容无关。

每个人可以说都是由三部分组成的。他的心灵,他的欲望和愿望,他的幻想、理想、追求、希望,这些是他的头。他的知识,他的本领,他的资本,他的成就,他的行为、行动、做人行事,这些是他的身。他的环境,他的地位,他站立在一块什么样的地面上。这些是他的腿。这三者能和谐,能大致调和,哪怕只是能彼此相容,你就能活,也许还能活得不错。不然,就只有烦恼,只有痛苦。所以说欲望生爱恋,爱恋生烦恼、生痛苦。所以说苦海无边,回头是岸。你算个什么?你有几斤几两?你知道天有多高,地有多厚?就凭你那点不值仨呀俩呀的皮皮毛毛的玩意儿,你连肚子都混不上,妻儿都养不起,你还要蔑视中华的文明,传统的道德吗?你就要推行你的欧化吗?你会造洋枪洋炮吗?你会经营股票和其他有价证券吗?你究竟会什么?会喝咖啡会高谈阔论会吃西餐又当如何呢?姜静宜哪一点配不上你比不上你?你能离得开你脚底下这块文明古国的故土吗?像你这个样儿如果生活在欧洲北美苏俄日本,不是得活活饿死吗?你不讲人伦不讲道德不讲孝悌忠信能在这块土地上站稳脚跟吗?站都站不住又侈谈什么文明、进步、幸福!逞一己之贪欲,志大才疏,云山雾罩,这才是野蛮。

赵尚同的因为缺少睡眠而略有红丝的眼睛射出两道逼人的光,倪吾诚觉得无地自容,无处逃遁。口若悬河的倪吾诚变得结结巴巴,他理亏地辩解说,他和静宜在一起,他觉得非常——他用了一个英语的词,意思是寂寞。他还说,让他勉强和静宜过下去是不人道的。

赵尚同冷笑了一声纠正他的用词和发音,赵尚同说,如果你想用洋文表达一种洋化的情绪,起码应该把洋文学得更好一些。然后赵尚同向他提出一个尖锐的问题,这是任何其他试图教训倪吾诚的道学先生、正人君子、贤夫慈父问不出来的。赵尚同问:"你这么不喜欢你太太,为什么和她生了不止一个孩子……"

倪吾诚的脸涨得通红。

"很显然,"赵尚同略带笑容地、咬文嚼字地说,"你是一个卑劣的人。你欺侮弱者,欺侮比你更无助的人。你要发泄你的兽欲,你要满足你的生理需要……而你又自以为比人家高明得多,伟大得多。你不拿人家当人。你觉得她应该为你而牺牲,而你不能为她牺牲什么。天之道损有余以奉不足,人之道相反,损不足以奉有余。这就是你从欧洲学来的人道吗?"

赵尚同讲这一类的话的时候眼光是严厉的,像扑向兔子的鹰。面容却是和蔼的、流露着某种得意和快感,像是在完全欧化的鸡尾酒会上举杯祝你康健。这种奇妙的表情的混合使倪吾诚不寒而栗。

他是不是真的呢?他真诚吗?倪吾诚始终没有把握。倪吾诚始终不明白赵尚同为什么对自己的私生活那样安之若素与得意洋洋,不明白一个麻脸文盲老婆为什么能给他添加那样一种光环。如果他干脆学太监净了自己的身呢?他是不是会变得更圣洁一些呢?

不。太监是被人瞧不起的。司马迁的遭遇被认为是奇耻大辱。这么说圣贤的圆光就在于既保持你的全部欲望,又日复一日、时复一时地压抑、控制、扼杀你的全部欲望。这样,道德的真谛就在于巴甫洛夫对于狗的训练了。而这样的狗确实是可以训练成功的。

他想起了友人给他讲的喇嘛教的一支。这种喇嘛要过一关,他们奉命要与女人行房,要在坚持一段时间以后自行慢慢地消除欲望,归化于无。做到这一点的便成为喇嘛,成为活佛。泄了的,杀头。

与这相反,被阉割的牛的命运倒更值得羡慕了。十三岁的时候,他的表哥带他去看牛倌阉牛。他亲眼看见家乡的土兽医割破、挤出一个个牛犊的青白色的睾丸,带着鲜明的血丝。牛犊群被赶到一片碱洼地里,地上是白花花的碱,秃子的头发一样的稀稀落落的枯草。被割挤了睾丸的牛犊臀部一颤一颤地搐动,似乎很快就归于平息,连多哞一声都不曾。少年倪吾诚面如死灰,他竟然分明地感到了自身的某一个敏感的部分在被宰割和挤压,他感到一种疼痛,更感到一种酸麻和空虚,一种巨大的失落。结果他的两条腿也簌簌地抖了起来。他哇的一声把中午吃的贴饼子熬小鱼全部呕吐了出去。而且,他尿了裤。这使表哥开心、取笑了好几天。

和赵尚同的谈话使他忆起令人呕吐的往事,他的面色很难看。

赵尚同似乎看穿了他的心思,微微一笑,乘胜扫荡他最后的防线:当然,饮食男女也是天性。然而一切天性只能在一定的规范中才能得到发挥、发展和满足。放肆和放纵并不是天性的满足而是天性的畸变。比如说,吃饭是天性。你能因此便什么都吃,什么时候什么场合都吃,胡吃乱吃脏吃偷吃带着细菌吃带着恶臭吃吗?人类的饮食毕竟不是狗吃屎。男女也是一样。人并不是公狗母狗。人的要求并不就是胡乱交尾。胡乱交尾有什么难?赶到畜栏里去就是了。不讲一定的规矩,一定的要求,你连起码的卫生和健康都得不到,还能有幸福和爱情吗?何况还有社会呢!你有多大能耐,胆敢与社会伦理、社会风习、社会舆论针锋相对?只有在社会上立住脚,才能有其他的一切:人们都是这样的,年轻时候觉得社会不合理,要和社会作战。最后,总要和社会和解,个人与社会达到彼此两利。

互相利用吗?倪吾诚尖刻地打断了他的话。

互相利用也比互相损害好。你损害了社会,也损害了他人,也损害了自身。有什么好的?赵尚同的眼睛更亮了。

这时候一个戴着洁白的馄饨状修女帽的护士来找院长。赵尚同拿起一张处方笺,写了几个拉丁词,龙飞凤舞地签了字,交给护士拿走了。护士临走时向客人——倪吾诚莞尔一笑。她的光灿的笑容收括到巨大、庄严、非人间的洁白的修女帽里。倪吾诚只来得及看到她的清洁细嫩而又滋润的皮肤。那皮肤柔滑光亮如脂。他笑了。他似乎是相当愉快地向院长乡党告辞。他表示感谢赵兄的好意,请放心,一切都会好的,我倪某人决不做对不起人的事。赵尚同挑一挑眉毛,飘然一笑。他与他紧紧握手。眼科医生的手指的清洁与护士的脸蛋的清洁同样地使他惊异。赵兄刚刚缩回手不待倪吾诚出屋便伸手到洗手池上冲洗来苏儿消毒液。倪吾诚感到神往和折服。

倪吾诚终于在一个星期天看到了赵尚同与妻子、孩子一起出游的情景。那是在中央公园(现名中山公园)。他们一家从里到外看来都是和睦的。赵尚同走路的姿势更加"晃悠"得厉害。遇到上坡、下坡、沟坎台阶,赵尚同都彬彬有礼地搀扶着妻子。还常常与妻子耳语,说完了两人笑在一起。倪吾诚跑过去向他们全家问好。临走时赵尚同瞥了倪吾诚一眼。倪吾诚一哆嗦。

他早晚会杀了我的!倪吾诚想。

当姜静宜用赵尚同的榜样来劝导、教育、激刺倪吾诚的时候,吾诚便说:他是圣人,我比不了。

静宜也能熟练地反击这种说法。她说,你应该知道,你学不了圣人,可圣人管得了你。圣人专门管你!然后静宜要发挥,跟人家比,你算狗屁!你喝过几瓶洋墨水?你认几个狗字儿?你懂科学?你别假充人灯啦!跟人家谈学问,你处处露怯,贻笑大方!人家呢?真有学问的人才那样呢,返璞归真,读书深处意气平,胸有成竹,如妇人好女。你当就你认字?我还看过《留侯世家》呢。司马迁就是这样描写张良的,如"妇人好女"。自古以来,满招损,谦受益。真正有大学问大本事成大事业的,有几个像你那样飞扬浮躁,心神不定,活像一只猴子!

我连寂寞都感不到了,只感到疲劳。疲劳是 tired 吗?我的发音又需要硕士院长圣人的纠正吗?

越争论就越敬佩赵晃悠。姜赵氏娘儿仨曾经一起议论过,赵尚同有什么挑儿没有?

对母亲,对妻子,对孩子,对乡亲,对事由,对学问,对医院,对病人……没有挑儿,没有挑儿!那么,说话晃悠脑袋算不算是个缺点——挑儿呢?那算什么挑儿,人家说话爱晃悠晃悠吗?那如果他是大官,是委员长或者司令或者道台呢,那样晃悠着脑袋合适吗?那怎么不合适呢?如果当了大官,当了委员长或者道台或者司令,那一讲演一晃悠脑袋就更神气了,更威风了,更漂亮了……那,那,那他没去跟着老蒋抗日,算不算挑儿呢?这么个严肃的政治问题却是姜赵氏提出来的,日本人的占领使她提心吊胆。这个问题不好回答,难住了两个女儿。还是静珍来得快,见识高,她慷慨地回答道:"如果咱们中国人个个都跟赵大夫一样,一样的人品,一样的本事,一样的道德学问,一样的正经,中国早就强盛了,哪儿来的小日本鬼子!"母、妹为之叹服。

静宜常常有点什么事去找"晃悠",请教方法也请求支持。因为这,在倪萍七岁刚上小学那一年,她竟受到女儿的抗议:"妈,你别老上赵伯伯那里去了,多不好!"

谁也没弄清倪萍所说的"多不好"的含义。但这句朦朦胧胧的话使静宜与静珍、姜赵氏空前地严肃起来。她们把倪萍叫到跟前,由姜赵氏做了一次慷慨激烈的宣讲:

傻丫头,不懂的事不要瞎说八道!我们姜家的女子,个个是一步一个脚印!我们姜家虽非名门望族,也从来不含糊!光县志上上了名的贞女就有四个,节妇就有三个,修牌坊的就有一个。说起咱们姜家女人的正经来,咱们上对得起天,下对得起地,上对得起祖宗,下对得起子孙!我给你说说,那个那个,按辈分算那是你姥爷的三姑。人家那真是贞女,五岁订的亲,等十一岁的时候,那位郎君得了重病。你姥爷的三姑没等郎君去世自己先跳了井。府上的张举人专门为她写的诗,说吗来?

静珍拉长声背诵道:

星光暗淡月弯环,不若先郎赴九泉,
就节不须求活水,恐流遗痛到人间。

这不是嘛,还用说远里吗?你姨不就在你们眼前吗?我这个闺女十八岁结婚,十九岁守志,你问问谁能挑出她半个不字?这些年咱们吗歹人没见过?吗坏没发过?可就没有人说咱们娘儿们这话……

说得倪萍心酸起来,愧悔无地,哞哞地哭。

第二十二章

虽然立即大骂,虽然有精明强悍的姐姐撑腰,虽然姐姐提起了"晃悠"这株大树,这尊神。"热乎"的情报仍然使静宜越想越吃不消。

呜喝,怎么这人对人就这么坏,这么狠,这么狡诈!养个猫养个狗,那就不用说了,它跟你有多么亲!就是把生在树林子里,祖祖辈辈野惯了的鸟儿养在家里,见天喂它食儿,它也跟着你!从小在庙会上,她就见过黄鸟叼钱的,你手心里放一枚铜钱,黄鸟飞来叼去,送到它的主人那里。人们好奇地问养鸟的人,你怎么训练鸟的呢?怎么它就不飞呢?驯鸟的人回答说,没有啥,就靠一把米呗。

静宜对于倪吾诚,奉献的可不是一把米。是整个的身,整个的心,整个的自己。结婚十几年,她做过一件对不起倪吾诚的事吗?倪吾诚能有今天,离了她和她家行吗?多少的爱,多少的恩,他就一点儿也不往心里走吗?远里不说,就去年十一月,他做了多么缺阴损德的事!用作废了的图章骗她戏弄她让她丢人现眼。他一连三天不回家在外面寻花问柳寻欢作乐。她和孩子们是粗茶淡饭、忍饥挨饿。他呢他是山珍海味声色犬马。她和孩子们是贫民舍哥儿,寒窑里的花子。他呢他是公子王孙皇宫里的阔少。真是寻欢酒肉臭,家有冻死骨!就这样一个匪类,一个令人发指的无情无义无忠无孝无慈无爱的臭流氓报应了。老天有眼,降灾惩罚,他病得是三魂出窍、气息奄奄,性命危在旦夕,与阎王殿只隔着一层纸!我当时真想不管他,让他臭在那里烂在那里停尸在那里卷上破席扛出去……可再一想,究竟是我的结发丈夫,我的孩子的父亲。人心都是肉长的,讲的是以心比心,以心换心,讲的是只要功夫深铁杵磨成针。倪吾诚倪吾诚,你总也还是个人,你究竟还生为人形,说着人言人语!我的好心我的善心我的菩萨心我的唾面自干的心你就一点不懂得?我救了你的命!我卖掉了自己最后的一点体己给你请医生买药,给你买鸡蛋煮挂面。还是天生的你该吃好的我们娘几个该在一边看着?我的体己钱还为你还了账!你胡作非为丢了事由,堂堂七尺之躯让一无职业二无收入三有老小的一个女人养着你,你就不惭愧吗?你就不知恩吗?你就不知道好吗?你就不知道这是爱吗?你张口爱情闭口情感,你病着臭着烂着哪个花过你的钱跟你又情又爱的娘儿们来看过你一眼?你那些情呀感呀自呀由呀的破鞋烂袜子都哪里去了?说实话这回我自己都没料到我能这么善这么慈这么为你一个不成材的东西牺牲一切,大概我真是前生该着你来生欠着你今生爱着你的吧?我要用这种善心爱心喂一只狼养一只虎,这只狼这只虎也该跟我亲亲的了吧?而你呢,你不算人,你也不如狼虎不如禽兽!你是吃饭砸锅卸磨杀驴过河拆桥!你日子刚好一点刚找着事由立刻就对我们娘儿几个下毒手!你比蝎子还毒比狐狸还猾!你骗得我好苦……你骗得我又有了身孕!你整天说的那一套"卑鄙龌龊肮脏野蛮下流无耻"云云不是放在你自己头上正合适吗?你不是真正做到了最卑鄙最龌龊、最肮脏最下流、最野蛮最无耻吗?你不是缺了你倪家祖宗八辈儿的阴,把损招子想绝了把黑心事做绝了吗?人这个东西怎么能这么坏,能这么阴,能这么毒,能这么狠呢!我真后悔,我真后悔我这么傻呀!我还以为我的善心能感化你呢!我还以为你从此能走上个正道呢!我还以为你能怜恤你自己怜恤我们呢!这就是我自己找病,这就是我活该倒霉,这就是我倒了血霉呀!这就是我自己活该天诛地灭了!人呀,千万不能怜惜人呀!人呀,你怜惜他,他可不怜惜你呀!人呀,你要是怜惜人的话,不论是至亲骨肉,不论是夫妻父子,你要是动了善心,你就愣是掉了脑袋也不知道怎么掉的呀!

这些思绪,这些话像泉水一样地在她的心头喷涌。她思前想后,翻来覆去,自己都为自己的善心善行以德报怨所感动。如果换一个地位想想,实在想不出谁能做得比她更好,怎么样做比她实际做了的更好。使她堵在心里、压在心里、辗转反侧喘不过一口气来的就是她的好心怎么得不到一点好报?一个路人,一个陌生人也会为她的善行所感动。而她换来的是更阴狠的毒手。尤其使她堵得喘不过气来的恰恰在于细想起来,倪吾诚又不是真正的流氓、地痞,像她气急了骂的那样。凭良心,倪吾诚对待三亲六友、同事同学、对待外国人、对待下人(伺候过他的人)也还都可以。有的还很不错,他谈不上有多么坏。唯独对于她,唯独对于对待他最好的她,怎么就这么丑恶、这么恶劣呢?

想来想去只觉得浑身打战。特别是心跳,好像不是一下一下地跳,而是不停止地震颤着中间夹着一跳又一跳,心脏震颤得发酥发麻。骂完了以后,千言万语在心头,却再说不出话来。夜里躺在床上,眼睛都不想闭。半个小时上一次厕所。不知道身体里什么时候贮藏了这么多水,怎么可能排出了这么多水。没喝那么多水呀,哪儿来的水呢?是不是她的整个身体都在变成水分排出?

第二天光剩下了喝水。喝一口,再喝一口。喝一碗,再喝一碗。整整两天,静宜没吃任何东西。每天只是不停地喝、尿,喝水与上厕所,倪吾诚发现了这个情况,吓了一跳,问是怎么了,静宜不答。

第三天,静宜叫洋车出门,找了"晃悠"大哥。她大哭了一场。

第四天,静宜静静地对倪吾诚说,你看多不容易呀,众人都为你出力,总算为你找到了新的事由,又体面,又挣钱,又可你的心。咱们不能肉头呀,咱们请一桌席吧,把为你找事出了力的人都请一请。

那钱……

钱,我给你留着呢。再穷也不能白求人,也不能让人白受累呀。

那……敢情好了!那太好!那最好不过了。

那你就不用操心了。我给你置办。你就一心一意上朝阳大学上任去吧。

多谢了。

不——客——气。

于是,这个星期的星期六晚上,倪吾诚先生与倪太太在"神仙居"设宴答谢有关的乡亲朋友。

静宜这一举动使倪吾诚喜出望外。吃席而且是由他做东,这实是他梦寐以求而始终难以实现的事。这既是物质的慷慨享受,又是精神上的慷慨享受。"神仙居"果然成了神仙世界。宅院式的建筑,相连的院落,花盆里的迎春花,院角的翠竹,院里弥漫着的酒香肉香葱香糖香,都令人沉醉。他们包了一桌,在第三个院落的西厢房。西厢房可以放两桌,但今晚另一桌无顾客,等于他们占了一个单间。单间里挂着复制的唐伯虎的《四美图》,还有殷汝耕的书法。这环境很不错,他满意地对静宜说。一种健康的生活方式,就是要隔一段时期到饭馆和朋友们一起坐一坐。当然是为吃,吃是很重要的,是生命的需求也是文化。吃过各式各样的饭的人的知识、文化、教养、气度,就是说他的大脑、神经、骨骼肌肉皮肤,就是要比只喝过黏粥的人更恢宏更高明一些。但又不仅仅是为吃,而是为了调剂和丰富人们的生存环境。就拿"神仙居"来说,这院落这白墙这字画这花砖地,还有这红漆圆桌白桌布及成套餐具红木椅子,这难道不是使人心旷神怡的吗?我素来反对鼠目寸光小肚鸡肠。人的胸怀就是要开阔,目光要远大。当然了,还有交际。一定要有社交。从小就要学会过一种健康的、文明的、开阔的社交生活。见了生人扭扭捏捏,是中国人特别是女性最丢人的毛病。人是社会的动物嘛。这并不是说求人办事了,就要请人家吃一顿。这不是主要的。社会的人,人的社会,每个人要在社会上站住脚就一定要与社会上的人多建立友谊,多联络嘛。说起来我也很惭愧了,还不是没有足够的条件,要不然……

几天进食饮水不正常,瘦了一圈的静宜听着这她并不陌生的一套,默不做声。只是在他最后说到"惭愧"的时候,她的震颤后终于不再震颤、就像已经挖走了空洞了的心,突然又痛苦地震颤了一下。

客人们陆续到了。头一个便是赵尚同,微笑着,晃悠着头,全身上下清洁得不可思议。由于是请别人吃饭,倪吾诚觉得自己似乎比平时高大了些,以至看到处处压他一头的赵尚同也并未感到多么压抑。相反,他热情地凑上去寒暄。哈哈,赵兄,能来赏光,实在感谢呀,府上都好?医院买卖好吧?哈哈哈,赵兄真是三头六臂,能者多劳……

然后来了史福岗。倪吾诚更高兴了,热情地讲了一通洋文,史福岗倒都是用中文回答的。然后来了与他有一面之交的矮矮的律师。倪吾诚心一动,莫非他也为我找事由出了力?也可能吧。反正为了朝阳大学的差事,静宜托了许多人。其实用不着找那么多人的。

客人来齐了。主方除了倪先生、太太还有倪藻。大家入座,互相谦让,最后公推赵尚同坐到了主宾席上。布菜搛菜,举杯祝酒,互相道贺。冷盘过去以后上辣子肉丁,青辣椒油亮如翡翠。焦熘肉片,丰满而又玲珑剔透。干炸丸子焦脆烫口,木须肉的葱花与酱油香气打鼻子撞脸。客人们齐声叫好,说是"神仙居"菜做得不错。然后说到李万春的新戏,说到陈云裳的电影,说到耿小的的新书,说到黄河里发现了美人鱼,美人鱼一跳老高,露出了鱼尾。又说到门头沟煤矿有一位塌方中砸死的工头,在家停尸三天,第四天凌晨,天还没亮,诈尸了,尸首站起来追一个小偷,追出家门四十米,小偷吓死了。

上来了最后一道大菜,两样做。是一条大鲤鱼,一半烧了呈银色,一半做汤如乳汁,极为鲜美,使宴请情绪推上高潮。这时又端来甜点,山东风味的"三不粘"。灿黄如金,光滑如玉。

倪吾诚咂嘴舐唇,谈笑风生,其神采为数月来所未有。

赵尚同把筷子一撂,皱了一下眉。

静宜刷地站了起来,还没说话,先哭了。

众人正吃得津津有味,都怔住了。

倪吾诚正在喝汤,喝得太香,沉醉了,他在头几秒钟竟没有觉察到餐桌上的风云突变。

"很对不起,"静宜边哭边说,"今天请各位来本是为了酬谢大家,让大家高高兴兴。可我有几句话不能不说,我请你们主持公道,我请你们原谅我的冒昧。"

静宜的用语的文雅与外交风度,使倪吾诚大为惊讶。

"……各位能相信吗?就在给姓倪的他找到了新的差事的时候,就在靠变卖我仅有的私产帮他养好了病的时候,就在我怀了第三个孩子的时候,他要……跟我离婚……"

静宜痛哭失声,座上客闻之变色。文雅的话结束了,静宜哭着,倒吸着气,一句一句把她想了多少天多少夜,腹中说了几十遍几百遍的话都说了出来……她控诉了。

倪吾诚面色苍白,像被几根钉子钉在了那里。他看看静宜,再看看客人,再看看杯盘狼藉的餐桌,定在了那里,完全丧失了反应能力,更不要说自卫或者摆脱困境的对策了。

这个消息对于倪藻同样是爆炸性的。母亲的哭声话声使他心如刀绞。但他竟然没有哭,因为这一类场面他毕竟是见得太多了,他为之疲倦了。他只是小声劝着:妈,别哭了。

全场神色最自如的是史福岗。他只是在开始时惊愕地看了一眼哭出声来的姜静宜。然后他目光稍稍往下收了收,看着桌上的菜,看着自己的脚尖,表示沉默,表示不想听取或者干预旁人的私事,这大概也是一种西方的"非礼勿视"吧。也表示他认为这里什么事情都没有发生,他当然懂得并身体力行绅士们的格言,真正的绅士不在于不闹出什么事情,而在于别人乃或自己闹出什么事情的时候不以为意,若无其事。只有最细心的人才能从他的细微动作特别是耳朵梢的震颤上看出,他虽然超然,却仍然在认真地听。

静宜的哭诉是动人的。任何人听了她的话之后都会毫不犹豫地同情她。她的处境是那样艰难,她遭受到的欺骗和背叛是这样无耻。在大串的排山倒海一样的语言当中,表达了绝对真实的委屈,怨懑,不平,愤怒,哀痛。夹杂着哭声,夹杂着一些家乡的粗话,骂人的话。由于真诚和冤枉,连这些粗话和骂人的话也显得那样圣洁、恰当、充满正义正气。倪吾诚惊呆了,他从来不知道姜静宜有这样的本领,能在社交场合发表这样激动人心的演说。许久以后当回想起这一段的时候,他都不禁要认定静宜的口才比他强,临场发挥的能力比他强,姜静宜的讲演本领要比一些死气沉沉的平庸的官僚强许多。也许姜静宜的口才比我国的某些驻外使节还强。也许姜静宜具有某种政治才能,争取同情,打击对手,致敌于死命……而他是一向喜欢用"愚蠢""白痴"这一类字眼来评价静宜的。中国的"愚蠢的白痴"们蕴藏着的潜能……令人迷惑、令人震惊,也令人跌足长叹。

　　静宜的话说完了,现在是哀号一样的哭声。跑堂的伙计面色仓皇地跑来看,赵尚同向他做了一个手势,示意他退了出去。这种野兽般的号哭声使四座为之垂泪了。倪藻吓得大哭起来。史福岗也为之动容,为之进退维谷,为之不知所措了。听了她的哭声,倪吾诚也哭起来了。究竟为什么,究竟为什么人活在世上要让自己受苦,还要让别人受这么大的痛苦!他抽泣着说:"静宜,我对不起你。各位,我对不起你们。请你们相信我,我是为了大家的、也包括静宜的幸福。现在她正在怀孕,这个话可以从缓。我还是能做出一番事业的。我自信我的资质还不是很差。将来我有了点出息,静宜,就算咱们分手了,离婚了,我还要帮助你的。如果我将来能挣到大笔的钱,我百分之三十,不,四十,五十,七十,对,我百分之七十都给你……"

　　他的话没有说完,因为他看到了赵尚同深陷的含泪的两眼的凶光。

　　泪水已经流在了赵尚同的腮上。他看看大家,又看看静宜,他缓缓地起身,晃荡着走了过来,还摸了摸倪藻的头。他走近了倪吾诚,他走到了倪吾诚的身边,他的脸部的肌肉在搐动,他逼视着倪吾诚。

　　你要……没容倪吾诚喊出来。

　　啪,啪,啪!三声脆响,三个嘴巴。连史福岗也吓得大叫起来:

啊,我的上帝!赵尚同扇起嘴巴迅雷不及掩耳,其动作之麻利宛如二十年后乒乓冠军庄则栋之起板左右开弓。还没等周围的人看清,他已经先用手掌掴了倪吾诚的左腮,趁势把手抡到了倪吾诚的脸的右面,反手啪地一抽,又抽到了倪吾诚的右腮,这一反手打得特别重,倪吾诚的脸上出现了带血的指印,不知道是倪吾诚的脸出了血还是赵尚同的手背裂了纹出了血,同时倪吾诚的右面的牙齿也出血了。最后才干干脆脆结结实实地照着左腮一掴。

倪吾诚从座椅上被掴到了地上。他已经像癞皮狗一样地倒在地上起不来了。他自己也没闹清是怎么回事,他跪在地上了。

倪藻哇的一声大哭起来。边哭边喊:别——打——人!

什么是一秒钟?什么是一百万年?

一秒钟就是那么一下。一百万年却长得令人窒息。那时候我们的先人,我们的后代,我们的无数后代的后代,都成了尸体。

都不存在。

却又分明存在过。每个人存在于他自己的那一段时间里。然后,对于已经不存在的人来说,一秒钟等于一百万年,等于永恒。

于是不再有呼吸,不再有鼻翼的翕动与滞结于喉头的痰,不再有激动的、快感的、愤怒的、挣扎的、堵塞的气喘吁吁。不再有雨后松林的清新。不再有情人或者仇人身上的汗气。不再有酒足饭饱后的打嗝儿。不再有对于得不到肉骨头的狗的同情。不再有暴怒和饥渴,不再有温存的眼泪和叹息。不再有野性的发泄,不再有流血的鼻孔和牙齿。不再有身上的恶臭,不再有香皂、香水、香粉、香花这种种徒劳的消耗。不再有阴谋、欺骗、负义、抢劫、强奸、侵略、杀戮、伪政权。不再有种种关于真理、逻辑、文明、进化的空谈。不再有徒劳的各种语言、纸张、圣贤、自大狂的伟人。不再为天冷而抖擞,不再留恋任何人和被任何人留恋。不再徒劳地想说服谁感化谁,不再徒劳地盼望得到人们的理解。不再盼望生,盼望快乐幸福,盼望温柔和情爱,不再等待任何人的到来。不再望穿双眼,不再流泪,不再显出焦急、傻气和恐惧。不再怕死,怕腐烂和消亡,不再怕尸体被皮靴踢过来翻过去,不再为自己的罗圈腿、口臭、贫穷、无权势、英文发音太糟糕而自卑。不再躲避讨账者、岳母、前来抓奸的妻子、宪兵队的密探。也不再羡慕那些吃得好、坐汽车、出洋、有权有势有饭店的软床有沙发有时髦美丽风骚体贴的妻子情妇的天之骄子。

就是说,不、再、痛、苦!

深夜里,倪吾诚觉得从未有过的兴奋与超脱。三十余年,他企盼与寻求这样一种精神的与肉体的满足,今夜他找到了。他想起了自己的高大的母亲。他想起了故乡的后园子,那高大的梨树和挂满枝头的落地便裂的酥梨。他想起苏曼殊的小说《断鸿零雁记》。想起航行在地中海的客轮。想起那始终缥缈又始终亲近的,始终不可即又始终虚位待他前去的他的空屋。

他去了。他终于自己成了自己的主人。

几天以后,在著名汉奸管翼贤(此人一九五〇年镇反中被我人民政府枪决)主编的《实报》的报屁股上刊登了一条消息,标题是"死而复生,人间奇闻",副题是"信不信由你"。消息说:

> 本报讯:本市高等学府学人黎务正因家庭纠纷于日前深夜自杀。黎某投环于平则门脸老槐树上。发现时业已断气多时,遍颈血迹。挣命时黎某将足上鞋子甩出数丈之遥。状甚惨烈。经发现后解下送往巡段。十余小时后始寻到家属前来认领尸体。待家属确认其为黎讲师后突然发现黎先生鼻息尚存,心有余跳,实业已还阳。经救治后死而复生。记者为此走访日籍著名医官山口次郎博士,博士认为黎某人之生还缺乏医学根据固不可信。又讯,黎君自缢,或与某桃色事件有关。情天恨海,道是无情却有情,牡丹花下做鬼不得。悲乎喜乎,恍兮惚兮,或可借报纸一角,聊充读者佐谈笑之资也。

第二十三章

倪吾诚就这样在一九四三年五月死而复生,缺乏医学根据地离开了北京。他先到了江苏的一个小城投奔一个同学,混了几个月,没落住脚。后又辗转于山东、河北,最后栖息于胶东半岛。在临海的一个学校当教师、当校长。山中无老虎,猴子称大王。在那个滨海城市,倪吾诚俨然学界一人物。离京后的倪吾诚,性格发生了一些变化。他更重实惠,重享乐,而轻道义,轻廉耻。虽然,他依旧云山雾罩,恍兮惚兮,有求实利之心却无谋实利之术。在海滨小城,不久便被目为一怪人四不像。他与当地日伪政府的一些官员也成了酒肉朋友。一九四五年,日寇覆亡前夕,他竟充任日伪"民众大会"代表,前往南京开会。是时汪兆铭已死,日伪的国民政府主席、汪伪的继承人是陈公博。

倪藻不无惊异地发现,在这样残忍的状况下离去了父亲以后,这一家的生活获得了某种转机。倪吾诚走后他们搬了家,住到一个小院的两间南房里,房租要便宜许多。迁入新居以后,似乎人人长出了一口气。姥姥、姨、母亲的脸色都比往日要轻松一些。只有姐姐,没有改变她从小喜欢的叹气和摇头的动作。当然,她的精神越来越好。她的"干姊妹"活动得热火朝天。每人买了一本纪念册,互相题字。姐姐的纪念册上题着各式幼小娟秀的毛笔字与钢笔字:

美丽的倩影,
温柔的心胸,

>明亮的眸子,
>向着你远大的前程。
>这就是你,
>我的好妹妹——倪萍。

另一页是:

>莫道世界多荆棘,自有友情慰我心。

还有一页是:

>呱呱呱,呱呱呱,你是田里的小青蛙,
>快快乐乐吃害虫,长成一个胖娃娃。

再一页是:

>当蟋蟀在深秋的寒夜哀啼,
>勿忘我,
>我或许就在那个夜晚死去。

这最后一页的题字使倪藻读之愀然。

读了姐姐的纪念册,他仿佛觉得,语言比现实更美。语言给现实以慰安。

姐姐的脾气在平实中包含着古怪。倪藻翻看着红封皮、黑扉页、五颜六色的纸页的纪念册并为之感动的时候,倪萍忽然粗暴地从倪藻手中把纪念册夺走,收入自己的一个小木匣子,再把匣子锁起来,说道:"去,去,少看我的纪念册!"

倪藻很生气。他丝毫没有要求翻看姐姐的纪念册。是倪萍主动把纪念册拿给他的,他深信他们的友爱之情足以使倪萍拿纪念册给他看。倪萍对于他的事从来都是问长问短,关心备至也过问甚细甚至干预很多。倪萍主动地快乐地单纯地拿来纪念册,让他看,让他分享姐姐的小姊妹之间的情谊。这引起了他的兴趣,使他感动,引发了和加强了他对姐姐和姐姐的小姊妹们的美好的感情……而正当他看得津津有味之时,突然莫名其妙地将他推开。

莫非这也是一种权力的快乐吗?有权逗起你的快乐却又立即予以终止,看着你干馋干着急。

从翻开纪念册的甜美到被夺走纪念册后的怨毒,两者离得怎么这样近?

倪吾诚出走以后,静宜曾经为了生计而恐慌。最后,在"晃悠"的帮助下找了一个差事,在一个女子职业学校担任图书仪器管理员。因为静宜怀孕,说好了由静珍和静宜两个人共同担任这一个职务。两个顶一个人,领一份薪。为了获得这个职务,静珍和静宜跑了好几次和平门外琉璃厂,买了两个文凭。她们在一起反复讨论了好多次,认为静珍和静宜这两个名字太旧,不像是有学问的新式知识妇女,怕不易被女子职业学校的董事长和校长所看中。两个人决定改名,为改什么名热烈争论讨论了许多天,有时讨论得兴奋异常,格格的响亮的笑声甚至引来了好奇心重的"热乎"的造访。有时争论得面红耳赤,动了感情。最后总算选择了两个差强人意的名字。姜静珍更名为姜却之,姜静宜更名为姜迎之,一却一迎,倒也像嫡亲姐妹。

然后是填写履历表。主要靠"却之"。一连三天,静珍梳妆打扮以后便凝神静气,研墨调笔,练习小楷。边练习边叹息久久不理文墨,颇为荒疏了。"迎之"一旁侍立,颇觉恭敬。倪萍姐弟俩走进屋室也都屏神静气,觉得佩服。"却之"练习写下的一张张小楷,被两个孩子拿去欣赏品味。第四天才正式写履历。果然小楷写得一丝不苟,柔中含刚,立即被校方看中。然后是呈报,然后是托人情,然后是焦急地等待。最后果被录用,一致认为是姜却之先生的书法之功。姜迎之先生第一次主动吩咐倪藻去给姨母买酒买花生豆五香熏豆腐干祝捷。却之也是第一次真心"却之",说是就要成为新式职业妇女了,岂有喝得醉醺醺之理。

先是两个或共同或轮流去上班。后来迎之行动渐渐不便,主要是却之去上班。这不仅给家里带来了收入,也带来了希望、生气与新的生活领域。她们还带过两个女学生到家里玩。中学生,在倪藻眼睛里就是很大很大了。两个高中女生一个剪着短发一个梳着辫子,她们教两位姜老师唱流行歌曲。唱了"漂洋过海卖哟杂货"又唱《天涯歌女》,唱了"玫瑰玫瑰我爱你"又唱《花好月圆》。四个人唱得你走完调我走调,一起走完调便格格地笑。

静珍每天早晨的梳妆程序仍然没有改变。仍然是庄严的与悲愤的。也许时间缩短了些?也许自言自语的时候痛骂的话少了些、自吹自得自思自叹的话多了些?也就难说了。

从学校还来过一个花白头发的女老师。她说话带点口音,却之与迎之论证推理了半天试图证明她们也可以算做同乡。她们留她吃了饭。倪萍对这位老师印象特别好,她一会儿给这位老师端水一会儿给她坐的椅子上加一个椅垫。吃饭的时候老是冲着这个老师笑。也许来客人是太稀罕、太可贵了吧?

吃饭当中,在学校做事多年的同事向二位生手介绍了担任图书、仪器管理工作的窍门。主要是其中有哪些油水,可以怎样不露形迹地昧下一些物品,或者自用,或者送人——转卖则要非常慎重,因为容易露马脚。却之和迎之频频点头受教,心领神会,感激涕零,承认自己确实没有做事的经验,不懂得做事的道理和学问。听"大姐"一席话胜读十年书,真是"人情练达皆学问,世事洞明即文章"啊。有经验的"大姐"介绍完经验发表感想说:我们都是老实人,又胆小,我说的那些,也无非是零零碎碎,小小不言,根本就什么也不算的罢了。真遇到那手腕高强的,石头里头也能榨出油来!咱们中国,不论清朝皇帝袁大总统,也不论蒋委员长汪主席,谁坐江山也是这样。中国能不亡吗?中国不亡,宁有天理乎?

送走客人,却之迎之姐妹继续讨论体会客人的指导,感到五体投地。但又都说,此人太精太坏,不是好东西,今后倒不用防别人,头一个得先防着她!临睡觉时静宜忽然又想起来,便说了倪萍一顿。来个客人你那么热乎干什么?要来个客人就这么侍候那还怎么得了?

又不是你爹又不是你妈你干吗那么孝顺她?说得倪萍极为丧气。

过了一会儿,倪藻刚刚入睡,又听到了母亲的感慨:你爸爸要说不是个东西。可这一类的坏心眼儿他是一丝没有!他但凡有这位老师的十分之一的心眼,他早发了财了。这样的社会,这样的人,活该咱们娘儿几个倒了血霉!

倪藻梦见了爸爸,轻飘飘地,微笑着。长胳臂长腿显得多余。说话像在他耳边吹气。

爸爸这个人,又可怜又可恨!你说他上吊的时候,脖子有多疼啊!咯噔一声,立时就死过去了,脖子勒出了一大堆血。哪有这样的,哪有这样的……从那天起,我晚上都不敢出屋。我老觉得有一个人吊在我们的门前。

倪藻把自己的梦告诉了姐姐。姐姐评论叹息,说起爸爸自缢时的惨状。她说话的那个样儿,就像父亲自杀的时候她在身边。就像她自己上过一次吊似的。

她又说,如果那一次父亲真的死了,他就会变成吊死鬼。吊死鬼都吐着长长的舌头,因为他们喘不过气来,他们是活活地憋死的。他们的舌头因为失去血色而变得发白。白色的舌头,这有多么吓人。这样,吐着长长的白舌头的父亲的魂魄便不能安宁,他将夜夜在他们身边逡巡。他不会原谅妈妈、姨姨和姥姥,他肯定要把她们一个一个地吓死,捉走,捉到地狱里去。捉到地狱以后他们还要打官司,他们还要打离婚。他们要找阎王爷判定谁该下油锅,谁该拦腰锯断,谁该下辈子掏(投)生为一条狗,一只狼,一只猫头鹰。

谁也不会可怜谁,谁也不会让谁的。不论活着还是死了。

这就是刚刚过了十岁的倪萍的结论。

倪萍说这些话的时候两眼发出一种邪热的光,使弟弟觉得害怕,使弟弟想起"你个人着"的仪式。这种仪式在姥姥和姨姨回家乡一趟时便自动取消了。此后也再没恢复过。

除了唱流行歌曲就是唱戏。迁移到新居以后,他们的隔壁有一位老态龙钟的罗锅老太太。老太太姓白,在旗,每天早晨沏一壶香片茶,慢慢地呷茶,从来不吃早饭。白老太太抽水烟袋,呼噜呼噜呼噜,像一只熟睡的猫,倪藻一直闹不清那呼噜声是从水烟袋容器里发出来的还是从白老太太的胸腔里发出来的。

白老太太虽然哼哼唧唧地衰老了,但她说她是戏迷也是牌迷。虽然她喉咙嘶哑,声似破锣,唱起什么来一会儿咳嗽一会儿断气,断断续续像发疟子,但她坚持说:您听这个味儿!别的都是假的,味儿是真的。有的人又有脸子又有嗓子,又拜师又票戏,还学会了拉胡琴,说得出各种曲式,他就是学不上这个味儿,他一辈子唱不出味儿来。不信,您听听我这个味儿:

苏三,离了洪洞县,
将身来在大街前……

她居然把这两句"西皮流水"完整地唱出来了,确实像是有点什么味儿。但是身子已经很重的静宜提出,过去她们不是这样唱的,她学的戏词儿是:

苏三离了洪洞县,
将身来在大道边……

"什么叫大道边呀,大道边哪儿是京戏的词儿,您唱梆子去吧您哪……"白老太太不屑置词一辩。静珍直扽她妹妹的袖子,怕是对年高德劭艺精的白老太太有什么不敬。

于是姐妹俩依依顺顺地学着白老太太的味儿唱起来,唱的是"大街前",不是"大道边"。

倪藻完全听不懂"大街前"和"大道边"的含义。他一直以为"大街前"是"大姐钱","大道边"是"大刀鞭"。而且,他受不了这词和这调的重复。她们一遍又一遍地唱下去,一天又一天地唱下去,也许是一代又一代地唱下去,让你听了想上吊。他不喜欢苏三,就像不喜欢白老太太。苏三是什么人呢?就是这样一个呼噜呼噜地吹着(他以为是吹着)水烟袋的无所事事的罗锅老太婆吗?

唱累了白老太太就骂儿媳妇,骂得挺逗趣也挺活泛,头一次听时连倪藻姐弟俩也觉得引人入胜。

骂完了,老太太想起来问:倪藻他爸爸呢?

倪藻心怦怦跳起来。他想逃走,他怕妈妈和姨姨趁着白老太太骂儿媳妇的气势有来有往地骂一回父亲。偏偏白老太太紧紧地搂着倪藻,倒像跟他有多么亲热似的,倒像倪藻是她嫡亲重孙子,她刚刚给他买了糖人儿似的。

然而倪藻完全多虑了,没等静宜说什么,静珍已经回答:"我妹夫在上海,铁路做事,当科长哩。"

"就是就是,"静宜接着说,"在上海,铁路上,当科长哩……这不是,前些日子还来信呢……他也忙,也不常写信。他有个老娘,一大家子人,负担太重呀!"

后来倪藻费了好长时间好大劲并且亲自询问了母亲和姨姨才弄清为什么要这样回答。刚搬过来不久,人生地不熟,为吗把实话都告诉她?实话告诉她传出去不是让人瞧不起、让人看笑话、受人欺侮吗?但也不能显得咱们家的状况太好了,那传出去房东不算计咱们,给咱们长房钱?你要知道,姨姨说,人生一世,难啊!穷了人家瞧不起你,富了人家算计你。这就叫逢人只说三分话,未可全抛一片心。最后这两句谚语,静珍是用湖广韵类乎"叫板"的腔调念出来的。

等白老太太走了,姜赵氏也发表感想说,京戏有吗听头,听《女起解》还是得听梆子哟,你听听直隶老派的灵芝草,人家是怎么唱苏三的:

  适才间哪啊
  哎哎哎——哎——哎哎哎哎——
  有文——到——
  得——活哪——命啊——

271

咱娘唱得真好,姐妹欷歔叹息。那年灵芝草上咱们乡里搭台上戏……那年爹还在世,咱们还没出阁呢……还说吗呢?还说吗呢?谁想得到你我姐妹落到这步田地。还说吗呢!

一说起梆子她们就有无限的伤感。她们也有自己的天真的往事。还说吗呢?

遇到星期天,却之迎之都在家的时候,白老太太便带上她的一位朋友,一位河南籍的小学教员来找静珍和静宜打麻将。这引起了倪萍姐弟极大的兴趣,很快他们就懂得了麻将的规矩和奥妙了,他们有时候站在母亲和姨母的身后,抻着脖子看牌,一看一两个钟头。当然,他们是不出声的,他们守规矩。但他们也常常与牌面的变化同步喜乐。有时候等一张牌等得心跳到了嗓子眼儿上。有时候还默默地祷告:来一张"四饼"!"四饼"!还有一次姐姐拉着弟弟进了里屋,撂下帘子,悄悄地给"财神爷"像磕头,保佑我妈我姨赢一把吧,财神爷,我们永远崇拜您!

但是十之七八打完三个小时四个小时五个小时八九十一个小时以后,姨姨和妈妈恋恋不舍地从自己的座位上站了起来。她们的脸色是苍白的,她们的目光是迷茫的、失望的、心痛的。她们虽然还要有气无力地对客人说几句:再坐会儿吧,在这儿吃吧,但她们的脸上的笑容实在比哭容还难看。这究竟是为什么呢?这牌成了背啦。姨姨说。她们还讨论研究扭转"背牌"的命运的方法。说是如果牌太背可以出去绕一圈,就能时来运转。这样也做过呢?只要是一连五把不开"和"就说要上厕所,然而,又有几次从厕所里带回赢钱的好运道呢?

即使在最"幸"最赢的情况下,打完牌的白老太太也还要大摇其头,她说:我这算打的什么温吞牌?现在算什么时运?这年头还有好时运吗?我年轻的时候,我二十三岁那一年,我坐着轿去玩牌,您猜我和了一把什么?您猜不着吧?我和的这一把是清一色、一条龙、门前清、一般高、二将、扣听、捉五魁砍当儿、自摸、提溜、财神、元宝、猫逮耗子、四季花……和了这一把全傻了眼了,这一把就把所有的银子全赢过来了。您说呀,这有多少"番"多少"嘴儿"? 我也害怕了,我都吓傻了。二十三岁就和这样的满打满算一百一的牌,您往后可怎么治啊? 您猜怎么着? 赢的银子我是一个小钱没要,全舍给庙里了!

大家都听傻了眼,包括孩子。白老太太离去后静珍发狠说,他奶奶的! 我也要和这么一把,和完这一把我再也不打牌了! 我就不信她真的和过这样的牌,她要和过我为吗不能和? 姓白的旗人做得到的事我姓姜的汉人就做不到吗? 太公钓鱼那个姜子牙不也姓姜吗? 咱们争这口气!

过一会儿她补充说,我赢了才不给什么尼姑和尚呢,我全把它花了。又过了一会儿她笑了,叹道,真是穷疯了,穷急了眼了。

姐儿俩在女子职业学校本来混得不错,但夏天出了一件事。一到夏天,日本人对防虎列拉(霍乱)抓得很紧,到处强迫注射预防针。但注射的水平很低,条件很差,不断传来因打预防针而重病,而感染,而锯掉了一条胳臂,乃至而丧命的消息。姜却之本来就怕医药,听到这些消息更是魂不守舍。偏偏她正上班的那一天打针的到学校来了。带着警察,不打不行。姜却之先是哀告求免,不行。打针的把她拉过来就抹袖子。姜却之一看针头,大叫一声,昏死过去……成了笑柄。

一九四四年九月,静珍和静宜被女子职业学校辞下来了,紧接着静宜生了第三个孩子,一个小女儿,从此她们没有再找事,大概找也找不着。

哦,这样的日子有多么沉重! 对于倪藻来说,甚至于在原来的那个独院里的充满争斗的生活也要更加好一些。那时候充满了争吵,仇恨,残忍,拼命设法让别人听从自己,哭,闹,软的与硬的计谋,永远不死心的幻想。那时候小小年纪的他已经懂得了盼望和睦,盼望谅解,盼望光明。而搬到这里以后呢,父亲走了以后呢,却只有永远唱不完的苏三,永远和不成的白老太太的理想和! 他甚至也盼望过妈妈或者姨姨和一把这样的和! 他亲眼看到了她们做这样的努力,来回地码牌,摸牌,换牌,然后归于徒劳。这就是生活吗?什么时候才能变一变这样的生活呢?

一九四四年的春节前夕,来了一位陌生的先生。他见到什么人都鞠躬哈腰点头,见到倪藻倪萍也是赶紧弯腰。他说为了找到他们他费了许多周折。他来自胶东半岛的滨海城市,他带来了倪吾诚先生的信及送给孩子们的节日蛋糕,还有一盒巧克力糖,倪萍和倪藻惊呆了,他们想不到自己的父亲仍然存在着,而且和他们取得了联系。那花蛋糕上的奶油和巧克力糖上的金纸完全像来自另一个世界。

没带钱来吗?静宜急切地问。

陌生人淡淡地一笑,摇摇头。

静宜大失所望地叹了一口气,怀里的小三儿哭起来了。

信是这样写的:

萍儿藻儿:

我在这里很好,不必惦念。现带去过年的礼物,这是一个父亲的良好美丽的祝愿。我时刻不放心的仍然是你们的健康成长。没有健康的身体就没有一切。每天早晨,三顿饭后和晚上临睡前都要刷牙,牙刷要选择合乎卫生标准的。牙刷毛太多太密其实对牙齿无益,切记!要注意营养,不是说每顿饭都吃鱼肉,而是要搭配好。豆类制品对人体既极有益,价格又低廉。尤其不能忘记的是洗澡,为父不在,不能带你们去澡堂,但我时时在盼着你们,一天一定要洗一次澡,最好两次,再有关于 O 形腿与八字脚事……

请代问候你们的母亲、姥姥、姨。祝她们年节快乐,诸事如意,身体健康,happy new year!

看完了信,静宜气急败坏地破口大骂。静珍边笑边摇头。你说这叫吗行子?你说这叫吗行子?姜赵氏劝女儿道:别气了,就当他死了吧,那回死了不也就死了吗?

续　集

第　一　章

　　访欧的最后一天上午,倪藻他们在 M 市一所大学的东方研究中心做客。东方研究中心的女主任按欧洲人的眼光来看属于小巧玲珑型的,一副大眼睛非常活泼。她说,她主要是研究日语和日本历史、文化的,她的汉语讲得南腔北调。她说,她对中国非常有兴趣,现在,有一位华侨教她练太极拳,她每星期学练两次,每次四十五分钟。她还买了一本关于中国炊艺的书,已经学会了做几样中国菜。

　　伟大的中华文明!走到哪里都可以听到对于中国"功夫"(武术)和烹调的称颂!

　　她的办公室充溢着松木的芳香。一切桌椅都显出自然的(人造的自然?)木纹,柜子里摆着印度、日本、马来西亚和中国的一些古玩仿制品。

　　她自我介绍说,她有四个孩子和一个亲爱的丈夫,每天下班以后,她要亲自料理家务,照料丈夫和孩子。因此,人们称呼她为 wonderful woman——奇妙的女人。

　　她说,正因为在西欧,而且不仅在西欧,婚姻和家庭制度受到了严重的挑战,似乎是处于解体的过程中,这样,就激发了一种反对的力量和思潮,他们赞成并向往东方的关于家庭伦理的价值观念。

　　和倪藻一道的一位中国学者听了喜形于色,他连忙说这一点很重要,他回去一定要把这个情况传达给中国人民。

小巧玲珑的主任的眼睫毛,非常灵敏地眨动着。

这时端来了一盘酥皮小圆点心。主任说,这是她亲手按照《中国炊艺手册》一书的介绍选料和制作成功的。倪藻他们纷纷品尝,香、酥、甜、咸,味道很好。馅是粉红颜色的,似乎放了奶油与草莓果酱,实是一种中西合璧的甜点。女主人兴致勃勃地问,像不像?能尝得出中国的风味来吗?大家纷纷称赞,并说在烹调方面,中西文化交流一直是阻力最小,成效最卓著的。

于是谈起中国的文化与中国的历史。女主任说,中国的文化是奇妙的文化,中国的历史是奇妙的历史,中国的生命力是奇妙的生命力,中国的知识分子是奇妙的知识分子。她说,这种文化的发生、形成、发展和迄今的存在本身便是历史的奇迹,人类的奇迹……

但是近百年来我们大大地落后了。一位中国同志插嘴说。

你大概是指经济方面和科学技术方面。女主任说。这当然也是一个严重的问题,但并不是问题的全部。在我们这里,有越来越多的人认为科学技术和工业生产的发展带来了非常消极的后果。有人认为,这种发达的消极面比积极面还多。人们越来越倾心于一种古老的、注重保护自然和调整人际关系的文化。对于你们的悠久的历史来说,一百年只是一瞬间。显然,你们能赶上,你们能吸收一切对你们有用的东西并且加以改造。比如说印度的佛教。还有马克思。还有俄国的革命。奇妙的是,你们既能吸收也能适应也能改造成你们自己的东西。西欧也面临美国的强大的影响,好莱坞、可口可乐、摩天大厦、快餐和摇滚乐。这里充满了矛盾冲突。我们同样也要保持自己的文化传统,文化个性。

尤其使我惊异的是你们的知识分子,女主任转换话题说。一年来我接待过不少来自中国的各方面的专家学者。他们当中许多人在十年文化大革命期间和以前,受到了许多打击和迫害。我想,如果是我们这里的一位知识分子经历了那么许多不公正的、可怕的事情,他多半不会活下来。不自杀也要发疯。不发疯也要从此变成一个消极颓废、悲观厌世的人。有些人过得好好的还要厌世、还要自杀呢。但中国的知识分子不同,你们的处境刚刚得到些微的改善,你们已经毫无怨言地投身到国家的发展建设的事业中去了。如果不是亲自与你们接触,我也许会怀疑你们的乐观和信心是被迫地违心地做出来的姿态。但我现在知道了,你们的乐观与信念是真诚的,能不能告诉我,你们的乐观主义的源泉在哪里呢?

那是一种源远流长的爱国主义。

来自关于社会进步的理想。我们是一代理想主义者。社会主义的理想,对于世界,仍然是最富有吸引力的。

中华民族特有的韧性、耐性、坚忍不拔的精神。卧薪尝胆、十年生聚、十年教训的意志力量。

人们说的大同小异。倪藻没有说话,但是这个问题引起了他的思考。说也怪,在国内他已经听够了各种泄气话和牢骚,听够了各种外国的月亮比中国的圆的半玩笑半当真的怪话。而恰恰是在离开祖国上万公里以后,在他能以更从容更宏观地观察和思考、能以异国为参照的时候,他自己也不能不惊异——中国的存在,中国的变化,中国的力量确实是奇妙的。

而这是很难让戴眼镜的奇妙的女主人了解的。甚至难以让自己的子女了解。他们和他们的上一代人曾经是生活在怎样的起点上。他们已经走过了怎样长的一段路。艰难、奇妙、别无选择。

"中国是神秘的,又是亲切的,"女主任最后说,一一握手话别。

中午饭后立即赶到了国际航空港,访问云云也不过是匆匆的一瞥,匆匆翻过去的一页。机票上写的时间是下午一点四十五分起飞。就要回国了,倪藻既对这段旅行生活和欧洲不无留恋,又有一种"终于可以回去了"的轻松感。其实,他们离开北京刚满十三天。

他没有想到的是赵微土竟然特意从 H 市乘飞机赶来送他。赵微土的脸色比那一天要平静得多。他有一小包东西委托倪藻帮他带到北京,转交给他在国内的亲属。

"我很感谢您那天与我的谈话。我好像不那么难过了。但我有时候仍然想不通,好像是想不通,为什么做一个中国人是这么难呢?为什么中国的革命、中国的进步要这样难,要付出这样惨重的代价呢?少付出一点代价,不行吗?您知道,第二次世界大战结束以后,这里就是有许多人,他们一听到战争,一听到革命,确实是谈虎色变……"

扬声器里已经传出要求乘坐这一班飞机的旅客前往指定柜台办理乘机手续的通告。女广播员的声音干练而又温柔。

同团者催促倪藻去办手续。倪藻只来得及对赵微土说:"也许你是太年轻了吧?我说的不只是年龄。"

他挥手与赵微土告别,与送行的该国接待人员告别。赵微土也向他挥手。他踏上了电动甬道,他离赵微土越来越远了,赵微土忽然想起了什么,喊道:"史太太说,请你一定……"

人声嘈杂。倪藻只是从口型上看出来,是叫他向父亲问好。

当然。当然要问好,要说说史福岗在 H 市的公寓,说说史太太的生活,特别说说那郑板桥的"难得糊涂"。他在异国,在那里似乎接上了一段截断已久的胶片。那本来是永远死去了的、永远沉睡的往事。他曾经多么快乐地跨过了和埋葬了那往事,那比生活和人还要强的怨恨和残忍,那比怨恨和残忍还要沉重的无聊与空洞。他忽然又寻觅到了它们的遗迹,这是惆怅的。也许还有一点激动。但他似乎更有把握回答赵微土了。为了改变他童年时代领教够了的生活,这一切的代价,也许并不算太高。

但当他坐上了飞向北京的班机以后,当他飞行在厚厚的云层上,当他拿起了空中小姐拿给所有的乘客的中国边防站与中国海关制发的"入境申请表"和"海关申请表"的时候,离北京越近,离八十年代的中国现实越近,他越觉得没意思了。他为自己曾有的激动与惆怅而害羞了。

当然,也算是一个谈话资料。叫做聊充谈资。否则,他又能与父亲谈点什么呢?

然而连这谈话资料也已经是不需要的了。倪吾诚正在走向他的生命的尽头。

刚满七十岁的倪吾诚住院已经五天。不吃东西已经十多天了。发烧,喘不过气来,肠胃出血。大便黑如柏油。他躁动不安,只重复一句话:倪藻什么时候能回国来?似乎已经预感到了大限的到来。

"死"从来是倪吾诚喜欢清谈的一个题目。"六合之外,存而不论",他有时这样说。太阳系、地球、人类都有自己的时限。然而无可怀疑的是,在此一太阳系、此一地球、此一人类毁灭的同时,又有新的太阳系、新的地球、新的人类诞生和形成起来。他援引恩格斯在《自然辩证法》中的论述说。这是怎样地高瞻远瞩,怎样地令人超拔舒展呀,他补充赞道。想长生不老的人只能是个人野心家。我从宇宙万物中来,回到宇宙万物中去——最终一个"土馒头"。他从青年时代,就喜欢在松柏常青、万物岑寂的坟墓里漫游,他常常带孩子在墓地散步。他常常默默地看着一个一个的墓碑,想象着死者的生的与死的烦恼悲痛。和这一切的最终的解脱。

医院说,没有病床。他没有领导职务,没有高级职称,没有社会头衔,不是代表人物,哪一边也够不着。只能回家躺下不吃不喝地便血。

倪藻回国以后,辗转托人,总算挤入了一间病房,进房前先在楼道停放了七个小时。医生检查,发现了他的时而窒息,他的内出血,他的不进饮食,他的周身躁动不安的痛苦。情况十分严重。怎么搞的?把病人拖成了这个样子才送医院?

倪藻只能报以歉甚的苦笑。

闹不清是病重才住院抑或是住院才病重。一住院——虽然病床的床单极为肮脏。由于是临时加床,床紧靠门口,一开门一关门都给病人造成极大的干扰——一切立即正式的严重化了。每天二十四小时不停顿地供氧。氧气瓶漆皮剥落、到处是锈斑麻点,像一枚不祥的导弹,停放在病房门外。病房太小。为了保证一定的湿度,氧气要先经过一个盛水的瓶子。瓶子里时而出现一个又一个微小的气泡,如衰弱无力的沸腾,而后复归于静止平息。这是倪吾诚的生命仅有的、勉强的、不稳定的生灭。

滴注葡萄糖与生理食盐水。万能的滴注瓶子无依无靠地悬挂在支在病床栏杆上的金属架上,它的万能似乎正是它面对病魔和死神的无能的标志。注射止血与调节血压的药剂,发现血压过低的时候使之升压,反之又让它降下来。于是不再躁动了,他闭上了眼睛,呼吸沉重如哀痛的呻吟,脸上或有不可知的与微不足道的表情掠过。经过这些处理以后,每天已可以咽下几勺藕粉。

我回来了,我去了H市史福岗的家。史福岗不在,但是史太太在。她问候您。

啊,啊,好,谢谢。谢谢史太太。

我已经问过医生了,他们说问题不大,一定会好的。很快就会好的。他们会精心治疗,您不要着急……

啊,啊,好。谢谢医生。谢谢大夫。

×××来看望您来了……

谢谢×××……

没有睁眼睛。本来睁眼睛对于倪吾诚也早已失去了意义。他失去视力已近十年。那是刚到"五·七"干校以后不久,发现了他的严重的白内障与青光眼症。需要做手术。县医院从来没有做过这样的手术。那时是赤脚医生在占领医疗阵地。倪吾诚突然表示了态度,他声称他坚决热情地支持赤脚医生这一社会主义新生事物。他准备用他的一双眼球来支持。他的这种热情支持甚至使对他进行监督改造和群众专政的"左"派们也目瞪口呆。按照"公安六条"的规定,不得参加文化革命的倪吾诚"左"起来竟能使真正的理直气壮的红"左"派黯然失色。而后他基本上丧失了视力。你又有什么办法能够证明,眼睛如果不交给赤脚医生,就一定能够得救呢?倪吾诚雄辩地反驳埋怨赤脚医生也埋怨他的轻信的亲友。

几年之后跌跤跌断了右腿的小腿骨——本来他的小腿骨就长得过细。这使他自幼就深感痛惜。半年之后他的小腿骨愈合了,但是两条腿的肌肉已经同时萎缩,他再也站不起来了……

住院一个星期以后,他忽然缓慢地却又是清晰地说:"也许用不着多久了吧?在我年轻的时候,在我母亲临死的时候,她曾经说过,人咽一口气,也不容易。这话我至今还记得呢。"

过了一会儿,他又说:"那间屋子还空着呢。"

然后就沉沉地睡过去了,医学上叫做昏迷。叫做脑软化。

又过了四天,经过了多次抢救。终于来到了一个时刻,刺耳的电铃响起,所有的医生跑了过来,人工呼吸,按摩心脏……更像是仪式。一切都不必要了。大家放了心。

这个高大身材的人死的时候蜷曲成了一团,眼窝、两腮、胸腹深陷。像一个吐完了丝的缩成一团的蚕蛹。却没有蛹的饱满。

倪藻说,他死了。他一生追求光荣,但只给自己和别人带来过耻辱。他一生追求幸福,但只给自己和别人带来过痛苦。他一生追求爱情,但只给自己和别人带来过怨毒。

静宜听说倪吾诚的死讯后说,他死了,为社会除了一害。我恨他。死了我也恨他。我恨死了他。衰老的静宜说起他来仍然面色青白。

只有倪萍独具慧眼,她认为静宜这样说其实反而反映了某些残存的对倪吾诚的感情。

倪吾诚和静宜的第三个孩子,倪萍和倪藻的妹妹倪荷至死没有见她的父亲。倪藻曾经谨慎地把父亲病危的信息告知了倪荷。终于,没有见。

在倪吾诚失明以后的十年里,见一见倪荷的愿望折磨得他几乎发狂。他几次在见到倪藻以后谈起他见倪荷的愿望,他说他只想听一听倪荷的声音,摸一摸倪荷的手,倪荷拒绝叫他爸爸也没有关系。

他援引一位外国名人的母亲的故事,这位母亲瞎了,她昼夜思念着儿子,她想摸一摸自己的儿子,但她没能实现自己的愿望,她的儿子反而先死了。她要求,哪怕是遗骨,她也要亲手摸一摸……说到这里,倪吾诚呜呜地哭了起来。然后他又讲了已经给倪藻讲了不知多少遍的巴甫洛夫的狗的故事。他愤怒地用控诉的语言说,倪荷对他的态度是对他的虐待,是故意的冷淡,是折磨,是不流血的谋杀。他的哭泣与锐利的语言使倪藻同情,也使倪藻愤慨和厌恶。这一类的话倪藻已经听了几十年,从解放前听到解放后,从童年听到青年、中年,够了!远里不说,解放以来的三十余年,从倪藻还不过是十几岁的时候,就不是儿子向父亲诉苦、抱怨、求助,而是反过来,父亲向儿子诉苦、抱怨、伸出求援的手。每次见面倪吾诚差不多都要讲自己的不幸,自己的耻辱,自己的痛苦。一想到自己在少年、青年时代听了这样的话是怎样地受不住,怎样地如同得了热病,倪藻不禁也发起狠来。世界上有这样的父亲吗?他竟能对十五岁、十六岁、十七岁、十八岁的孩子大发神经、叫苦连天,他竟能把自己的灵魂里的沉重负担转嫁给自己的孩子……而孩子在自立以后反而从来没有为自己的事情打扰过父亲。如果说生活冷淡了倪吾诚,倪吾诚不是更加十倍百倍地糟蹋了、耽误了、背叛了生活吗?他究竟为家为国为社会为他人做过一点什么呢?这样想下去倪藻只能发抖。

倪荷与父亲的彻底决裂大体上也是这样引起的,虽然倪藻不知道个中细节。在倪萍和倪藻的榜样的带动下,在"新社会人和人的一切关系都是新的善的美的"的信念下边,五十年代后期与六十年代初期,少女倪荷曾经非常友好地动情地对待父亲,虽然在她的记忆里几乎就没有过这样一个父亲,而且解放初期父亲就已经与母亲离婚,而她当然是跟随着母亲的。倪荷对待父亲的态度曾经与任何女儿对待自己的生父无异。她买了猪头肉给父亲下酒。她劝父亲少吸几支烟。她骑上一个小时的自行车去看望父亲。然而倪荷的神经终于没有经受得住父亲的唠叨与牢骚。她清楚地意识到如果不与父亲断绝来往,便有可能变成父亲抓住的一根稻草,父亲终生是溺在水里的,他势必要拉住这个那个与他同归于尽。她后来气恼到那种程度,不能原谅到那种程度,使倪藻也为之瞠目。

只是在最后的一年,倪吾诚没有再提过倪荷的事。他已不抱希望。他似乎自知不起,虽然他既没有留下任何遗言,也没有对"病很快就会好了"表示怀疑。在最后的时刻他对一些人一些事的反应只剩下了"谢谢"。他终于不再骂人、不再叫苦连天、不再发牢骚了。

难道对于这样一个人,死真的是一种安慰,一种解脱吗?

而且,事实上,他死以后,他的亲属们生活得更轻松、更单纯、更容易一些了。一位亲属在他死后痛哭失声,这是唯一的一个为他哭出声音来的人。她边哭边说:我现在想起他的好处来了。事实就是这样,他只是在死后才被个别人想起了好处。他的"所在单位"的有关领导人员也终于为他的死长出了一口气。这个单位有了这样一位先是工作人员后是退休人员最后临死前几个月被"落实政策"从"历史反革命"又变成了"离休老同志"的人士,确实是这个单位"倒了血霉"。最后,就在太平间的存放尸体的冷藏柜旁边的平台上,举行了与倪吾诚的遗体的告别仪式。告别是冷漠的、无所谓的。大家只希望这些程序快快结束。

能带来一点生气的是火葬场来收尸的年轻哥儿们。家属按"规矩"给他们贡献了香烟和白酒,他们嘻嘻哈哈,有一种得道者的超脱的洋洋自得。虽然家属提出了一些哀求,还是没能防止尚未融化的冻硬了的尸体运输途中在灵车上颠颠跳跳碰碰撞撞。尸体直接拉到了火化炉前。那里是极为惨烈的生离死别的关隘。还离得远远的,便开始听到了从那里传出来的这个那个死者家属的疯狂的撕裂人的肝肺的痛哭声。几个同样失声痛哭的人拉着一个哭得最惨并且不住地要向火化炉扑去的妇人。这样的哭声像是为死者,更像是为自己。人生一世,人生一世,又有谁能逃脱以大哭始、以狂哭终的命运呢?又有谁能在回想自己的一生的时候能不大哭一场呢?

为倪吾诚送葬的队伍是空前平静的。平静得堪称模范。没有眼泪。没有呜咽。当然,更没有号啕。

　　没有让别人——任何人为自己的死去而真正痛苦,这大概是倪吾诚一生中做到实处的唯一一件好事。

　　然后办手续订下了价格比较低廉的一个骨灰罐。就这样永远地结束了。

　　还有一个细节,死者到死没有混上一只属于自己的手表。

第 二 章

　　不仅倪藻,甚至包括静宜也相信一九四九年的中国革命的胜利埋葬了一切旧有的痛苦。一九四五年,日本侵略者宣布无条件投降。在海滨城市做校长的倪吾诚不久便与进驻了那里的海军基地的美国人交上了朋友。他曾与一个美国人一起去那里的海水浴场游泳,他曾亲眼看到那位美国人被凶恶的黄海鲨鱼叼断了一条腿,那位美国人终因血流过多而死去。在这个时期,因为抗日战争的胜利而大大激起了爱国心的少年倪藻正在狂喜地欢迎"国军"的到来。

　　倪吾诚后来便失去了他的校长的职位,他以一个失业者的身份回到了北平——又改名北平了,回到"家",好像一个寄住的客人,好像一个体内的异物。这时倪藻的欢呼胜利与欢迎"国军"的热情已经被现实粉碎,到处是贪污横行,物价飞涨,腐败堕落,人们的处境比在日伪统治下面很难说有多少改善。父亲的归来与失业又给这个麻木的、苟活者的家庭带来了纷争火并的潜伏着的巨大危险。但又毕竟给倪萍和倪藻,主要是倪藻带来了某种安慰。倪萍十三岁了,她已经拒绝与父亲一同外出,不论是去什么地方。这种固执使倪吾诚大发雷霆,觉得不可理喻,觉得倪萍不大方、憋窝子。他激动地说:我最不喜欢的是动不动就"俺不"的人。一个女孩子,应该打扮,应该生活,应该愿意穿自己有的最好的衣裳,应该磊落大方,不应该鼠头鼠脑、畏畏缩缩、羞羞答答……这次倪吾诚的"我不喜欢"云云并不需要静宜的反驳痛斥。因为倪萍没等他说完就回了一句:"废话!"再加一句:"讨厌!"倪萍回身就走了,根本不承认这样一个父亲的存在,更不要说什么权威不权威。如果倪吾诚穷追不舍,女儿就会转过脸,死死地看着父亲,用无可讨论的认真的语调说:"您在外边吃喝玩乐够了吧?没有饭吃了吧?所以您回来了。不是听说您又娶了一个了吗?"

只有倪藻还稍稍保留一点对倪吾诚的常常夹杂着外国语词的空谈的兴趣。倪吾诚带倪藻看过一次针眼,但不是去光明眼科医院。倪吾诚还带倪藻去吃过一次饭馆,是杜公请的客。在饭馆被请吃饭,倪吾诚老练、亲切、彬彬有礼。从选择桌位到看菜谱到向侍者提出什么要求,他都做得恰到好处。而他的心情和容光就更加精彩。他俨然是一个快乐的君王。后来倪藻当面对父亲说,一顿好饭就能改变您的世界观。倪吾诚哈哈大笑,点头称是,并说这符合唯物论。

倪吾诚与儿子结伴去洗过几次澡。难为那个浴池的老工人。阔别几年,他竟没有忘记嗜浴的倪吾诚。倪先生,您好啊?您发财呀!来壶香片吧?要不,咱们还是高末?

一直没有找到正式职业、陷于困境的倪吾诚在一九四六年春突然决定去解放区,去投奔共产党。在此以前他收到了他过去的一位老师和一位学生的信,他们现在都在解放区。此后他又与北平军事调处执行部的共产党的工作人员取得了联系。他说,我要去看看。他们反对剥削,反对封建我赞成。他们斗争地主,我也赞成。我就是从地主家庭出来的,我认为对待地主的斗争,怎么残酷也不算过分。特别是那些地主婆娘,就是要狠狠地惩治她们。当时的国民党统治区散播着各种关于土改的谣言。最可怕的一种是说农民斗地主婆娘时把一只猫放到地主婆的裤裆里。倪吾诚听了以后兴奋地说,对待有些个地主婆娘,就欠用这种办法收拾,他拍手称快。中国这个国家,不这样就翻不过一个个来。大家都劳动,老吾老以及人之老,幼吾幼以及人之幼,我更赞成……

生活已经腐烂到了这种程度,痛苦到了这种程度,完全不同的人,就是那些食利者剥削者的残渣余孽,那些不甘心一切照旧、坐待灭亡的生活在历史的夹缝里的畸零人,也真心企盼着暴风雨,祝愿着断层地震、天塌地陷、火山崩发、江水倒流。这个世界非翻它一个滚不行了,多数人已经意识到了这一点。于是,倪吾诚说走就走了,革命去了。他的"革命"就像一个受潮多年、哑然多年的、早被认为"臭"掉了的炮弹的爆炸。知情人目瞪口呆。

而真诚地与急剧地革起命来的是倪藻。他如饥似渴地汲收了、接受了革命的理论和实践。他绝对不能像他的上一代人那样卑劣地生活。他与无孔不入的可怖的旧生活的黑暗殊死决绝。他完全相信战场上、刑场上、监狱里的鲜血,这鲜血便是起死回生的活命水。只有这样的鲜血才能洗涤中国的太多的污垢。这鲜血将拯救千千万万化为石头的奴隶。他自己准备洒出自己的少年的热血。随时准备。革命确实是火炬,是灯塔,是太阳。革命是驱动的最强大的马达。有了革命以后时代是怎样的不同了,生活是怎样的不同了,他自己是怎样地不同了!没有革命还不如死。

革命的政治热情使他改变了对许多人的认识和态度。到一九四九年北平解放的时候,父亲在他心目中的形象渐趋高大。这里只有一个原因,父亲一九四六年便去了解放区,他当然是好的、伟大的了。虽然倪藻意识深处也不无困惑,因为他记忆中的父亲的形象实在与他追求向往的革命鲜有共同之处。直到许多许多年之后,在倪藻的许多幼稚的幻想和他童年的关于金丝雀与活命水的幻想一道破灭以后,他才明白:革命并不是神话中的活命水,它并不能立即改变一切,并不能立即重新排列人形活动。不是因为革命不够伟大,而是因为革命的路是那样实在、曲折、漫长。即使可以批评革命没能够那么理想,像有些人所希望、有些人所应承的那样,又难道可以不革命吗?

革命以后的倪藻立即断定姥姥姜赵氏与姨姨周姜氏——静珍——姜却之是丑恶的、没落的、注定了要灭亡的。因为她们是地主。也许她们没有本事成为现实的反革命。但倪藻在整个国家整个民族整个社会获得新生——起死回生的时候对这两个可怜虫和她们所属的阶级一起被摧毁被消灭被埋葬入坟墓爱莫能助。如果她们注定了灭亡,就早一点快一点灭亡吧!她们的一生也是旧社会的无数罪恶之一种罪恶的代表吧?其实即使没有革命她们自身的腐烂也注定了她们不会有更不可耻的结局。说不定更加丑恶可怖。她们的无望与倪藻这一代人的无限光明无限希望不正成为鲜明的对比吗?不是倪萍也被汹涌前进的革命的洪流卷进去了吗?

一九四九年倪吾诚是以一个胜利者的姿态回到北平的。他穿着统一发的灰色干部棉衣。他享受着供给制"中灶"待遇。他的身份是当时非常时髦的一种短训班性质的"革命大学"的研究人员。但他的革命性立即受到了倪藻的苦恼的怀疑。因为第一,他去了解放区,他胜利了,但他不是共产党员。第二,不久他就离开了革命大学,应聘到一个不怎么革命的私立大学做讲师去了。

一九五〇年完全在倪藻的努力与调解下实现了倪吾诚与姜静宜的自愿协议离婚。单为这倪藻也想称颂革命一生一世。没有革命绝对不可能设想这个不幸的、可怕的婚姻的正常终结。一九四九年,倪藻曾经以为革命能使他的父母和解,看来革命还没有这样的无所不能的力量,这略有遗憾。但当父亲与他谈起离婚的愿望的时候他支持了父亲。他坚信崭新的社会将会建立起崭新的、友爱的、文明的人与人的关系,而父母的正常的文明的离异便是这种崭新关系的一部分。

正式办理离婚手续前倪吾诚迫切要求、具体安排先是与静宜、与孩子们一起合影,然后与静宜合影。合影时是那样亲切温柔。世界上只见过这样的结婚照,却没见过这样的"离婚照"。在这两张照片上倪吾诚的形象是一个慈父,是一个贤夫,是一个至仁至爱的耶稣。他伸开自己的手臂拥搂着妻子儿女,双目含泪,似乎生怕这幸福的家庭的失却。照照片的过程甚至使静宜产生了错觉——也许他改变了离婚的念头?说到底,静宜仍是不愿意离婚的啊。

领了离婚证以后,从街道办事处走出来,走在胡同里,倪吾诚哭成了泪人儿。我对不起你,我对不起你!他一再重复。他的声音哽咽,他的喉结滚动,他边哭边说整个改变了腔调。那个狂狷的、自负的、视静宜如草芥的倪吾诚已经被一个多愁善感、善良软弱的倪吾诚所代替。结果倒是静宜显得冷静得多,她尽量用新名词安慰(!)倪吾诚说,过去的事就让它过去吧。谁让我们生活在那样的旧社会呢……我祝你今后前途远大、生活幸福。

然后是倪吾诚的第二次婚姻。结婚以后一个星期便是大争吵……大争吵的程度很难说比与静宜的争吵更温和。新的妻子坚持说倪吾诚欺骗了她,什么教授,什么老革命,什么前一次婚姻已经了结清楚……原来倪吾诚竟伟大到这种程度,新婚后三天便拿出与静宜与孩子的离婚合影给新婚的妻子欣赏,并抒发自己的善良的人道主义……

在那个私立大学的实践证明了他没有在解放后的大学授课的能力。他从来没有,现在也没有自己的观点、自己的材料、自己的知识、自己的逻辑。他压根儿连自己的工具书与资料书也没有。但他又不乏机智和一星半点的创见,他不会也不肯接受现成的哲学模式、照本宣科。他讲的课经常是前言不搭后语,抓不住论点,抓不住中心,抓不住思路和逻辑,使学生听了不知所云的。虽然他对学生的态度极好,而且不论课堂内外,他时时流露着、抒发着对马列理论、革命理论的由衷的赞美的热情。

院系调整以后他变成了无课可授的大学讲师。说是搞研究,他塌不下心来,钻不进去。他羡慕红火丰富的社会生活和物质生活,像老处女羡慕着爱情。他的兴趣剩了两条,一个是吃饭馆,一个是游泳。苏联展览馆莫斯科餐厅开业不久时,为了吃上一顿俄式西餐,他怀里揣着一坛茅台酒,骑车十公里,瑟缩着在寒风中等了两个小时。他的样子更像一个叫花子。

而一到夏天,他就变成了游泳狂。解放后开辟了、修建了许多游泳场所,毛泽东主席又身体力行地提倡游泳。倪吾诚的癖好能从洗浴发展到游泳,显示了时代的进步。他每天都花费两个三个四个小时去游泳。他游的姿势不好,没有速度,但十分老练稳健。他下一次水可以连续游两三个小时、几公里不上岸。一到夏天他就晒成了一条瘦瘦的黑鳗。

四十五岁以后,他开始学跳水。他颤颤巍巍地走到三米高的跳台上,俯视游泳池的水面,一站就是五分钟。在他身后排队等候跳水的顽皮少年等得不耐烦了便冷嘲热讽起来。快呀,别害怕呀!您老这是何苦,要是跷了腰可不是闹着玩的。哟,这位老爷子还那儿运气呢!

他终于百分之百地平拍着离开了跳台,啪的一声,实实着着地打在了水上,水花四溅,遍体通红,四周一片哄笑。

那究竟是跳水、还是自杀呢?

如果游泳以后口袋里还有钱够喝啤酒两杯,一碟爆两样,哪怕只是一碟麻婆豆腐,他的情绪就会迅速高涨起来。我才四十多岁,我的潜力百分之九十五还没有发挥出来,我现在搞事业并不晚。我准备研究黑格尔、老子、孙中山、王国维和鲁迅。我要用毛泽东同志的天才的思想去总结消化古今中外一切哲人的思想遗产。而且要批判封建阶级、资产阶级。我还可以搞翻译,我可以著述,我可以……许多资质相当鲁钝的人现在不也在著书立说吗?这不但是事业,也是一种很好的生产。叫做自己动手,丰衣足食。发表了著述译述,会有一笔可观的收入。等我有了稿费收入以后,我给你们一人买一辆新自行车……

许多次倪藻都真诚地相信了父亲对自己的潜力的估计。而眼看着一个人为自己的潜力的沉睡而痛苦,或者如影片《徐秋影案件》中徐秋影所说,"我是一粒不幸的种子,蒙受着永世不得发芽的痛苦",这本身就足以令人跌足痛惜。倪藻动情地用各种美好的新社会的语言鼓励父亲,安慰父亲。要进取,要艰苦奋斗,要爱惜时间。不要计较个人得失,不要患得患失。要克服鼠目寸光的个人主义和夸夸其谈的个人英雄主义。要目标始终如一,要刻苦地劳动,一分汗水一分成绩,天才即勤奋,在科学上没有平坦的大路可走……

可我不是圣人。我早就对你说过,两个大问题压迫着我,妨碍着我的潜力的发挥。第一,我的婚姻和家庭。第二,我的社会地位。我已经早就过了不惑之年,我得不到尊重和理解。

倪藻生气了,他与父亲辩论起来,一个有出息的人会这样吗?毛主席说,内因是变化的根据,外因是变化的条件,你怎么永远没完没了地强调客观呢?您读过没读过安徒生的一个童话呢?说是有一个坟墓,有一个墓碑。墓碑上说,这里埋葬着一位伟大的诗人,但他还没有来得及写出诗的一行。还说这里埋葬着一位伟大的将领,但他一直没有得到统帅军旅的机会。这里埋葬着一位发明家,但所有发明的构想还只存在在他自己的头脑里……

倪吾诚也悲愤起来。在《阿Q正传》这篇小说中,地位最低的人是小尼姑。连小D也打不过的阿Q,却可以摸摸小尼姑的光头皮,小尼姑只能哭着骂一声"杀千刀的阿Q"。可我呢,我现在的地位还不如小尼姑。我是次小尼姑。那些败在小D和王胡手下、见了赵太爷就发抖的阿Q们,却都可以随便摸我的头皮。我呢,连一句"杀千刀"的都不敢骂。这就是说,我周围的几个资质鲁钝、既没有真才实学、又没有革命的真诚性的阿Q们,他们看准了我的头皮好摸。他们把我看成一个落后分子,一个老油条,一个包袱。他们甚至于批评我无所事事,一味游泳……这样下去,我准备辞职,弄一个小煤球炉,做家庭主妇。不对,我不是"妇",我是家庭主"男"。

这样的争论使倪藻喘不过气来。幸亏倪藻是那样欢乐地拥抱着欢乐的新生活,才没有在"次小尼姑""家庭主男"这种独特令人发指的词儿的刺激下失眠太久。

在快要结束一次争论的时候,在倪吾诚快要与儿子告别的时候(一般情况都是倪吾诚来找儿子,因为儿子忙而父亲闲),倪吾诚又多半能把情绪扭转过来。他会说,我对前途是乐观的。有马列主义和毛泽东思想,我们没有克服不了的困难。这种种困难和牢骚,毕竟只是暂时的。随着社会主义建设与社会主义改造的进展,这一切困难都会烟消云散。

这最后的表示态度实在不像是虚伪的。一方面是对具体处境的无比怨毒的牢骚,一方面是数十年如一日矢志不渝的对党对马列主义对毛泽东思想的始终如一的歌颂。倪藻无法理解这二者是怎样统一在父亲身上的。倪藻同样找不到任何父亲虚伪地歌颂的必要与可能。这里没有任何作假的动机!入党?提升?捞好处?这一切算计都与倪吾诚无关。

一九五四年倪吾诚宣布要写一篇批判资产阶级实用主义的文章。倪藻对此颇为怀疑,父亲难道是马列主义的?简直是笑话,是对马列主义的嘲笑。两周以后,写完了。寄给一个大报,又两周以后,报社寄来了校样。倪吾诚欢欣若狂,见人就拿出报社寄来的校样,见人就宣布他的文章即将在某大报上发表,见人就宣布这是他的事业的一个转机,他的人生的一个重要的转折点,见人就发出邀请,他在得到稿费以后将要请各位朋友吃饭。他并且征求意见,你们愿意在同和居还是萃华楼?烤鸭店还是海味店?一连许多天,步履轻盈,笑容可掬,慷慨大方……羽化而登仙。

在改了两次校样,在不知通知了朋友们也通知了孩子他的文章明后天就要发表出来多少次以后,报社通知他,那篇文章不用了。

他面如死灰,几乎被打倒在地上。他骑自行车骑了一个半小时去找早已独立生活工作的倪藻,说话时牙齿格格地响。接着他就腹泻起来,不能自持……然后他大骂报社,声言报社玩弄了他与凌辱了他,声言报社有人剽窃他的文章的论点。一个星期以后,他老了。

一九五五年,他在肃反运动中被"揪出来"了。罪名是汉奸与国际间谍嫌疑。后者指的是他与史福岗等外国人的交往。被批斗期间,他老老实实,无一句怨言。他承认在整个抗日战争时期,他的言行儿与汉奸为伍。在浴血抗战的老同志面前,他承认自己是民族的败类。他表示愿意接受"祖国的裁判"。说这个话的时候右手比画着,戳动着上衣的第二个扣子,含义是他已经准备好了在该处接受一粒枪子儿。

批斗了一阵子,也没斗出个三七二十一,便不了了之。运动结束了,宣布倪吾诚的问题属于一般历史问题。于是倪吾诚激动悲愤起来了,他见人便讲司马迁受宫刑的故事,"凌辱",这个过去喜欢用的词儿又挂在嘴上了。同时,不论在会上会下,公事场合私人场合,他声明说,他绝对不会因为个人受到了"凌辱"就动摇对于伟大的中国共产党的信念,对于伟大的马列主义、毛泽东思想的信念。后面的这几句话,还有他经常不忘记说的类似的话保佑他平安无事地度过了一九五七年。有几位同事,他认为是欺侮小尼姑的阿Q、小D之类的角色,他们在一九五七年"反右"斗争中被揪被斗被划为"分子"了,他甚至抱着几近"左派"的快意的情绪。认为"反右"斗得必要,好。经过组织批斗而使自己的威信空前提高的一位政治工作干部在运动后期与倪吾诚谈过一次话。谈话者说,你还是要求革命的嘛……至少,在口头上是这样。

倪吾诚常常援引这次谈话,边说边笑,颇欣赏其幽默。又自嘲说,这实乃是最大侮辱。

一九五八年大跃进当中他几次踊跃报名去参加劳动。他口头上对劳动的光荣伟大美好抒发备至。他引用巴甫洛夫的话说,我爱脑力劳动,也爱体力劳动,但我更爱体力劳动。他又援引斯宾诺莎的例子,斯宾诺莎是著名的荷兰哲学家,但一生以研磨镜片为生。他赞美体力劳动很真诚,但干起活来一塌糊涂。下乡的时候他常常因病请假。有时候在地头上连吸五支烟不下田。遇到人家侧目看他,他便拉长声音,似是意在模仿老革命又模仿得一点也不像地叫一声同——志,列宁说过,不会休息就不会工作。可是您只会休息,不会工作。侧目而视的同志沉下脸说。那当然也是……缺点,倪吾诚大笑起来。但他又有一次发烧三十九度去稻田薅草,干了二十分钟便跌倒在水田里,满身泥水,害得好几个人来救助他、照料他。有人愤怒地指出他这是有意破坏,给知识分子参加劳动改造思想的光辉创举抹黑。而从此,一开什么谈心会他便举自己跌入水田的例子,说是从中可以阐发辩证唯物论的规律,人的体温的量转化为质的规律,自己的劣根性,"从幼儿园开始补课"(这是他创造的一个提法,比流行的"从头学起"之类更生动)的必要性。然后就是与带队人的争吵,因为带队的人批评他不该去农家喝酒吃狗肉。他激动地问道,是什么人对农民喝酒吃狗肉感到如此格格不入呢?

一九六〇年食品供应的困难使倪吾诚失魂落魄。他躺在床上不起,呻吟,声言自己要饿死了。见到每样能入口的东西他都瞪起大眼睛来。一九六一年他得到了一个机会在高价的高级饭馆吃饭。他吃了又吃,吃了又吃,吃了又吃。当晚得了十二指肠溃疡。腹外科手术后他又老了许多。

一九六六年"文化大革命"开始,倪吾诚素日眼中的几个"阿Q"宣布根据"公安六条"规定,倪是历史反革命分子,不得参加革命。他急火攻心,犯了青光眼,眼底压高上去了。但他到处讲,他认为这才是最深刻最彻底的一次革命。他早就盼望着、要求着、准备着这样一次大革命了。这是类似黑格尔的"绝对理念""绝对精神"的一次革命。就是要大树特树绝对权威。不敢绝对,正是所有资产阶级知识分子的致命弱点。他表示了对文化革命的领导人的敬意。其中当然包括"敬爱的"江青"同志"。他毕恭毕敬地颇有情感地、小心翼翼地吐出了这个名字。当他提到他拥护破除旧思想、旧文化、旧风俗、旧习惯这"四旧"的时候,他激动得使声带的震动发生了变异,发出了一种相当奇特的有感染力的含泪的声音。显然他准备与"四旧"决一死战,他是"四旧"的永不妥协的敌人。他说只有毛泽东共产党才可能发出这样伟大的号召,向万恶的"四旧"宣战。我也是"四旧",我身上浸透了"四旧"的东西,陷入"四旧",为之痛不欲生却又不能自拔。"四旧"害死人!"四旧"使中国陷入变"修"变色,亡国灭种的危险之中!如果破"四旧"时需要把我破除或者肉体消灭,我举双手赞成!求仁得仁,死而无憾,誓死捍卫,坚决拥护,万岁万岁万万岁!

他的发言使警惕地注视着倾听着的红卫兵、"金棍子"与前"阿Q"们目瞪口呆。对于"公安六条"中规定的各种"分子"们,他们本来最善于听一句批一句听一句批十句批个体无完肤的。而对于倪吾诚的激动人心的"革命"发言他们竟不知怎样批才好。最后为首的一个专政组长之类的角色只能勉强说了几句门面话,承认倪吾诚你的态度还是好的,但是今天对于你这样的人来说主要还是认罪和改造的问题,是别人革你的命的问题而不是你革命的问题。你应该知道自己的身份。只准规规矩矩,不准乱说乱动,散会。如果不立即散会,或许倪吾诚会讲出新的一段更加崇高激越的革命话来。

一九七八年以后,大女儿倪萍嘲笑已经基本上双目失明的倪吾诚在文化革命初期的极左言论,说他真是个小丑。倪吾诚不好意思地笑了笑,说是我拥护破"四旧",真的,今天仍然希望能真正做到破"四旧"。我感到遗憾的恰恰是我们并没能真正把"四旧"破除掉。

说公平话,倪吾诚的"要求进步"不仅在于他的惊人的革命言论。他也还是花了许多力气读马列的书。其中他读的最认真的是列宁的《唯物论与经验批判论》与《哲学笔记》。他几次读《资本论》,似乎始终没有钻进去。但对列宁的哲学著作,他是认真研读,认真吟味,通篇通篇地画红线、画勾画圈、加眉批、加惊叹号,自觉热情无尽,快乐无穷。而且只要他读了一点,自以为体会了一点,高兴了一点,就迫不及待地告诉别人。有时为这专门花四分钱去打公用电话,告诉他的为数不多的友人他读马列有了新收获。见到孩子乃至偶尔一来、多年未见的乡亲也是不问寒暖,但谈马列。有一次给正在紧张地开会的倪藻打电话,说是我今天度过了最高兴的一天,因为再次读了列宁对于"物理唯心主义"的批判,而这是哲学的基本问题。对于他来说,这是个激动人心的、具有安身立命的意义的问题。孔夫子就说过,朝闻道,夕死可也。他今天再一次"闻道"了,他很高兴,他希望本周以内和倪藻一起去康乐餐馆吃一次"赛螃蟹"。然后他大骂他心目中的王胡、小D一类人物,他们居然著书立说大谈马列主义,这些人从前都是宣传程朱理学、贝克莱主教的主观唯心主义的嘛,以他们的品质、他们的低能——他们连游泳都不会嘛,他们懂什么马列主义?

父亲的"次小尼姑""家庭主男"什么什么的牢骚已经常常使倪藻的神经觉得支应吃力,父亲的具体内容很少但热情很高的理论发挥也渐渐使他不耐烦起来。父亲对倪藻一直是很好的,倪藻已经几乎是唯一肯听他发牢骚、谈理论的人了。身体健康的时候,倪吾诚一次又一次去找倪藻,甚至使倪藻觉得不胜其负担。于是倪藻不能不实行必要的自我保护措施。不能不常常拒绝父亲的邀请,有时候父亲来找他他也只能把父亲晾在一边,最后发展到下逐客令。否则,他的工作、学习、生活、休息都将受到无尽无休、得寸进尺的干扰。

在倪吾诚的晚年,他几乎每天都等待着倪藻来看他。但倪藻太忙了,他有时候一个多月,有时候两个多月才来一次。来的时候倪藻是带着歉意的,他想好好地问候一下父亲的起居,也想谈谈自己和自己的生活。当然,倪藻早已就成家立业,娶妻生子,而且已经经历了一番沧桑。但见面以后倪吾诚根本不给儿子以说话乃至问安的机会。倪吾诚好像生怕失去这个与儿子说话的机会,急切地混乱地东一榔头西一棒槌地说这说那。他说他就像《天方夜谭》里渔夫故事中的魔鬼,魔鬼被装到瓶子里沉入海底去了。在最初五万年,魔鬼想谁要把我救出来我就把全世界的金子都赠送给他。五万年寂寥地过去了,没有什么人搭救他。第二个五万年开始了,瓶子里的魔鬼想,如果有人救了我,我就把全世界的宝石送给他。又五万年寂寥地逝去了,仍然没有人搭理他。于是爱变成了怨和恨,希望变成了绝望的愤怒。这就是黑格尔的辩证法,也是经过巴甫洛夫的心理学实验所证明了的。装在瓶子里的魔鬼在痛苦地白白地无望地等待了十万年以后,他决定,谁把我救出来我就把谁吃掉!

最后的一句话他讲得激昂慷慨。他接着说,冷淡和让别人白白地等待,是感情的虐杀,这是人类最严重的一种罪行,是不人道的……倪藻听了这话最初是心怦怦然,后来是由怦怦然转向木木然。之后,倪吾诚急急忙忙地谈休谟和费尔巴哈,谈马赫主义的荒谬性,然后谈到他的祖父在家乡提倡天足的勇敢反传统精神,然后谈知识就是力量,然后谈他遗憾的是至今没有坐过飞机,他希望能有机会坐坐飞机,然后谈吸烟的害处,然后谈马克思的《博士论文》,然后谈他需要一个助手,由他口述,写一本通俗的哲学著作,然后问倪藻是否给他带来了好一些的烟,现在净给他吸丙级烟,这太恶劣了。然后谈少年时代上厕所从未用过卫生纸……

到了倪藻该告辞的时间了。倪藻看出了对于他的告辞父亲是怎样的依依不舍。父亲与他,几乎变成了一种"单相思"的关系,这使他不安。但他实在无法再对父亲表示更多的关心、希望和温情,连听父亲的话都需要他付出极大的抑制力。他每次的到来都只能使他下次来以前更加犹豫,更加不想来,更加不想充当晚年溺入绝望的汪洋的父亲的偶尔抓到的一根稻草。

倪吾诚的晚年倒是赶上了很好的政治气候。先是承认了他一九四六年去解放区的革命经历,否认了他的既往有汉奸问题或国际间谍嫌疑,进而承认了他的"离职休养老干部"的光荣身份,每月照发百分之百的工资而不再是只发百分之七十。接着由于他的一再要求给他派来了助手。助手每天来半天,由他口授,写学术文章。助手来了个把星期,实在抓不住他的口授的重点与逻辑,实在不知所云,便不再来。为了贯彻对待老干部和老知识分子的政策,便又换了一位十分耐心和随和的助手,助手来了一些时候,受到非常礼貌的接待,他也非常足够地礼貌地对待倪吾诚及其家属,然而,著述始终未能完成。

有一次倪吾诚相当清晰地感叹地说起一件事。那时倪吾诚还在"五·七"干校,那时倪吾诚的眼睛还没有因为支持赤脚医生这一"社会主义新生事物"而受损。他说和他编在一个"连队"劳动的一位女同志,一位小有名气的文化人常常对他谈论自己在延安的经历。女同志回忆着延安的生活说:"那是我一生的黄金时代!"

倪吾诚说他听了女同志的话沉思良久,他问自己:你的黄金时代是什么时候呢?最后他的结论是:

我的黄金时代还没有开始呢。

可怜吗?倪藻却觉得骇人听闻。父亲已经快七十岁了,他失去了双目的视力,他失去了双腿的功能,他白白地浪费了失去了那么多日月年华,他如今已经什么都没有了。他却在说什么他的黄金时代尚未开始,倒像明天或者后天,明年或者后年他能大放光芒似的……这既不是悲观也不是乐观,这既不值得同情也不值得劝慰。因为这是彻头彻尾的轻佻,是脑袋掉了不知道怎么掉了的混账!

这究竟是什么呢?在父亲辞世几年以后,倪藻想起父亲谈起父亲的时候仍能感到那莫名的震颤。一个堂堂的人,一个知识分子,一个既留过洋又去过解放区的人,怎么能是这个样子的?他感到了语言和概念的贫乏。倪藻无法判定父亲的类别归属。知识分子?骗子?疯子?傻子?好人?汉奸?老革命?堂吉诃德?极左派?极右派?民主派?寄生虫?被埋没者?窝囊废?老天真?孔乙己?阿Q?假洋鬼子?罗亭?奥勃洛摩夫?低智商?超高智商?可怜虫?毒蛇?落伍者?超先锋派?享乐主义者?流氓?市侩?书呆子?理想主义者?这样想下去,倪藻急得一身又一身冷汗。

第 三 章

　　一九六七年六月下旬,在我国西北边疆的深山峡谷中,行驶着一辆哞哞地喘息着的长途客运汽车。汽车里坐着倪藻和他的姨母姜却之。解放以后她的户口上的名字一直是姜却之。两个人满面风尘,形容憔悴。倪藻是在五十年代的政治运动中被波及受挫以后来到辽阔的大西北的。他特地到北京接了姨母到西北去,帮他料理一下家务。他们已经坐了四天四夜的火车了,还要坐三天长途汽车。火车上他们坐的是硬席。姜却之有几次瞌睡得从座位上出溜到地板上,有一次整个人倒在了地板上。倪藻困到了极点,便横穿座位躺到了硬座下面的地板上。地板肮脏至极,鼻涕黏痰、瓜子皮鸡蛋壳以及各种垃圾,都有。但他仍然香甜地睡着了。
　　与火车上的艰难困苦相比,昼行夜睡的汽车旅行生活倒显得舒服多了。这是他们旅行的最后一天了,汽车走在深山密林之中,草地峡谷之旁,一路上雪峰、云杉、羊群、木屋、湖泊、涧泉、马匹、牧人……都令人心旷神怡。"忒痛快了!太豁亮了!别提多好了,我是太高兴了,别提多自在了。实在是没承望姨老了老了还能出这么远的门,还能到你那里……你说我现在还有什么指望?还有什么惦记?还有什么活头?还怎么活?没承望就在这个时候你给我来了信,看我这一辈子苦命傻命最后还真有个好命呢……"却之激动地一次又一次地说。她又说:"多远的地方!多高的山!多清的湖呀!我一辈子也没见过呀!这次我也下了决心了,我再不留恋家乡了。乡下也好,北京也好，还有我的吗呀？走吧，走吧，走得愈远愈好，过去的事忘得愈干净愈好。从打我出世，哪儿碰见过一件好事？这回算是碰见了，我跟着我外甥来他个远走高飞，天之涯兮海之角。这西北边疆，就是我老婆子的终老之地了……"她说得兴奋得眉飞色舞起来。这眉飞色舞的神情还恍如当年梳妆、吟诗、打嚏喷的周姜氏。

倪藻静静地笑着，说不上这笑是苦还是甜。已经几十年了，倪藻与姨姨的关系是冷漠的。儿时姨姨关心过他、宠爱过他、教导过他。但当四十年代后期他走向革命以后，他就相当自觉地对姥姥和姨姨抱轻蔑和敌视的态度了。她们是两个没落的地主分子，倪藻毫不费力、毫不犹豫地给她们划定了成分。她们害怕革命，对解放的临近充满恐惧，这本身便是地主的阶级本性。解放以后通过学习倪藻更是坚定不移地认真批判了这两位分子。他想起她们的凶恶、她们的剥削、她们对革命的本能的敌视，他把对她们的批判写进自己的学习心得与思想总结里。他在小组生活会上谈这两个地主分子的面目的丑恶，谈得十分激烈真诚。不仅是他，包括倪萍，包括姜迎之也明显地采取与她们拉开距离的方针了。

于是剩下了姜赵氏与姜却之相依为命。她们几乎失去了维持生活的经济来源。一九四七年，她们终于最终地卖掉了在家乡的一切不动产，在北京买了几间小房。解放以后，她们就靠租出去四间破烂房子收取房租过活。无疑，她们始终是寄生虫。她们一直摆弄着一个日益老化、立也立不稳、似乎吹个气就会散架的煤球炉子。她们一直坚持着蒸窝头吃。姜赵氏蒸窝头时总喜欢放许多碱，这样蒸出的窝头颜色发绿，比较松软，但又特别显得"糠"，吃在口里像吞了一口填装枕头用的荞麦皮。蒸馒头时有时也用碱用得把馒头的颜色变得与窝头无异。

在倪萍结婚并在五十年代中期生下孩子以后，姜却之曾经充任过她的姨外孙的保姆，这样，她的生活就又比姜赵氏高了一些。越穷就越怕别人沾了自己的光，在那段时期，姜赵氏与姜却之与姜迎之各自分开生火做饭。在这个家或曰近亲集团里,曾经有好几个小煤球炉子并存,蔚为奇观。

姜赵氏的那个炉子上的饭食一直是最差的。但她一直为解放后的平安无事而庆幸不已。五十年代全国第一次普选的时候选民榜上公布了姜赵氏,当然,也公布了姜却之的名字。为此倪藻还与居民委员会联系过。站稳阶级立场的他说明了他的姥姥和姨的阶级成分。但看来政府不准备追究她们一九四七年以前依靠收取地租生活的历史。甚至在六十年代的"四清"运动又名"社会主义教育运动"中,虽然号称要在城市划成分,仍然没有触动她们。

姜赵氏越来越显老了。到了六十年代后期她已经超过八十岁了。她的头发几乎已经掉光,她买了一些劣等染料来染自己的头皮。染出来的样子非常好笑。她多次回答旁人的询问,她说:"我一点也不怕死了。我现在活着一点意思也没有。我到胡同口去打二分钱的醋,打上醋以后慢慢地走回来。走过了家门口自己还没觉着。还走,快走到拐弯的那棵老槐树底下啦,我这才纳闷,我这是拿着醋碗到哪里去呢?我是做吗呢?我上老槐树这儿来干吗呢?想啊,想啊,喝,这才想明白。唉,我这不是傻了吗?我打了醋上这儿来干吗呢?这就再回过身来往回走。走哇走哇,这回倒是找着家门了,没走过了站。等回到家一看,一碗醋早泼没了,也不知道是在哪一块儿洒的。你说说,我这个样儿了还活个什么意思?我一点也不怕死,一点也不怕死。我怕的是我不死。哪有老成我这个样儿,还不死的呢?"

天网恢恢,疏而不漏。终于文化革命开始了。破"四旧"的红卫兵进入了姜赵氏与姜却之的黝暗肮脏酸味扑鼻的小屋。姜赵氏的反应好像是她已经等了很久,从解放那年她就等着这一天了。其实这里的人们对她的阶级成分并不熟悉,也未曾感兴趣。然而红卫兵一进屋她就跪在地上给红卫兵磕头,她的落尽了头发又染黑了头皮的光头撞在地上咣咣地响,这在家乡叫做"磕响头",在旧社会与姜元寿为家产打官司的时候,她见官就磕过响头。可能解放以来她一直想磕响头还没磕过呢。

她一面磕头一面说:"红卫兵爷爷,我是地主,我早就该死了,我叫吗行子来着……"她抬头问却之,却之告诉她叫"死有余辜",于是她磕着响头不停地说自己是"死有余辜"。

红卫兵认为她的认罪态度还好。但有一个戴眼镜的比旁人精明一些的红卫兵姑娘指出她把红卫兵称作"爷爷"实际是对红卫兵的侮辱,这实际上是骂人。毛主席的红卫兵怎么能成为地主老婆子的爷爷呢?难道你胆敢说红卫兵是老地主吗?这一质问吓得姜赵氏尿了裤子。其他红卫兵没听太懂她的这种精明的分析,又看到姜赵氏那种又老又脏又臭的样子,不想在这里多逗留。他们考虑如何给这个老不死的地主分子以正义的惩处。抄走财物?实在没的可抄。给两个嘴巴,那么干枯空洞的面庞,估计连听响都听不着,打她并不会引起空气的清脆的震动。最后还是那位"眼镜"点子多。她看到了屋里有一个瓦盆,瓦盆里有脏水——实际上是姜赵氏的洗脚水。姜赵氏由于是缠足,老年后整天长鸡眼长脚垫,所以她有时一天洗两三次脚。"眼镜"下命令姜赵氏把洗脚水喝下去。可能是鉴于水较多而愈活愈抽抽的姜赵氏块头太小,估计她一个人难以完成喝掉满盆洗脚水的任务,于是她把眼镜的光芒对准了姜却之。

姜却之确实是不愧吃过熊心豹子胆的。她说:"我不是地主!解放以前我就是北京女子职业学校的图书仪器管理员!我有文凭!我……"

这样姜却之就没有喝洗脚水。姜赵氏喝了一些洒了一身之后,就算是过了文化革命的关。姜赵氏一再表示红卫兵真好,真和气,上头不是说了嘛,那是天兵天将啊!

三天以后姜赵氏拉开了肚子,然后卧床不起。娘,你肚子疼吗?却之问。不疼。你哪儿不好受呀?不,我没不好受,我好受。我挺好。

只是在最后的时刻姜赵氏要求静珍挪一挪她的身子,最后的时刻她只知道静珍却不知道却之,她不敢面对着贴在正墙上的语录与画像而死去。

除了姜却之,没有别人料理她的死。姜迎之避这个老地主的成分唯恐不及。姜却之说,火葬的时候母亲身上还穿着一件貂皮袍子。这袍子已经穿了五十年,是唯一的一件从家乡带出来至今还有的,而且还能值几个钱的东西。有人建议应该把这件衣服扒下来再送死者去火葬,姜却之苦笑着说,我怎么能那样!

倪吾诚在一些年以后才听到姜赵氏喝洗脚水的故事。当时还戴着历史反革命帽子的倪吾诚说,对待姜赵氏这样的地主分子,就应该这样。他完全赞成小将们的革命行动。正像他赞成当年土改中的一切或有或没有的过火行为。倪吾诚也是前后一贯的。

在听说姥姥已经去世以后倪藻产生了把姨姨接来的念头。经过一系列的人生挫折,经过文化革命的无例外的"大洗礼",他已经不把自己和姨姨的关系看得那么严肃险恶、势不两立了。而且,他家里也确实需要个人。他的孩子没人照顾。等坐到汽车上,听到姨姨这样兴奋地抒发心曲的时候,他也同情、他也感到有些欣慰了。毕竟她是他姨,是他的第一位文学教师。当年静珍给他改过作文,给他介绍过冰心和庐隐的著作。姜却之一路上给他讲了姥姥的死况,他也觉得怃然。

过去的事,您就啥也不用想了。我既然把您接了来,咱们就同甘共苦,一起生活……倪藻安慰着姨。

却之的行李极少。她说她再没有任何挂牵,房子已经缴公,娘也死了,她一心跟着外甥。

唯一的纪念物是"周家小子"的颜色已经发黄了的照片。"周家小子"是姜却之对亡夫的称呼,到一九六七年,他已经死了三十五六年。静珍掏出这个照片给倪藻看,"你看像不像我孙子?"

这使倪藻心情沉重起来。这使他想起了沉重的往事,那梦魇一样让人只要一想就觉得喘不过气来的残酷和阴暗的往事。本来以为解放以后这样的事就彻底埋葬了。这种心情甚至使倪藻怀疑起自己接姨姨来是否明智了。怎么能把这样一个地主阶级的鬼魂,旧社会的鬼魂,历史的鬼魂接到自家来?如果没有那些政治运动和意外的挫折,全身心拥抱光明的新生活的倪藻甚至是不屑用眼角的余光瞥一下命定了该进入坟墓的姨姨的啊。

于是倪藻又觉得可叹了。

到了边疆小城却之就说头晕,她老是躺在床上不起来。这使倪藻有些不快。他在一次吃饭的时候给孩子说起了一个笑话,说是从前有一个懒婆娘,她丈夫要出门了,对她的生活不放心,就做了一个大饼挂在婆娘的脖子上。丈夫出门回来以后,发现婆娘已经饿死了,但饼并没有吃完,还剩了许多。怎么回事呢,婆娘只把挂在前胸、一张嘴就够得着的那一部分饼吃了。挂于左、右肩及后背的更多的饼,却因婆娘懒得用手把它们拉过来,便没有吃,便饥饿而死了。

倪藻还讲了一个到边疆后跟少数民族学的关于懒婆娘的笑话。说是有一家一天夜里进去一个贼,贼是偷锅的,被主人听到了动静,贼端着铁锅在前头跑,主人喊着捉贼在后面追,最后贼害了怕,把锅往地下一放,自己跑掉了。主人过来端锅,发现锅已裂成几瓣了,他奇怪这锅怎么这样不结实。等回到家,却发现灶上的四耳铁锅安然无恙。你猜怎么回事呢?原来他们家的婆娘懒,从不刷锅,结了一层实实在在的嘎巴。贼偷了半天,偷走的其实是锅嘎巴,怎能落地不碎呢?

讲得大家都笑。其实开始讲时倪藻似乎并无别的用意,但看到姨母的不自然的笑容的时候他意识到自己讲得太刻薄了。姨母必定会认为他这是借古喻今,影射攻击她的懒。这使倪藻倒后悔起来了。

当天夜里姜却之断断续续地呻吟。问是怎么了,答是头疼。便说大概是水土不服,感冒了,明儿早上给你买点阿司匹林去。第二天买来了镇痛片,服药时姜却之拿玻璃水杯的手摇荡得厉害,她说:"我头疼得像要裂开。"姨母本来就身体不好,常常头疼头晕,也常常呻吟,也常常接连几天卧床不起。家里人还一贯认为她又懒又奸又什么都敢干,对她的卧床不起常常半信半疑,疑的是她可能是心情不好或生气或故意和谁作对才这样躺倒罢工的。因此倪藻这次也不以为意,姜却之吃了镇痛片后就睡下了。

这一天是妻子到公社支援夏收的第三天,孩子又闹又磨,非要看电影《小兵张嘎》不可。家里没有人,倪藻被孩子磨得烦闷。《小兵张嘎》从六十年代初期看,已经看了五遍了。姨姨一直在昏睡,吃晚饭时叫她也叫不醒,吃完晚饭在孩子的又哭又闹的压力下带他看了第六次倒霉的张嘎小兵。回来以后问候一下姨,姨仍然不答应,鼾声倒是均匀。倪藻又累又乏又烦,便与孩子一起睡下。大约睡了一个小时,倪藻忽然醒了,此事不好,莫非姨母是昏迷了?睡觉能睡这么长吗?可别出了事。

倪藻深夜跑到外屋,发现姨母的呼吸更加粗重,两颊通红,叫也叫不醒。大事不好!夜已深了,找谁去?最后硬着头皮敲起了已经入睡多时的一个赶马车的少数民族邻居,说了许多好话,又把孩子托付给另一个少数民族邻居家,半夜把静珍送到医院。睡眼惺忪的值班大夫诊断是脑溢血,抽脊髓检验果然有大量的血的成分。据说抽脊髓化验是很痛苦的。倪藻看到了姨母在被抽脊髓时的无言地抽搐。医生神态紧张,倪藻心怦怦然。抢救了三天,包括鼻饲、滴注、输氧、注射止血的仙鹤草素。倪藻由于家里没人,没有昼夜陪住,只是每隔几个小时来看望一次。第四天上午来时同室病人说病人曾喃喃欲语,但当时倪藻不在身边,无人与之搭话。倪藻叫姨姨半天,没有叫应。他想说的已无其他,只想让姨放心地去死,姨可以相信他会负责好好料理后事。姜却之生前曾经流露最怕火葬,这虽是落后,倪藻仍然准备满足她的土葬的要求。等下午再来时,静珍——周姜氏——姜却之已断气四十五分钟,已经停尸太平间了。

买棺材倒还顺利。死前和刚断气时没能给死者换衣服,结果在死后数小时才由倪藻与医院的内科主任给姜却之换了衣服。一位帮助料理丧事的热心的当地土著说,这换衣服应该找女人来做,文化革命初期没有少挨斗争的内科主任愤怒地说:"难道还讲这一套吗?现在尸体已经变硬了。等你找到愿意管这种事的女人,死者的胳膊也弯不过来了!"

换衣服的时候倪藻发现姨姨的身材变得那样瘦小。姨姨的头发却还是黑而密的。算了半天,姨姨临终时的实足年龄还不到五十九岁。死后她的牙关咬得紧紧的,两腮显得瘪进去了。倪藻百思不得其解,不知道为什么要有一个人这样度过一生。如果有上帝,上帝就是一切事物中最残酷无情的了。

来吊唁的竟是一些少数民族的农民。他们长髯长袍,与倪藻相处得很好。他们听了倪藻关于姨姨的不幸身世的叙述,含泪捋髯叹息。他们听说她不远万里从北京来到这里,不足五天便死去的情形,慈祥地笑了。他们说,按照我们的古老的说法,这说明,我们这里才是死者自己的土地。她匆匆忙忙辛辛苦苦地赶了来,总算安息在自己的土地上了。一辈子她都没接触到自己的土地,死后却能在自己的土地上长眠了。闹了个六够,姨姨原来是西北边疆的人。闹了个六够,姨姨倒真是在西北边疆扎下了根。

此后倪藻多次在睡梦里与姨姨相见。姨姨脸上擦着白粉,满脸泪痕。他问,您不是死了吗?姨姨微笑着娴静地回答:打起黄莺儿,莫叫枝上啼,啼时惊妾梦,不得到辽西。

"辽西"固然不是现在的西部边疆,总有一个"西"字。他们是到西部来了。那也算是一种谶语,一种征兆吧?

后来倪藻一家迁回了北京。后来当地的一位农民后生给倪藻写过信,说是他曾到墓地去为姜静珍的亡灵烧过纸。这位后生曾经帮助过为姜却之挖墓穴。他建议倪藻留一个标志,否则在墓群中姨母的坟墓将会湮没。倪藻没有留什么标志。总要湮没的。谁又能不湮没呢?连贞节牌坊也没有用了。革命了,新社会了,凝结了无数血泪和恐怖的贞节牌坊,只配得到幸福的后人的嘲笑。不再会有任何人对这些牌坊的来历感兴趣的。后人对于先人,又怎么可能理解呢?谁说中国的发展变化是太慢了呢?

倪吾诚听到姜却之的死讯的时候评论说,少了一个魔鬼。他还使用了一些不雅的不怀好意的语词。

恨比死还强。

第 四 章

　　至少其他一些人物的命运,主要还是靠我们的读者自己去想象吧。姜迎之也许可以说是幸运的,一解放她就参加了工作,她避免了与母亲、姐姐一道灭亡。倪萍在四九年前后也投入了革命的洪流,然后过自己的并不轻松更毫无浪漫色彩的日子。赵尚同医生,解放以后是按"资本家"对待的,改造了一段,五十年代初期便死去了。杜公三十多年来一直挨整,一九七七年他的处境刚刚好了一些,不幸患病辞世。临死前一个星期,下来一个文件,彻底为杜公平反,并给以相当高的评价和相当高的待遇。他迁入了高级医院的高级病房,并受到"特级护理"。他在特级护理下安然辞世。如果杜公能长寿一些就好了。杜公死后不久,有一位日本友人到他家里看望他的家属。日本人在杜公遗像前含泪鞠躬。然后他自我介绍说,他曾在战时在北京协助日本侵略者工作,他曾经为取得"合作"而对杜公威胁利诱,然而杜公大义凛然,拒绝了他。

　　倪荷是解放以后才上小学的。她不会说家乡的方言,而是一口的北京话。她没有跟姨姨学说过家乡的童谣。父亲也好,姥姥和姨也好,始终没在她的生活里取得过位置。他们对于她是太陌生,太格格不入了。而后她自觉地为保卫自己而拒他们于千里之外。

　　她有一副好嗓子。那是一生出来就给人留下印象的。她一落地,一哭便与众不同,她的哭声像清脆嘹亮的小号。她会唱各种不同风格的歌曲,她常常参加业余的演唱活动。她善于模仿各个歌唱名家的唱法。她唱《宝贝》活像刘淑芳,她唱电视剧《血疑》主题歌《谢谢你》活像日本歌星山口百惠,她唱获金奖电影《回首往事》的主题歌《回首往事》(或译《我们就是这样》)活像美国歌星巴尔巴拉·斯特莉萨恩德……但倪藻永远忘不了的还是她童年的时候维妙维肖地模仿着郭兰英的发声方法唱的《妇女自由歌》。她在一九五〇年北京"少年之家"的开幕式上演唱了这支歌,她受到了北京市市长的接见。

　　……黑咕隆咚苦井万丈深,
　　……看不见那太阳,看不见天,
　　……数不清的日月,数不清的年,
　　……谁来搭救咱。

　　这是一首那样兴奋、那样强烈又那样沉重的歌。一个七岁的孩子会唱出这样的歌,会传达出这样悲怆的深沉,也许这本身就说明了我们的历史,我们的威严狂暴的革命的必然与力量。也还有一种永远的酸楚。

　　后来倪荷学的理工,她的功课学得很不错。她的丈夫也是一个标准的工科大学生。现在两个人都当了副教授了。倪吾诚一辈子想混个副教授的职衔终于没有成功。在新的历史时期,倪荷的丈夫数次出国考察进修,带回了先进的图纸、工艺规程、各种资料,也带回了四大件、八大件的家用电器。现在,两口子为培养第二代花尽了心力。他们的儿子天资聪颖,小学和初中时期前后跳过两次级,从小脑子里就灌满了"早出人才""快出人才"之类的口号。小儿子做功课的时候两口子都在旁边陪着,随时督促,随时辅导。临近期终考试的时候,便陪到深夜。他们并受到中央电视台的电视广告的启发,儿子学习一紧张,便给孩子买蜂王精哺喂。解放以后,慢慢地不再把肺结核视作对人们的健康的主要威胁,也不再把鱼肝油视为主要的乃至唯一的强力滋补剂了。现在时兴的是蜂乳、花粉、维生素 E。现在时兴的病,写入小说和电视剧的是白血病。现在时兴的是把自己未能实现的抱负寄托给下一代,人还不到四十已经是为下一代活着了。一代传给一代,有一个永远光辉又永远包含着对自身的遗憾的希望。

让我们再顾盼一下"热乎"吧。倪吾诚一九四三年出走,姜静宜等搬走以后,"热乎"也搬了家,巧的是或者不巧的是,她们又差不多是近邻。解放以后"热乎"的丈夫当了一个商店的经理,不久"三反""五反"的时候就成了成分不好、贪污受贿的"老虎"。批斗完了以后开除公职。倪藻常常看到这位"死老虎"弓腰驼背地灰溜溜地在胡同里溜达。他走路时双目下垂,从不看任何人,不与任何人交际。但紧接着发生了一件事。他们的一个长着非常美丽的大眼睛的女儿嫁给了一位大人物。从此一到星期日常常有一辆威风的吉姆车停在这个小胡同里,停在"热乎"家门前。不久还在她家安了电话。电话线孤零零指示着崇高的地位。电话与小汽车,都是第一次停泊在这条小胡同里。"热乎"还当真热了一阵子呢。

好景不长,到一九五七年,长着美丽的大眼睛的女儿政治上找了麻烦。后来汽车也不再来了。后来电话也拆除了。据说为这事"热乎"夫妻与女儿大吵大闹了一场。是女儿坚持与贵婿离了婚。后来……一九六六年,文化革命后不久,这位眼睛美丽的女儿因挨小将的打而自缢。

解放后"热乎"与姜氏母女仍有来往,没有再发生过跳脚骂街的事,新社会还是文明得多。

最后让我们再说一个很可能已被读者忘记掉的人。那就是密斯刘。倪吾诚于一九四二年曾带着倪藻与之共吃西餐,在西单商场。倪吾诚与她调笑,她用很好听的声音说:胡——扯——她名叫刘莉芬,确实长得非常漂亮。连静宜——迎之谈起她来也对她的容貌赞美异常。她曾对倪吾诚一见倾心,倪吾诚也真的想追求她。后来她明白了他们的关系是没有希望的。后来倪吾诚的一切让她伤心而又愤怒。她很快便与倪吾诚断绝了来往。她后来在学术上小有成就,不知道她解放后的生活路程如何。反正现在还健在,还有风度,还能令人产生对往昔的美好回忆。她现在是南方一个大学的教授。前不久还应邀到英国和法国去进行学术交流活动。

人生几十年,这时间足够编织出一个个风味不同的令人欷歔的故事。

第 五 章

  我的朋友！在本书即将结束的时候我想起了你。我们是在戈壁滩上的"五七干校"里相识的。那是个休假日，多数"五七战士"进城休假去了，我值班。我正在食堂为自己和另一个值班"战士"擀面条，你来了，然后你说到我的名字，你夸我面擀得好，还问我面皮大而擀面杖小，怎么样继续擀下去？我教授给你，你表示佩服不已。于是我知道你我是同一个城市，甚至是同一个区、同一条街的人。
  你宽肩膀，长腿，目光透着聪明，说话机智风趣，喜欢交际。只是你的嘴唇太薄了，你说话又快，你的嘴唇的翕动给我以异样的感觉。我们从此成了朋友，我常常为你的快人快语和家乡话而大笑。把打嘴巴说成"耳茄子"，把吝啬鬼说成"钱穿在肋条上"，把没有可取之处说成"没情况儿"，我都是跟你学的。你对文化大革命的抨击，对时弊的抨击，对各种"左"的政策的抨击深得吾心。我为在寂寞的年月有你这样一个友人而觉得并不那么寂寞了。
  林彪事件以后我们的干校渐趋解体。到一九七三年以后我们就分手各奔前程了，忙起来就难得见面。庄子早就说过，相濡以沫不若相忘于江湖。十多年以后我们有了一个很好的见面与交谈的机会，那天我们一边谈叙一边喝着汾酒，桌上的酒菜琳琅满目。充分显示了新时期的大好形势。你显老得厉害，秃顶，哑声，脸上布满纹道，甚至还出现了一些斑点。该不是老人斑吧？你仍然谈你想给这个人给那个人以"耳茄子"，你说十余年来你已经换了两个省份三个城市七个工作岗位,文化厅、电影厂、展览馆、师范专科学校、行政公署、作家协会、剧院,"越换越没情况儿"。中国能有什么情况儿?你愤愤地说,俨然在中国之外,俨然是中国的审判者。酒越喝越多,你越强调你的潜力没有发挥出来。什么他妈的这个那个的,人活一辈子就看机缘。懂吗?老王,你信不信,就看机缘,给我机缘,我照样能当厅长、部长,我没本事?我看我本事太大了。什么,写作?我才不写那玩意儿呢,你套我的我套你的,你捧我的我捧你的,你知道文艺界那个黑暗!什么?搞外事?搞外事有多危险你知道吗,那叫吃不了兜着走。而且搞外事得学外文。谁学那个去?一会儿都学俄文。一会儿都学英文。什么事儿都是起哄,赶浪头!什么,有一分热发一分光?我他妈的热大发了,不让我发热,这帮儿孙子……我的潜力就白白地烂在我身上啊!

我想起了你,我的朋友。我佩服你的节操,佩服你的渊博,佩服你那我行我素的性格。由于你爸爸当过国民党的次长,从年轻时候你就被迫而又自觉地办什么事都靠边站。一九五八年,你成了白旗,成了白专典型。但真到了要劲儿的时候,比如说要翻译毛主席的诗词了,那些个大大小小的官都毕恭毕敬地去请你,不请你硬是不行,离了张屠夫,就吃混毛猪,不信试试!人们过去也不得不承认,现在就更加承认你的价值。学习"反击右倾翻案风"文件的时候你能叼着一棵香烟在大家纷纷表态时坐在沙发上睡着,你能流出四尺长的口水并打起鼾来,这本身就镇了!盖了!狂了!那些贬低你中伤你的小人也没敢利用这事收拾你,谁让你是张屠夫!

为什么,为什么至今你仍然是酒气熏天呢?一个月倒有半个多月醉。为这个全家与你打架,甚至于你的独生女打了你一个耳茄子!唉!也许你已经习惯了,用自轻自贱来表达特有的狂傲!当情况不同了以后你却改不过来了吗?你再也不能珍重自己的才能,感受历史的使命,正正经经地勤勤恳恳地做事情了吗?这可以叫做性格的惰性吧。看到你自己在糟践自己,看到你的那么多潜力沉睡在你的强壮如牛的身体里,你的朋友亲人是何等痛心!

还有你,我的朋友,我的年轻时候的好友。你当然不会忘记我们抵足而眠的日子。不会忘记我们一起讨论奥斯特洛夫斯基、法捷耶夫、安东诺夫、潘诺娃……后来又讨论罗曼·罗兰的情景。你当然没有忘记我们各自写了第一篇小说后互相阅读、共同讨论的情景。你当然没有忘记你参加了我的婚礼,临走时我往你的上衣口袋里塞了许多醉枣。而在后来我"出了事情"以后,你怀着怎样的依恋和痛惜来看望我、陪伴我、安慰我、照顾我……

但后来社会政治的风云终于把你也吓坏了,你的亲人也对你发出了警告,你下决心与我划清界限了。在我去新疆前夕我本想向你告别的,你却复信说,还是不见面的好。你还说,你(我)聪明,不会不理解……

没有什么不理解。只是没有想到而已。我可怜我自己又失去了一位朋友,更怜惜你……

后来的种种,我更理解了你,再不要为这暗淡的回忆而痛苦。让我们一起读一首马雅可夫斯基的诗。往事如烟。你还是抗日战争时期入党的老革命呢!也许你早就可以当部长。一辈子勤勤恳恳的芝麻官。连为孩子办喜事的房子也弄不上。永远那么小心,永远那么老实,永远那么正经。从一九五九年以后再也不说罗曼·罗兰了,到了八十年代便更不想说。都说你是罕见的好人。啊,你是那样善良又那样软弱,你老等待着,等待着,谁来给你做主?干一杯茅台吧。什么时候能再度回到青年时代那神采飞扬、意气风发的日子!

我想起了你们,我的国外和国内的朋友。那是久雨后的一个晴天。黄昏。差不多是访问 B 城的最后一天。这天晚上没有安排什么项目。你说,让我们去看看游乐场,一家英国的公司与本国一家公司合办的。我们欣然同意了。汽车转了好多个弯,经过了铁桥和荒漠的河滩,经过了丑陋的并排的烟囱和贮料罐,来到了郊区的一个空场,琳琅满目的小商品小工艺品等待着你去碰运气,因为那些可爱的玩具、挂钟、摆设都是不卖的,而是要靠转轮盘、打枪、差不多是用赌博的方法去赢取。我们在滚石乐团大吵大闹的棚顶餐厅吃了啤酒、烫手的小鸡、泥肠。没有餐具,下手吃完了,用一种浸着芳香的薄荷油的纸擦手。滚石乐团的独唱演员是一位壮实的、个子不高的金发姑娘。我猜她不过十几岁,一定从小就爱吃乳酪。乐团休息时是一位坐轮椅的残疾汉子拉着手风琴唱古老的波罗的海与易北河的民歌,声音如冲锋陷阵的呐喊。

我想起中国的庙会。我想起解放前北平的什刹海。这种搭起棚子来的餐厅多像什刹海。入夜便点起炫目的煤气灯。到处飘散着莲荷的清香与鱼水的腥气。那时的"仿膳"餐厅就搭在什刹海的湖面上。在那里可以吃到荷叶粥和肉末烧饼。豌豆黄、芸豆卷和号称栗子面、并非栗子面做的小窝头。史福岗和倪吾诚全家大概多次在那里用过饭的吧?将近半个世纪的事了。

玩什么?开汽车?互相碰撞如受到拳击。"飞鸟",把人倒挂得高高的,一挂几分钟,够刺激也够吓人。莲花转椅,看着都眼花。我选择了旋转秋千。

只有你,我的同胞同事同乡拒绝了。当然,你即使出差去拉萨也绝对不肯坐飞机。你还好意地劝过我呢,不要坐飞机,免得出事。

马达开动了。我们坐在秋千上慢慢旋转起来。越转越快,越转越高。终于,我们连同维系着我们的身体和生命的不朽的钢绳差不多与地面平行了,距地面至少有三十米了。地平线飞到了我们的头上。山、河、地上的设备像久卧的老人突然坐起,突然站立,突然竖直。灯光滚滚,彩灯成线成河,天旋地转。你害怕,你欢呼,你想大叫却终又变了颜色。就在这个时候旋转的速度慢下来了,我们渐渐垂下来了,地平线渐渐降下了,山河渐渐卧到自己应该存在的地方,你也恢复了自然的微笑,松了一口气,又快了,又升起了,又晕了,又叫了。又慢了,又垂落了,又轻松了……如此往复许多次……终于,你下来了,你还在地上,你没有长出翅膀,你没有能够飞翔,你还是和原来一样。飞荡与垂落相联结,正像生与死相伴随。只是,你体验了温习了这永远的热情。这热烈的痛苦的冲击毕竟把天空荡得摇滚翻覆,以及一再的垂落,终于还是没有飞的重力的威严,终于破碎了的心的梦……原有的位置。又加速,又抛起,又竖直和飞快地旋转。又平息,又下垂,又恢复了位置。一次又一次地飞起,一次又一次地落下。我们怎样结语?是说我们终于飞起,终于实现了人类的永远的热情和愿望,终于唤起了山河和大地吗?还是说我们的热情,我们的幻想,我们的御风而飞翔的梦终于是徒劳,终于还得停下,下到地面来呢?

　　一九八五年夏天,笔者在一个海滨疗养地碰见了老友倪藻。他已经五十多岁了,身体健康。这两年,似乎混得相当有情况儿。他约我一起去游泳。他游蛙式、侧泳和仰泳,游得缓慢,平稳,自如。开始时我在前,他在后,为了与他一道游,我时时要放慢速度等他。游了四十分钟以后我感到体力不支,建议往回游。他却说,真对不起,我今天非要往远里游游不可,也许是最后一次游这么远了吧?老王,你先回去吧。我觉得他有点不够意思,又不能把他硬拽回去。我陪他又游了十分钟,终于挺不住了,便抛开他独自往回游。身旁一个人没有,只有一个又一个的浪花,无际的水,刷刷的划水的声音,咕咕的吐气的气泡的声音,天与海都是灰色的,晃眼的,令人晕眩的。我突然害起怕来,回转过身来找他,只见他愈游愈快,愈游愈远,正向大海的纵深处,可能是太平洋的纵深处游去。没有办法了,即使呼救他也听不见了。我只好躺下来,随着海浪摇荡着,努力调整和镇静自己。最后用了整整两个小时的时间,才结束了我的这次并不愉快的畅游。

　　我躺在岸边沙滩上休息,听着排山倒海的、无比热烈又无比盲目的涛声,赞叹着海的伟大,痛惜着海的力量,海的喘息,海的沸腾的变幻的终无所用。然后我去换衣处洗了淡水澡,换了衣服,回到岸边,仍然见不到倪藻的影子。我真的害怕了,我想向有关部门告急求救。直到暮色昏黄的时候,倪藻才从遥远的水平线上现出他那一个小黑点似的形影。我向他招手,呼喊,跳跃,他没有任何反应。又过了二十分钟,他终于回到了岸上。他回到岸上以后,既不显得疲劳,也不显得畅快。既没有做出满不在乎、游刃有余、一条好汉的样子,也没有吹嘘自己碰到了什么惊险或是自己游泳的技术多么好。这使我相形见绌,不好意思叙述自己的两个小时海上畅游时的所见所想所感。我问了一句,"为什么要游这么远呢?"

"我是想,越远越好,"他笑了一下,说。

我还以为你要自杀呢。我开玩笑。

他没有回答。

他忽然没头没脑地对我说:现在北京和许多城市都在进行反对随地吐痰的"运动",这实在很好。我父亲死而有知,他会感到欣慰。倪藻问道:老王,你说,要解决一个不随地吐痰的任务,需要多长时间呢?

我答不上来。

他说,我认为需要几代人的时间,才能做到全国城乡基本消灭随地吐痰。

是不是太保守了呢?

他淡淡地一笑。

晚上他拉我到一个老字号的西餐馆分店去吃饭。他说,在他的父亲还没有出世的时候,T城的这个西餐店便开业了。海滨分店是季节性的,一半是露天座位,另一半桌椅放置在装有珠连式玻璃饰灯的室内。室内外低声放送着悠扬的电子琴乐曲。在那里吃饭的,多一半是外国游客。他们都保养、打扮得可以。那里的炸大虾做得很好,颜色红得可爱,我还以为他们掺了番茄酱,服务员坚持说就是虾的原色。水果冰激凌(叫做什么"三得"的)十分精美,像一朵朵鲜花。仅仅放冷食的银罩托盘,也叫人赞叹不已。

饭后我们一起参加了舞会。想不到倪藻竟跳得这样潇洒和熟练。他跳舞的时候,有许多双中国的与外国的,男性的与女性的眼睛注视着他。

在倪藻跳舞的时候我沉浸于自己的小说构思。我想写一部小说,也许不叫小说,应该叫历史。我想写写我见到过的跳舞的历史。解放前,跳交谊舞的多半是一些个坏人。一九四八年,国民党政权覆灭前夕,武汉发生过一次大丑闻。国民党军政要员的太太小姐们陪美国军官跳舞,突然停电了,据说停电后发生了集体强奸案,国民党所有的报纸都登了,还叫嚷要彻查。也是四八年,上海的舞女还有一次革命行动,游行示威请愿,捣毁了市政厅。我小时候总听人家说舞女是不正经的女人,但到了一九四八年,舞女也革命了。

至于革命的人也跳舞,这是我读了史沫特莱女士的《中国之战歌》之后才知道的,这本书里描写了毛泽东、朱德、彭德怀等革命领袖的舞姿。我当时还有点想不通,怎么能在延安跳舞呢?在延安只应该挽起手臂唱"这是最后的斗争,团结起来到明天……"

我记不清了。是不是王实味攻击过延安的跳舞?

解放以后五十年代前一半,交谊舞在全国推广。那时我做团的工作,我们的团区委与区工会共用一个办公楼,楼前是水门汀地。每个星期六晚上,工会都组织舞会。青年人自由地跳交谊舞,这是解放了的中国的新气象,是解放以后人们能够更幸福更文明更开放地生活的表征之一。那时候最常放的曲子是《步步高》,跳狐步舞的,节奏感很强。还有一个舞曲我也很喜欢,是苏联的,叫做《大学生之歌》,配有温柔的男高音独唱。我喜爱那青春的旋转,那信任一切的舒展,那新生活的醉人。

五十年代后期就没有什么舞会了,至少没有什么开放型的舞会了。也许还有极少数的精华,才能有跳舞的机会。

往后更甭说了。

直到一九七八年冬季,交谊舞忽然恢复了,风靡全国。然后据说出现了种种不好的风气,不轨不雅的事情。跳舞跳出了小流氓,崇洋媚外,有失国格,道德败坏,第三者插足……

到一九七九年春夏,忽然又都不跳了。

八十年代开始以后跳舞一直是起起落落。也怪,关于跳舞问题,并没有什么决议、决定、指令、计划、法令、条例、红头或一般文件。但跳舞一直成了气候的显示计。

陈建功的小说里描写过一种有组织的舞会。青年学生跳舞,退休工人巡边。巡边员用低沉的声音警告年轻人:注意舞姿!注意保持距离!

连各公园也发愁。一九七八与一九七九年一度有许多年轻人在公园跳舞,到了净园时间他们不肯走。他们违反制度,他们破坏公共财物、文物、绿地花坛,他们动作猥亵、语言粗鲁,最后发展到辱骂殴打公园工作人员……

据说举办舞会要冒一定的风险。你办舞会,忽然来了一卡车"小爷",小青年冲击会场,不,应该说是冲击舞场,还怎么维护风气与秩序?

一九八四年,各地舞会如雨后春笋地涌现。而且都是公开售票的。也出现了一些大胆地肯定"迪斯科"的报纸文章。但"迪斯科"还较少公开地与大规模地跳。不久,例如《解放日报》第一版上就登载了上海市公安局关于取缔营业性舞会的通告。

后来据说又有一种解释,说是营业性舞会原指有专人伴舞的舞会。
这些心理、举措、风习的状况变迁,不是值得一写吗?

当然,倪藻与我参加的这次舞会是无干扰的。倪藻说,他的父亲倪吾诚是最喜欢也很善于跳舞的。然而,他一生大概没有得到几次跳舞的机会。而现在呢,灯光是彩色的,明明灭灭,但还不像广东一些高级宾馆的迷灯那样刺激。地板很光滑。男男女女穿着和举止都令人充满对未来的信心。

这一晚伴舞的曲子有《波希米亚姑娘》《绿色的鹦鹉》和《去年夏天》。

我特别喜欢你,去年夏天。

人民文学出版社 1987 年初版